D1993808

Aus Freude am Lesen

Drei Dollar, das ist alles, was Eddie noch besitzt – und dabei schien sein Leben doch so perfekt zu sein. Er glaubte an die Möglichkeit, die Welt zum Besseren verändern zu können, und engagierte sich dafür; er war ein glücklicher Familienvater und blieb immer standhaft, wenn ihm Amanda, seine große Liebe aus Kindheitstagen, alle neuneinhalb Jahre über den Weg lief. Doch plötzlich taucht sie wieder auf, und das zu einer Zeit, in der Eddie alles zu entgleisen droht. Voller Mitgefühl, doch nie ohne ein Augenzwinkern erzählt Elliot Perlman die Geschichte eines Idealisten, der sich weigert, seine Seele an den Teufel zu verkaufen. »Drei Dollar« ist ein mit ironischer Schärfe gezeichnetes Porträt unserer Zeit, in der Geld das Leben regiert.

Elliot Perlman wurde 1964 in Melbourne geboren. Er praktizierte einige Jahre als Anwalt, bis er nach dem Erfolg von »Drei Dollar«, seinem ersten Roman, nach New York zog, wo er sich ausschließlich dem Schreiben widmete. Perlmans literarisches Werk ist preisgekrönt. Sein zweiter Roman »Sieben Seiten der Wahrheit«, der ihm international den Durchbruch bescherte, ist 2008 bei DVA erschienen und wurde von der Presse als »große Literatur« (*Deutschlandradio Kultur*) gefeiert; sein dritter Roman »Tonspuren« erschien 2013. Elliot Perlman lebt heute wieder in Melbourne.

Elliot Perlman

Drei Dollar

Roman

Aus dem Englischen
von Henning Ahrens

btb

Die Originalausgabe erschien unter dem Titel *Three Dollars*
bei Picador by Pan Macmillan Australia Pty Limited.

MIX
Papier aus verantwortungsvollen Quellen
FSC® C083411

Verlagsgruppe Random House FSC® N001967
Das für dieses Buch verwendete FSC®-zertifizierte
Papier *Lux Cream* liefert Stora Enso, Finnland.

1. Auflage
Genehmigte Taschenbuchausgabe Mai 2014,
btb Verlag in der Verlagsgruppe Random House GmbH, München

Umschlaggestaltung: Rothfos & Gaber, Hamburg unter Verwendung eines Motivs von © plainpicture/Readymade-Images
Druck und Einband: CPI – Clausen & Bosse, Leck
SK · Herstellung: sc
Printed in Germany
ISBN 978-3-442-74784-9

www.btb-verlag.de
www.facebook.com/btbverlag
Besuchen Sie auch unseren LiteraturBlog www.transatlantik.de

Für Janine, Lena und Harry

Du kannst die Zitrone nicht auspressen
und dann die Schale wegwerfen –
ein Mensch ist doch kein Abfall!

Arthur Miller,
Tod eines Handlungsreisenden

Eins

Ich begegne Amanda alle neuneinhalb Jahre. Das ist keine Regel. Es *muss* nicht so sein, aber es hat sich bis jetzt vier Mal so ergeben. Vielleicht ist es also doch eine Regel. Auf jeden Fall sind alle Begegnungen einzigartig, egal wann, egal wo. Das letzte Mal war heute. Ich hatte drei Dollar in der Tasche.

Amanda ist ein Jahr jünger als ich. Das war schon damals so, aber wir waren trotzdem in derselben Schulklasse. Man hatte die begabtesten Kinder aus zwei Jahrgängen versuchsweise zusammengefasst, und ich war auch dabei, obwohl ich noch kein besonderes Talent gezeigt hatte. Nicht dass mich nichts interessiert hätte, nein, ich interessierte mich ganz im Gegenteil für zu vieles. Aber weil meine Interessen eine rein innere Angelegenheit waren, blieben sie allen Erwachsenen außer meinen Eltern verborgen. Diese machten sich Sorgen, weil ich immer nur dasaß und nachdachte – oder jedenfalls bilde ich mir das rückblickend so ein; vielleicht hat Amanda die Sache anders in Erinnerung. Ich hatte keine Lust, herumzurennen oder für Ärger zu sorgen, denn ich dachte über zu vieles nach, als dass ich versucht gewesen wäre, mich zu überschlagen, um rascher ans Ziel zu gelangen. Wenn im Unterricht Züge oder Säugetiere behandelt wurden, fragte ich mich, wie unser Lehrer es schaffte, täglich den gleichen Duft zu verströmen, einen

Moschusduft, der sich lange hielt und noch von ihm zeugte, nachdem er gegangen war.

Auch Amanda hatte ihren eigenen Duft. Ihr Haar war unglaublich lang und so hell, dass es eine Untertreibung gewesen wäre, sie als blond zu bezeichnen. Sie lächelte viel und hätte als Heidi durchgehen können, wenn sie sich nicht so oft dreckig gemacht hätte. Dies störte ihre Eltern, vor allem ihre Mutter, die die Flecken auf den Kleidern ihrer Tochter unablässig mit calvinistisch strengen Bleichmethoden bekämpfte. In den kleinen und den großen Pausen wurde Amandas Brust durch Basketbälle beschmutzt, und gegen diesen Schmutz ging ihre Mutter mit den wirksamsten Vorwaschmitteln vor, die auf legalem Wege erhältlich waren. Diese rüden Reinigungsmethoden bleichten allmählich die Filzbuchstaben des Namens ›Amanda‹ auf dem T-Shirt aus.

Wir besuchten eine staatliche Schule, was Amandas Mutter offenbar für einen schlimmeren Makel für die engelsgleiche Heidi-Shampoo-Werbung auf zwei Beinen hielt, die jeden Morgen mit ihren Brüdern zur Schule fuhr, als alle anderen Unarten ihrer Tochter zusammengenommen. Die Familie wohnte in einem georgianischen Haus. Gegenüber befand sich eine Gärtnerei für Bäume, Obst und Gemüse, doch Amandas Mutter kaufte dort nie ein, sondern deckte den Bedarf der Familie in einer nahe gelegenen Einkaufszeile namens The Village.

Amandas Vater war eher eine stille Präsenz als eine Person. Sie sprach selten von ihm, und wenn ich mich recht erinnere, sah ich ihn nur ein einziges Mal. Er trug einen dunklen Anzug und ein weißes, frisch gestärktes Hemd. Amandas Mutter hatte sicher viel Freude daran, seine Wäsche zu machen, oder kam dieses Privileg der Haushälterin zu? Er wirkte wie eine Mischung von Fred MacMurray in *Frau ohne Gewissen* und Fred MacMurray in *Meine drei Söhne*. Wenn er etwas Wichtiges zu sagen hatte, hörte man dies nicht direkt aus seinem Mund, sondern man hörte *davon*. Sein Status in der Familie war der eines Grandseigneurs. Und nicht nur in der Familie: Seine Berufsbezeichnung klang sehr kompliziert und höchst beeindruckend. Er war Chemieingenieur.

Amanda erwähnte dies manchmal, aber nicht angeberisch, sondern ganz sachlich: »Chemieingenieur.« Das klang gut, aber wir wussten nicht, was es hieß. Mein Vater hatte einen Job bei der Stadt, nach dem ich ihn nie fragte und über den er nie sprach. Er trug auch eine Krawatte und ein weißes Hemd, aber sein Hemd war knittriger als das von Amandas Vater, was ihr an den Abenden, die sie nach der Schule bei uns zu Hause verbrachte, vielleicht auffiel. Aber wie hoch ist die Wahrscheinlichkeit, dass eine Achteinhalbjährige so etwas bemerkt? Im Grunde hatte nur ihre Mutter einen Blick für Bügelfalten.

Nachmittags spielten wir bei uns zu Hause gern Verstecken. Oft machten ein paar Freundinnen von Amanda und einige meiner Freunde mit, und ich sorgte stets dafür, dass sich die Zahl in etwa die Waage hielt. Meine Mutter kochte uns Tee. Manchmal verbarg ich mich mit Amanda im Kleiderschrank meiner Eltern. Wir bildeten jedes Mal andere Paare, doch in diesem Schrank saß ich immer nur mit Amanda. Wenn wir im Dunkeln stumm auf den Schuhen meiner Eltern hockten, berührten sich die Außenseiten unserer Knie. Während der wärmeren Monate trug sie meinen Strandhut, der mit meinem Namen verziert war, und als ihre Eltern mit ihr und ihren Brüdern in Coffs Harbour Urlaub machten, rief sie mich aus einer Telefonzelle an. Münze für Münze versenkte sie ihr Taschengeld im Apparat.

»Hier ist es ätzend«, sagte sie, und obwohl ich den Ort nicht kannte, war ich froh, dies zu hören, und stimmte zu. Kirsten, meine Schwester, hatte ein Album von David Bowie, und weil ich ihr und ihren Freundinnen oft beim Schminken zugeschaut hatte, kannte ich alle Texte auswendig. Ich zitierte einen der Verse am Telefon und bat Amanda, ihn gleich nach dem Ende unseres Gesprächs aufzuschreiben und stets bei sich zu tragen. »Be elusive, but don't walk far.«

Ich hatte keine Ahnung, was das hieß.

Durch Amanda wurde ich mir zum ersten Mal der prekären Natur der Dinge und der Arroganz bewusst, mit der gewisse Erinnerungen außerhalb der Reihe unsere Aufmerksamkeit beanspruchen. Als ihre Mutter überraschend bei uns anrief, glaubte ich, dass sie mit meiner Mutter oder wenigstens mit meiner großen Schwester sprechen wollte, die sich inzwischen schminkte, bevor sie weiter oben in der Straße Milch oder Brot kaufen ging. Doch Amandas Mutter sagte mir, ich sei ihr recht. Amanda werde nach dem Sommer nicht in unsere Schule zurückkehren, und wir würden ab jetzt nicht mehr zusammen spielen. Ich weiß noch, dass sie mir einen schönen Tag wünschte. So trennten sich zum ersten Mal Amandas und meine Wege.

Als ich ihr heute begegnete, hatte ich noch drei Dollar. Unter bestimmten Umständen mag das nicht so schlimm sein. Wie solche Umstände aussehen könnten, weiß ich zwar nicht, aber auf mich trafen sie ganz sicher nicht zu.

Zwei

Die Sommer der Kindheit sind schöner als alle, die man später erlebt. Ich habe viele Erklärungen dafür gehört: Die Erinnerung beschönigt die Vergangenheit durch natürliche Auslese – es handelt sich sozusagen um den Ursprung des biografischen Artefakts; Kinder haben im Sommer nichts zu tun, weshalb jeder sengend heiße Tag ihrem Gefühl nach so lang wie ein Jahr ist, dessen Tage wiederum endlos und unbeschwert sind; und das kürzlich ergründete El-Niño-Phänomen sorgt heimlich, still und leise dafür, dass auch andere Menschen in den Genuss des Sommers kommen, den man gerade erlebt.

Meine Mutter hängte auf dem Hinterhof Wäsche auf. Der Tag war außergewöhnlich still und heiß und wie geschaffen dafür, sich dem Gedächtnis einzuprägen. Anfangs bemerkte sie weder, dass ich ihr zusah, noch ahnte sie, dass ich mit ihr reden wollte. Sie stand hinter einem Laken, und als ich den Boden vor der Birke, die der Wäscheleine am nächsten war, mit einem Absatz meines Schuhs zu bearbeiten begann, fragte sie, ob ich etwas mit ihr besprechen wolle.

»Soll ich dir helfen?«, fragte ich, weil ich meinem dringenden Bedürfnis, ihr von dem Telefongespräch mit Amandas Mutter zu erzählen, noch nicht nachgeben wollte.

»Nein, danke, Eddie. Ich bin fast fertig«, sagte sie und hängte ein T-Shirt auf die Leine. Sie ließ mir Zeit, da sie instinktiv wusste, dass der richtige Moment zum Ausfragen noch nicht gekommen war.

Ich hob einen alten, fast kahlen Tennisball auf, mit dem ich immer während meiner langen, einsamen Grübeleien auf dem Hinterhof spielte, und begann, ihn in die Luft zu werfen und wieder aufzufangen.

»Hast du vorhin das Telefon gehört?«, fragte ich und brach damit das mir selbst auferlegte Schweigen.

»Nein. Wollte mich jemand sprechen?«

»Nein«, sagte ich, hielt den Ball in einer Hand und grub den Schuhabsatz wieder in den Boden unter der Birke.

»War der Anruf nicht für mich?«

»Nein. Für mich.«

»Ach? Für *dich*? Wer hat denn angerufen?« Damals wurde ich nur sehr selten am Telefon verlangt.

»Mrs Claremont, Amandas Mutter.«

»Amanda?«, fragte sie ahnungslos und immer noch hinter mehreren Laken verborgen.

»Nein, ihre Mutter.«

»Ihre *Mutter*? Was wollte sie denn?«

»Amanda kommt nach den Sommerferien nicht mehr an unsere Schule zurück«, erklärte ich sehr sachlich.

»Die *Mutter* hat angerufen, um dir zu sagen, dass Amanda die Schule wechselt?«

»Sie spielt ab jetzt nicht mehr mit mir.«

»In der Schule?«

»Egal wo.«

Meine Mutter raffte eines der Laken, um mich anzuschauen. Das merkte ich, obwohl ich den Ball im Auge behielt, den ich gerade wieder in die Luft geworfen hatte. Sie wartete, bis ich ihn aufgefangen hatte, und fuhr mir dann mit den Fingern durchs Haar. Sie wusste, dass mich das mehr tröstete, als mir bewusst war.

Was meine Mutter vor mir liegen sah, war nicht nur ein Sommer, der unverdiente Langeweile und die nagende Leere kindlicher Einsamkeit verhieß. Sie sah noch etwas anderes, als sie mich am hellen Tag musterte, etwas, das aus Entscheidungen resultierte, die andere Leute – vielleicht sogar sie selbst – getroffen hatten oder vor denen sie zurückgescheut waren, Entscheidungen, die sich nur durch die Kettenreaktion ihrer Konsequenzen auf mich auswirkten. Sie ließ ihren Blick so langsam über den Hinterhof gleiten, als würde sie ihn entweder zum ersten oder zum letzten Mal sehen. Dann lud sie mich ein, in der Küche etwas Kühles mit ihr zu trinken. Doch bevor ich einwilligen konnte, wurde sie von meinem Vater gerufen, der seinen drängenden Unterton nur mit Mühe unterdrücken konnte.

Also blieb ich mit meinem Ärger über die Launenhaftigkeit der Erwachsenen allein, die innerhalb einer Stunde dazu geführt hatte, dass mich Mrs Claremont meiner Freundin und Spielkameradin beraubte und dass meine Mutter das Interesse daran verlor, meinen Schmerz über die Verbannung aus der Gesellschaft Amandas zu lindern. Ich wollte den Ball mit voller Wucht gegen den gleichgültigen Zaun werfen, um die ganze Welt zu verfluchen, aber da tauchte unvermittelt mein Onkel vor mir auf.

»Hallo, Eddie«, sagte er leise und schüchtern. »Du kannst ihn *mir* zuwerfen … wenn du magst.«

George Harnovey, Jahrgang 1922 und der sieben Jahre ältere Bruder meines Vaters, versorgte uns nicht nur mit Anekdoten aus der Zeit der Großen Depression und des Zweiten Weltkriegs, sondern Kirsten und mich mit Pfefferminzbonbons, meinen Vater mit Rotwein und meine Mutter mit Muskateller. Und meist brachte er Tante Peggy mit. Sie war um einiges jünger als er, und wie man munkelte, hatte sie die Sechzigerjahre intensiver genossen, als es eine Ehefrau von George hätte erwarten dürfen. An diesem Tag stand er mit leeren Händen da.

»Na, dann eben *nicht*«, sagte er leise. Er setzte sich unter die Birke, und ich setzte mich neben ihn. Nachdem ich Hallo gesagt hatte, gab er mir einen Kuss und ich ihm den Ball. Er war unrasiert, und seine Augen waren gerötet. Er roch so stark nach Bier, dass von da an jedes Bier ein bisschen nach ihm roch.

»Du bist ein guter Junge, Eddie«, sagte er wie zu sich selbst. Dann sah er mich aus feuchten, flehenden Augen an und flüsterte: »Glaubst du, dass jemand gesehen hat, wie ich gekommen bin?«

Bevor ich mein Unverständnis über die Frage äußern konnte, fuhr er fort: »Weißt du … ihr braucht eine große, geräumige Veranda. Wir hatten damals … damals eine Veranda bei Mum und Dad … auf drei Seiten unseres Hauses. Großartig. Hat dir dein Vater das je erzählt?«

Er zog ein Taschentuch aus der Hosentasche, tupfte sich den Schweiß von der Stirn und schnäuzte sich. Danach behielt er es in der Hand und knüllte es in regelmäßigen Abständen zusammen.

»Die Säulen waren auf allen drei Seiten bis zur Regenrinne mit Kletterpflanzen bewachsen … Glyzine und … äh … Passionsfrucht, glaube ich. Man muss die Welt von einer Veranda aus betrachten. Sie war unser Zuhause.«

Ich wusste noch nicht, dass mein Vater George angeboten hatte, eine Weile bei uns zu wohnen. Doch ein Blick auf seine unrasierte, trübäugige Erscheinung reichte mir, um zu wissen, dass er nicht mehr der onkelhafte Schwadroneur und Herold der Familie war, der uns mit Augenzeugenberichten aus der ersten Hälfte des zwanzigsten Jahrhunderts versorgte, sondern dass hier – um es mit Auden zu sagen – ein Mann neben mir saß, der seinen letzten Nachmittag als er selbst bereits hinter sich hatte.

Im Gegensatz zu George hatte mein Vater nie Kameras oder Fotozubehör im Hinterzimmer eines Pubs verkauft. Er hatte auch nie auf der Ladefläche eines Kombis problemlos zu verlegenden Rollrasen angepriesen, von dem er, falls nötig, im Handumdrehen mehr besorgen konnte. Mein Vater war weder als Kind auf Kaninchenjagd gegangen, noch war er je ein Zimmermann gewesen, der sich für einen Bauunternehmer hielt, bis ihm die Bank seinen Irrtum vor Augen führte. Nachdem der Bankdirektor George eines Besseren belehrt hatte, war dieser auch kein Zimmermann mehr. Peggy hatte allerdings vor langer, langer Zeit geglaubt, einen Bauunternehmer zu heiraten. Sie wusste Lippenstift und Mascara sehr geschickt einzusetzen.

»Sie hat immer meine Nägel gemacht … Das darf ich dir doch sagen, oder? … Sie hat meine Haare geschnitten«, erzählte George meinem Vater eines Abends in meinem Zimmer. »Sie sagte, ich sei gut mit den Händen. Sie hat immer meine Nägel gemacht … Ich war nie gut mit meinen Händen …«

Die beiden glaubten, dass ich schlief, doch ich lauschte mit geschlossenen Augen und stellte mir vor, dass Peggy meine Haare schnitt. Sie war sehr geschickt, und ihre Stimme hatte etwas Betörendes. Das wusste ich schon damals.

»Sie war nicht … treu … musst du wissen«, flüsterte er. »Ein paar dieser Typen hätte ich ihr vielleicht verziehen. Aber nicht die letzten beiden.«

Eigentlich hätte sich der Sommer deswegen in mein Gedächtnis einprägen sollen, weil ich meinen ersten Hund bekam, einen acht Wochen alten Golden Retriever; vielleicht auch, weil Kirsten plötzlich ihre Zimmertür schloss, wenn sie Besuch von Freunden hatte; weil es der Sommer war, in dem sie Flaschendrehen mit alten Freunden spielte, alle bis zur Unkenntlichkeit durch die Pubertät entstellt, der Sommer, in dem sie lautstark mit Joe Geraghty zu knutschen begann, einem unerschrockenen Helden, der auf ihre Schule ging. Es hätte wenigstens der Sommer sein können, in dem man mir erklärte, warum Amanda, laut ihrer Mutter, nun eine Schule für »junge Damen« besuchte und warum ich für jeden das fünfte Rad am Wagen zu sein schien. Der Sommer hätte genug Platz für all dies geboten, doch er blieb uns als die Zeit in Erinnerung, als George bei uns gewohnt hatte: der Sommer mit George.

Bald nach seiner Ankunft verwandelte sich der Brutofen meines hinten im Flur gelegenen Zimmers in eine Sperrzone aus Geflüster und zugezogenen Vorhängen, auf dem Boden liegenden Unterhemden und Tabletts mit halb aufgegessenen Mahlzeiten, die auf einem abgewetzten Lederkoffer neben dem Bett standen. George schlief fast immer oder lag zumindest die meiste Zeit im Bett. Ich merkte, dass Bartstoppeln eine Maßeinheit für veränderte Lebensumstände waren und dass sich diese Umstände verändern konnten, bis sich ein Mann selbst nicht mehr erkannte.

Als meine Mutter eines schönen Nachmittags mein Zimmer betrat, um altes Geschirr abzuräumen und eine neue Mahlzeit zu bringen, wurde sie sich schlagartig der Trostlosigkeit meiner Lebensumstände bewusst. George schlief, und ich hockte vor einer Klebstofftube, ein paar Eisstielen und einem Berg Balsaholz und versuchte, im Licht einer Taschenlampe die Bauanleitung eines Modellflugzeugs zu lesen. Ich flüsterte ihr besorgt zu, dass der Klebstoff draußen in der Sonne austrocknen könne. Ein oder zwei Tage später kam meine Mutter mit einem acht Wochen alten Golden Retriever aus der Lady-Nell-Schule für Blindenhunde heim und sagte, dass der Hund mir gehöre, aber nur für ein Jahr.

Mein Vater teilte Kirsten und mir mit, dass es George nicht gut gehe. Als er mir dies erzählte, nahm seine Stimme einen salbungsvollen Ton an, der nichts erhellte, sondern nur von mir verlangte, Verständnis für ein Leiden aufzubringen, das nicht weiter erläutert, geschweige denn definiert werden würde. Er zeigte herzlich wenig Interesse an meinem Hund oder an den Umständen von Amandas Verschwinden. Er war so sehr von seinem Bruder in Anspruch genommen, dass Kirsten ihr Schlafzimmer mühelos von einem Laura-Ashley-Paradies, einem Plüschtierhimmel und Treffpunkt des rein weiblichen Narnia-Fanclubs in die pubertäre Version eines Puffs verwandeln konnte. Nur der Gedanke, dass George von dem nicht gerade leisen Gelächter gestört wurde, das im Amüsierschuppen gegenüber im Flur erschallte, führten dazu, dass Kirstens spätabendliche Orgien eine drastische Drosselung erfuhren. Ich hätte meinen Eltern verraten können, dass George nachts gar nicht schlief. Er lag nur da, und ich beobachtete ihn.

Nachdem auch mein Vater dies bemerkt hatte, führte er mit George regelmäßig bis in die frühen Morgenstunden leise Bettgespräche. Sie glaubten offenbar, dass mich ihr Flüstern nicht weckte oder dass ich, falls ich wach wurde, nichts verstand. So erfuhr ich in einer heißen Nacht, dass George eine Hypothek auf mehrere Grundstücke aufgenommen hatte, um ein Paket mit spekulativen Aktien kaufen zu können; Gold, Mineralien. Ich hörte, dass die Sache vielversprechend gewesen war. Als der Wert der Aktien fiel, beschloss George zu warten, bis der Markt »zur Besinnung« kam. Er schwor meinem Vater, dass es ganz sicher so gekommen wäre, doch die Bank verlor die Geduld, und die Aktien gingen weiter in den Keller. Er konnte die Zinsen nicht mehr bezahlen. Daraufhin beschloss er ohne Rücksprache mit Peggy, eine Hypothek auf das Haus aufzunehmen, um mehr Zeit zu gewinnen. Als er die Anrufe und Schreiben der Bank nicht mehr beantwortete, schickte diese jemanden zu ihm nach Hause, der sich persönlich ein Bild machen sollte. Doch George war gerade unterwegs, um einen weiteren Kredit zu organisieren, und der Vertreter der Bank, ein junger Mann namens Fitzspiers, traf nur Peggy an, der er wesentlich mehr zu berichten hatte als sie ihm.

Peggy erzählte George nichts von Fitzspiers' Besuch, sondern rief bei der Bank an, um genauer zu erfahren, was ihr Mann mit seinem Geld angestellt hatte. Das Haus gehörte nominell George, die Grundstücke waren auf seine Firma eingetragen. Fitzspiers ließ die üblichen juristischen Feinheiten außen vor, weil er, hierin seiner Zeit voraus, offenbar der Meinung war, dass die junge Frau einen moralischen Anspruch darauf hatte, über das volle Ausmaß der Schulden ihres Mannes informiert zu werden. Auch dies verschwieg sie George, und er, der mit allen möglichen Leuten zu den unmöglichsten Stunden wie verrückt Termine machte, erzählte ihr auch nichts.

Man kann nicht verlieren, wenn der Erfolg von einer Person abhängt, die nicht gewinnen kann. Fitzspiers hatte Zeit. Eine Bank sichtet ihre Anlagen nicht stündlich, aber wenn einem Mann die Schulden über den Kopf wachsen, ist ihm dies in jeder Minute bewusst. Also war es ein Gebot des Anstands, dass Peggy Fitzspiers hereinbat. Er trank Scotch, sie trank Gin Tonic. Sie warteten auf Georges Zephyr Sedan. Fitzspiers' Vorgesetzte sahen in seiner Geduld ein Zeichen dafür, dass er sich mit Eifer um die Rückzahlung eines nicht oder nur unvollständig gedeckten Kredits bemühte. Peggy sah die Sache anders.

Sie wusste, wie man Männer erfreute. George lud das Wort »erfreut« mit einer Bedeutung auf, die ich nicht verstand. Er hatte schon vor der ersten Begegnung mit Peggy gehört, dass sie wusste, wie man Männer erfreute. Aber, so erklärte er meinem Vater, wenn man jemanden liebe, verschließe man die Augen vor dem, was man nicht sehen wolle. Er fragte meinen Vater, ob er das verstehe. Die Antwort meines Vaters hörte ich nicht.

»Weißt du, sie ist nicht … nicht wirklich eine …«, sagte er leise, »sie ist keine … Hure.« George stemmte sich hoch. »Es war Gier«, flüsterte er.

»Deine Gier?«

»Ihre. *Ich* brauche nicht viel. Du bist mein Bruder. Wir haben nie sehr viel gebraucht … Nicht ich … Aber sie. Ich brauchte sie. Und um sie halten zu können, musste es für mich immer besser laufen.«

»Hast du das wirklich geglaubt?«

»Du etwa nicht?«

George sagte, seiner Überzeugung nach sei ein Mann sowohl in den Augen der Welt als auch in den Augen seiner Frau die Summe seines materiellen Besitzes, seiner Möbel, seines Autos, seiner Firma und seiner Kleider, und niemandem, der dies so sehe, könne man einen Vorwurf machen, Peggy ganz bestimmt nicht.

»Wusstest du, dass sie nicht wirklich so hellblond war? Sie hat ihr Haar nicht gebleicht, aber eigentlich sah es eher aus wie … Gold. Ganz ehrlich … es sah aus … wie Weizen. Es hatte die Farbe eines Weizenfelds am Nachmittag. Es reichte bis zum Po, sodass man sie auch dann nicht ganz sehen konnte, wenn sie nackt war. Eigentlich wollte sie Schauspielerin werden. Wirklich … wie Weizen. Ihre Haut war unglaublich weich. Im Bett habe ich meine Nase oft an ihrem Nacken gerieben. Ich bin gestorben, wenn ich in ihr war. Ein Teil von mir ist nie aus ihr herausgekommen, hat sie nie verlassen. Deshalb habe ich manchmal ernsthaft geglaubt, dass alles in Ordnung war … was sie anstellte, weil ich … immer noch bei ihr war. Lächerlich … was?«

Ich lag da wie ein Toter, horchte auf jedes leise Wort von George und sah alles vor mir. Ich hörte, wie die Musik von Sergio Mendes in seinem Auto den Motor übertönte. Ich spürte das Gewicht der zufallenden Autotür. Ich hörte, wie Peggys Lachen in Stöhnen umschlug. Sie konnte es auch genießen, wenn man *sie* erfreute.

Seitdem sehe ich all dies vor mir, als wäre ich dabei gewesen. Offenbar glaubte mein Vater fest, dass ich schlief, denn sonst hätte er seinen Bruder bestimmt nicht weiterreden lassen. Aber das Geflüster von George wurde nur von den Grillen unterbrochen. Vielleicht ging es meinem Vater wie mir, sobald die Worte von Georges Lippen abhoben. Ich hatte alles vor Augen. Ich stellte mir vor, dass die Nacht, von der die Rede war, genauso heiß und still gewesen war wie jene, in der ich alles mithörte.

Im Gegensatz zu George hatte ich das Auto von Fitzspiers bemerkt. Ich wollte ihm zurufen, nicht weiterzugehen, als wäre alles beim Alten geblieben, wenn er es gesehen hätte. Ich mochte Peggy sehr.

Ihr Haar fiel über den ans Fenster gedrückten Rücken. Ihre Schultern waren nackt. Von der Straße aus konnte man den Bankangestellten nicht sehen. Auch nicht vom Vorgarten aus. Doch wir – George, mein Vater und ich – wussten, dass er da war. Ja, George wusste es, doch sein Grauen trieb ihn an. Er regte sich nicht auf. Er wurde nicht wütend, weil er sich die Schuld an allem gab. Er hatte sich die Sache selbst eingebrockt. Motten und Moskitos stritten sich um die besten Plätze vor der Lampe auf der Veranda.

Bei Immobilien achtet man vor allem auf Platz und Lage. Wir wussten, dass Fitzspiers im Haus auf den Knien lag und uns das Gesicht zuwandte; sein Kopf befand sich unterhalb der Fensterbank, und Peggy saß auf einem Stuhl zwischen ihm und uns und den tanzenden Insekten. George bekam keinen Ton heraus. Es verschlug ihm den Atem, und er blieb wie angewurzelt stehen. Er hatte bald genug gesehen, konnte sich aber nicht losreißen. Von seiner Veranda aus sah man die ganze Welt.

So erzählte er die Sache, und so hatte ich sie vor Augen. Seine Sauferei war nicht neu, nur hatte er früher immerhin noch geschlafen. Mein Vater musste mit ansehen, wie sein Bruder mit kleinen Schlenkern auf altem Kurs blieb. Die Bank verkaufte das Haus. Es gab Unterlagen, die dies bewiesen, Papiere, die eine »Zwangsversteigerung« belegten. George meinte, nur noch die Aussicht zu haben, beim Bingo zur alternden Nervensäge zu verkommen oder als Greis in der Hoffnung durch nächtliche Straßen zu irren, seine Reue am Silikonbusen einer verblüfften, transsexuellen Prostituierten herausheulen zu dürfen. Nach dem Verlust seines Hauses zog er in das Haus seines Bruders, wo er in meinem Zimmer auf einem improvisierten Bett um Peggy weinte. Und ich, durch eine Einzelbettbreite und gut vierzig Jahre von ihm getrennt, hatte keine andere Wahl, als so viel von seiner Trauer in mich aufzusaugen, wie ich ertrug, und den Rest für trübe Tage zu bewahren.

Kirsten, seit einigen Wochen mit Joe Geraghty zusammen, klang jetzt viel erwachsener. Wenn sie nicht bei ihm war, telefonierte sie, um zu erfahren, wann sie ihn wiedersehen konnte. Meine Mutter konnte ihre Missbilligung kaum verbergen. Was lag ihr wohl so schwer im Magen? Die Plötzlichkeit und Leidenschaft der Beziehung? Kirstens jugendliches Alter? Ihr überraschender Wunsch, ihre Eltern mit Vornamen anzureden? Oder Joe?

Joe war da, als George eines Abends ins Esszimmer kam. Er hätte zum ersten Mal seit seiner Ankunft mit uns gegessen. Seinem Aussehen nach vielleicht sogar zum allerersten Mal überhaupt. Sein Gesicht war eingefallen, die Haut um den dichten Bart bleich und von gelblichen Adern durchzogen. Die Sonne sank gerade.

Hätte er aus dem Brunnen des Mitgefühls schöpfen können, das man ihm in diesem Zimmer entgegenbrachte, dann wäre er vielleicht geblieben. Doch er machte kehrt und floh in sein Bett, mit tränenüberströmtem Gesicht und überwältigt von einer Scham, die seiner früheren Eitelkeit entsprang.

»George«, rief mein Vater und folgte ihm. Fünfzehn Minuten später kam er unverrichteter Dinge zurück, und während wir schweigend aßen, rief er Dr. Byard an.

»Ich kann ihm nicht mehr helfen«, sagte er verzweifelt zu meiner Mutter. »Was passiert ist … na, ja … *so* schlimm ist es nun auch wieder nicht. Er sollte nicht …«

Meine Mutter stand auf, um meinen Vater zu beruhigen und an seinen Platz am Tisch zurückzubringen. Dann holte sie ihm eine Portion Essen, die sie im Ofen warm gehalten hatte.

So schlimm war es zwar nicht, aber es war schlimm genug. Peggy hatte ihn betrogen und verlassen, er hatte Haus und Firma verloren. Das *war* schlimm; andererseits waren diese Schicksalsschläge nur unausweichliche Stationen auf dem Weg zu einem Ort, den auch ich eines Tages kennenlernen sollte.

O du Geist, Geist, Gebirg, des Gründe kein
Mensch maß, so schreckenstief. Und spotten mag,
Wer nie hier hing.

Gerard Manley Hopkins war sich all dessen bewusst, doch mein Vater nicht. Er versuchte weiter zu verstehen, warum weder Ratschläge noch Geduld bei seinem Bruder fruchteten.

Dr. Neville Byard war jünger als George und älter als mein Vater. Er war seit Kirstens Geburt unser Hausarzt. Er hatte so glatte und kühle Hände, dass es schien, als könnte er jedes Fieber in Sekundenschnelle senken, indem er eine heiße Stirn berührte. Wenn wir krank waren, lagen wir im Bett und warteten darauf, dass er seine Hand auflegte. Seine Fingernägel waren makellos, ja sogar noch besser gepflegt als die meines Vaters, unter dessen Nägeln manchmal ein wenig Dreck saß, wenn er etwas repariert hatte. Sein Haar glänzte, war aber so kurz, dass es wie aufgemalt wirkte. Das Stutzen der Nasenhaare hatte er zu einer Kunst verfeinert. Wichtiger als sein gepflegtes Äußeres war für meine Eltern aber, dass er ihre Ängste hinsichtlich jeder Krankheit lindern konnte, die auf ihre Kinder überzugreifen wagte. Er hatte meiner Mutter versichert, dass es sich bei den Wölfen, die Kirsten als Baby innezuwohnen schienen, in Wahrheit um Krupp handelte, der sich nach drei Tagen legen werde. (Ihr Asthma erwies sich als zäher.) Nach einem Zusammenstoß mit einer aufmüpfigen Schaukel nähte er die Wunde an meinem Kinn.

Doch im Sommer 1970 war Neville Byard nicht mehr der phlegmatische, aber freundliche Onkel Doktor, an den sich meine Eltern immer gewandt hatten, wenn wir krank gewesen waren. Er hatte sich verändert, seit ich vor einigen Monaten Windpocken gehabt hatte. Das konnten meine Eltern, die ihn nur als Arzt kannten, natürlich nicht ahnen, als sie zum Telefon griffen, um ihn wegen George anzurufen.

Meine Golden-Retriever-Hündin bellte ihr Welpenbellen, noch bevor zweimal an der Tür gepocht wurde.

Dr. Byard klingelte nie; das Geräusch einer Hand auf Holz schien für ihn etwas Apokalyptisches, vielleicht auch etwas Therapeutisches zu haben. So musste er sich nicht auf eine Klingel verlassen, die von einem Dritten entwickelt und eingebaut worden war, sondern hatte das Geräusch, das ihn ankündigte, besser unter Kontrolle. Nachdem mein Vater mir befohlen hatte, den Hund hinauszubringen, führte er den Arzt in die Küche. Kirsten hatte sich längst mit Joe in ihr Schlafzimmer zurückgezogen, wo sie ihre wahren Gefühle viel besser erörtern konnte, wie sie fand.

Als mein Vater das Problem an Neville Byard herantrug, war dieser reservierter als erwartet. Das spürte ich sofort. Er würdigte mich kaum eines Blickes, obwohl er mich auch dann, wenn er wegen Kirsten kam, immer begrüßte und mit dem Handgelenk – nie mit den Fingern – über mein Haar strich. Er gab einem stets ein besseres Gefühl. Ich beobachtete ihn durch die Küchentür, während mein Vater von den Folgen der Schicksalsschläge berichtete, die George hatte einstecken müssen. Bevor die beiden fertig waren, brachte ich meine Hündin zu ihrem Korb, der unter meinem Bett stand. Sie rollte sich darin zusammen, und ich legte mich daneben.

Schließlich tat sich kurz die Tür auf und ließ einen schmalen Lichtstreif sowie Dr. Byard mit seiner schwarzen Arzttasche ein. Er betrat das Zimmer allein und ließ sich schweigend auf dem Rand meines Bettes nieder, gegenüber von George und über mir und dem Hund.

»Hallo, George. Ich bin Neville Byard, der Hausarzt Ihres Bruders.«

George erwiderte nichts.

»Ich glaube, wir sind uns bereits … ein- oder zweimal begegnet … vor einigen Jahren. Vielleicht erinnern Sie sich nicht mehr. Damals sah Ihr Leben noch anders aus. Meines übrigens auch … Sehr anders. Ihr Bruder möchte gern, dass wir uns ein wenig unterhalten. Er glaubt, dass Sie an einer Depression leiden. Er glaubt, dass ich Ihnen helfen kann. Aber er kann nicht ahnen … dass auch ich … ein tiefes Tal durchschritten habe … Im letzten Jahr ist Russell, mein ältester Sohn, zwanzig geworden. Wie so viele junge Leute hatte auch er keinen bestimmten Ehrgeiz. Er wusste nicht, was er nach dem Schulabschluss tun sollte. Er hatte ein paar Teilzeitjobs, aber nichts … nichts, was man als Karriere hätte bezeichnen können. Er hatte zwar davon gesprochen … nun, es war ihm durchaus ernst … am RMIT Ingenieurwesen zu studieren. Aber …«

Dr. Byard verstummte eine Weile.

»Er erhielt das Schreiben kurz nach seinem zwanzigsten Geburtstag, George. Er sollte sich zu einer medizinischen Untersuchung bei der CES melden. Man hatte ihn eingezogen. Ich war nicht da, als der Brief eintraf. Ich war in der Chirurgie, aber meine Frau nahm die Post in Empfang, und da war der regierungsamtliche, an Russell adressierte Umschlag. Er spielte gerade in seinem Zimmer Gitarre. Nicht unbedingt meine Art von Musik, aber … Sie wissen bestimmt, wie das ist. Er mochte sie, und er spielte sie immer, sehr neumodisch. Er war offenbar ziemlich gut. Das hat man mir jedenfalls erzählt.

Er hatte vor nicht allzu langer Zeit davon gesprochen, sich einzuschreiben … für Ingenieurwesen … aber er … tja, er hatte gerade die Trennung von seiner Freundin hinter sich. Russell war verrückt nach diesem Mädchen gewesen, Louise, ein ganz reizendes Mädchen, aber … sie hatte sich von ihm getrennt. Ich weiß nicht, warum, aber es hat ihm das Herz gebrochen. Sie wissen bestimmt, wie das ist, George, es war … Ja, was genau war es? Sie waren schon vor seinem Schulabschluss zusammen, also … waren es über zwei Jahre, und dann, ganz plötzlich … Ach, ich weiß auch nicht, wie es kam. Ich gebe ihr keine Schuld. Sie war ein reizendes Mädchen. Aber nach der Trennung war er … eine Weile war er antriebslos und sprach nicht mehr vom Ingenieurstudium. Nein, ich glaube nicht … Nach Louise nicht mehr. Dann wurde er zwanzig, und bevor wir uns versahen, schrieb er uns aus Puckapunyal.

Zehn Wochen Grundausbildung in Puckapunyal. Vermutlich werden dort alle durch die gleiche Mangel gedreht. ›Fit oder tot‹, sagte ihm einer der Ausbilder beim Drill. Zehn-Meilen-Läufe, Zwanzig-Meilen-Märsche mit vollem Gepäck, immer Druck, Waffenübungen, Sport, das ganze Programm. Russell erzählte, dass sich manche Rekruten abends in den Schlaf wimmerten, und wenn sie mitten in der Nacht erwachten und merkten, wo sie waren, fingen sie wieder an zu wimmern. Das hat Russell erzählt.

Offenbar wurden sie in Gruppen aufgeteilt und mussten zusehen, wie die Ausbilder auf Zweihundert-Liter-Behälter mit Wasser feuerten. Danach wurden sie hinter die Behälter geführt, wo das Wasser aus den Einschusslöchern sprudelte. So, sagte man ihnen, würden sie nach einem Treffer aussehen. Das hatte keinen didaktischen Zweck, George. Das war reine Angstmacherei.«

George wusste, was Angst war.

»Zwischen Puckapunyal und der Infanterieausbildung in New South Wales war er eine Woche bei uns. Da er keine besondere Begabung gezeigt hatte, kam er zur Infanterie, George. Hätte er schon eine Weile Ingenieurwesen studiert, dann wäre er dort nicht gelandet. Hätte er nur *kurz* studiert, und sei es, ohne auch nur eine einzige Prüfung abgelegt zu haben, dann wäre ihm alles erspart geblieben. Aber … in der Woche zu Hause ist er die ganze Zeit in seinem Zimmer geblieben, hat Gitarre gespielt und geweint. Seine Mutter war verzweifelt. Aber ich konnte zu dem Zeitpunkt nichts tun. Gar nichts.

Er war anderthalb Monate in New South Wales. Ich weiß nicht mehr, wie der Ort hieß. Ingleburn? Danach schrieb er uns jedenfalls aus Queensland, aus dem Zentrum für Bodenkriegsführung in … äh … Canungra. Immer, wenn er versetzt wurde, musste er seine Bekannten zurücklassen und neu anfangen. Nach drei Wochen in Canungra hatte er drei Wochen frei. Eine ›Verschnaufpause‹ vor der Einschiffung. Er kam nach Hause.

Seine Mutter warf einen Blick auf ihn und brach in Tränen aus. Er war so dünn geworden. Er hatte sich körperlich stark verändert. Er verbrachte wieder jeden Tag und jeden Abend seiner freien Woche zu Hause. Nur nicht den letzten Abend. Da besuchte er Louise. Nach allem, was man hörte, hatte sie einen neuen Freund. Er hätte nicht hingehen dürfen. Meine Frau wollte ihn davon abbringen.

Von Melbourne ging es zur Luftwaffenbasis Richmond, und von dort wurde er in einer Herkules-Transportmaschine an einen Ort namens Thanh Son Nui in der Nähe von Saigon geflogen. Ich kann mir meinen mageren Sohn Russell zwar nicht in einer Herkules vorstellen, aber so war es. Von dort fuhr er nach Nui Dat, wo er zu einem Bataillon stieß, dem 3RAR. Dort kannte er keinen einzigen Menschen, George, nicht einen.«

Dr. Byard strich mit der Handfläche langsam über seine Ledertasche. Ich konnte das Geräusch der Bewegung hören. Unter dem Bett liegend, sah ich die Fersen seiner Schuhe, die stets schwarz waren, und die grauen Strümpfe, die ihnen entwuchsen und unter den Hosenaufschlägen verschwanden. Die Hündin neben mir seufzte im Schlaf. Offenbar fand sie seine Stimme einschläfernd.

»War das der Hund?«, fragte er.

George schwieg beharrlich.

»Sie lassen den Hund nicht raus«, sagte er zu sich selbst.

»Ich weiß nicht, wie Sie das sehen, George, aber diese Asiaten interessieren mich nicht sonderlich. Im Grunde habe ich nichts gegen sie. An der medizinischen Hochschule hatte ich einen Kommilitonen ... aber er war kein Vietnamese. Manche sind ausgesprochen intelligent. Ich habe natürlich keine Zeit für den Kommunismus, aber Russell und ich ... Ich glaube nicht, dass wir je darüber gesprochen haben. Er hat wohl nie darüber gesprochen. Aber vielleicht hat er in der Army begonnen, Fragen zu stellen. Nein, wahrscheinlich nicht. Beim Militär werden keine Fragen gestellt, nicht wahr, George? Vielleicht haben sie sich während des Fluges in der Herkules darüber unterhalten.

Meine Frau spricht ständig von ihm ... ständig, aber nicht von seiner Zeit in Vietnam. Sie spricht von ihm, als wäre er noch zu Hause. Sie erzählt am liebsten von seiner Kindheit, von dem, was er als Jugendlicher getan hat. Sie kennt viele Geschichten von damals, die mir ganz neu waren. Von *damals* – das sage ich so, aber in Wahrheit ist es ja erst ein paar Jahre her ... Alle Geschichten über Russell stammen aus seiner Jugend. Louise auch. Sie war mehrmals bei uns. Ein gutes Mädchen. Sie sagt, er sei immer gut zu ihr gewesen ... und zu ihren Freunden. Das konnte ich natürlich auch nicht wissen.

Aber ich wollte ja von Vietnam erzählen. Es war nicht schwierig, ein paar Leute ausfindig zu machen, die mir berichten konnten, was passiert ist. An seinem ersten Tag in Vietnam, an seinem allerersten Tag, musste er an einem nächtlichen Angriff aus dem Hinterhalt teilnehmen. Offenbar gab es Dörfer, von denen man wusste, dass sie mit dem Vietcong sympathisierten. Nachts schmuggelten einige der

Zivilisten Nahrungsmittel zu den Kämpfern. Hast du von den Claymore-Minen gehört, George? Ein Mann deines Alters könnte am Zweiten Weltkrieg teilgenommen haben, aber ich weiß nicht, ob diese Mine damals schon benutzt wurde. Um ehrlich zu sein, bin ich ein Laie, was Waffen angeht, George. Ich habe mich nur wegen Russell ein bisschen informiert.

Die Claymore-Mine wird per Fernzündung zur Explosion gebracht. Sie hat ein Plastikgehäuse. Grünes Plastik, glaube ich. In den Explosivstoff, eine Paste von plastilinartiger Konsistenz, werden Kugeln gesteckt. Vom Gehäuse aus führen Zündkabel zu einer Zündvorrichtung. Die Soldaten können die Mine am Boden, an Bäumen oder im dichten Laub anbringen, und wenn der Vietcong in Reichweite ist, drücken sie einfach auf den Zünder. Die Explosion erfolgt sofort.

Man hatte einige Claymores in Bäumen am Rand des Weges angebracht, den die Dorfleute nahmen, wenn sie nachts Lebensmittel zum Vietcong schmuggelten. Russell gehörte zu einem Trupp, der im Hinterhalt lag und auf die Dorfleute wartete. Sie mussten selbstverständlich mucksmäuschenstill sein; sie durften kein Wort sprechen, und sie durften sich nicht bewegen. Können Sie sich das vorstellen?«

Was *genau* mochte sich George wohl vorstellen?

»Nun, sie warteten stundenlang mitten in diesem vietnamesischen Dschungel. Ich weiß nicht, was Russell dabei durch den Kopf ging. Woran denkt ein junger Mann in einer solchen Situation? Vermutlich weiß man das nur, wenn man es selbst erlebt hat. Seine Mutter mag nicht darüber nachdenken, sie will kein Wort von Vietnam hören. Sie stellt die Nachrichten aus oder verlässt das Zimmer. Sie klammert sich an seine Kindheit.

Nach vielen Stunden kamen tatsächlich einige Leute aus dem Dorf des Wegs, Männer und Frauen, die Nahrungsmittel schleppten. Es musste sich also um Vietcong-Sympathisanten handeln, George, denn man hatte eine Ausgangssperre über das Gebiet verhängt, und wer sonst hätte einen Grund gehabt, nachts durch die Gegend zu laufen? Im Dunkeln konnte man die Männer kaum von den Frauen unterscheiden. Diese Leute sind so dünn, dass man die Frauen nicht genau erkennen kann, besonders nachts. Sie wissen schon, was ich meine. Aber zwei oder drei dieser Leute – und das ist offenbar sehr ungewöhnlich –, zwei oder drei, vermutlich Frauen, trugen Kinder auf dem Rücken. Babys.

Russell und seine Kameraden hatten stundenlang gewartet, aber als der Offizier sah, dass Kinder dabei waren, ließ er alle unversehrt passieren. Denn es war kaum vorstellbar, dass die Dorfleute ihre Babys mitnahmen, wenn sie Lebensmittel zum Vietcong schmuggelten. Und jeder Versuch, sie zu verhören, hätte den Standort der Australier verraten. Sie ließen sie also durch und warteten weiter. Sie warteten … Es dauerte über zwei Stunden, bis sich ein anderer Trupp von Dorfleuten, der auch Lebensmittel dabeihatte, auf demselben Weg näherte. Während des Wartens kam dem befehlshabenden Offizier der Gedanke, dass die Babys eine neue Taktik oder ein Trick waren, um unschuldig zu wirken, falls man ertappt wurde. Gut möglich, dachte er, dass diese Bauern ihre Babys als Schutzschilde benutzten. Er hatte miterlebt, wie neunjährige Kinder Bars betraten, in denen sich die Soldaten entspannten, und sich in die Luft sprengten. Angeblich sind diese Leute zu Taten imstande, die unsere Vorstellungskraft übersteigen, George. Meine Frau … sie mag nichts davon hören.«

Ich kannte Mrs Byard. Ihr Mann hatte recht.

»Nachdem der zweite Trupp ungeschoren davongekommen war, überlegte sich der Offizier die Sache anders, und als sich ein dritter Trupp näherte, erteilte er den Befehl. Dieses Mal waren es weniger Menschen. Ein Kind. Jedenfalls konnten sie nur eines erkennen. Russell war einer der Jungs, die die Zünder drückten. Alle Dorfleute kamen ums Leben. Das war seine erste Nacht in Vietnam.«

Er strich wieder mit der Handfläche über die Tasche. Ich stellte mir seine makellosen Fingernägel vor.

»Wissen Sie, George, ich habe einige Männer aus seinem Regiment, seiner Kompanie, seinem Zug ausfindig gemacht. Während der letzten paar Monate war ich so etwas wie ein Investigativjournalist oder ein Historiker. Ist gar nicht so schwierig. Man muss nur beharrlich sein und immer wieder anrufen. Die Leute haben Verständnis. Es hat mich zwar viel Zeit gekostet, die mir in meiner Praxis dann gefehlt hat, aber je mehr man in Erfahrung bringt, desto mehr möchte man wissen. Vielleicht klingt es sinnlos, George, aber ich ... versuche, mich in seine Lage zu versetzen. Ich versuche, alles mit seinen Augen zu sehen. Um in Vietnam bei ihm sein zu können.

Nachts im Hinterhalt zu liegen ist kein großes Verdienst. Das gehört zum Job, wenn auch zu einem Job, um den er sich nicht beworben hatte. Am nächsten Tag war Russell an einem Ort namens Binh Ba. Eine Gummiplantage, die vor dem Krieg von den Franzosen aufgebaut worden war. Vermutlich hatte er kaum geschlafen. Ich weiß nicht, wie viel, aber es kann nicht viel gewesen sein. Man mutet Männern diesen Schlafentzug zu und schickt sie dann in ein Feuergefecht. Da dürfte er nicht der Einzige gewesen sein.

Gleich am nächsten Tag wurde sein Zug in Binh Ba in ein solches Gefecht verwickelt. Russell befand sich auf offenem Gelände … eine Art Feld, wie man mir berichtet hat. Überall rannten Kinder aus einer nahen Schule herum, sie versuchten, aus der Schusslinie zu fliehen. Russell schrie den Kindern zu: ›*Dung ly, dung ly*‹, was ›Halt‹ bedeutet, und winkte ihnen, damit sie sich zu Boden warfen. Er hatte die Worte wohl bei Kameraden aufgeschnappt.

Er lag im hohen Gras, doch um winken zu können, musste er sich etwas aufrichten. Ein Kind lief auf ihn zu. Vermutlich wusste es nicht, ob Russell Sicherheit oder Gefahr verhieß. Als das kleine Mädchen nahe genug war, stand Russell auf und fing es ein, er deckte es mit seinem Körper. In diesem Moment, in dem Moment, als er aufstand, um das Mädchen einzufangen, wurde er zum ersten Mal getroffen. Er stürzte auf das kleine Mädchen, und als er am Boden lag, traf ihn die zweite Kugel und zerschmetterte seinen Schädel. Er war bis zur Unkenntlichkeit entstellt. Und wissen Sie, was? Der Schütze gehörte höchstwahrscheinlich zu seinen eigenen Leuten.

›Zu viel, zu spät‹, sagt seine Mutter. Sie will nichts davon hören. Hält alles für reine Spekulation … was seine letzten zwei Tage betrifft. Das sehe ich anders. Sie macht mir Vorwürfe, George. Sie ist wütend … wütend auf mich. Und ich dachte … ich habe lange darüber nachgedacht, ob ich für irgendetwas verantwortlich bin … für seinen Tod. Ich habe ihn nie dazu ermutigt, den Helden zu spielen. Außerdem wurde er eingezogen. Er ist nicht mit Landserlegenden oder Geschichten von militärischen Abenteuern aufgewachsen. Der Krieg war nie ein Thema zwischen uns.

Eines ist mir allerdings eingefallen. Ich frage mich, ob es ihr auch so geht. Es wird ihr sicher bald in den Sinn kommen. Das Ingenieurwesen. Dazu habe ich ihn ermutigt, George, wirklich. Aber nicht nachdrücklich genug. Hätte ich ihn nur gedrängt. Hätte ich ihn nur gezwungen, sich einzuschreiben. Ich hätte seinen Ehrgeiz anfachen müssen, George. Genau das braucht ein junger Mann. Hätte er sich an der Universität eingeschrieben, dann hätte er genau wie wir beim Essen über den Krieg diskutieren können und würde noch leben. Ehrgeiz ist genau das, was ein junger Mann braucht, und ich habe seinen Ehrgeiz nicht angefacht. Ehrgeiz. Jeder Mann braucht ihn.

Meine Frau hält meine Nachforschungen für Zeitverschwendung. Ja, Russell und ich haben eine Zuneigung füreinander empfunden, die allerdings nur … sehr distanziert zum Ausdruck kam. Aber ich habe geglaubt, dass wir einander … näherkommen könnten, wenn ich … so viel wie möglich über seine letzten beiden Tage in Erfahrung bringen würde. Ich weiß natürlich nicht, was ihm durch den Kopf gegangen ist, aber ich fände es furchtbar, wenn mein Sohn während seiner letzten zwei Tage an alles Mögliche gedacht hätte, nur nicht an seinen Vater. Kein einziges Mal. Aber das kann ich ihm nicht zum Vorwurf machen.

Ich weiß, was ich weiß, George, über die Claymore-Minen, den nächtlichen Hinterhalt, über die Zivilisten und den folgenden Tag, als die Kinder in Binh Ba auf freiem Feld herumrannten. Ich weiß immerhin, was man mir erzählt hat. Niemand weiß genau über Russell Bescheid. Er war ja erst zwei Tage dort. Er kannte niemanden. Niemand kannte ihn.«

Ein langes Schweigen trat ein, nur unterbrochen vom leisen Atem meiner Hündin. Dann sprach George zum ersten Mal, seit Dr. Byard das Zimmer betreten hatte.

»Ich kann nicht schlafen. Können Sie mir irgendetwas geben, damit ich schlafen kann?«

Ich hörte unter dem Bett, wie Dr. Byard die Verschlüsse seiner Arzttasche öffnete. Er stellte etwas auf den Nachttisch und sagte nichts mehr.

Ich war nicht dabei, als er meinem Vater Bericht erstattete, falls er das überhaupt tat. Wäre er ehrlich gewesen, dann hätten seine Worte meinen Vater bestimmt weder getröstet noch eine Erklärung geboten; stattdessen hätte sich mein Vater wohl veranlasst gesehen, jemanden zu bitten, Dr. Byard zu behandeln.

Der nächste Morgen, frisch und munter im weißen Licht des Kindheitssommers, strahlte eine solche Unschuld aus, dass der vorangegangene Tag wie eine Lüge wirkte. Ich war als Erster wach und beim Frühstück. Meine Eltern beschlossen, mit uns – genau genommen mit mir – zum Strand zu fahren. Die Einladung galt natürlich auch für Kirsten, und sie kam tatsächlich mit, doch im Gegensatz zu mir war sie nicht auf andere angewiesen, wenn sie irgendwo hinwollte. Ich war noch in dem Alter, in dem ich meinen Eltern die Erlaubnis für jede Fahrt, die ich mit öffentlichen Verkehrsmitteln allein unternehmen wollte, in langen Diskussionen abringen musste. Wir wollten gleich morgens hinfahren und mittags heimkehren, wenn es am heißesten war.

Eine Weile hatte ich das Gefühl, meinen Vater wieder für mich zu haben. Die Bucht war einladend ruhig, und er führte mich an den meisten anderen Badegästen vorbei zu einer der Sandbänke, die er, im Gegensatz zu mir, stets entdeckte. Das war noch eines der Rätsel des Erwachsenendaseins, und ich tröstete mich mit dem Gedanken, dass ich einfach nur genug Umkreisungen der Erde um die Sonne überleben musste, bis mir die Augen geöffnet wurden und auch ich vom Ufer aus Sandbänke entdecken konnte. Doch nun, mit Ende dreißig und nur drei Dollar in der Tasche, habe ich immer noch das Gefühl, dass sich diese Fähigkeit – und nicht nur diese – erst noch entwickeln muss.

Auf dem Weg zur Sandbank nahm er mich auf seine Schultern, wenn das Wasser zu tief war, und auf dem Rückweg trug er mich die ganze Strecke. Ich hatte Tennisball und Schläger mitgenommen, und wir spielten French Cricket auf der Sandbank. Er zeigte sogar Interesse an meinen Sandburgen, was mich innerlich genauso wärmte, wie einen die heiße Sonne nach dem Schwimmen wärmt. In späteren Jahrzehnten nannte man eine solche Beschäftigung mit seinen Kindern »quality time«, doch wie im Falle vieler anderer Dinge gab es in meiner Kindheit noch keine Bezeichnung dafür.

Kirsten war zu einem Spaziergang aufgebrochen, und meine Mutter las und sah gelegentlich zu uns herüber. Doch meiner letzten Sandburg, in bautechnischer und ästhetischer Hinsicht viel besser als die anderen, wurde kaum noch Aufmerksamkeit geschenkt, weil meine Eltern in ein Gespräch vertieft waren. Kirsten war seit knapp zwei Stunden verschwunden, und mein Vater machte sich auf die Suche nach ihr. Meine Eltern waren zwiegespalten: Einerseits waren sie um ihr Wohlergehen besorgt, und andererseits ärgerten sie sich über ihre Unverantwortlichkeit.

Als wir mit dem Auto nach Hause fuhren, stellte sich heraus, dass mein Vater Kirsten in einem Gestrüpp zwischen Strand und Parkplatz gefunden hatte. Dort hatte sie mit Joe und ein paar anderen Freunden im Sand gesessen. Die Sache hatte wie verabredet gewirkt. Das war jedenfalls das Gefühl meiner Mutter, ein Gefühl, dem sie auf der Heimfahrt durch eine ganze Reihe rhetorischer Fragen und Vorwürfe Ausdruck verlieh.

Was nur in Kirsten gefahren sei? Früher habe man sich fest auf sie verlassen können. Ob sie sich nicht oft genug mit Joe treffe? Ob er bei uns nicht immer willkommen gewesen sei? Wer vorgeschlagen habe, ihn zum Abendessen einzuladen? Ob er diesen schlechten Einfluss auf sie habe? Sie solle ja nicht so tun, als wäre dieses Rendezvous nur ein Zufall gewesen, denn das wäre eine Beleidigung. Sie müsse wenigstens die erste Lüge beichten. Meine Mutter sagte, sie habe nicht übel Lust, Kirsten zu verbieten, sich mit Joe zu treffen. Das wolle sie nicht, aber Kirsten zwinge sie mit ihrem verantwortungslosen Verhalten dazu. Hör auf, in diesem Ton mit deiner Mutter zu reden, junge Dame! Der Ton, es war der Ton. Der Vormittag war so schön gewesen. Warum musste es immer jemanden geben, der alles verdarb?

Als wir vor dem Haus hielten, kam meine Hündin nicht wie üblich an die Tür. Ich fand sie in meinem Zimmer, aber sie war nicht in ihrem Korb, sondern lag winselnd auf Georges Bett. Ich wollte sie beruhigen, weil George schlief, doch sie winselte nur umso mehr. Mein Vater kam herein, um nach seinem Bruder zu schauen. Nachdem er einen Blick auf ihn geworfen und seine Stirn befühlt hatte, befahl er mir, den Hund hinauszubringen und meine Mutter zu rufen. Meine Mutter eilte herbei, und sie schlossen die Tür. Zu diesem Zeitpunkt stand Kirsten schon unter der Dusche. Ich wollte gerade in mein Zimmer zurückkehren, als meine Mutter die Tür aufriss und zum Telefon rannte. Sie rief mir über die Schulter zu, nicht hineinzugehen. Ich hatte sie noch nie so schnell rennen sehen und fragte mich, wen sie anrufen wollte. Wer auch immer es gewesen sein mochte, er konnte nicht mehr helfen. George war tot.

Er hatte eine Überdosis der Schlaftabletten geschluckt, die er am Vortag von Neville Byard bekommen hatte. Wann er sie genommen, wie viele er genommen und ob er bewusst eine Überdosis geschluckt hatte, waren Fragen, die mein Vater immer wieder hin und her wälzte, als könnte er, je nachdem wie die Antwort ausfiel, noch irgendetwas retten. Es war gut möglich, ja sehr wahrscheinlich, dass George, der nach ein oder zwei Pillen immer noch nicht hatte schlafen können, im Laufe der nächsten Stunden gedankenlos weitere genommen hatte. Es war gut möglich, ja sehr wahrscheinlich, dass ein Rettungswagen gerufen worden wäre, wenn man ihn früher entdeckt hätte, und dass man ihn hätte retten können. Doch wir waren am Strand aufgehalten worden. Mein Vater diskutierte all dies mit meiner Mutter. Kirsten und ich lauschten im Nebenzimmer, in dem die Uhr tickte, als ob nichts passiert wäre, und das Barometer fälschlicherweise eitel Sonnenschein anzeigte. Das war der Punkt, an dem Kirsten in Tränen ausbrach; sie hörte auch dann nicht mit Weinen auf, als meine Mutter ihr versicherte, dass sie keine Schuld an Georges Tod habe.

Ich weinte noch nicht. Sogar beim Eintreffen der Sanitäter, die in meinem abgedunkelten Zimmer aus Versehen meine Flugzeuge vom Regal stießen, als sie George auf eine Trage hievten, eine Decke über ihm ausbreiteten, sodass er auf einmal anonym wirkte, und ihn an der Küche vorbei durch den Flur auf die Straße trugen, wo die Nachbarn gafften, weinte ich noch nicht. Ich wartete.

Ich wartete über den Tag hinaus, an dem meine Eltern mit Kirsten zum Friedhof fuhren, wo George neben seinen Eltern beerdigt wurde. Ich blieb bei einem Nachbarn, aber durch eine Lücke im Zaun sah ich Joe Geraghty, der mit seinem Fahrrad auf der Straße vor unserem Haus unterwegs war. Ich rief ihn leise. Er hielt neben der Zaunlücke, und ich erzählte ihm, wo Kirsten war. Er dachte kurz nach, drückte sein Beileid aus und fragte mich dann, ob ich mitfahren wolle.

Er fuhr mich auf seinem Fahrrad zum Pier in St. Kilda und spendierte mir Fish and Chips. Er schob sein Fahrrad über den Pier, und ich ging nebenher und berichtete, wie George früher gewesen war. Ich erzählte ihm, dass George sein Haus und die Veranda verloren hatte. Ich erzählte ihm von Peggy und Fitzspiers, dem Bankangestellten. Ich erzählte ihm von Amanda und der Schule für »junge Damen«. Ich erzählte ihm von Neville Byard, Mrs Byard, Russell Byard und Louise, von den Claymore-Minen und der Gummibaumplantage in Binh Ba, wo die Kinder aus ihrer Schule rannten, um nicht in die Schusslinie zu geraten. Selbst da weinte ich noch nicht.

Abends in meinem Zimmer, das größer wirkte, nachdem man Georges provisorisches Bett entfernt hatte, dachte ich an die Pfefferminzbonbons, die er uns immer mitgebracht hatte, und fragte mich, warum es schlecht sein sollte, wenn man den Zeitpunkt seines Todes selbst bestimmte. George ging in der allertiefsten Sommerstille von uns. Die Bucht war ruhig, die Straßen waren wie leer gefegt. Die Möwen saßen auf den öffentlichen Denkmälern, und an seinem Todestag stieg die Quecksilbersäule, sie stieg und stieg. Alle Messinstrumente, die wir hatten, stimmten darin überein, dass sein Todestag ein schöner, stiller Tag war.

Ich stand auf, um mir ein Glas Wasser zu holen, und stellte fest, dass mein Vater im dunklen Wohnzimmer saß. Ich holte ihm auch ein Glas Wasser und setzte mich auf seinen Schoß. Er sagte mir, dass Kirsten und ich immer aufeinander achtgeben müssten und dass wir einander nie aufgeben dürften. Ich legte ihm im Dunkeln eine Hand auf die Wange. Dann begann ich zu weinen.

Drei

Tanya sah ich zum ersten Mal, als sie während ihrer Pause draußen eine Zigarette rauchte. Sie trug Desert Boots, weiße Socken, eine schwarze Jeans, viel Mascara und einen der Kittel des Supermarkts, in dem sie arbeitete. Sie hatte ihr dunkles Haar zurückgebunden, und mit den großen, goldenen Ohrringen wirkte sie entweder wie eine Piratin oder wie eine Zigeunermusikantin aus Rumänien. Sie plauderte nicht mit ihren Kolleginnen, sondern starrte die brennende Zigarette zwischen ihren Fingern an, und ich war auf Anhieb von der widerspenstigen Schönheit dessen fasziniert, was Durkheim ihre »Anomie« genannt hätte. Damals wusste ich es noch nicht, aber sie war genau wie ich gerade mit der Highschool fertig und wartete auf die Eingebung, die ihr sagte, welches Studienfach sie in eine brave Bürgerin verwandeln würde, die niemals ihr Konto überzieht.

Ich sprach dieses ätherische, waschbäräugige und zutiefst verstörende Mädchen damals nicht an, obwohl ich es liebend gern getan hätte. Es sollte noch einige Jahre dauern, bis ich auf Wordsworth stieß – »Was ist Furcht? Nenn's luftge Laute, / schmerzverkündend ohne Not« –, denn Tanya hatte ihn noch nicht gelesen, und sie war es, die mich schließlich mit seinem Werk bekannt machte. Ihr Allgemeinwissen war in fast jeder Hinsicht immer breiter als meines. Sogar bei unserer Hochzeit hatte ich den Eindruck, dass die Zeremonie ein alter Hut für sie war.

Ich begegnete ihr ganz förmlich an der Kasse. Ich brauchte mehrere Anläufe, alle sehr peinlich, bis mein Mut, meine kläglichen Einkäufe – Hüttenkäse, Knäckebrot, Sellerie, Coco Pops – und die kalten, gefühllosen, Einkaufswagen schiebenden Horden ein Einsehen hatten oder sich auf eine Art verschworen, die es uns erlaubte, miteinander ins Gespräch zu kommen. Ich hatte gehofft, dass sie etwas Schlagfertiges wie »Sie wollen diesen Sellerie doch nicht ganz allein essen?« sagen würde, denn das wäre eine gute Vorlage für eine der coolen Erwiderungen gewesen, die damals in den Teenagerfilmen so beliebt waren. Aber diese sahen wir beide erst viel später (als Tanya einen Kurs über Filmsemiotik besuchte); bei unserer ersten Begegnung bevorzugten wir noch lange Kameraeinstellungen à la Bergman, die zeigten, wie sich ein Tropfen skandinavischen Wassers widerwillig von seiner Metapher löste. Ich brummte irgendetwas und reichte ihr das Müsli.

»Sie waren schon mal hier, richtig?«, fragte sie.

»Mmm. Coco Pops.« Ich erwiderte ihr Lächeln. Protoplasma mit kleinen Scheinen, mehr war ich nicht. Sie hielt das Band an, und der Hüttenkäse strandete zwischen meinen bereits eingetippten Einkäufen und den Waren der nächsten Kunden. Tanya schien die Schlange nicht zu bemerken, die sich hinter mir gebildet hatte. Sie schob ihr Haar hinter ein Ohr und fragte: »Was unterscheidet eine Ware von anderen Dingen?«

Ich wusste nicht, was ich antworten sollte, doch ich wusste, dass ich sie lieben konnte, falls ich mich nicht schon längst in sie verliebt hatte.

Als die Angebote der Universitäten eintrafen, nahmen wir einander schon ernst genug, um uns in einer Angelegenheit zu verschwören, bei der es sich streng genommen um einen Betrug handelte, wenn auch um einen, der sowohl dem Respekt vor unseren Eltern als auch vor der Immatrikulation entsprang. Unsere Eltern, besser gesagt meine Eltern und Tanyas Mutter, denn ihr Vater war gestorben, als sie acht war, sollten glauben, dass wir sie bezüglich unserer Zukunft um Rat fragten, obwohl wir uns in Wahrheit nur miteinander berieten.

Selbstverständlich gingen wir auf die gleiche Universität. Das war eigentlich die Hauptsache. Nichts lag uns ferner, als über die Zukunft nachzudenken, zumal jede Diskussion darüber überflüssig zu sein schien, weil wir genau wussten, dass wir, egal was wir studierten oder wie fleißig wir lernten, am Ende immer typische Mittelschichtler bleiben würden: unpolitisch, sozialbewusst, Fans ausländischer Filme und Genießer von Wein und Käse.

Es war ein später Sommernachmittag, ungefähr eine Woche vor dem Immatrikulationstermin. Tanya lag im Bett, während ich mich auf dem Fußboden aalte und ihr altes Schulbüchereiexemplar der *Antigone* zu Ende las. Ihre Mutter war unterwegs, und ihr Bruder und seine Band hatten entweder für den Tag Schluss gemacht oder legten eine Pause ein. Wir hatten gerade miteinander geschlafen. Ein leichter Wind wehte, doch ich spürte ihn erst, als die Schlacht zwischen dem Vater-König und den Göttern beendet war. Ich schloss das Buch und sah zu Tanya auf. In ganz Theben gab es keine schönere Frau.

»Ich dachte, der Sohn hat Sex mit seiner Mutter. Hast du mir das nicht erzählt?«

»Selbe Familie, anderes Stück.«

»Derselbe Dramatiker?«

»Ja, klar. Zumindest hat der Verfasser von *Ödipus* den

gleichen Künstlernamen benutzt. Aber wer weiß schon genau über das Leben eines Mannes Bescheid, der im Jahr 406 vor Christus gestorben ist? Komm zu mir, Kreon, mein tragischer König.«

Ich nahm das Buch und legte mich neben sie, und in einem plötzlichen Anfall übertriebener Theatralik las ich laut vor: »Führt schnell mich davon! Ja, führt schnell mich fort, den Mann, der vernichtet, mehr als ein Nichts.«

»Ich sagte Kreon, nicht Cretin.«

Ich fuhr unbeeindruckt fort.

»So führt denn hinweg den unselgen Mann,
Der dich, liebes Kind, erschlug willenlos,
Und dann dich, du Arme. Weiß nicht, wohin
Ich schaun soll, wohin ich gehen soll? Wohin?
Es wankt alles mir, es traf mich aufs Haupt
Ein Schlag, Schicksalsschlag so hart, furchtbar hart.«

»Wer hat ihm denn so etwas durchgehen lassen?«

»Sophokles? Die hatten damals noch keine Maßstäbe. Der Mann war ein Trivialschriftsteller. Aber als Moralist ist er sogar mit Mord durchgekommen.«

Ich legte mich auf den Bauch, und sie knetete kräftig meinen Rücken.

»Weißt du schon, was du machen wirst?«, fragte sie.

»Heute Abend?«

»Ja … heute Abend, aber auch danach … an der Uni.«

»Ich habe jetzt nur noch sieben Alternativen.«

»Geht mir ähnlich.«

Sie stützte sich auf einen Ellbogen und ließ ihren Blick über mich hinweg in die Ferne schweifen.

»Die ganze Welt steht uns offen«, sagte ich, das Gesicht in ihrem Kopfkissen vergraben.

»Wie meinst du das?«

»Tja, wenn man es nicht so genau nimmt, waren wir so gut, dass wir alles studieren könnten, ob Medizin, Jura, Ingenieurwesen, Geisteswissenschaften, Naturwissenschaften – für was auch immer wir uns entscheiden.«

»Und *wenn* man es genau nimmt? Was dann?«, fragte sie.

»Meinst du damit, dass wir die Sache genauer nehmen als nötig?«

»Ja.«

»Ich verstehe nicht, worauf du hinauswillst, Tanya.«

»Möchtest du dein Leben lang an einem Schreibtisch sitzen?«

»Ja, an einem Schreibtisch oder auf einer Bank. Aber nicht mein Leben lang. Am liebsten hätte ich jeden Tag etwas Abwechslung – ein bisschen am Schreibtisch, ein bisschen auf dem Sofa, ein bisschen im Bett. Ich mag jetzt nicht auf die Details eingehen, aber ich könnte mir durchaus vorstellen, für den Rest meines Lebens Möbel auszubeuten. Das ist wohl unvermeidlich. Ich würde mich weigern, einen schwebenden Patienten zu operieren. Denn wenn auch nur eine Person im Operationssaal ihren Unglauben nicht mehr verdrängen kann, würden wir alle auf den Knien herumkriechen und die Instrumente suchen.«

»Also Medizin.«

»Keine Ahnung, Tanya. Das war nur Spaß. Ich habe nicht das dringende Bedürfnis, Arzt zu werden.«

»Dann solltest du es lieber lassen.«

»Na, schön, dann lasse ich es eben«, sagte ich und küsste sie auf die Stirn.

»Machst du dich über mich lustig, Eddie?«

»Nein, tue ich nicht. Aber ich habe keine Ahnung, was du meinst. Ob ich mein Leben lang an einem Schreibtisch sitzen möchte? Worauf willst du hinaus?«

»Auf welcher Seite des Schreibtisches möchtest du dein Leben lang sitzen?«

»Tja, wenn der Raum eine Klimaanlage besitzt, wäre es mir recht, die Sonne im Rücken zu haben.«

»Die Sache ist die: Wenn einer von uns sein Leben lang an einem Schreibtisch sitzt, ein Stück von der Tür entfernt und mit einem Stuhl auf der anderen Seite, und auf Leute wartet, die unsere angebliche Expertenmeinung hören wollen, dann wird sich das auf uns auswirken. Es wird uns verändern.«

»Zum Schlechten?«

»Ja, genau. Wir werden eine etwas dünkelhafte Selbstgerechtigkeit entwickeln. Wir werden keinen Widerspruch mehr dulden. Wir werden immer recht haben wollen. Und nun stell dir vor, dass wir unser ganzes Leben miteinander verbringen.«

»Das stelle ich mir gern vor. Und weiter?«

»Wie können wir *beide* immer recht haben?«

»Dann könnten wir also nie anderer Meinung sein?«, fragte ich.

»Genau. Aber das ist eher unwahrscheinlich, und außerdem bin ich gern anderer Meinung als du.«

»Wirklich?«

»Ja. Ich versuche gern, dich von meiner Meinung zu überzeugen, mit den hieb- und stichfestesten Argumenten, die ich finden kann, indem ich meine Gedanken destilliere und meine Gefühle ausfiltere. Nur um des Widerspruchs willen, meine ich.«

»Aber ich mag deine Gefühle sehr.«

»Du bist der erste Mensch, dem ich begegnet bin, der seine Gefühle zu einem Thema nicht ausblenden kann, wenn er darüber diskutiert. Wenn ich dich nicht überzeugen kann, überzeugst du mich. Das ist mir noch nie passiert. Und das finde ich großartig«, sagte sie.

»Vielleicht solltest du Jura studieren, Tanya.«

»Jura! Viel zu trocken, und außerdem will ich auf keinen Fall auf der Expertenseite des Schreibtisches sitzen, Gott spielen und den Bezug zu dem verlieren, was ich am liebsten an mir mag. Und dann noch all die Arbeitsstunden, der Stress und die Erschöpfung, und vielleicht macht mich die Arbeit sogar krank. Anwältin kommt auf keinen Fall infrage.«

»Du könntest aber gut davon leben, vielleicht sogar besser als gut.«

»Ja, aber ich glaube nicht, dass ich mich in diesem Beruf wohl fühlen würde. Du etwa?«

So lag ich damals an einem späten Sommernachmittag kurz vor dem Beginn meines Studiums auf Tanyas Bett im Haus ihrer Mutter. Durch das Fliegengitter wehte eine laue Brise, und die Band ihres Bruders stimmte, frisch erholt, nebenan die ersten Töne einer Creedence-Clearwater-Melodie an. Wer geht schon davon aus, dass er eines Tages nur noch drei Dollar in der Tasche haben wird?

»Wäre das dein Ziel? Geld zu haben, meine ich? Brauchst du Geld und das Gefühl, anderen Leuten sagen zu können, wo es langgeht, um glücklich zu sein?«, fuhr sie fort.

»Nein, natürlich nicht. Aber ich möchte gern etwas zu beißen haben und meine Rechnungen bezahlen können.«

»Und gelegentlich ins Kino gehen und alle Bücher kaufen, die wir haben möchten.«

»Und auswärts essen, jedenfalls hin und wieder«, fügte ich hinzu.

»Ich kann kochen, und ich könnte es dir beibringen.«

»Fein«, sagte ich etwas lahm, denn ich war immer noch nicht überzeugt. »Und Musik, Tanya? Ich hätte gern genug Geld, um mir Platten kaufen zu können.«

»Klar, und außerdem will ich ein bisschen reisen. Ich sage ja nicht, dass wir in einem dunklen Zimmer verhungern sollen.«

Wie unwirklich, unreif und offensichtlich dumm dieses Gespräch war, bemerkte ich damals nur im Ansatz. Ich hatte zu viel damit zu tun, meine Hochstimmung angesichts der Pläne zu verbergen, die Tanya für unser gemeinsames Leben schmiedete. Wen interessierte es schon, womit ich meinen Lebensunterhalt verdiente?

»Hast du wirklich an Medizin gedacht, Eddie?«

»Die Behauptung, dass Medizin nicht auf meiner Liste steht, wäre gelogen, aber sie steht nicht an erster Stelle.«

»Was steht denn an erster Stelle?«, fragte sie. Wir lagen auf dem Bett und warteten während der ersten Takte von »Bad Moon Rising« auf meine Antwort.

»Ingenieurwesen, glaube ich. Vielleicht.« Sie rollte sich auf mich und klemmte mich fest zwischen ihre Arme. Im Zimmer war es warm, und ich schwebte in ihrer Umarmung. Rückblickend fällt mir kaum ein anderer Moment ein, in dem ich so glücklich gewesen bin. Sophokles fiel auf den Fußboden, als sie mich auszog.

»Als Ingenieur muss man auch ein *bisschen* Fachmann sein. Ist dir das bewusst, Tanya?«

»Ja, ich weiß«, sagte sie und zog ihr T-Shirt aus, »aber das stört niemanden.«

Wir begannen wieder, uns zu lieben. Vor dem offenen Fenster wehten die Vorhänge sanft im Wind, und ich horchte auf Tanyas Atem und den Gesang ihres Bruders: »Don't go round tonight for it's bound to take your life. There's a bad moon on the rise.«

Tanya schrieb sich für Geisteswissenschaften ein, und ich stand Schlange für Ingenieurwesen. Ich konnte mir zwar nichts Genaues darunter vorstellen, glaubte aber aus rätselhaften Gründen, dass alles gut werden würde, wenn ich im Hauptfach Chemieingenieurwesen studierte. Damals war mir nicht bewusst, dass ich mich nicht aus eigenem Antrieb für dieses Studienfach entschied, sondern von außen beeinflusst wurde. Die Universität war immer mein Ziel gewesen. Ich hatte es erreicht. Nun hatte ich die Freiheit, zielstrebig das zu verwirklichen, was Tanya mir empfahl. Wir tauschten ständig Ideen und Ansichten aus. Das war in Ordnung. Dabei ging nicht zwangsläufig etwas verloren. Wir schienen tadellos zu funktionieren. Die Chemie war am Werk. Wir waren sozusagen heiß. Die meisten chemischen Reaktionen entziehen oder erzeugen Wärme. Laut des ersten Hauptsatzes der Thermodynamik verändert sich stets auch eine andere Energieform, wenn Wärme zu- oder abnimmt. Meine Atome, das wurde mir bewusst, konnten sich neu sortieren, ohne dass ich einen Verlust erlitt.

Es war einer dieser Sommer, wie sie jeder kennt oder später gekannt zu haben glaubt: Radtouren bei Sonnenuntergang, Spaziergänge am Strand, Zigaretten im langen Gras hinter den Strandhütten, der gemeinsame Genuss eines Bieres, das wir aus dem Kühlschrank ihrer Mutter entwendet hatten (von ihrem Bruder für die Band gekauft), Lyrik, Prosa für jede Gelegenheit, Pommes frites mit Essig, Musik und der Tausch von Windjacken nach stillem, windgepeitschtem Sex auf dem privatesten aller öffentlichen Plätze.

Wir bummelten stundenlang durch Läden, ohne etwas zu kaufen. Wir klapperten alle Kioske ab und lasen sämtliche Zeitungen und Zeitschriften, entweder nebeneinander oder über die Schulter des anderen, und machten uns gelegentlich auf etwas Interessantes aufmerksam. In Williamson's Cards and Music waren wir Stammkunden. Wahrscheinlich trieben wir den alten Williamson in den

Wahnsinn, denn wir wollten in eine Platte nach der anderen hineinhören, ohne je eine zu kaufen – was er ganz genau wusste.

Anfangs spielte er die gewünschte LP auf einer Anlage, die sowohl den Laden als auch die Straße mit unserer Lieblingsmusik beschallte, aber nach kurzer Zeit mussten wir Kopfhörer aufsetzen. Da er nur ein Paar besaß, lauschten wir mit jeweils einem Ohr. Das war nicht besonders toll, aber besser, als wenn einer von uns die Kopfhörer aufsetzte und dem anderen die Stücke vorsang. Normalerweise sang ich Tanya etwas vor, einschließlich Gitarrensoli und so weiter, während sie vor Lachen auf dem Boden lag, um Luft rang und mich anflehte, aufzuhören. Vermutlich machte sie mehr Lärm als ich mit meinem Gesang.

Gemeinsam hätten wir das Leben des alten Williamson vielleicht um ein paar Jahre verkürzt, weil wir seine Kunden vergraulten. Immerhin musste er nicht jedes Mal den ganzen Laden durchkämmen, wenn wir etwas hören wollten, denn er schien alle unsere Wünsche unter ›T‹ einsortiert zu haben. Unter diesem Buchstaben fanden wir The Clash, The Jam, The Cure, The Sports, Television und Tubeway Army, bevor *und* nachdem sie sich trennten und sich in Gary Numan umbenannten.

Damals hatte die Musik einen sehr hohen Stellenwert für uns. Sie war das Bindeglied zwischen der populären Kultur – mitsamt ihrer angeblich *alternativen* Avantgarde – und der privaten Kultur, die wir nur miteinander teilten. Da wir zu diesem frühen Zeitpunkt niemanden an der Universität trafen, der Wordsworth, Keats, Eliot, Robert Frost oder A. D. Hope las, täuschten wir Demut vor und gaben jedem unseren Segen, der Joy Division hörte.

Tanya hatte immerhin mit Leuten zu tun, die lasen. Bei den Ingenieuren ahnte niemand, dass es die Möglichkeit des Lesens überhaupt gab. Ich musste ein Geheimnis daraus machen. Joy Division war natürlich etwas anderes. Ein schüchterner, apokalyptischer Punkpoet trifft auf manischen, aber melancholischen Pop. Das war der Reiz, und ich sprang sofort und noch vor »Love Will Tear Us Apart« darauf an. Diese Musik wurde sogar von einigen Ingenieuren verstanden. Sie hatte etwas Drängendes, und wenn sie auf den schrecklichen Partys lief, auf die ich als junger, schüchterner Student des Ingenieurwesens von Tanya geschleppt wurde, Semesterabschlusspartys für die Mitarbeiter der *University Revue* oder die Aristokratie der Hochschulpolitik, war ich wie verwandelt. Ich kannte alle Texte und verfiel von einem Moment auf den anderen in den Tanzstil einer Person, die ich eigentlich gar nicht war, immer hoffend, dass Tanya nie von mir verlangte, auf Dauer diese Person zu sein. Trotzdem tanzte ich im Dunkeln eines Lagerhauses in der Stadt oder in einer Wohngemeinschaft in den Vororten wie Ian Curtis, der Leadsänger von Joy Division, und schwenkte wie verrückt die Arme. Ich erfuhr erst viele Jahre später, dass er Epileptiker war.

Ich hatte Tanyas neuen Freunden kaum etwas zu sagen, aber das war egal, denn nur ich wusste, was früher eingespielt worden war, »Unknown Pleasures« oder »Closer«. Nur ich wusste, dass Joy Division nicht aus London, sondern aus Manchester kamen, dass Martin Hannett ihr Produzent war und dass sie sich früher Warsaw genannt hatten. Und da ich mit dieser Art Wissen bei ihren Freunden punkten konnte, hielt ich damit nicht hinter dem Berg. Tanya verlangte nicht von mir, diese Person zu spielen, aber ihre Freunde machten es erforderlich. Ich konnte nur auf dieser Schiene mit ihnen kommunizieren, und Tanya schien möglichst oft mit ihnen zusammen sein zu wollen, wenn auch nicht immer und nicht so oft wie mit mir. Jedenfalls damals nicht. Später kam die Sache aus dem Gleichgewicht, weil sie diese Leute brauchte, und wenn das Bedürfnis in ihr erwachte, bestand das Problem vor allem darin, es anzuerkennen. Ihre Wahrnehmungsweise zu verändern war mehr als schwierig, ja unmöglich, und ich war immerhin klug genug, dies zu wissen.

Die Sache läuft so: Ein introvertierter junger Mann, der sich plötzlich als Student für Ingenieurwesen wiederfindet, ist in ein romantisches und dominantes Zigeunermädchen verliebt, deren Freunde ihn nur deshalb bewundern, weil er einem von ihm bewunderten apokalyptisch-epileptischen Sinatra aus Manchester nacheifert. Plötzlich hat man eine neue Identität. Wie konnte das geschehen? Wohin als Nächstes? »To the centre of the city where all roads meet waiting for you.« Man sehnt sich halb bewusst die ganze Zeit nach der Frau, die man liebt, ob körperlich oder geistig. Ich war von Tanya entworfen und abgesegnet worden, und wenn ich sie gewesen wäre, hätte ich mich auch irgendwann mit mir gelangweilt.

Man kann nicht für immer schwarze Klamotten tragen und auf Partys die Arme schwenken. Es war nicht so, dass ich mich nicht durchschaut hätte, sondern dass ich mich zu gut durchschaute und todunglücklich mit der postindustriellen Parodie meiner selbst war, in die ich mich verwandelt hatte. Je mehr meine Verzweiflung wuchs, desto stärker wurde der Drang, die asketische und naive Persönlichkeit des auf romantische Art ungeselligen Eigenbrötlers zu sein; meine offenkundige Vorliebe schien nahezulegen, dass ich mit Leid bestens vertraut war, und so wurde ich auf dem Campus zu Ian Curtis' persönlichem Stellvertreter. Doch woran litt ich? Bestenfalls an der alltäglichen Angst eines jungen Mannes, der zu oft blau, verkatert oder müde war und mit seinem Studium sowie mit der Angst eines Empirikers vor der eigenen Unfähigkeit haderte, die langsam wachsende Entfremdung zwischen sich und der von ihm geliebten Frau auszuloten.

Tanya kam nie aus dem Tritt, denn sie hielt sich an die Tyrannei des Neuen. Sie engagierte sich immer mehr in der Hochschulpolitik, im Studententheater und dem, was sie »Frauensachen« nannte, ein Begriff, der mich an einen der Euphemismen meiner Mutter für Hysterektomie erinnerte. Doch nichts davon beeinträchtigte ihre nobelpreisreifen Examensergebnisse, die dazu führten, dass sie von Tutoren und Dozenten hofiert und mit Angeboten für bezahlte Forschungsarbeiten während der Semesterferien bestochen wurde. Sie war in ihrem Element und glaubte, dass alles, was sie erlebte, Teil jenes evolutionären Prozesses war, der eine Raupe der Parkplätze und Supermarktkassen in einen Schmetterling des Wiens der Jahrhundertwende verwandelte. Ich hingegen empfand es als Sabotage all dessen, was ich im Laufe zweier Jahre, die die besten meines Lebens gewesen waren, an ihr geliebt hatte. Ich hatte das Gefühl, aus ihrem Kokon ausgeschlossen worden zu sein. Früher hatte ich mich in ihrer Gesellschaft nie einsam gefühlt, aber jetzt war ich am einsamsten, wenn ich bei ihr war.

Mein Studienfach war kurz davor, einen Idioten aus mir zu machen. Das Ingenieurwesen in all seinen Variationen war schwierig genug, doch es war noch schwieriger, ein Interesse daran zu entwickeln. Die Universität begann mich zu langweilen, und ich hatte das Gefühl, mich im Kreis zu drehen. Zwei Jahre Studium, und ich war schon auf Grund gelaufen. Ich begann, bei bestimmten Partys Eyeliner aufzulegen, weil ich hoffte, dass mich die Leute für bisexuell und damit für interessanter hielten. Vielleicht würde sogar Tanya darauf hereinfallen. Sie verbrachte inzwischen viel Zeit mit Leuten, die allen möglichen sexuellen Vorlieben frönten. Dies erhöhte die Zahl möglicher Nebenbuhler um fünfzig Prozent. Doch niemand bemerkte den Eyeliner, und falls man ihn bemerkte, war man zu höflich, um etwas dazu zu sagen. Niemand außer Tanya, die mir eines Abends mit beißender Freundlichkeit zuflüsterte, sie glaube nicht, dass Ian Curtis Eyeliner getragen habe, und wenn ich ihren Applikator kaputt gemacht habe, werde sie mir den Hals umdrehen.

Meine Konzentration schien beim geringsten Kontakt mit meiner Pflichtlektüre zu verpuffen, und ich ertappte mich bei dem Versuch, auswendig zu lernen: immer das eindeutige Zeichen einer tiefen Verunsicherung. Ich ging im Schlafzimmer auf und ab und wiederholte emphatisch, dass die Bewegungen der Erdkruste und ihre Folgen, zum Beispiel Verwitterungen und Gesteinsverschiebungen, für die Bildung und Verlagerung von Mineralien in Schichten verantwortlich waren, in denen man diese Mineralien schließlich ausbeutete. Ich haderte jedes Mal mit den Störungszonen. Ich begriff zwar, was es damit auf sich hatte, doch an diesem Punkt schweifte meine Aufmerksamkeit stets von der Buchseite ab und wandte sich einer vollkommenen Welt zu, in der die ursprünglichen, durch sedimentäre oder chemische Prozesse hervorgebrachten Gesteinsschichten nie zu Synklinalen und Antiklinalen aufgefaltet worden waren, sondern sich wie am Uranfang einander zuneigten.

Ich wusste, dass der Fels dort, wo die Auffaltungen am stärksten sind, oft brüchig ist, vor allem unter Druck. Doch das Gleichgewicht auf der Erdoberfläche gehörte der Vergangenheit an. Das war das Einzige, was ich ganz genau wusste, nachdem ich vier Stunden oder länger an meinem Schreibtisch gesessen hatte.

Vier

Als ich Amanda zum zweiten Mal begegnete, war ich mir nicht sicher, ob sie es wirklich war. Ich stand in einer Schlange und versuchte, mich für ein Mittagessen zu entscheiden. Es war Frühling. Während der letzten Woche hatten fast ständig heiße Stürme gewütet, doch nun schien die Sonne, und die Stimmung hatte sich entspannt. Die Prüfungen standen kurz bevor. Die Leute nutzten die Gelegenheit, um zum ersten Mal seit Monaten wieder ein T-Shirt zu tragen. Ich war hin- und hergerissen: Einerseits zerbrach ich mir den Kopf darüber, ob ich eine Backkartoffel mit Schnittlauchquark oder vielleicht doch lieber eine pikante Truthahnrolle nehmen sollte, und andererseits hätte ich gern in stummem, stillem Selbstmitleid geschwelgt.

Sie stand in einer anderen Schlange, der für das Körner-Essen, und ich war mir bei ihrem Anblick nicht sicher. Als ich endlich an der Reihe war, schwankte ich immer noch. Eine ältere Frau namens Muriel, die an der Theke bediente, fragte mich nach meinen Wünschen. Sie kannte meinen Namen, weil ich mit Tanya ging, die so bekannt war wie ein bunter Hund.

»Wo ist denn deine Freundin, Eddie?«

Tja, wo war meine Freundin? Sie lag nicht mehr mit mir im hohen Gras hinter den Strandhütten, und sie begleitete mich auch nicht mehr zu Williamson's Cards and Music. Sie hielt sich nicht mehr im Haus ihrer Mutter in ihrem Schlafzimmer auf, wo eine Brise schläfrig durch die Chiffonvorhänge ging. Eigentlich war ich zu jung, um den Verlust des Paradieses zu beklagen, und warum hatte sich dieser Verlust, falls er eine Realität sein sollte, nicht durch Blitz und Donner oder wenigstens durch die Entdeckung angekündigt, dass Tanya mich betrog? Andererseits hatte es während der letzten Woche geblitzt und gedonnert, und durch das Unwetter stach die Blüte, die endlich eingesetzt hatte, stärker ins Auge als üblich. Sie brachte den Heuschnupfen mit sich. Der Beginn der Blüte war mir bis dahin nie aufgefallen. Und was wollte ich überhaupt? Die Frau sah aus wie Amanda, aber wie konnte sie gegen Ende des Jahres so plötzlich auftauchen? Niemand tauchte einfach so auf, außer – was sich von selbst versteht – wenn man die betreffende Person auf gar keinen Fall wiedersehen wollte.

»Eddie?«

»Entschuldige, Muriel«, sagte ich, immer noch in tiefes Nachdenken versunken.

»Hast du dich entschieden?«

»Entweder die Backkartoffel oder die pikante Truthahnrolle.«

»Was nimmt Tanya? Kauf einfach beide Gerichte und teil mit ihr.«

Ich hatte nicht daran gedacht zu teilen. Aber warum nicht? Das Teilen wurde Kindern immer als ideale Methode zur Konfliktlösung empfohlen. Andererseits konnte sich Tanya die gleichen Freiheiten nehmen wie ich, und der Gedanke, dass sie einen Liebhaber hatte, war so schmerzhaft, dass ich gar nicht darüber nachdenken mochte. Ob sie mich zum Teil schon als eine Art Bruder sah?

»Sie ist in einer Sitzung. Frauensachen oder Theater. Ich weiß es nicht mehr. Welchen Tag haben wir heute?«

»Sieht aus, als müsstest du dich dieses Mal selbst entscheiden, Eddie.«

Ich würde jede Wahl bereuen, egal welche, das wusste ich. Nachdem ich mich für die Backkartoffel entschieden hatte, ging ich. Die Frau, bei der es sich eventuell um Amanda gehandelt hatte, stand nicht mehr in der Körner-Schlange. Ich setzte mich mit meiner Kartoffel an einen Tisch und begann, in einer Ausgabe der Studentenzeitung zu lesen.

Alle Artikel stammten von Tanyas neuen Freunden. Und jeder Artikel bewies schon nach wenigen Zeilen die eklatante Unfähigkeit des Verfassers, zu denken und zu schreiben. Und dies war die Elite von morgen. Ich beklagte insgeheim den Verfall des Bildungsniveaus, wusste aber, dass mir keiner von Tanyas Freunden zustimmen würde, weil sie alle auf dem mageren Humus dieses Niveaus gewachsen waren und später von der breiten Erosion der Gelehrsamkeit profitieren würden.

Aber war ich, der ich mit der Möglichkeit liebäugelte, im zweiten Jahr durchzufallen, auch nur einen Deut besser als sie? Wie war es möglich, dass Amanda in der Körner-Schlange gestanden hatte? Ich hätte sie doch schon früher sehen müssen. Warum? Warum hätte ich sie schon früher sehen müssen? Alles, was kein Klischee war, hatte große Chancen, meiner Aufmerksamkeit zu entgehen. Ich hasste mich. Wie viele Neuronen konnte ich verplempern und wie viele hatte ich noch übrig, dass ich so viele davon an Ian Curtis und Joy Division vergeuden durfte? Der alte Williamson hatte zu Recht alles unter ›T‹ einsortiert, ohne je einen Grund dafür zu nennen. Wo war mein Mädchen? Bequemlichkeit nahm dem Teufel die Arbeit ab. Oder war es Dämlichkeit? Oder Redlichkeit? Wo war die Erscheinung geblieben, die Hypostase von Amanda? Ich hasste Klischees. Ich hätte den Truthahn nehmen sollen. Ein Vogel in der Hand war besser als jede Körner-Schlange.

Als ich Tanya später am Nachmittag in einem Pub traf, war sie gerade dabei, sich innerlich ins Lot zu bringen. Das sah ich sofort. Irgendetwas hatte sie geärgert, aber sie hatte ihre Verärgerung bereits abgeschüttelt und versuchte, ihren Zorn als Antriebskraft für ein anderes Projekt zu kanalisieren. Ich musste nur ergründen, um welches Projekt es sich handelte, und mich dann damit solidarisieren.

»Hi«, sagte ich.

»Hi, Eddie«, erwiderte sie leicht zerstreut.

Wir küssten uns nicht mehr zur Begrüßung, nicht einmal, wenn wir allein waren. Ein Willkommenskuss war zu bürgerlich. Ein Abschiedskuss war zu sentimental. Ein Kuss beim Sex war Zeitverschwendung und hätte außerdem zur Voraussetzung gehabt, dass Sex stattfand. Ich fragte mich, ob sie sich dieser Kleinigkeiten bewusst war. Die alte Tanya hätte sie bemerkt. Und zwar früher als ich. Aber jetzt war sie in jeder Hinsicht abgelenkt. Ich war froh, sie nicht küssen zu müssen. Es lag eine Spannung in der Luft, die ich unweigerlich einatmete. Wir schienen beide zu ahnen, dass wir auf der Schwelle zu einem Ereignis oder Gespräch standen, das nach seiner Destillation und im Rahmen eines breiteren kosmologischen Plans zu einer Anekdote werden würde, vielleicht zu einer, die ich Amanda erzählen konnte.

Der Schauspieler sucht sich den Ort seines Auftritts gut aus, und falls dies mein Auftritt sein sollte, würde ich bestimmt nicht versuchen, Tanya zu küssen, nur um zu erleben, dass sie das Gesicht wegdrehte, weil sie die eine Aussicht im Notting Hill Hotel der anderen vorzog. Außerdem schien Muriel bei der Garnierung meiner Backkartoffel den Schnittlauch durch Frühlingszwiebeln ersetzt zu haben.

»Ist etwas passiert? Du wirkst so verändert.«

Sie wirkte tatsächlich wie eine andere Person, wie viele andere Personen, und das nicht erst seit heute.

»Du bist eben erst gekommen und du willst schon erkannt haben, wie ich wirke?«

»Du hast meinen Eindruck gerade bestätigt.«

»Du hast recht. Entschuldige. Ich glaube, irgendwas braut sich zusammen«, sagte sie.

»Wo?«

»Hier, auf dem Campus, und ich stehe mitten darin.«

»Was braut sich zusammen? Und was hast *du* damit zu tun?«, fragte ich.

»Ich bin sowohl beim Studententheater als auch im Frauenausschuss. Also liegt es nahe, dass ich die Aufmerksamkeit darauf lenke.«

»Worauf?«

»Auf *Hamlet*.«

»*Hamlet*? Wegen *Hamlet* braut sich etwas zusammen?«

»Du weißt doch, dass wir *Hamlet* inszenieren wollen.«

»Nein, das wusste ich nicht.«

»Schön, wir wollen *Hamlet* inszenieren, und eigentlich hätte das Vorsprechen schon beginnen sollen«, fuhr Tanya fort.

»Seid ihr in Verzug?«

»Ja, aber das ist nicht das Problem. Es geht um die Leitung.«

»Taugt der Regisseur nichts?«

»Woher weißt du, dass es ein Mann ist?«

»Na ja, du hast gesagt, dass dein Engagement im Frauenausschuss irgendetwas damit zu tun hat, und deshalb habe ich angenommen, dass es sich bei einem problematischen Regisseur um einen Mann handelt. Wer ist es?«

»Anatol Lerner.«

»Anatol Lerner? Hast du nicht erzählt, Anatol Lerner sei ein Fang, ein *Fund*, ein Traum?«

»Ja, das dachte ich anfangs.«

»Was ist denn passiert?«

»Ach, er hat ein paar ziemlich nervige, altmodische und patriarchale Vorstellungen bezüglich des Stücks. Das zeigt sich schon beim Vorsprechen.«

»Echt? Und welche?«

»Er will, dass Hamlet ein Mann ist.«

Ich richtete mich kerzengerade auf.

»Sie belieben zu scherzen!«

»Ich wusste, dass du das nicht ernst nehmen würdest, Eddie.«

»Hamlet ist schon seit vierhundert Jahren ein Mann, Tanya.«

»Seit wann ist Tradition eine Rechtfertigung für irgendetwas, zum Teufel noch mal?«

»Traditionsgemäß von jeher. Hör zu, Tanya: Shakespeare hat ihn als Mann konzipiert, als einen jungen Mann, der an den üblichen ödipalen Komplexen leidet, die junge Männer irgendwo zwischen dem Hirn und dem Herzen, neben dem Armaturenbrett und oft sogar im Handschuhfach horten.«

»Junge Frauen haben auch Ödipuskomplexe. Außerdem würde ich ihn als Mann spielen.«

»*Du* würdest das?«

»Ich will vorsprechen. Was ist falsch daran?«

»Ich wusste nicht, dass du auf der Bühne stehen willst.«

»Es gibt Leute, die mich dazu ermutigt haben. Sie sagen, dass ich nicht nur hinter den Kulissen tätig sein sollte.«

»Im Ernst? Wer?«

»Ein paar der anderen. Warum bist du so überrascht?«

»Wer hat dich ermutigt, für die Rolle Hamlets vorzusprechen, Tanya?«

»Niemand. Die Bewerbung um die Rolle war meine Idee. Die Rolle gefällt mir. Wieso muss die Idee von jemand anderem stammen? Ich brauche niemanden, der mir Ideen eingibt.«

»Nein, und schon gar nicht Shakespeare.«

»Man hat mich ermutigt zu spielen, und die Rolle Hamlets fand ich besonders interessant.«

»Aber wer ist *man?*«

»Aha. Du meinst: Wer ist *der* Mann?«

»Nein. Ich meine: Wer ist *dein* Mann?«

»Oh, jetzt verstehe ich. Deine Fragerei verrät deine eigene Unsicherheit«, sagte sie spitz.

»Die Dame, wie mich dünkt, gelobt zu viel.«

»Könnte es sein, dass dir dein Testosteronspiegel im Weg ist, Eddie?«

»Damit meinst du wohl Kraft oder Mut, denn wenn es wörtlich gemeint war, würde es tatsächlich genau *darum* gehen, nur dass du das falsche Possessivpronomen gewählt hättest.«

»Du versuchst die ganze Zeit, alles zu objektivieren.«

»Hamlet ist ein Mann, Tanya.«

»Ja, das stimmt.«

»Warum sollten wir davon ausgehen, dass eine Frau diese Rolle besser spielen könnte als ein Mann?«, fragte ich.

»Genau das meine ich ja, Eddie. Wir sollten von gar nichts ausgehen. Wenn *jeder* vorsprechen dürfte, könnte Anatol Lerner den besten Hamlet aussuchen, den wir haben.«

»Der also auch ein Mann sein könnte.«

»Vielleicht, ja. Aber Lerner will keine Frau vorsprechen lassen.«

»Wie viele Frauen möchten Hamlet spielen?«

»Tja, im Augenblick nur ich, aber sobald man die Schleusen öffnet …«

»Werden wir alle klitschnass«, unterbrach ich sie.

»Ich hätte mir denken können, dass du das so siehst, Eddie.«

»Ja, klar. Weil ich ein Mann bin.«

»Nein, weil du so bist, wie *du* bist, und nicht, weil du ein Mann bist. Du suchst ja nur ein Hintertürchen, um aus dieser Diskussion herauszukommen.«

»Wer sucht denn hier ein Hintertürchen? Ich habe nicht vor, mich aus dem Staub zu machen. Unterstützt dich jemand bei deinem Wunsch, Hamlet zu spielen?«

»Hier geht es nicht darum, dass *ich* Hamlet spiele. Hier geht es nicht um mich allein. Ja, es unterstützt mich jemand.«

»Jede Wette, dass das nur Frauen sind.«

»Nein, nicht nur Frauen.«

»Wer ist der Mann?«

»Jetzt bist du kindisch, Eddie. Das ist ja lächerlich.«

»Warum sagst du nicht, wer es ist?«

»Willst du es hören, weil ich deiner Meinung nach bezüglich meiner männlichen Unterstützung gelogen habe, oder geht es hier um etwas ganz anderes, um etwas Paranoides?«

»Warum zweifelst du mein Motiv an, wenn keine dieser zwei Möglichkeiten meine Frage infrage stellt?«

»Ich weigere mich, ins Kreuzverhör genommen zu werden.«

»Zu spät.«

»Dann weigere ich mich, *weiter* ins Kreuzverhör genommen zu werden.«

»Ich will Namen hören.«

»Du solltest dich selbst mal hören, Eddie.«

Sie hatte recht, mein Verhalten war lächerlich. »When routine bites hard, and ambitions are low. And resentment rides high, but emotions won't grow. And we're changing our ways, taking different roads, Then love, love will tear us apart again.« Ian Curtis wusste, wie es lief. Ich wollte gerade aufstehen, um mir ein Bier zu holen, als sie mir doch noch verriet, was ich eigentlich gar nicht wissen wollte, aber irgendwie seit geraumer Zeit erwartet hatte.

»Gerard unterstützt mich.«

Im Laufe eines normalen Tages kam es mehrmals vor, dass ich schlucken musste, manchmal heftig, manchmal weniger heftig. Hätte sie mich nicht einfach im Ungewissen lassen können? Ich erzählte ihr fast nie von meinem Studium. Die Arbeit der Ingenieure, ob im Bergbau oder im zivilen, elektronischen, mechanischen oder chemischen Bereich, hatte während des gesamten zwanzigsten Jahrhunderts einen unermesslich großen Einfluss auf die Zivilisation gehabt, aber solche Themen lösten bei Tanya vermutlich keine Euphorie durch eine vermehrte Endorphinausschüttung aus. Also belästigte ich sie nicht damit. Trotzdem musste ich mich jetzt auch noch mit einem Gerard abplagen, einem Gerard, dessen Gesichtsbehaarung wie die Parodie einer von einem Kultfilm inspirierten Retromode wirkte, einem Gerard, den man zweifellos kurz nach seiner Geburt unter einer Parkbank aufgegabelt hatte, zwischen den Überresten irgendeiner unidentifizierbaren Zitrusfrucht und einem durchlöcherten Kondom, den man angekleidet, ein paarmal gewaschen, mit den dürftigsten Ansprüchen gepäppelt und dann auf die Universität geschickt hatte, damit er mich quälte.

»Gerard unterstützt dich. Aha.«

»Ja. Er versteht nicht, warum man Frauen ausschließen sollte.«

»Lass mich überlegen, was er damit meint, Tanya. Gerard versteht nicht, warum man Frauen davon ausschließt, die Rolle Hamlets in Shakespeares *Hamlet* zu spielen.«

»Genau. Außerdem ist er der Meinung, dass ich ein sehr guter Hamlet wäre.«

»Obwohl er selbst für die Rolle infrage käme, verneigt er sich wie ein Walter Raleigh ritterlich vor deinem größeren schauspielerischen Ehrgeiz? Nimmt er dich auf den Arm?«

»Bestimmt nicht.«

»Jetzt verstehe ich. Er respektiert dein Recht, Hamlet zu sein, solange die Möglichkeit besteht, dass er deine Ophelia sein darf.«

Die Temperatur unserer Beziehung war in letzter Zeit immer weiter abgekühlt. Mein Versuch, ihr wieder einzuheizen, indem ich eine ordentliche Ladung erstickender, schlecht versteckter Eifersucht hineinpustete, entsprang leider keiner Berechnung, und wäre es so gewesen, dann hätte ich mich verkalkuliert. Hamlet zu sein oder nicht zu sein, war hier eindeutig nicht die Frage. Mit der Liebe ist es ähnlich wie mit Parlamentswahlen: Der Herausforderer steht immer für jene Versprechen, die derjenige, den er im Amt ablösen möchte, nicht erfüllen konnte. Tanya hatte nicht einmal den Anstand, zwischen mir und Gerard etwas Zeit verstreichen zu lassen. Die Rolle des Hamlets bekam sie zwar nicht, aber Anatol Lerner ließ sie zumindest vorsprechen, weil die Schauspieltruppe mit einem Generalstreik drohte.

Eigentlich schade, dass man sie nicht spielen ließ. Sie wäre ein großartiger Hamlet gewesen, denn sie war damals richtig verrückt und neben mir selbst einer der besten Selbstbelauscher meines kleinen Freundeskreises. Ob einzeln oder gemeinsam, wir machten keine echten Fortschritte, weil wir der Versuchung nicht widerstehen konnten, unsere Ohren gegen die Wände unseres eigenen Geistes zu legen. Wir fragten nie: Was habe ich gesagt?, sondern immer: Was habe ich gedacht, als ich dies gesagt habe?

Fünf

An einem Frühlingsnachmittag, es war mitten in der Woche, und ich wollte eigentlich büffeln, wurde an die Tür geklopft. Die letzte Person, die lieber geklopft als geklingelt hatte, war Neville Byard gewesen. Ich stand vom Schreibtisch auf, um zu öffnen, und erwartete alle und jeden. Nun, ja: fast alle und fast jeden.

Mit ihr hatte ich nicht gerechnet. Es war lange her, aber sie war immer noch so unverkennbar sie selbst, dass ihre bloße Anwesenheit auf der anderen Seite der Tür eine kindliche, schwer zu unterdrückende Panik in mir auslöste. Mir blieb keine Zeit, um meine Einstellung zu ihr zu überdenken oder mich für eine Taktik zu entscheiden. Sie hatte sich nicht verändert, jedenfalls nicht genug.

»Hallo, Eddie«, sagte sie mit kokettem Unterton, als ich die Tür öffnete. »Willst du mich nicht hereinbitten?«

Vor mir stand meine Tante, die Witwe meines Onkels und, wie man munkelte, eine der Hauptverantwortlichen für seinen Tod. Sie sah kaum einen Tag älter aus als die Frau, an die ich mich erinnerte, die Frau, die George von seiner Veranda aus gesehen hatte. Ich war von einem Knaben zu einem Knaben im Körper eines jungen Mannes herangewachsen, aber Peggy hatte sich kein bisschen verändert; sie war immer noch eine Frau, der man zwangsläufig Aufmerksamkeit schenken musste.

»Sieh dich an, Eddie Harnovey! Du bist ja ein richtiger Mann geworden!«

Ich bat sie herein und bot ihr einen Tee an. Sie folgte mir in die Küche, und während das Wasser kochte, mixte sie zwei Gin Tonic.

»Mit Zitrone, Schätzchen?«, fragte sie.

Sie versprach, mir alles zu erzählen, aber erst, wenn wir es uns mit einem Drink gemütlich gemacht hatten. Doch mir wurde auch mit einem Drink nicht wohler. Sie saß mir im Wohnzimmer gegenüber. Sie ging auf die vierzig zu, doch ihr langes Haar war immer noch hellblond, und der Schlitz in ihrem Rock zeigte ihre Schenkel unverhüllter, als ich meine Verblüffung zu zeigen wagte. Eigentlich hätte ich lernen müssen, und eigentlich hätte sie gar nicht hier sein dürfen. Da ich nicht wusste, wie ich mich verhalten sollte, erwog ich, sie höflich vor die Tür zu setzen. Aber das war keine echte Alternative. George hatte nur allzu gut gewusst, wie sehr sie einen betören konnte. Sie war immer noch faszinierend.

»Ich bin deine *Tante*. Komisch, nicht? Sehe ich in deinen Augen aus wie eine Tante?«

George hatte meinem Vater erzählt, dass sie eigentlich Schauspielerin hatte werden wollen. Und sie war es in gewisser Weise *tatsächlich* geworden. Sogar ihre verpassten Chancen schrien doppelt so laut wie die anderer Leute; zum einen nach der Aufmerksamkeit ihres Gegenübers, zum anderen nach allem, was hätte sein können.

»Um ehrlich zu sein, Eddie … bin ich froh, dass du allein bist. Ich wusste nicht, was mich erwarten würde. Bis ich an die Tür geklopft habe, wusste ich nicht, ob ich den Mut dazu haben würde. Ich habe deine Eltern kaum noch gesehen, nachdem George … gestorben war. Ich dachte, dass deine Eltern … Tja, ich weiß nicht … Dass sie mir die

Schuld gaben, weil wir uns so kurz vor seinem Tod getrennt hatten. Aber jede Geschichte hat zwei Seiten. Ich will die Toten nicht schlechtreden, vor allem nicht George. Aber ich weiß nicht, ob deine Eltern ganz über ihn im Bilde waren … Ich meine, wie viel sie *wirklich* wussten oder welche Meinung … sie … von mir hatten.«

Bei genauerem Hinsehen entdeckte ich graue Strähnen in ihrem weizenblonden Haar, und wenn sie den Kopf drehte, verschwanden die Schatten nicht aus ihrem Gesicht.

»Überrascht mich nicht, dass du ein so gut aussehender Mann bist«, sagte sie, setzte sich neben mich und ergriff meine Hand. »Oder dass du an der Universität bist. Was studierst du?«

»Ingenieurwesen.«

»Ingenieurwesen! Du warst schon als kleiner Junge sehr klug. Du hast immer diese Modellflugzeuge gebastelt … weißt du noch? Und du hast gelesen, du hast ständig geschmökert … Wie geht es Kirsten?«

»Sie ist verlobt.«

»Wirklich?«

»Ja.«

»Großartig. Die kleine Kirsten ist verlobt. Kaum zu glauben … Weißt du, dass ich wieder geheiratet habe?«

»Ja, wir haben davon gehört.«

»Hat nicht funktioniert.«

»Das tut mir leid.«

»Du bist süß. Nein, ich hatte nicht viel Glück, jedenfalls nicht mit Männern. Vielleicht ziehe ich das Unglück an. Keine Ahnung. Manchmal suche ich nach Mustern in dem, was ich getan habe, aber ich finde keine – keine konkreten. Oder ich sehe sie nicht … Ingenieurwesen ist toll, Eddie. Oder?« Sie drückte meine Hand.

Unfassbar, dass die Frau meines verstorbenen Onkels neben mir saß und meine Hand hielt. Sie war noch so jung, während er, ein Botschafter der Großen Depression, schon vor einem halben Leben gestorben war. Danach hatte sie mehrmals geheiratet, und sie erzählte mir von ihren Männern. Besuchte sie auch andere Neffen, um Händchen zu halten und die Erinnerungen an die Toten oder Treulosen heimlich zu verändern?

Sie war kinderlos, und als sie dies erzählte, konnte sie ihre Traurigkeit nicht verbergen. Im Grunde kannte ich sie kaum. Für mich war sie eine mythische Gestalt, eine Protagonistin der Geschichte vom Tod meines Onkels. Ich wusste nichts über ihre Vergangenheit, ihre Kindheit und Jugend. Hatte sie Geschwister? War sie einsam? Stammte sie überhaupt von hier, kam sie nicht vom Land? Wir hatten ihr natürlich die Schuld am Tod meines Onkels gegeben, und fühlten uns später sehr edel, weil wir die Anklage fallen ließen und ihr teilweise vergaben. Was nicht schwerfällt, wenn die Person nur in der Vergangenheit oder in einer mythischen Welt existiert. Sie hätte nie mehr leibhaftig auftauchen dürfen, und dass sie jünger als vierzig wirkte, in einem Rock mit Schlitz neben mir saß und abwechselnd Tee und Gin Tonic trank, war überhaupt ganz unmöglich.

»Vince war im Fleischgeschäft tätig. Schlachthäuser … ah, tut mir leid: *abattoirs*. Er war sehr aufmerksam, jedenfalls zu Anfang, und er hat viel Geld verdient, aber … ich habe mich nur gelangweilt. Er war der Mann großer Männer, verstehst du? Er war mir vom Alter her viel näher als George, und ich war … na ja … einsam … nach George, nehme ich an. Wie sich bald zeigte, hatten wir fast keine gemeinsamen Gesprächsthemen, denn er war immer nur damit beschäftigt, geschäftlich zu expandieren. Für ihn war ich eine Art … Wie nennt man das? Vorzeigefrau. Gut, ich muss gestehen, dass das anfangs schmeichelhaft war, aber … man bekommt bald das Gefühl, dass es eigentlich das Gleiche ist, auf ein Podest gehoben oder wie eine Trophäe ausgestopft und an die Wand gehängt zu werden! Verstehst du, was ich meine?

Ich glaubte, die Ehe retten zu können, indem ich mich stärker mit dem beschäftigte, was *ihn* interessierte. Also besuchte ich ihn ab und zu im Büro … du weißt schon … im *abattoir*. Ich habe tatsächlich einen gewissen Geschäftssinn.«

»Fand er das gut?«

»Nein, gar nicht. Zuerst behauptete er, ich sei im Weg. Dann warf er mir alles Mögliche vor, weil … tja, weil die Arbeiter ein Auge auf mich geworfen hatten. Er war unglaublich misstrauisch … er unterstellte mir die verrücktesten Sachen. Einmal schlug er mich sogar, vor aller Augen. Das war schrecklich. Er beschimpfte mich unflätig, und ich stand weinend mitten zwischen den Kadavern und Innereien und so weiter. Er hielt sich für einen Schlachter, und er fand sich ganz toll. Er war nicht zärtlich. Im Gegensatz zu George. George war immer zärtlich. Genau wie dein Vater, wenn ich mich recht erinnere. Wie geht es deinem Vater?«

»Gut. Er ist immer noch der Alte. Ich glaube nicht, dass er sich verändert hat.«

»George hat ihn geliebt. Wusstest du das? Es war sehr süß, zwei Männer und Brüder zu erleben, die einander so gernhatten. George war ein sehr guter Mensch, in vieler Hinsicht fast übermenschlich gut. Er hatte viel Liebe zu geben.«

»Und was ist passiert, Peggy?«

»Mit George?«

»Hm-hm.«

»Ich weiß auch nicht, Eddie. Er war ein Spieler. Im Beruf, überall. Er spielte immer. Sogar ich war Spiel für ihn. Tja, so war er nun einmal.«

»Wie meinst du das?«

»Oh, weißt du – ich war ja viel jünger als er. Er hatte immer Angst, mich zu verlieren. Das hat er mir oft erzählt. Und ich konnte ihn durch nichts beruhigen. Aber trotz seiner großen Angst, mich zu verlieren, hat er im Grunde alles getan, außer in einen anderen Staat zu ziehen, um mich auf die Suche zu schicken.«

»Suche?«

»Auf die Suche nach etwas … oder jemandem.«

»Was hat er denn getan?«

Sie dachte kurz nach.

»Meine Mutter starb bei meiner Geburt, und mein Vater, als ich fünf war. Ich war also eine Waise und kam in ein katholisches Waisenhaus für Mädchen in Ballarat. Dort war alles durch Angst bestimmt. Weißt du, was ich meine? Man lernte, nachts nicht ins Bett zu pinkeln, weil man sonst am nächsten Morgen eine Tracht Prügel bekam. Gut möglich, dass Jesus mich geliebt hat, aber er war bestimmt der Einzige. Stell dir eine Sechsjährige vor, die mitten im Winter von Ballarat zitternd in ihrem Urin im kalten, dunklen Schlafsaal liegt und darauf wartet, am nächsten Morgen verprügelt zu werden. Selbst wenn man nichts angestellt hatte, konnten einem manche Nonnen eine Heidenangst einjagen. Wenn man nachts aufs Klo ging, lief man einer kahlköpfigen, alten Frau mit grünen Zähnen über den Weg. Man machte sich auf der Stelle in die Hose.

Als ich älter wurde, hatten sie es auf mich abgesehen, weil … Tja, ich weiß nicht. Vielleicht wegen meiner Haare … weil ich hübsch war, nehme ich an. Ich fiel auf. Ich war neunzehn, als ich George begegnete. Er schmeichelte mir, aber nicht auf die plumpe Art. Er war älter, und er war zärtlich. Für mich war er Gott. Verstehst du? Er war lustig. Ich hätte alles für ihn getan. Ich habe immer … immer seine Haare geschnitten und seine Nägel gemacht. Er war lieb und so … optimistisch. Er hätte für mich den Mond mit dem Lasso eingefangen wie Jimmy Stewart in … äh … äh … Kennst du den Film?«

»Ist das Leben nicht schön?«

»Genau. *Ist das Leben nicht schön?* Ein wunderbarer Film.«

»Hast du ihn irgendwann nicht mehr geliebt?«

»Nein, Eddie, ich liebe ihn immer noch. Aber das hat er nie kapiert. Er hat immer daran gezweifelt. Er hatte das Gefühl, mir ständig etwas Neues bieten zu müssen. Na, ich will nicht lügen. In gewisser Weise *bin* ich ein solcher Mensch.«

»Welcher Mensch?«

»Ich mag Neues, schicke Läden und so weiter. Ich mag es, aber ich brauche es nicht, jedenfalls nicht in dem Maße, wie ich ihn gebraucht habe – und seine Aufmerksamkeit. Wir hatten ja ein herrliches Haus mit allem Drum und Dran. Aber er wurde immer versessener darauf, Geld zu verdienen. Er war kaum noch zu Hause, sondern sah sich ständig dieses oder jenes Grundstück an und traf sich mit diesem oder jenem Makler. Wenn er zu Hause war, hing er am Telefon. Nach einer Weile wusste ich nicht mehr, ob er wirklich Geschäfte machte, spielte oder vielleicht sogar eine andere Frau hatte. Er behauptete stets, er würde alles nur für mich tun. Aber ich glaubte ihm nicht, weil ich all das nicht so dringend brauchte. Er fehlte mir. Trotzdem war er glücklich, weißt du? Optimistisch. Er hätte immer noch den Mond mit dem Lasso für mich eingefangen. Dann begann er, sein Geld zu verlieren. Die Einzelheiten erfuhr ich erst später, aber er warf schlechtem Geld gutes Geld hinterher, wie ein Idiot verschleuderte er alles, was wir besaßen. Ich war jung, Eddie. Vermutlich habe ich damals den Respekt vor ihm verloren.«

Warum war sie hierhergekommen, ins Haus meiner Eltern? Sehnte sie sich nach den Menschen, die früher nett zu ihr gewesen waren? Meine Eltern hatten sie in die Familie aufgenommen, egal was sie hinter vorgehaltener Hand über den Altersunterschied gemunkelt hatten. Und Peggy hatte den Groll, den vor allem meine Mutter nach Georges Tod gegen sie gehegt hatte, nicht mehr miterlebt. Sie war erleichtert gewesen, weil sie nur mich angetroffen hatte. Sie hatte offenbar nicht gewusst, wie sehr ihr meine Eltern noch die Treue hielten, wo sie sich Peggys Untreue so sicher waren. Sie saß mit ihrem Cocktail aus Tee, Gin und Tonic da, immer noch aufreizend schön, nur dass ihre Schönheit von Minute zu Minute schwand, erfüllt von einer Traurigkeit, gegen die sie vergeblich ankämpfte. In meinen langen Kindheitssommern hatte sie diese Probleme nicht gehabt. Ich saß da und dachte, wie dumm es war, in einer Ehe unaufrichtig zu sein.

Warum hatte sie bei uns geklopft? Wie formuliert man eine solche Frage? Ich musste Geduld haben. George hatte gesagt, dass sie früher Schauspielerin werden wollte. Welche Art von Schauspielerin wäre sie wohl geworden?

»Don hat mich ermutigt zu singen. So habe ich ihn kennengelernt.«

»Ist Don dein …?«

»Wir sind nicht verheiratet, aber die Sache … ist sehr ernst … was mich betrifft. Er ist in der Unterhaltungsbranche. So bin ich ihm begegnet. Ich habe in der Stadt einen Jazzclub geleitet. Toller, kleiner Schuppen. Magst du Jazz?«

»Klar.«

»Dann musst du mal vorbeikommen. Ich arbeite dort aber nicht mehr. Don ist auf Geschäftsreise in Amerika. Er glaubt, dass ich eine gute Stimme habe. Das hat George auch immer gesagt. Don hat mir Geld für ein Ticket gegeben, aber es hat sich inzwischen verteuert, und ich erreiche ihn nicht. Ich habe seinen Reiseplan, doch er scheint ihn geändert zu haben. Was genau los ist, weiß ich nicht. Offenbar musste er seine Pläne ändern. Du weißt ja, wie das in der Unterhaltungsbranche ist! Wenn ich rechtzeitig in Los Angeles bin, holt er mich dort ab. Aber wenn er vergeblich auf mich wartet... tja, dann glaubt er vielleicht, ich hätte ihn versetzt, und das wäre schrecklich. Ich war noch nie in den Staaten, und ich könnte dort ein neues Leben beginnen. Verstehst du?«

»Bist du gekommen, weil du meine Eltern um Geld...«

»Nicht um Geld«, unterbrach sie mich. »Ich wollte sie um Rat bitten. Denn ich habe im Club gekündigt, und ich muss in die USA, weil ich andernfalls...«

»Wie viel brauchst du?«

»Vierhundertfünfundsechzig Dollar. Flughafensteuer und alles andere sind darin schon enthalten.«

Wäre mein Vater da gewesen und hätte er das Geld gehabt, dann hätte er es ihr vielleicht gegeben. Ich wusste nicht, ob meine Eltern Ersparnisse hatten, aber ich wusste, dass sie immer knapp bei Kasse gewesen waren. Hätte er Peggys Bitte erfüllt, dann hätte meine Mutter ihn erwürgt. Und das zu Recht. Sie hatte so lange geduldig mit wenig Geld gelebt; sollte sie jetzt mit ansehen, wie Peggy nach zehn Jahren kurz wieder in unser Leben trat, uns an Georges Fehler erinnerte und im selben Abwasch noch eine Kulanzzahlung einsackte? Meine Mutter half jeden Tag Menschen, die noch weniger Glück hatten als sie selbst, und sie würde gleich nach Hause kommen. Von George hätte Peggy das Geld bestimmt bekommen.

Ich hatte ein paar Nebenjobs gehabt und vierhundert Dollar gespart, um nach dem Examen mit Tanya Urlaub auf dem Land machen zu können. Da sich dieser Plan jetzt erledigt hatte, war es kein großes Opfer für mich, durch den Flur zu meinem Zimmer zu gehen, mein Scheckbuch zu holen und Peggy in die Vereinigten Staaten zu schicken. Für mich waren vierhundert Dollar keine so wichtige Summe, aber vielleicht veränderten sie Peggys Leben.

»Mehr habe ich nicht«, sagte ich, als ich ihr den Scheck gab.

»Du bist ein Engel, Eddie, ein echter Engel. Sobald ich bei Don bin, zahle ich es zurück.«

»Danke.«

»Ich danke dir«, sagte sie, als ich sie zur Tür brachte.

»Kommst du mal wieder vorbei?«, fragte ich.

»Eines Tages vielleicht. Sicher. Auf einen Besuch. Hier hält mich ja nichts mehr. Außer dir natürlich«, sagte sie, drehte sich zu mir um, legte mir die Hände auf die Schläfen und küsste mich lange auf den Mund. Wir standen da, die Sache war uns beiden peinlich. Sie hielt noch den Scheck. Ich spürte die Blicke derselben Nachbarn, die damals zugeschaut hatten, wie der mit einem Laken zugedeckte George auf einer Trage zum Rettungswagen gebracht wurde.

Es fiel mir schwer, an den Schreibtisch zurückzukehren, und es fiel mir noch schwerer, mich zu konzentrieren. Ich musste ständig an George und meine Kindheitserinnerungen denken, an Peggys Geschichte, ja sogar an ihre Fragen.

»Und du? Du hast doch sicher eine Freundin, Eddie.«

Ich hatte es tun müssen. Aber was sollte ich meinen Eltern erzählen? Würde ich es nur meinem Vater sagen?

Alles? Sofort? Nie? Hatte ich etwas Falsches oder Dummes getan? Ich saß am Schreibtisch und versuchte zu lernen. Die letzte Person, die lieber geklopft als geklingelt hatte, war Neville Byard gewesen. Doch er konnte nicht mehr klopfen. Die Byards zogen weg. Das hatte uns meine Mutter eines Abends nach der Rückkehr aus dem Supermarkt erzählt. Sie hatte es zufällig am selben Tag aus dem Mund seiner Witwe erfahren.

Sechs

Wie sich herausstellte, war es wirklich Amanda gewesen, die in der Körner-Schlange gestanden hatte, denn zu Beginn des nächsten Jahres stand sie wieder dort, und dieses Mal war es unverkennbar sie. Sie schien ihre Haut achtzehn Sommer lang vor der Sonne geschützt zu haben, denn sie wirkte so weich wie damals, als ich mit ihr befreundet gewesen war. Das war ein halbes Leben her, doch ihre Haut erkannte ich sogar von Weitem. Amanda hatte mir seit der offiziellen Trennung von Tanya während vieler schlafloser Nächte immer wieder vor Augen gestanden, und so hatte das neue Jahr einen Hauch von Verheißung. Ich plagte mich mit der Melancholie herum, die Tanya mir zusammen mit zärtlichen Widmungen in Büchern hinterlassen hatte, mit überall in meinem Zimmer versteckten handschriftlichen Botschaften und ihrem Duft, der an ihren liebsten Stricksachen haftete.

Was war aus Amanda geworden? Welcher Mensch war sie jetzt? Ich scheute lange davor zurück, sie anzusprechen, nicht so sehr wegen Tanya, sondern weil ich nicht wusste, was sie mir nach so langer Zeit bedeuten würde. Ich widmete mich mit dem naiven und sinnlosen Eifer des chronisch Unreifen dem Studium und redete mir bei jeder Gelegenheit ein, dass mich mein Fach wirklich interessierte.

Sobald ich ihr Mittagsritual kannte, überwand ich meine Kurzsichtigkeit und beobachtete sie aus der Ferne. Ich ahnte, dass mich Neugier, Lust und latente Einsamkeit bald dazu drängen würden, ihr eine disziplinierte und meisterhafte Vorstellung meines »lässigen Ichs« zu geben. Ihr Haar hatte sich nicht verändert. Es wirkte immer noch wie das eines Models in einer Shampoowerbung, war kräftig, lang und glänzend genug, um alles zu spiegeln, was ein Verehrer in ihr sehen wollte. Seit dem Tag, als ihre Mutter ihr den Umgang mit mir verboten hatte, hatten sich weder ihre Haut noch ihre makellos geformten Augen verändert.

Doch ihr Körper war jetzt weiblich gerundet. Hat man mich darauf konditioniert, auf die Synklinalen und Antiklinalen eines Frauenkörpers zu achten, oder ist diese Eigenart angeboren? Ich beurteile keine Frau nach ihrer Oberflächensymmetrie, obwohl mich diese durchaus interessiert. Aber es handelt sich nicht um das kindische Interesse von Männern mit erotischen Entzugserscheinungen, die eine zu große Zuneigung für ihren Trenchcoat hegen, traurige, gefährliche Männer, die in ihrer entbehrungsreichen Schulzeit nichts außer ein paar banalen Weisheiten aufgeschnappt haben.

Vielleicht sagt es einiges über mich aus, aber die Brüste von Amanda Claremont – oder der Gedanke an sie – sind mir unglücklicherweise immer ein Trost gewesen. Alles andere wäre gelogen. Ich mustere Frauen nicht von Kopf bis Fuß, wenn ich mit ihnen rede. Ich stelle sie mir auch nicht nackt vor. Ich möchte nicht, dass ihnen wegen ihres Äußeren Möglichkeiten verwehrt bleiben, egal in welchem Tätigkeitsfeld des menschlichen Strebens. Doch Amandas Brüste, so straff, so charakterfest, so wohlproportioniert – sie konnten mir nicht gleichgültig sein.

Da ich sie mehrmals in der Körner-Schlange gesehen hatte, und da sie, von Größe, Kurven und Brüsten abgesehen, immer noch meiner Sandkastenfreundin aus der Grundschule glich, hatte ich, wie ich fand, durchaus einen Anlass, mich von hinten an sie anzuschleichen, ihr die Hände auf die Augen zu legen und zu sagen: »Kuckuck! Wer bin ich?« Doch in Anbetracht der Bedeutung, die ich diesem Moment beimaß, kam mir dieser Plan so sinnlos, würdelos und dumm vor, dass ich beschloss, ihn lieber für die zweite oder dritte Begegnung mit den Kindern ihres Bruders aufzusparen. Diese Begegnungen würden sich zweifellos ergeben, denn zu guter Letzt würde man mich doch noch als (angehenden) Chemieingenieur in die Arme schließen, der in die Fußstapfen Mr Claremonts trat, des Patriarchen mit den weißen, makellos gestärkten Hemden.

»Ist er nicht ein Prachtexemplar von Mann?«, würde Amandas Mutter sagen, als wäre ich gar nicht anwesend. Amanda würde erröten und ihre Mutter leise ermahnen, weil sie nicht *zu* mir, sondern *von* mir sprach, doch ich, die Großmut in Person, würde ihr versichern, dass ich in keiner Weise beleidigt sei.

»Einen Scotch?«, würde der strahlende Mr Claremont fragen und sogleich durchs Zimmer auf mich zukommen und mir kräftig die Hand schütteln. »Ich kann mich gar nicht mehr daran erinnern, was du bei unserer letzten Begegnung getrunken hast.« Alle würden herzhaft lachen, und man würde einen Bruder Amandas zur Bar schicken, damit er mir einen Chivas Regal aus einer Flasche von der Größe eines Kleinwagens einschenkte. Ich, bestens im Bilde über Spirituosen, Double Malts und Single Malts und die Preisunterschiede zwischen Einzelhandel und Duty-free-Läden, würde einen Kommentar zu der

Flasche abgeben, und Mr Claremont würde anhand einer Anekdote, in der der Außenminister sowie die Minister für Handel, Kultur und Kommunikation eine Rolle spielten, humorvoll erläutern, wie er an diese gigantische Flasche gekommen war.

Dabei würde mir ein Artikel einfallen, in dem es um Kursänderungen der Regierungspolitik bei Joint Ventures im Offshorebergbau sowie um die Frage ging, inwieweit das Foreign Investment Review Board an einer Genehmigung beteiligt werden müsse. Amanda, die merkte, dass wir uns der Politik zuwandten, würde versuchen, einen Streit im Keim zu ersticken, indem sie darauf hinwies, dass ihr Vater und ich uns bestimmt nicht einig wären.

»Unsinn!«, würde ihr jovialer Vater so laut rufen, dass seine Stimme im ganzen Zimmer hallte, und er würde hinzufügen, dass wir einer Meinung seien und dass sie ihn nicht als alten, sturköpfigen Esel hinstellen solle. Er sei an meiner Meinung zu vielen ähnlichen Themen interessiert. Dann würde ihre Mutter aus der Küche rufen, wir sollten mit dem Gerede über die Arbeit aufhören, denn das Essen sei fertig.

Nach dem Abendessen, zwischen Kaffee und Portwein, würden mich Amandas Nichten und Neffen mit der Bitte bestürmen, Twister, Monopoly und Quartett mit ihnen zu spielen. Amandas Brüder und Schwägerinnen würden ihre Kinder auffordern, mich in Ruhe zu lassen, doch ich würde mich kurz zu ihnen setzen, und dabei würde ich hören, wie Mrs Claremont ihrer Tochter aus der Küche vertraulich zuflüsterte, dass ich ja offenbar hervorragend mit Kindern umgehen könne.

Am Ende des Abends würde mich eine der Nichten Amandas vor allen Leuten fragen, ob ich Amanda heiraten wolle. Ich würde antworten, dass mir wohl nichts anderes übrig bleibe, weil sie selbst noch zu klein sei, um meine Frau zu werden. Wieder würden alle herzhaft lachen, und Mrs Claremont würde sagen, dass das kleine Mädchen offenbar schon ein Auge auf mich geworfen habe.

Abends im Bett würde mir Amanda erzählen, dass mich ihre Familie vergötterte, jeder aus anderen Gründen, die sie alle einzeln aufzählte. Sie würde mich wieder nach Tanya fragen, um sicherzugehen, dass sie mir nicht viel bedeutet hatte. Sie wolle doch sicher nicht, würde ich erwidern, dass ich meine Exfreundin schlechtmache, und wir sollten lieber an die Gegenwart denken. Amanda wäre zwar nicht ganz beruhigt, würde aber trotzdem in meinen Armen einschlummern. Ich würde langsam wegdämmern, eingehüllt in den Duft ihrer Haare, und die Erinnerung an die Zeit, als wir noch nicht zusammen waren, würde mir entgleiten.

An dem Tag, an dem ich endlich beschloss, sie anzusprechen, war die Schlange für die Körner lang, vielleicht die längste seit Gründung der Universität. Obwohl ich im dritten Jahr war, hatte ich noch nie in dieser Schlange gestanden. Ich fühlte mich fehl am Platz, obwohl die Theke, an der ich mein Essen sonst immer gekauft hatte, nur zehn Meter weit weg war. Ich wusste, dass ich vor Amanda in der Schlange stehen musste, denn sonst würde sie mit ihrem Essen verschwinden, bevor ich mit ihr reden konnte. Ich wollte warten, bis sie sich anstellte. Dann würde ich jemanden weiter vorn in der Schlange bitten, mich vorzulassen. Danach würde ich Zeit schinden, die mit Kreide notierten Gerichte studieren, in meinen Taschen nach Kleingeld kramen und die anderen Leute vorbeilassen, bis Amanda direkt hinter mir stand. Es würde wie eine Zufallsbegegnung aussehen, und ich würde sagen: »Na, das ist doch nicht möglich … Amanda? … Amanda Claremont?«

Der junge Mann, den ich bat, mich vorzulassen, wollte die Sache mit mir ausdiskutieren. Ob ich wirklich so hungrig sei, dass ich jemandem Geld geben wolle, um meine Portion Alfalfa etwas früher zu bekommen? Das Geld war ihm egal, aber er vermutete, dass mehr hinter meinem brennenden Wunsch steckte, vor ihm in der Schlange zu stehen. Ob es ein Wettstreit sei? Wie viel Geld ich hinblättern würde, um vor ihm an die Reihe zu kommen? Ob es sich um eine Wette handele? Er sei bereit, sagte er, mir Platz zu machen, ja sogar, sich wieder ganz hinten anzustellen, wenn ich ihm erklärte, warum ich so scharf auf seinen Platz sei. Niemand habe je seinen Platz in der Schlange haben wollen.

Ohne Amanda zu beschreiben, ihren Namen oder den der Schule zu nennen, auf die wir gegangen waren, deutete ich an, dass ich vorgelassen werden wollte, um ein Wiedersehen zu inszenieren. Er sagte mir klipp und klar, dass sich Mrs Claremont aufgrund der sozioökonomischen Unterschiede zwischen unseren Familien dazu veranlasst gesehen habe, unsere Freundschaft so früh zu beenden.

Amanda kam immer näher. Ich befürchtete, dass sie mich entdeckte oder unser Gespräch mithörte. Ob es wirklich nur eine Frage unterschiedlicher Einkommen gewesen sei, oder mangelte es meiner Familie an einem gewissen sozialen Schliff? Hatte mein Vater je gegen ein Gesetz verstoßen? Hatte er sich an Kleinkindern vergangen? Nun ließ der neugierige junge Mann Leute vorbei. Die Sache sei hochinteressant, sagte er. Die Mutter des Mädchens scheine ja ein Albtraum zu sein. Ein solcher Ärger könne sich nur bei einer sehr schönen Frau lohnen. Welche es denn sei? Die hinter uns? Ob ich ehrgeiziger sei als mein

Vater? Wie man so etwas bemesse? Er bot an, mir seinen Platz zu überlassen, ja sogar, die Schlange zu verlassen, wenn er alles aus der Nähe beobachten dürfe. Da ich ihm sowieso nicht vorschreiben konnte, wo er sich hinzustellen hatte, und da Amanda inzwischen nur noch durch zwei oder drei Leute von uns getrennt war, willigte ich ein.

Obwohl ich etwas verwirrt war, hielt ich an meinem Plan fest. »Bitte bedienen Sie jemand anderen, ich überlege noch.« Da war sie. Auch sie studierte die Tafel mit der Auswahl der Gerichte. Ich roch ihren Duft. Sie trug ein enges, weißes und keineswegs schmutziges T-Shirt, und statt des Schriftzugs mit ihrem Namen waren da jetzt diese lebensprallen Brüste. Die Umrisse ihrer Brustwarzen und die braunen Monde waren deutlich zu erkennen. In diesem Moment drehte ich mich zu ihr um und sprach sie zum ersten Mal als Erwachsener an.

»Entschuldige, vielleicht erinnerst du dich nicht an mich, aber …«

»Doch, ich erinnere mich an dich«, sagte sie spitz und ohne jede Gefühlsregung.

Man hätte die Worte *Doch, ich erinnere mich an dich* auf sehr viele Arten sagen können, doch Amanda klang, als wäre sie durch meine Schuld zu neuneinhalb Jahren Frondienst in der Küche ihrer Mutter verdonnert worden, wo sie bei der Zubereitung ewig langer Abendessen hatte helfen müssen; daher schnitt sie mich jetzt, wie sie das unbekömmliche Ende eines libanesischen Kürbisses abgeschnitten hätte. Die Frau an der Essensausgabe wurde langsam ungeduldig, vielleicht wegen mir, vielleicht wegen der vegetativen Natur ihres Berufs, und bestand darauf, dass ich mich ohne weitere Umschweife entschied.

Da die Linsenbratlinge dummerweise im Überfluss auf Halde lagen, bekam ich gleich nach meiner Bestellung einen und konnte nicht mehr herausfinden, welche Erinnerung Amanda dazu veranlasst hatte, jede Nostalgie brüsk abzubügeln. Die Sache war nicht nach Plan gelaufen. Ich hatte während des Wartens nicht in meinen Taschen nach Kleingeld gekramt, und als Amanda neben mir ihr Essen bestellte und die erboste Hüterin der Brunnenkresse mir eine reptilienhafte Hand hinstreckte, fiel mir plötzlich ein, dass ich kein Geld mehr hatte. Amanda blätterte gerade in den Scheinen ihres prall gefüllten Portemonnaies, als der Kaltblüterfrau dämmerte, dass ich pleite war. Sie fragte mit neuerlicher Verachtung: »Hast du etwa kein Geld?«

In diesem Moment eilte der neugierige junge Mann herbei, um mich auszulösen, denn er hatte meine Notlage aus der Ferne bemerkt. Er handelte so rasch, dass ich mir meiner Scham nicht bewusst wurde. Amanda war verschwunden. Der neugierige junge Mann hieß Paul. Er bezahlte mein Mittagessen, bestätigte, dass Amanda jede Strategie wert war, die mir mein Intelligenzquotient zu entwerfen erlaubte, und lud mich ein, mich zu ihm und seiner Freundin Kate zu gesellen. Sie studierte Geschichte, und Paul machte seinen Abschluss in Wirtschaftswissenschaften, pochte aber darauf, dass dies nichts über ihn aussage, weil er im Hauptfach Wirtschaftsgeschichte studiere. Die beiden halfen mir durch das restliche Jahr. Wir gingen zu Konzerten und ins Kino und lachten auf die betäubende Art, die den Einsamen unter uns wichtiger ist als Nahrung.

Sie waren schon länger zusammen, aber ich glaube nicht, dass Paul seiner Freundin je von dem Vorfall in der Körner-Schlange erzählte, und wenn doch, sprach mich Kate nie auf Amanda an. Und das war gut so, denn wenn ich nach einem unserer Gelage zu später Stunde auf dem abgewetzten Teppich ihres gemieteten Hauses saß, umringt von Gläsern, die wir für den nächsten Morgen stehen ließen, wenn sie das Sofa für mich zurechtgemacht hatten und meine Schuhe verkehrt herum auf dem Fußboden lagen wie von der Fahrbahn abgekommene Spielzeugautos, war es Tanya, deren Namen ich flüsterte, noch bevor sie die Tür hinter sich geschlossen hatten.

Sieben

Ich saß in Kate und Pauls Wohnzimmer, vielleicht das Zimmer mit dem passendsten Namen, in dem ich mich je regelmäßig aufgehalten habe, als ich einen Brief öffnete, der der Handschrift nach von Tanya stammte. Es war der erste Kontakt nach gut einem Jahr. Der Brief war an diesem Tag eingetrudelt, aber da ich ihn nicht allein lesen mochte, fuhr ich am frühen Abend zum Haus meiner Freunde. Paul war noch in der Bibliothek, und Kate saß an einer Seminararbeit, die sie zu einem Buch ausbauen wollte. Genau genommen war es der vorläufige Titel, der sie so faszinierte: *Die Guten und die Gekränkten – Irische Katholiken in Australien.*

Als ich ihr von dem Brief erzählte, gab sie mir ein Bier und setzte Wasser auf, und nachdem sie ihren Tee getrunken hatte, schlug sie mir vor, den Brief allein zu lesen. Sie sei nebenan mit Erzbischof Mannix, Mary McKillop und B. A. Santamaria, falls ich mein Herz ausschütten wolle.

Lieber Eddie,

dass man sich in der zweiten Zeile eines Briefes nach dem Befinden erkundigt oder der Hoffnung Ausdruck verleiht, dass alles in Ordnung sei, ist natürlich platt, aber ich frage mich trotzdem, wie es dir geht, und hoffe, dass bei dir alles in Ordnung ist. Kommt mir seltsam

vor, dir so zu schreiben, aber es wäre wohl noch seltsamer, mit dir zu reden. Manchmal glaube ich, dass du mich auf dem Campus siehst und dich dann abwendest. Das hätte ich nie gedacht.
Ich schreibe vor allem, um dir mein Beileid über den Tod von Ian Curtis auszusprechen. Er hat dich sicher schwer getroffen. Ich hätte schon früher geschrieben, aber ich habe erst jetzt davon erfahren. Niemand hat es mir erzählt. Gerard hat nicht unbedingt den Finger am Puls der Musikszene von Manchester, obwohl ich inzwischen weiß, dass die Sache über Manchester hinausgeht. Zu fragen, warum Curtis es getan hat, wäre naiv. Er war ein Dichter, und du kannst dir sicher sein, dass wir noch in zehn oder zwanzig Jahren von ihm sprechen werden. Es tut mir aufrichtig leid.

Mit allerbesten Wünschen,
Tanya

PS: Wir bringen gerade die Antigone *dieses uralten, griechischen Schmierenschriftstellers auf die Bühne. Ich spiele natürlich den Hamlet!*

Nach mehrmaligem Lesen und mit Unterstützung Kates und später Pauls siebte ich alles aus dem Brief heraus, was ich brauchte, um die zarten Ansätze eines alten Bedürfnisses zu nähren. Kate beschwor mich zu antworten, Paul riet mir, mit anderen Frauen auszugehen. Der Brief, oder zumindest meine bevorzugte Interpretation seines Inhalts, eine Interpretation, die Tanya meiner festen Überzeugung nach bewusst erlaubt hatte, wirkte belebend auf mich, und ich fand wieder die Kraft, auf mein Examen hinzuarbeiten und mich an andere Frauen heranzumachen.

Mein Geschmack war katholisch, denn ich suchte sowohl die Gesellschaft der Guten als auch die der Gekränkten, die der Gebildeten und die der Ungebildeten, die derjenigen, die mit ihrem Examen frisch in der Arbeitslosigkeit gelandet waren, und die der hübschen, fröhlichen Milchmägde, die keine richtige Ausbildung hatten, aber immer in Lohn und Brot gewesen waren. Mit ihnen hatte ich eine Weile den meisten Spaß. Sir Thomas Overbury hatte schon im siebzehnten Jahrhundert über diesen Typ Frau geschrieben: »Sie weiß, dass die Schönheit einem tumben Redner gleicht, der die Tugend preist, und deshalb ist sie ihr gleich. All ihre guten Eigenschaften ruhen so still in ihr, als hätten sie sich ohne ihr Wissen in sie eingeschlichen.« Aber nach einer Weile wird man dessen überdrüssig.

Außerdem gab es noch die Pseudos: die pseudointelligenten, pseudohippen weiblichen Äquivalente Gerards. Das waren Leute, die behaupteten: »Zeig mir dein Haus, und ich sage dir, wer du bist.« Mein Haus glich bis in das letzte Atom meinem Elternhaus: Ich wohnte also noch bei meinen Eltern, und das sagte wohl einiges über mich aus. Ich würde bald Entscheidungen bezüglich meiner Zukunft treffen müssen. Doch egal, was kam, es würde schon werden. Immerhin wäre ich Chemieingenieur. Ich ging zu einem Berufsberater, der mir sagte, dass sich ein Master bestimmt auszahlen würde. Berater haben den besten Job, denn sie kennen weder Sorgen noch Verantwortung.

Meine Eltern redeten plötzlich davon, in Rente zu gehen und in den Südosten Queenslands zu ziehen, ein toller Ort, um für den Tod zu üben. Doch ich konnte sie mir noch nicht als alte Menschen vorstellen, die all ihre Schuhe gegen ein einziges Paar eintauschten, ein Paar dieser leisen, weißen Treter, die wie dafür geschaffen sind, die Realitätswahrnehmung ihrer Besitzer zu trüben, wenn diese mit einem Glas Chardonnay durch ihren Patio schlendern. War das ihr Traum? Hatten sie dafür ihr ganzes Leben gearbeitet? Sie wussten es selbst nicht genau.

Tanya begann, Buch- und Filmrezensionen in den Zeitungen der wahren Welt zu veröffentlichen, Zeitungen, deren gewichtige Leitartikel von der Substanzlosigkeit der Werbung unterminiert wurden. Paul meinte, sie sei jemand, die man »im Auge behalten« müsse, doch ihm war klar, dass ich das schon mit siebzehn gewusst hatte. Da ich ihren Rezensionen meist zustimmte, las ich irgendwann nur noch die Bücher oder sah die Filme, die sie für außergewöhnlich gut hielt. Ich wusste, dass sie sich wenig aus ihrem Erfolg machte, und zwar nicht nur aus falscher Bescheidenheit. Sie hatte ihre eigene Vorstellung von Erfolg, eine Vorstellung, die ich emotional nicht ganz nachvollziehen konnte, die es ihr, einer Studentin ohne Abschluss, jedoch ermöglichte, selbstbewusst mit Redakteuren zu verhandeln, während ich immer noch vergeblich zu verstehen versuchte, was es damit auf sich hatte, auf der Expertenseite eines Schreibtisches zu sitzen oder nicht.

Was zum Teufel sollte ich mit meinem Leben anfangen? Wie kam es, dass ich die besten Stunden meiner Tage bald der Konstruktion und dem Betrieb von großen Chemiefabriken, Förderanlagen und Ölraffinerien widmen würde? Im Gegensatz zu dem, was sich viele Dozenten in ihrer Eitelkeit einbildeten, waren die meisten Studenten nicht mit Leidenschaft bei der Sache. Nachdem ich mich gegen die machtvolle Seite des Schreibtisches entschieden hatte, ging es nur noch darum, Optionen offenzuhalten und Peinlichkeiten zu vermeiden. Das Chemieingenieurwesen lag mir am ehesten, weil es vor allem mit Chemie und weniger mit Mathematik und Physik zu tun hatte, Fächer, in denen ich nicht sehr gut war. Ich hielt es für einen Vorreiter der industriellen Revolution, allerdings der ersten und nicht der zweiten, die mir gar nicht gefiel. Es hatte Amandas Familie so reich gemacht, dass sie mich aus ihrem Leben ausschließen durfte.

Im Grunde war ich ein egozentrischer, pseudointellektueller Dummkopf, angetrieben von romantischen Vorstellungen, die im krassen Widerspruch zu der Weltanschauung standen, auf der mein zukünftiger Beruf fußte. Immerhin konnte ich mit einer eindrucksvollen Berufsbezeichnung aufwarten.

Die Nächte und Tage, in deren Verlauf ich aß, schlief, Frauen traf, mit Kate und Paul lachte, ein eng begrenztes technisches Wissen von eng begrenzten technischen Dingen und ein vages Verständnis vager Dinge erwarb, bedeuteten, dass ich am Ende der Kläger und Gerard der Beklagte wäre. Ermutigt von Kate und nicht entmutigt von Paul, beschloss ich, auf Tanyas Brief zu antworten.

Sie klang am Telefon anfangs älter, und während der ersten Minuten wünschte ich mir, sie nie kennengelernt zu haben. Wir umkreisten und beschnupperten einander und probierten verschiedene Tonlagen aus, die wir nur zum Teil unter Kontrolle hatten. Das Befinden? Danke, gut, und bei dir? Das Studium? Nicht übel, vermuteten wir. Familie? Im Großen und Ganzen wie gehabt. (Ihr Vater war immer noch tot.) Ein Buch? Habe ich nicht gelesen. Echt? Solltest du aber lesen. Ja, wird gemacht. Deine Rezensionen haben mir gefallen, gute Arbeit. Danke. Gern geschehen.

Erst bei einem zweiten Telefonat brachte ich den Mut auf, mich nach meinem Nachfolger zu erkundigen und zu fragen, was sie eigentlich an ihm fand. Er hatte sich die Schlinge schon selbst um den Hals gelegt, und ich musste nur abwarten, bis die Sache gelaufen war. Das spürte ich. Auf einen Kaffee? Na, gut. Wann hast du Zeit?

Sie sah noch genauso mürrisch und weltfremd aus wie früher, und bis auf ein magentafarbenes Tuch und einen Hauch von Caprice war sie ganz in Schwarz gekleidet. Und sie war immer noch anbetungswürdig.

»Ich mag das lila Tuch«, setzte ich an.

»Danke. Genau genommen ist es fuchsia.«

»Wo hast du *das* denn her?«

»Was? Das Tuch?«

»Nein. ›Genau genommen ist es fuchsia.‹«

Zum Zeitpunkt unserer nächsten Begegnung war Gerard in eine andere Ära abgeschoben worden. Danach war von ihm und seiner Prahlerei nur noch verächtlich die Rede, und zwar in der Waagerechten und ohne, dass ich ein Wort in einer Szene hätte sagen müssen, die aus einem französischen Nouvelle-Vague-Film zu stammen schien: zerknittertes Bettzeug, Wein und ein halb offenes Fenster, durch das das blaue Licht der Nacht fiel.

»Er hat nicht gelesen. Wenn er glaubte, dass ich eine kluge Bemerkung gemacht hatte, sagte er, ich hätte den Nagel auf die Rübe gehauen. Er hat geglaubt, die Tallis Scholars wären Experten für jüdische Gebetstücher. Er hat große Probleme mit abstrakten Konzepten. Und mit Wörtern. Mit abstrakten Konzepten und Wörtern, das ist alles. Und mit Logik und Geschichte. Und mit Ironie. Das ist alles. Er wollte mir nicht glauben, dass eine große städtische Badeanstalt nach dem einzigen australischen Premierminister benannt worden ist, der es geschafft hat, während seiner Amtszeit zu ertrinken. Kurz vor unserer Trennung waren wir noch dort. Vielleicht hat das die Trennung sogar beschleunigt.«

»Im Ernst? Was ist passiert?«

»Ich habe ihm gesagt, er gehöre ans seichte Ende des Beckens.«

»Ziemlich fies, Tanya.«

»Ich weiß. Hältst du mich für schlecht? Ich habe nicht gedacht, dass er das kapiert.«

»Ja, ich muss auch sagen, dass er auf mich immer etwas beschränkt gewirkt hat.«

Im Grunde hatte mir Gerard einen großen Dienst erwiesen, allerdings nicht nur (besser gesagt: nicht einmal) im Sinne von Nietzsches *Was uns nicht umbringt, macht uns stärker,* denn das halte ich für falsch. Die Erfahrung lehrt, dass sich das, was uns nicht umbringt, mit dem verbündet, was uns umbringt. Wir leben in einer Epoche, in der man alle Utopien in eine billige Kiste verbannt hat, und von Superman war zuletzt zu hören, dass er eine außergerichtliche Klärung anstrebt.

Doch als Tanya und ich wieder zusammenkamen, mussten wir für vieles dankbar sein, wozu auch Gerard gehörte. Wie wäre mein Leben verlaufen, wenn Gene und soziales Umfeld gnädiger mit ihm gewesen wären? Trotzdem fiel es mir in manchen Nächten schwer, bei dem Gedanken an seine Physis keinen Minderwertigkeitskomplex zu entwickeln, und Tanya wurde natürlich von einer Vielzahl anderer Erinnerungen gequält. Gerard war einer der ersten Menschen in meinem Bekanntenkreis, die Kraftausdauertraining zum Kult erhoben hatten und regelmäßig Opfer am Altar des Bankdrückens brachten. Eigentlich brauchte er weder Fitnesstraining noch Sport, um sein Leben zu ändern oder Karriere zu machen. Seine Eltern hatten Geld wie Heu, und sie hatten ihn immer wieder auf die richtige Schule geschickt. Er hatte einfach nur vergessen, warum.

Für Tanya war es sicher seltsam, dass Kate und Paul eine so wichtige Rolle in meinem Leben spielten, denn in der Prä-Gerard-Ära hatte es sie noch nicht gegeben. Ich hatte mit einer gewissen Reserviertheit gerechnet, vor allem zwischen Tanya und Kate. Männer lernen gern die Freundinnen ihrer Freunde kennen. Sie können dann eine Weile den Zampano spielen und versuchen, das Mädchen zu beeindrucken, aber jeder weiß, dass es harmlos ist und nur darum geht, anfangs möglichst viel Charme spielen zu lassen. Kate und Tanya verstanden sich jedoch auf Anhieb. Paul war zugeknöpfter und spielte die Rolle desjenigen, der nur langsam warm wurde. Das gefiel mir. Er war ein guter Freund.

Er wusste, wie wichtig sie mir gewesen war und wie tief es mich verletzt hatte, dass sie so vieles ausprobiert und wieder hingeworfen hatte. Er wusste aber auch, dass ich das Gleiche getan hatte und dass es für uns beide notwendig gewesen war, und deshalb taute er bald auf. Tanya zu mögen ist nicht schwer, und ich glaube nicht, dass Paul sie je ernsthaft verabscheut hat. Nachdem Tanya und ich zusammengezogen waren, verlangten *sowohl* Kate *als auch* Paul am Telefon ausdrücklich nach ihr. Doch eine Weile, so lange, wie ein Blatt braucht, um zu Boden zu fallen, oder so lange, wie ein kleines Kind die Luft anhalten kann, war er etwas reserviert. Als mein bester Freund wünschte er mir nicht nur das Beste. Er lebte auch ein bisschen durch mich. Und er hatte natürlich Amanda gesehen.

Acht

Wir hatten beide noch nie mit jemandem zusammengelebt, jedenfalls nicht mit einem Menschen, mit dem uns mehr als nur die DNA verband und dem wir wegen dieser besonderen Verbindung unsere unappetitlichsten Seiten offenbaren oder zumuten durften oder gar mussten. Das Zusammenleben mit einem Partner ist heikler, als man im Vorfeld meint. Wenn ich früher darüber nachgedacht hatte, sehr selten und meist nur vage, hatte ich immer geglaubt, dass man jedes Problem durch Verhandlungen und Kompromisse lösen konnte. Der eine drückt die Zahncreme am Kopf aus der Tube, der andere vom Ende her. Wenn man einander liebt, kann man sich doch sicher in der Mitte treffen? Und wenn das klappt, können einem die eigenen Kinder später nicht ihre psychischen Probleme anlasten, und man kann sich für erfolgreich halten, zumindest im Privatleben.

Aber diese Vorstellung ist atemberaubend naiv. Es gibt eine astronomische Bandbreite von Missverständnissen, die einem nach dem Abendessen und vor dem Zubettgehen vor Staunen den Mund offen stehen lassen; währenddessen löst sich ein winziges Nahrungspartikel auf und verwandelt den Atem in ein unüberwindliches Hindernis zwischen beiden Partnern. Morgens stinken alle Worte und Küsse nach Fäulnis. Würde man ahnen, wie ekelhaft der eigene Atem sein kann, so würde man der einzigen Schlussfolgerung zustimmen, die das Verhalten des Partners zulässt, nämlich: Du bist der größte Irrtum der Natur und solltest hinter dem Haus schnellstens den Gnadenschuss bekommen.

Die Oralhygiene ist aber nicht das Einzige, denn der Körper hat noch mehr zu bieten. Als man noch allein lebte, wusste man meist im Voraus, wann man intime Dinge verrichten musste, und konnte sich dementsprechend vorbereiten. Doch wenn man mit jemandem zusammenlebt, ergibt sich vieles ohne Vorwarnung. Hat man kein blindes Vertrauen zu jeder Öffnung und Protuberanz des eigenen Körpers, dann kann die Leistung im Bett darunter leiden, und das hat wiederum Folgen für alles Mögliche auf der Welt.

Dann gibt es noch die Kleider, die sich nach außen auf ein Gegenüber zubewegen. Wie wäscht man sie, wie oft, zu welcher Tageszeit, heiß oder kalt? Vermischt man je Bunt- und Weißwäsche, und tut man dies, wenn es passiert, mit Absicht oder aus Versehen? Was, wenn man das Pech hat, das liebste Kleidungsstück der Person zu zerstören, mit der man jede Nacht das Bett teilt, der Person, deren Atem im Schlaf die Unart hat, rhythmisch zu rasseln, was dem eigenen Schwefelatem bei einer Krankheit durchaus ebenbürtig ist? Sie bemerkt es zuerst. Was antwortet man, wenn man den Tadsch Mahal ihrer Blusen zerstört hat, auf ihre Frage, wie man nur so blöd sein konnte? Man wird bald seinen Master machen. Man betreut als Tutor kluge Erstsemester. Wüsste man nur eine Antwort! Doch es hapert mit dem Nachdenken, weil man ein gewaltiges Schlafdefizit hat, man hat seit der letzten Eiszeit nicht mehr geschlafen, weil die Rhythmussektion einer winzigen Reggaeband irgendwo zwischen der eustachischen Röhre und der Kehle der geliebten Frau zur Untermiete wohnt und dort von ein Uhr nachts bis sechs Uhr morgens übt, ohne den Schlaf einer Person von Bedeutung zu stören, nämlich den ihren.

Wir erwachten vor allem im Winter häufig sehr früh und klammerten uns aneinander, als hinge unser Leben davon ab. Während wir abwechselnd eindämmerten und aufwachten, wisperten Traumfetzen wie Halluzinationen von Kurzmeldungen im Dunkeln, ungebeten, halb bewusst und schlafwandlerisch. Manchmal meldete sich die Wirklichkeit in Gestalt des Rohmaterials zu Wort, das wir später für einen Traum von der Gasrechnung oder der Miete brauchten. Wir waren erst Mitte zwanzig, argwöhnten aber, dass unser Leben schon fast zu Ende war. Eigentlich lief alles wie am Schnürchen; wir hatten weder begründete Ängste noch Schreckensvisionen, die uns bis zum Mittag bei der Arbeit plagten. Ich hatte meinen Master und arbeitete in der Bundesbehörde für Planung und Umwelt. Tanya lehrte im Seminar für Politikwissenschaft und wurde von Dozenten umschwärmt, die ihr anboten, in ihrem jeweiligen Fachgebiet den Master zu machen; sie war eine, die man »im Auge behalten« muss, wie Paul vor Jahren gesagt hatte.

Wir meisterten das Leben gemeinsam. Wir verdienten nicht viel, aber mehr als mit den Studentenjobs in Supermärkten, im Getränkegroßhandel, in Nachbarschaftsläden oder Cafés. Wir waren der Traum aller Vermieter, das ideale Paar: zwei junge, kinderlose, berufstätige Akademiker mit Auto. Die Welt schien uns offenzustehen. Wir hätten darauf brennen müssen, die Zukunft beim Kragen zu packen, doch um sechs Uhr morgens, vor allem im Winter, wenn im Radio leise von Dingen berichtet wurde, die für Gottweißwen von Interesse waren, klammerten wir uns aneinander, als ging es um unser Leben.

Wir sprangen nicht aus dem Bett, um den jungen Tag zu begrüßen. Das tat nicht einmal Tanya, die von flüchtigen Bekannten oft für eine Frühaufsteherin gehalten wurde. Nein, da war etwas, das wir nicht benennen konnten, jedenfalls nicht damals, eine Zisterne voller Grau, die in den frühen Morgenstunden leckte. Befürchtungen sind grau. Die Angst ist heller. Graue Befürchtungen sickern langsam in uns ein. Die Angst landet direkt in unserem Bewusstsein. Vielleicht handelte es sich um das Wissen oder die Ahnung von der Gleichgültigkeit, die die Welt nicht nur unserem Wohlergehen, sondern auch unserem Dasein an sich entgegenbrachte.

Junge Menschen entscheiden sich in den rasanten Jahren füreinander, in denen ihrer traumwandlerischen Sicherheit nur ihre genauso traumwandlerische Verdrängung der mittelfristigen Zukunft gleichkommt. Sie wissen weder, was sie suchen, noch ahnen sie, dass ihre in einer glorreich dummen Nacht getroffene Wahl am Ende doch nicht das Gelbe vom Ei sein könnte. Doch so, wie man instinktiv die Dynamiken des Fahrradfahrens meistert und in seliger Nichtbeachtung der physikalischen Gesetze, die einem die Fortbewegung erlauben, durch die Gegend kurvt, sucht man sich unbewusst einen Partner, der das Selbstwertgefühl des Einmal-siehst-du-mich-dann-wieder-nicht hätschelt, das man für einen Appel und ein Ei vom Grund des Lebens seiner Eltern aufgelesen hat. Man spürt, dass das eigene Selbstvertrauen zu dem eines anderen Menschen passt, und glaubt, dass ausnahmsweise nicht nur die eigenen Kinder von dieser Verbindung profitieren werden. Doch an einem frühen Wintermorgen hat sie einen weiteren Vorteil, denn zu zweit kann man besser mit dem umgehen, was immer gegenwärtig ist, aber nicht benannt werden kann und nach dem Anknipsen des Lichts meist verschwindet.

»Eddie?«, flüsterte sie.

»Tanya.«

»Bist du schon wach, Schatz?«

»Hm-hm. Hast du gut geschlafen?«

»Ja, ganz gut. Und du?«

»Wie ich geschlafen habe, meinst du?«

»Ja.«

»Ich habe gut geschlafen. Wie … fühlst du dich? Tanya? Bist du wach, Tanya?« Ich glaubte, sie wäre wieder eingeschlafen, aber sie dachte nur über ihre Antwort nach.

»Gewöhnlich.«

»*Etwas* gewöhnlich?«

»*Ganz* gewöhnlich.«

»Ganz und gar?«

»Ja, ich glaube schon.«

Ich schwieg eine Weile. Dann erwiderte ich: »Das wird vergehen. Es wird sich legen. Du weißt doch, dass dieses Gefühl keine Grundlage hat. Das weißt du jetzt schon, obwohl es noch nicht hell ist. Alles ist gut.«

Sie schwieg.

»Ja, ich weiß.«

Ich verstand, was sie mit »ganz gewöhnlich« meinte, denn ich kannte das Gefühl von früher. Widersinnigerweise nahmen wir nicht Reißaus, nachdem wir es im jeweils anderen gewittert hatten, sondern klammerten uns gerade deshalb aneinander. Wir verständigten uns in einer Art Stenografie, einer Sprache, die nur wir verstanden. Wir hatten beide Anfälle des »ganz Gewöhnlichen« gehabt.

Ja, ich kannte das kleine, graue Gefühl der Gewöhnlichkeit, das morgens manchmal auf der Lauer lag und einen daran hindern wollte, aufzustehen, doch es lauerte Tanya öfter auf als mir. Ich hatte immer noch einen gewissen Auftrieb durch meinen Job, der mich zwar nicht sehr faszinierte (ich fasste die Berichte zusammen, die andere im Außendienst oder vor Ort geschrieben hatten), aber angenehm regelmäßig war.

Es war ein gutes Gefühl, zu einer bestimmten Zeit an einem bestimmten Ort erscheinen und etwas erledigen zu müssen, das zwar viel anspruchsloser als alles war, was ich während des Studiums getan hatte, dem ich aber gewachsen war. Jeder möchte seiner Aufgabe gewachsen sein, oder? Ich wünschte täglich denselben Leuten einen guten Morgen. Wir rissen Insiderwitze über die Kaffeeplörre, den Konkurrenzkampf bei den Football-Wetten oder die geschmacklose Krawatte eines Kollegen. Wir holten das Mittagessen aus einem kleinen Café nebenan, wo die festen Angestellten unserer Abteilung mit Wirt und Bedienungen scherzten, billige Witze und billiges Essen, aber diese Leute hatten eine enorm große Bedeutung füreinander. Vermutlich ahnte man nicht, wie wichtig man für die anderen war, und auch mir dämmerte dies erst sehr spät, doch mit jedem »Guten Morgen« erinnerten wir den anderen sanft an seine Existenz und seine Identität.

Kontinuität in Gestalt der immer gleichen Scherze (nie wirklich lustig) oder der immer gleichen Themen (nie wirklich tief gehend) gibt auch jenen ein gutes Gefühl, die möglicherweise nicht merken oder gar abstreiten, dass sie davon profitieren. Wenn Menschen die verbindende Kraft der täglichen Kontinuität bewusst wäre, würden sie vielleicht ein bisschen mehr für heimische Produkte bezahlen und nicht auf die Propheten der neoklassischen Ökonomie hören, die uns zum Hausarrest in unseren eigenen vier Wänden verdammen, wo wir sogar selbst vergessen, dass es uns gibt. Achtung, da kommt der Typ mit den schrillen Krawatten. Hör endlich auf, deine Individualität durch deine Krawatten zu betonen, verdammt noch mal. Du wirst noch im Knast landen. Wenn man merkt, wie viele Belohnungen das Profane zu bieten hat, ist man tief erleichtert.

Wir schrieben das Jahr 1985, das erste Jahr der zweiten Amtszeit Ronald Reagans, das sechste Jahr der Herrschaft Thatchers und das zweite Jahr dessen, was viele Australier im Nachhinein für eine Möchtegern-Labour-Regierung hielten. Tanya hatte im Frühjahr beim Erwachen etwas Seltsames erlebt. Wir wurden wie immer von den Radionachrichten geweckt. Tanya lag da und lauschte den Berichten über Buschfeuer, die an der gesamten Ostküste tobten, über die unzureichende Dürrehilfe, die der Premierminister versprach, über Sport und Wetter. Und dann hörte sie, wie von ihr die Rede war. Nicht namentlich, doch sie beharrte darauf, dass man auf sehr persönliche Art von ihr gesprochen habe. Ich verpasste es, weil ich noch zu verschlafen war, aber eine Stunde später wurde es wieder gesendet. Wir hörten zum allerersten Mal die Börsenkurse im Radio, und es kostete uns einen Tag und einen Anruf bei der ABC, bis wir begriffen, dass man die lokalen und internationalen Börsenkurse bekannt gab. Der australische Aktienindex hieß »Index gewöhnlicher Werte«, weil es um die Preise ganz normaler Aktien ging, die weder besondere Mitspracherechte noch andere Privilegien mit sich brachten.

»Damit ich das richtig verstehe: Die Öffentlichkeit wird stündlich darüber informiert, ob die Aktienkurse aller an der Börse notierten Unternehmen dieses Landes insgesamt oder im Durchschnitt gesehen fallen oder steigen?«, fragte Tanya erstaunt.

»Ja. Scheint so.«

»Warum fallen oder steigen die Aktienpreise überhaupt, Eddie?«

»Vertrauen.«

»Wie meinst du das?«

»Tja, wenn die Investoren glauben, dass einer bestimmten Firma negative Entwicklungen drohen, will niemand mehr die Aktien dieser Firma kaufen, und dann sinkt der Kurs.«

»Aber wenn sich die Investoren irren? Was, wenn der Firma gar nichts Schlimmes droht und die Prognosen auf falschen Überlegungen oder auf Aberglauben oder einfach nur auf der Hypothese beruhen, dass bald viele andere Leute panisch werden?«

»Dann fällt der Aktienwert trotzdem. Alles hängt vom Vertrauen der Investoren ab, egal ob es begründet ist oder nicht. Das Auf und Ab eines Aktienwerts wird davon bestimmt, dass die Mehrheit der Investoren glaubt, dass die Mehrheit der Investoren glaubt, dass der Kurs einer Aktie steigen oder fallen wird.«

»Und *wer* sind diese Investoren?«

»Theoretisch gesehen jeder.«

»Aber wer sind sie in Wirklichkeit?«

»Meist große Institutionen, Versicherungsgesellschaften, Banken, reiche Leute, die noch reicher werden wollen. Oder ganz normale Leute, die zur Zukunftssicherung ein bisschen überschüssiges Kapital anlegen.«

»Warum kennst du dich damit aus und ich nicht? Es ist ja keine Wissenschaft.«

»Weil ich ein Mann bin und weil man von uns Männern erwartet, dass wir uns damit auskennen, auch wenn es uns nicht interessiert. Wir müssen ja auch wissen, wie man Karten spielt, wie ein Automotor funktioniert oder warum der Mond nicht vom Himmel fällt und alle Menschen zerschmettert, die in ihren Betten träumen.«

»*Warum* fällt der Mond nicht vom Himmel und zerschmettert alle Menschen, die in ihren Betten träumen?«

»Vertrauen.«

Irgendwann, prophezeite Tanya, werde man sich gar nicht mehr an die Zeit erinnern können, als die Aktienkurse genauso selten vermeldet wurden wie Luftverschmutzungswerte oder Mautgebühren. Sie hatte recht. Die endlose Wiederholung der Börsenindexe ließ uns nicht unverändert. Ich rief Tanya regelmäßig bei der Arbeit an, um zu erfahren, wie ihr »Gewöhnlichkeitsindex« stand. Stieg oder fiel ihr Kurs an diesem Tag? »Leichte Erholung nach schwerer Baisse«, antwortete sie dann zum Beispiel.

Neun

Am Ende eines Arbeitstages, an dem ich ständig jemandem einen guten Morgen gewünscht hatte, fand ich Tanya im Wohnzimmer vor. Sie saß barfuß und im Schneidersitz vor dem stummen Fernseher und sah einen Trickfilm für Kinder. Sie hatte geweint. Ich warf meine Aktentasche in eine Ecke, sank neben sie und nahm sie so fest wie möglich in meine durch den Achtstundentag abgesicherten Arme. Es war Sommer, und die meisten meiner Kollegen waren im Urlaub. Tanya hatte noch zwei Wochen frei, und während die fortgesetzte Heimsuchung einer Maus in bunten Farben und ohne Ton über den Bildschirm flimmerte, merkte ich, dass irgendetwas nicht stimmte. Tanya entschuldigte sich für ihren Zustand, und als sie zu erzählen begann, was ihn herbeigeführt hatte, hörte ich schweigend zu.

»Ich war heute bei Kate. Sie konnte mich nicht abholen, weil Paul mit dem Auto unterwegs war, und deshalb habe ich den Bus genommen. Von der Haltestelle bin ich zu Fuß nach Hause gegangen. Es war heiß, und ich habe mich darauf gefreut, meine Füße hochzulegen und Vivaldi zu hören oder die neue Platte von Lloyd Cole und dazu ein Glas Eistee zu trinken. Auf dem Weg bin ich dann dieser jungen Frau begegnet, die in einem Rollstuhl mit Elektromotor saß. Sie war vielleicht neunzehn oder Anfang zwanzig. Sie stand vor dem steilen Anstieg unterhalb der Dandenong Road und rührte sich nicht vom Fleck.

Als ich näher kam, begann sie, unverständliche Laute auszustoßen. Sie klang wie ein verletztes Tier, und sie rief immer lauter und hartnäckiger; es war wie eine groteske Pantomime all unseres ständig nervenden, kleinen, privaten Leids. Sie wollte eindeutig, dass ich stehen blieb. Das war nicht zu übersehen. Ich musste stehen bleiben.

Dann hat sie ein Gerät von der Größe eines Taschenrechners aus einer kleinen Reißverschlusstasche gezogen, die so aussah wie die Beutel, die Grundschüler für ihre selbst gebastelten Sachen hinten über den Stuhl hängen. Ihre Arme und Hände haben sich so unbeholfen und ruckartig bewegt, als hätten sie einen eigenen Willen und müssten deshalb ständig ausgetrickst werden. Sie hat sowohl mit ihren komischen Lauten als auch mit einer Botschaft auf ihrem kleinen Computer versucht, mich zum Anhalten zu überreden. Sie wollte offenbar mit mir reden, mitten am Nachmittag und mitten auf der Straße. Aber ich hatte keine Lust. Ich war sauer auf sie, Eddie. Ihr bloßes Dasein hat mich belastet. Ich mochte sie nicht einmal anschauen. Also habe ich zu ihr gesagt, ich müsse weiter.«

Tanya begann zu schluchzen, und ich konnte sie nicht mehr richtig verstehen. Ich bat sie, tief Luft zu holen, und wischte ihr mit der flachen Hand ein paar Tränen unter den Augen weg.

»Ich habe ihr gesagt, ich müsse weiter, doch sie machte so eine wellenartige Geste, die wohl Einspruch bedeuten sollte. Sie wollte, dass ich blieb, und das hat sie wieder in ihren Computer eingetippt. Dann schrieb sie, dass ich ihr helfen solle, oder besser: Sie *bat* mich, ihr zu helfen. Aber sie erwartete es auch. Sie schien wütend zu sein, weil ich nicht begriff und ihr nicht schon längst geholfen hatte. Sie sah so bescheuert aus mit dieser Tasche, die sowohl an ihr als auch an ihrem Rollstuhl befestigt war und aussah, als wäre sie ein Teil von beidem. Ich habe sie nach ihrem Problem gefragt. Sie ließ mich durch ihr Taschenrechner-Dingsbums wissen, dass sie Rachael hieß, und mir fiel auf, dass sie sehr langes und sehr kräftiges schwarzes Haar hatte. So wie ich. Sobald sie ihren Namen genannt hatte, konnte ich dummerweise nicht mehr sauer auf sie sein. Ich begrüßte sie und stellte mich vor, und sie wiederholte meinen Namen und tippte ihn ein.

Angeblich war die Batterie ihres Rollstuhls leer. Sie kam nicht mehr bergauf. Wahrscheinlich hätte sie es auch mit voller Batterie nicht geschafft. Warum hat sie daran nicht vor ihrem Aufbruch gedacht? Ich habe mich gefragt, wo sie wohnte und wieso man sie so unvorbereitet und hilflos auf die heißen Straßen geschickt hatte. Mit dieser blöden Tasche an ihrem Sitz sah sie wirklich unglaublich bescheuert aus. Warum hatte sie ausgerechnet mich ausgewählt? Wollte sie mich nerven, oder hatte sie mich auf dem Kieker?

Ich fragte sie, was ich tun solle und ob ich jemanden für sie anrufen könne. Ja, ihre Mutter. Sie nannte mir den Namen … Sylvia Soundso … Der Nachname fällt mir gerade nicht ein. Sie tippte Namen und Telefonnummer ihrer Mutter ein, und ich notierte beides. Aber ich konnte sie doch nicht weiter in der Hitze schwitzen lassen, und deshalb habe ich ihr angeboten, sie bergauf und bis zur Dandenong Road zu schieben. Sie teilte mir mit, dass sie oben allein zurechtkommen werde.

Bei der Hitze war es ziemlich anstrengend, sie bergauf zu schieben. Sie war schwer, und ihre Art, um Hilfe zu bitten, war sehr, sehr einnehmend gewesen. Im Grunde hatte sie mich zwangsrekrutiert. Doch ich habe mich schuldig gefühlt, weil sie mich genervt hatte, denn wie hätte sie sich schließlich sonst verhalten sollen? Es war heiß, und sie saß bestimmt nicht zum ersten Mal fest, sie war hilflos, allein, gedemütigt und verletzlich, und dann hing ihre Fortbewegung von einem Ort zum anderen auch noch davon ab, wie sich das Über-Ich ihres Gegenübers entwickelte. Warum hätte sie sich entschuldigen sollen? Es wäre ihr gutes Recht, uns zu hassen, die wir so unbeschwert im Walzertakt über die Tanzflure unseres Lebens gleiten, zumal wir, jedenfalls in ihren Augen, nur selten stolpern und noch dazu oft über eingebildete oder triviale Ärgernisse wie den Zustand unserer Haut oder unserer Haare, über unsere nie befriedigte Besitzgier oder die Einsamkeit, an die wir uns ab und zu vage erinnern. Sie könnte uns für unsere banalen Besessenheiten, vor allem aber für unsere Selbstbesessenheit hassen, die uns nicht nur davon abhält, ihr zu helfen, sondern die uns auch daran hindert, all das zu betrauern, was sie hätte sein können, aber nicht ist. Sie hätte uns wenigstens so sehr hassen können, wie ich sie auf halbem Weg zur Dandenong Road hasste.

Ich habe ganz normal mit ihr gesprochen, denn ich war gereizt, wollte aber nicht herablassend sein. Ich habe mit ihr geredet, als wäre sie tatsächlich die Person, die sie zu sein versuchte, eine Ebenbürtige. Im Grunde *wollte* sie aber, dass ich die Ungleichheit unserer Lebenssituationen zur Kenntnis nahm, denn ich hätte sie ja durchaus mit ähnlich guten Gründen dazu bringen können, *mich* bergauf zu schieben.

Oben habe ich den Knopf der Ampel gedrückt, und dann habe ich sie über die Dandenong Road geschoben. Es war zu heiß für einen vernünftigen Gedanken, für Humor, für Menschen, zu heiß für alles, was einen klaren Kopf verlangt. Die Straßenschilder schienen zu schmelzen, und wir sprachen erst wieder, als wir die andere Straßenseite erreicht hatten. Dort hat sie mir erzählt, dass sie ihre Tante besuchen wolle. Die Batterie hatte auf dem Weg zu ihrer Tante den Geist aufgegeben.

Denk nur, Eddie: Ich habe versucht, mir vorzustellen, wie ihre Tante aussieht, ich habe mir vorgestellt, dass sie dem Mädchen nach dem Eintreffen etwas Kühles zu trinken anbietet. Würde sie ihr das Glas an die Lippen setzen müssen? Was würden sie tun? Worüber würden sie reden? Die Tante würde ihre Nichte kaum verstehen können, und wenn Rachael wieder auf dem Weg nach Hause wäre – oder wo immer sie wohnt –, würde die Tante ihre Nippessachen aus Porzellan betrachten und sich für die Erleichterung schämen, die sie jedes Mal bei Rachaels Aufbruch verspürt. Und Rachael, noch nicht ganz auf der Straße, würde wissen, was ihre Tante empfindet, denn wenn man ein paar Jahrzehnte lang miterlebt hat, dass die Leute immer froh sind, wenn man geht, kann man das nicht mehr übersehen.

Sie sagte, ihre Tante wohne ›ganz in der Nähe‹, und ab jetzt komme sie allein zurecht. Ich habe sie gefragt, ob ich ihre Mutter über die Panne und den Besuch bei ihrer Tante informieren solle. Sie bat mich, ihrer Mutter auszurichten, dass sie eine Ann anrufen solle.«

»Hast du nicht gesagt, dass sie Rachael hieß?«

»Ja, klar. Das hat sie mir erzählt. Vielleicht heißt ihre Tante Ann. Keine Ahnung. Jedenfalls habe ich zu Hause die Nummer gewählt, die sie mir gegeben hatte. Eine junge Frau mit türkischem oder arabischem Akzent, vielleicht war es auch israelisch, war dran. Ich habe Rachaels Mutter verlangt, Sylvia ... wie auch immer sie mit Nachnamen hieß ... Sylvia *Leitch*, genau, Sylvia Leitch. Die junge Frau erwiderte, sie kenne keine Mrs Leitch. Sie wohne mit ihrem Mann zusammen. Ich erzählte ihr, was Rachael passiert war.

›Oh‹, sagte sie, ›jetzt verstehe ich. Wir haben diese unverständlichen Anrufe bekommen. Das Mädchen wollte wohl ihre Mutter sprechen. Aber wir wohnen jetzt schon seit über sechs Monaten hier.‹«

Tanya, den Kopf an meiner Brust, atmete tief und langsam aus. Sie weinte, bis ihre Tränen mit ihrer Traurigkeit nicht mehr mithalten konnten und besiegt hinten in ihre Kehle zurückwichen.

»Ich verstehe ja, Tanya, wie sehr dich das … leidvolle Leben dieser jungen Frau …«

»Rachael.«

»… wie sehr dich Rachaels Leid berührt. Aber es betrifft dich nicht persönlich. Warum weinst du?«, fragte ich sie zärtlich.

»Ich weiß, dass es mich nicht betrifft. Ich weiß nicht, warum ich weine. Es ist … mir ein Rätsel. Ich habe keine Ahnung.«

Mein bügelfreies Hemd, beim ersten »Guten Morgen« immer blütenweiß, war jetzt zerknittert und hatte einen feuchten Fleck auf der Brust. Als ich den Blick senkte, sah ich, dass Tanyas Kopf halb auf meinem Zwerchfell ruhte. Meine Krawatte lag auf ihrem Ohr, und die andere Hälfte meiner Brust verschwand unter der inzwischen feuchten Decke aus Baumwoll-Polyester-Gemisch. Unter dem Hemd sah meine Haut rosa aus. Ich fuhr mit den Fingern durch Tanyas Haar und wiegte sie, bis sich ihr Atem beruhigt hatte. Im Fernsehen steckte die Maus stumm einen Hieb nach dem anderen ein, ohne je zu sterben. Sie starb nie.

»Gott sei Dank bist du wieder da.«

»Natürlich bin ich wieder da«, sagte ich leise und merkte, dass ich etwas in der Art schon immer hatte sagen wollen. Ich spürte ihren Blick im Rücken, als ich zum Fernseher ging, um der Maus eine Stimme zu geben, und mich dann in die Küche begab, wo ich zum Telefon griff.

»Wen willst du anrufen?«, rief sie, doch ich tat so, als hätte ich sie nicht gehört.

»Wen hast du angerufen?«, fragte sie, als ich fertig war und die Maus wieder leiser stellte.

»Deine Mutter. Ich habe sie zum Abendessen eingeladen. Ich hole sie um neunzehn Uhr ab. Sie hat gerade ein bisschen Zeit.«

Tanya nahm mich in die Arme und küsste mich auf eine Stelle unterhalb meines Ohrs.

»Das ist sehr lieb von dir, Eddie.«

»Ich finde, du könntest ihre Gesellschaft nach alldem gut gebrauchen. Sollen wir sie zum Essen ausführen? Wir könnten etwas feiern.«

»Gern. Und was feiern wir?«

»Unser bisheriges Leben. Und unsere Heirat. Ich möchte dich heiraten. Da wir jetzt seit fast zehn Jahren zusammenleben, scheinen wir miteinander auszukommen. Wenn du mich heiraten willst, müssen wir nur noch überlegen, in welches Restaurant wir gehen wollen. Du kannst es deiner Mutter beim Essen erzählen, aber bitte nicht, bevor wir bestellt haben. Mag sie chinesisch? Jeder mag chinesisch.«

Jetzt lächelte sie.

»Und was ist mit deinen Eltern? Komm, wir laden sie auch ein«, sagte sie, umarmte mich und streichelte meinen Rücken. Ich sah auf die Uhr.

»Tja, ich weiß nicht, Tanya. Um diese Uhrzeit hat meine Mutter bestimmt schon alle Kartoffeln geputzt.«

Zehn

Bei meiner dritten Begegnung mit Amanda irrte ich gerade durch die zweite Etage eines Kaufhauses in der Innenstadt und suchte den Weg zur Anzugabteilung in der fünften Etage. Amanda war bei den Haushaltswaren, obwohl sie eigentlich nichts brauchte. Sie hatte weder in der Küche noch im Esszimmer gestanden und geflucht, weil ihr Salatbesteck, Obstschale oder Dekantierer fehlten, die man in der Abteilung für Haushaltswaren bekommen konnte (wie sie mir erzählte, gab es die besten Dekantierer allerdings in der Etage mit den Kristallwaren und dem Tafelsilber). Wie ich noch erfahren sollte, suchte sie trotzdem etwas, und sie war dort, um Ordnung in ihre Gedanken zu bringen.

Ich wollte für einen neuen Smoking Maß nehmen lassen. Tanya hatte einen Termin bei einer Frau gemacht, die sie beharrlich Maria-Herrenbekleidung-wie-kann-ich-Ihnen-behilflich-sein nannte. Sie hätte mich auch begleitet, aber sie musste mehrere direkt aufeinanderfolgende Tutorien geben. Sie hatte sogar mit Gastvorlesungen begonnen, was ihr nach ihren Worten das Gefühl gab, eine Lottofee zu sein, die ab und zu für den Moderator der Show einspringen musste. Wir hatten überlegt, ihre Vorlesungen durch ein Glücksrad zu bereichern, »Tanyas Glücksrad«, und unser Auto oder ein Wochenende für zwei Personen mit meinen Eltern im Haus ihrer Träume an der Gold Coast zu verlosen, inklusive der Betrachtung meiner Babyfotos und eines Besuches bei Sea World. Das würde die Beliebtheit ihrer Vorlesungen bei den Studenten steigern und ihrer akademischen Karriere einen Schub geben, den sie durch Veröffentlichungen, die sehr viel Eigenarbeit und Tipp-Ex verlangten, nie bekommen würde.

Amandas Haar war etwas kürzer als bei unseren früheren Begegnungen. Sie trug eine auberginefarbene Jacke, einen dazu passenden Rock mit Bügelfalten, auf die ihre Mutter stolz gewesen wäre, und ein weißes, geripptes T-Shirt. Ihre Haut war immer noch so glatt wie die eines kleinen Mädchens, und sie hatte diese Brüste dabei, für die man sofort sein Haus verpfändet hätte. Als mir klar wurde, dass sie es war, redete ich mir selbst und aller Welt ein, sie nicht gesehen zu haben. Ich hatte einen Termin. Ich würde bald heiraten, und deshalb durfte Amanda Claremont eigentlich nicht existieren. Das hätte mir bewusst sein müssen.

»Eddie? Eddie! Eddie, bist du es wirklich?«

Ich musste erst darüber nachdenken. Sicher war nur, dass sie es war, die rief, und dass sie ihren Ruf nicht an einen anderen Kunden im Kaufhaus richtete, der zufällig den gleichen Namen trug wie ich, sondern an den liebsten, aber leider etwas zu hohen Kletterbaum, an die Außenleuchte, die die Motten anlockte, an den Schaukelstuhl auf der Veranda, auf dem sie von einem Tag auf den anderen nicht mehr schaukeln durfte, und an die Feigenmarmelade, die sie nur ein- oder zweimal probiert hatte und an die sie sich gern erinnerte, bis sie sie schließlich vergaß. Ja, ich war es wirklich. Ich. Ich war achtundzwanzig und würde in sechs Wochen heiraten, ich war durch Studium, durch Zufall oder von Beruf Chemieingenieur, ich war einer dieser netten und gebildeten jungen Leute, für die man die

Mietwohnung erfunden zu haben schien, eine Person, die nicht nur gern an ihre Kindheit zurückdachte, sondern in ihrer Freizeit immer wieder darin eintauchte. Die Kindheit war nicht vorbei. Es war nur so, dass junge Leute mehr Zeit dafür hatten. Doch ich war inzwischen viel zu sehr damit beschäftigt, andere Rollen zu spielen. Keine davon hatte auch nur entfernt mit Amanda Claremont zu tun.

»Gott! Ich wusste, dass du es bist«, sagte sie und küsste mich auf die Wange.

»Ich bin nicht Gott. Du verwechselst mich mit jemandem.«

»Du hast dich kein bisschen verändert, Eddie.«

»Doch, doch. Ich bin viel größer als mit neun. Wie du siehst, verwechselst du mich tatsächlich.«

»Wir sind uns seitdem doch sicher begegnet, oder?«

»Ja, ganz kurz an der Uni«, antwortete ich und nutzte die Gelegenheit, um zu Boden zu blicken.

»Ja, ich erinnere mich daran.«

»Damals hast du fast das Gleiche gesagt.«

Ich verfluchte ihre Frische, ihre üppige Schönheit, den Duft ihres Designerparfüms, ihr Haar, das immer noch das eines Mädchens von nebenan war und dessen Verwertungsrechte bestimmt an eine Werbeagentur verkauft worden waren. Und ich verfluchte ihre Wirkung auf mich, denn bei jeder neuen Begegnung erbebte ich innerlich von Kopf bis Fuß. Dieses Mal wurde ich zum Stand-up-Comedian. Ich konnte nicht anders. Ich wollte unbedingt irgendetwas Witziges sagen, egal was. Doch keiner von uns beiden lachte.

»Toll, dich zu sehen. Du wirst es nicht glauben, Eddie obwohl ich hoffe, dass du es doch tust, aber ich habe in letzter Zeit oft an dich gedacht.«

»Ach, wirklich? Im Ernst?«

Ich wollte wie Bogart klingen, und bei den ersten paar Silben schaffte ich es vielleicht auch. Doch als die Wörter in der Luft hingen, begriff ich, dass ich eher wie Moe von den Three Stooges klang, kurz bevor er sagt: »Ein Schlauberger, wie?« und die Köpfe von Larry und Shemp gegeneinanderknallt. Ich hatte feuchte Hände, und ihre Köpfe wären mir wohl entglitten. Ich war weder Bogart noch Moe. Ich war Curly Joe. Oder, noch wahrscheinlicher, Zeppo oder Gummo Marx. Ich war Pete Best, Syd Barrett und »Jerker« Jenkins, auf dessen Rücken Jezza beim Grand Final von 1970 sprang und sich damit die Unsterblichkeit sicherte.

»Hast du je eine Phase erlebt, Eddie, in der sich Tag und Nacht zu jeder Stunde deine Vergangenheit in deinem Kopf abspult?«

»Ja, aber man hat mir gesagt, das würde sich legen.«

»Nein, im Ernst, Eddie. Ich weiß nicht genau, was es ist, obwohl ich meine Vermutungen habe, aber ich musste in letzter Zeit immer wieder an meine Familie und meine Vergangenheit denken. Ich musste auch an meine Kindheit und an dich denken und wollte unbedingt mit dir reden. Komisch, was? Es kommt mir vor, als hätte ich irgendetwas im Leben verpasst, irgendeine Fülle, und wäre deshalb jetzt umso ärmer. Ich weiß, dass es seltsam klingt, aber ich habe dieses Gefühl immer wieder – und ich denke immer wieder an dich.«

»Vielleicht hast du etwas Falsches gegessen?«

Sid Caesar hätte jeden gefeuert, der das erwidert hätte. Wenn sie doch nur etwas Albernes gesagt *hätte,* aber ihre Worte klangen wie etwas, das manche Menschen ihr ganzes Leben lang hören wollen, etwas wie: »Sie haben soeben ein Auto gewonnen«, oder: »Das Haus gehört jetzt Ihnen«, oder: »Du weißt, dass ich dich nie verlassen werde.«

»Können wir uns unterhalten, Eddie? Oder hast du etwas dagegen? Es gibt so vieles, worüber ich gern mit dir reden würde. Bin ich zu aufdringlich? Nur ganz kurz, bei einem Kaffee. Du hast es nicht eilig, oder?«

»Amanda?«

»Ja?«

»Ist dein Leben eine Katastrophe?«

In der grellen, übersteigerten Realität der Kaufhauscafeteria tranken wir Milchwasser mit Kaffeegeschmack, umtost vom Sturm und Drang zusammenstoßender Einkaufswagen und heulender Kinder. Amanda war in der Verwaltung tätig, und da sie aus einer Familie stammte, die ich für unermesslich reich hielt, musste sie zwangsläufig mehr verdienen, als sie brauchte. Sie hatte eine Lebensphase erreicht, in der die Wut auf ihre Eltern erwacht war, und nun musste sie wohl oder übel den genauen Grund dafür suchen. Ich sagte, ich würde zu spät zu einem Termin kommen, und ihre Kritik an ihren Eltern sei noch später dran, aber ich könne ihr sicher helfen, ihren Eltern die Schuld an allem Möglichen in die Schuhe zu schieben, vor allem ihrer Mutter, die in meinen Augen die Schuld an der Cholera und am Kalten Krieg trug. Obwohl Amanda mich damals an der Uni so arrogant hatte abblitzen lassen (darauf wollte ich sie noch ansprechen), war ich nicht sauer, aber ich musste dringend zum Termin mit Maria-Herrenbekleidung-wie-kann-ich-Ihnen-behilflich-sein. Sie solle mir nicht böse sein, sagte ich, aber ich müsse los, und der Kaffee gehe auf mich. Sie folgte mir zur Kasse.

»Ich möchte auf keinen Fall den Kontakt zu dir verlieren, Eddie. Ich muss unbedingt mit dir reden. Nicht nur über unsere Kindheit. Ich brauche in einigen Angelegenheiten deinen Rat.«

»Warum soll ausgerechnet ich dir einen Rat geben, Amanda? Was schulde ich Ihnen?«, fragte ich die Kassiererin, doch als ich in meine Geldbörse schaute, erfüllte mich blankes Entsetzen.

»Was ist denn los, Eddie? Hast du nicht genug Geld?«, fragte Amanda.

»Nein. Nein. Aber ich bezahle fast alles … Tja, meist bezahle ich alles … Ich wollte heute alles mit Kreditkarte bezahlen, weil ich es nicht zur Bank geschafft habe. Könnte ich wohl mit Karte bezahlen?«

»Mit einer Kreditkarte, Sir?«

»Ja.«

»Tut mir leid. Aber da gibt es eine Mindestsumme von zehn Dollar.«

»Lass mich bezahlen, Eddie. Du kannst mich ja beim nächsten Mal einladen.«

Elf

Das »nächste Mal« fand ungefähr zehn Tage später in einem Restaurant statt, das nicht weit von meinem Arbeitsplatz entfernt war. Amanda sagte, sie müsse mir endlich alles erzählen, auf jeden Fall das Neueste von allem. Ich fühlte mich in ihrer Gegenwart unwohl. Ich hatte bisher nur ein einziges Mal in diesem Restaurant gegessen, und zwar bei der Abschiedsparty einer der Sekretärinnen. Diese Sekretärin hatte mehrere Abschiedspartys gefeiert – jeweils eine vor ihren zwei Mutterschaftsurlauben, eine vor einer langen Auszeit und eine vor ihrer Hysterektomie. Vor der letzten Party hatte jemand, der sich nach Abwechslung sehnte, einen Tisch in diesem Restaurant reserviert. Hinterher stimmten alle darin überein, dass es zu teuer für eine Hysterektomie gewesen war, vor allem, wenn man sich überlegte, was wir für jede Schwangerschaft bezahlten.

»Sieh dich an, Eddie, du bist also Chemieingenieur!«, sagte sie lächelnd und wiederholte: »Sieh dich an!«

»Tja, vielen Dank, Amanda. Wirklich. Aber sieh nicht mich an. Sieh dich an.«

Wie sie mir erzählte, hatte sie mehrere gescheiterte Beziehungen hinter sich – gescheitert, weil irgendwann Schluss gewesen war. Sie war bei einer Bergbaugesellschaft angestellt, als persönliche Assistentin des Vorstandsvorsitzenden, oder jedenfalls glaubte ich, dies ihren Worten entnehmen zu können. Sie wollte unter anderem über ihren Beruf mit mir reden. Ich hatte den Verdacht, dass sie vertrauliche Informationen über die Bergbaugesellschaft aus mir herausbekommen wollte. Ich arbeitete immerhin für die Regierung und hatte sie sogar gewählt. Wenn das wirklich Amandas Plan war, hatte sie Pech, denn ich wusste nicht viel mehr als sie. Ich wusste nur, dass ich keinen Zugang zu vertraulichen Informationen hatte. Doch wie sich rasch herausstellte, war meine Stellung in der Umweltbehörde nicht das zentrale Thema.

»Ich weiß gar nicht, wo ich anfangen soll. Es ist nicht so einfach …«

»Du musst mir nichts erzählen, wenn du nicht magst, Amanda. Sag einfach gar nichts, auch wenn du mir etwas erzählst.«

Sie überging meine Bemerkung.

»Auf unserer Ebene sind wir in Teams organisiert. Ich arbeite oft mit dem Vorstandsvorsitzenden zusammen. Sag bitte, wenn du mir nicht folgen kannst. Unser Team hat an einer ziemlich großen Sache gearbeitet – du wirst davon gelesen haben –, aber im Grunde ist das unwichtig, jedenfalls für unsere Zwecke.«

»*Unsere* Zwecke?«

»Es war eine dieser zähen Fusionsverhandlungen …«

»Ah, ja, diese zähen Fusionsverhandlungen – ich glaube, davon habe ich tatsächlich gelesen.«

»Ich habe mich um die Feinabstimmung gekümmert. Du weißt schon: *Ihre* Anwälte, *unsere* Anwälte und so weiter. Nach wochenlangen Überstunden, Arbeit am Wochenende und bis spätabends war die Sache endlich unter Dach und Fach. Unser Team ist essen gegangen, um den Abschluss zu feiern. Du kannst dir die Szene bestimmt vorstellen: ein sündhaft teures Restaurant, viel Alkohol und viel Schultergeklopfe, das ganze Programm. Kannst du mir noch folgen, Eddie?«

»Oh, ja. Ein sündhaft teures Restaurant.«

»Genau. Anfangs haben wir die Sache vorn an der Bar mit Drinks begossen. Es gab immer wieder einen Klaps auf die Schulter, und ich habe mich mit unserem Geschäftsführer unterhalten, einem Mann namens Roger Schauble. Eigentlich ein netter Typ, Ende vierzig oder Anfang fünfzig, aber plötzlich merke ich, dass seine Hand auf meinem Knie liegt. Kannst du dir das vorstellen? Stell dir vor, wie ich mich gefühlt habe!«

Ich konnte mir leider *nur* vorstellen, wie sie sich gefühlt hatte. Seit meinem neunten Lebensjahr hatte ich ihr Knie nicht mehr berührt.

»Ich wusste nicht, was ich tun sollte. Ich meine … natürlich bin ich schon mal angebaggert worden.«

»Echt?«

»Oh, ja«, sagte sie und befeuchtete ihre Kehle mit einem Schluck ihres Drinks, »aber es waren immer betrunkene, grobe Typen, richtige Widerlinge.«

»Ohne Ausnahme?«

»Die meisten, ja. Aber dieses Mal war es anders. Roger Schauble ist ein netter Kerl. Er hat zwei Kinder aus einer ersten Ehe und führt jetzt eine zweite Beziehung. Es gab Gerüchte, dass er krank war. Na, wie auch immer – er hatte seine Hand auf meinem Knie. Ich war wie vor den Kopf gestoßen und tat einfach so, als würde ich nichts bemerken. Nach einer Weile standen alle auf, um sich zum Essen an den Tisch zu setzen. Roger zog seine Hand weg und führte mich zum Tisch. Es war ein langes und alkoholseliges Essen, und das Restaurant war wunderbar – ich sollte einmal mit dir dorthin gehen –, und am Ende bestellte der Vorstandsvorsitzende, mein Chef, für alle ein Taxi. Wie sich herausstellte, wohnt Schauble in North Fitzroy. Tja, ich lebe auch in North Fitzroy. Mein Freund hat dort eine Wohnung.«

»Dein Freund?«

»Ja. Gerard hat dort eine eigene Wohnung. Die Büroräume seiner Importfirma sind im Erdgeschoss, und wir wohnen oben. Na, jedenfalls stellt Roger Schauble fest, dass ich in North Fitzroy wohne, und bietet an, mich nach Hause zu fahren. Er hätte besser nichts trinken sollen. Wir waren alle viel zu blau. Er hatte sein Auto in der Tiefgarage beim Büro geparkt, also sind wir zu Fuß zurück in die Stadt gegangen. Es war fast zwei Uhr früh, aber es war nicht weit, und außerdem war ich ja nicht allein unterwegs. Wir stiegen in sein Auto, und ich beschrieb ihm den Weg. Er bringt mich hin, parkt zögernd vor unserem Haus ein und stellt den Motor aus. Ich bedanke mich, und plötzlich packt er nach mir, um mich zu küssen. Ich habe ihn gewähren lassen. Ich habe seinen Kuss sogar erwidert. Wir saßen eine Weile da und haben uns geküsst.«

»Warum hast du das getan?«

»Wenn ich das wüsste. Wahrscheinlich, weil es mir peinlich war. Er hatte mich überrumpelt, und ich wusste nicht, wie ich reagieren sollte. Wir hatten getrunken. Es mag schrecklich klingen, aber ich muss gestehen, dass ältere Männer …«

»… immer schon eine Faszination auf dich ausgeübt haben?«

»Sie haben mir immer gesagt, wo es langgeht.«

»Aber das war diesmal ja nicht der Fall. Er wollte etwas von dir.«

»Ratschläge, Bitten, Flehen – in gewissen Situationen ist all das mehr oder weniger dasselbe.«

»Welche Situation meinst du?«

»Ein älterer Mann, ein mächtiger Mann, ein netter Kerl und zugleich ein Arbeitskollege, will etwas von mir. Ich habe nicht nachgedacht. Ich wollte nur Zeit schinden.«

»Durch Herumknutschen?«

»Kein toller Plan, was?«

Einer der liebsten Zeitvertreibe der Menschheit dürfte darin bestehen, über ihre Mitmenschen zu urteilen, und es ist grausam, dass andere Spezies nicht in diesen Genuss kommen. Doch es sah ganz so aus, als würde die Be- oder sogar die Vorverurteilung Amandas mein einziges Vergnügen bleiben. Schon die Erwähnung des Namens »Gerard«, und auch noch aus ihrem Mund, diese makellose Erinnerung an eine verlorene Zeit, hatte zur Folge, dass ich mich verschluckte und in meine Serviette husten musste. Und schon befand ich mich auf einem endlosen Trip, belastet durch ungute Vorahnungen sowohl Tanya als auch Amanda betreffend, die beide eine verkorkste häusliche Beziehung mit Gerard in einem Loft in North Fitzroy führten. Diese Liaison war zu grauenhaft, um auch nur darüber nachzudenken. Aber ich tat es leider schon. Vielleicht sollte ich gnädiger mit Roger Schauble sein, einem Geschäftsführer und älteren, reifen Familienmenschen, der schon eine Exfrau auf dem Kerbholz hatte. Der Begriff »Exfrau« versprach wenigstens eine Rückkehr zu relativer Ruhe, zum Strand nach einem Schiffbruch. Mit ihm könnte ich ins Geschäft kommen.

»Entschuldige, Amanda. Ich will dein Verhalten nicht werten. Wirklich nicht.«

»Ach, du hast ja recht«, sagte sie mit der blitzartigen Selbstreflexion einer Protagonistin eines Fernsehfilms aus den Siebzigerjahren. »Ich war ja so blöd. Und das ist noch nicht alles.«

»Nicht alles?«

»Nein. Magst du es hören?«

»Tja, meinetwegen, wenn du glaubst, dass es dir irgendwie hilft. Aber im Ernst, Amanda ...«

»Du bist so süß, Eddie«, sagte sie und ergriff meine Hand, bevor sie fortfuhr. »Ich ging also zur Haustür und kramte im Dunkeln nach dem Schlüssel. Roger saß immer noch im Auto. Ich schlich mich so leise und langsam wie möglich hinein, um keinen Lärm zu machen. Ich zog mich aus, legte die Kleider behutsam auf den Stuhl und horchte weiter auf Rogers Auto. Ich weiß noch, dass ich nackt im Zimmer stand und den schlafenden Gerard betrachtete. Zugleich hatte ich schreckliche Angst, dass Roger immer noch vor dem Haus stand, dass er nicht wegfahren wollte. Das musst du dir mal vorstellen, Eddie.«

Warum musste ich mir das vorstellen? Warum war ich überhaupt hier? War es ein Zufall? War es das Chaos? War das Chaos ein Zufall? Ich musste an die Chaostheorie denken: Irgendwo in Japan schlägt ein Schmetterling mit den Flügeln, eine Flutwelle bricht über die Küste Floridas herein, und einige Jahre später erhalten irgendwelche Meteorologen vom MIT den Nobelpreis. Wie es schien, begegnete ich Amanda alle neuneinhalb Jahre. In viereinhalb Wochen würde ich Tanya heiraten, und drei Fingerspitzen meiner rechten Hand lagen auf Amandas Handfläche. Das Unheil, das japanische Schmetterlinge anrichteten, verhielt sich proportional zu meiner immer näher rückenden Heirat.

Irgendwo in Princeton, vielleicht auch in Cambridge, werden fleißige Forscher bald aufklären, was Amanda Claremont, die alle neuneinhalb Jahre in die Umlaufbahn meines Lebens eintrat, mit mir anstellte. Ich konnte diesen Forschern leider nicht helfen, und genau wie Amanda, die den wundersam sehnigen Gerard nicht stören wollte, tasten sie im Dunkeln, nur getröstet von dem Gedanken, dass jedes physikalische System mit periodischem Charakter eigentlich vorhersehbar sein musste. Sie haben wahrscheinlich schon die Dynamikgleichungen aufgestellt, ahnen aber nicht, wie empfindsam ich damals, mit neuneinhalb Jahren, auf die Grundvoraussetzungen meiner allerersten Begegnung mit Amanda reagiert hatte.

»Ich habe mich ganz vorsichtig ins Bett gelegt, um Gerard nicht zu wecken, aber er war schon halb wach. Er drehte sich um und legte mir sanft eine Hand auf den Bauch, dicht unter meinen Bauchnabel. Ich lag totenstill da. Gerard ist sehr kräftig. Seine Hand ist schwer. Stell dir vor! Ich hatte noch Rogers Speichel im Mund, als Gerard mich mit schwerer Hand streichelte. Ich konnte nicht schlafen. Ich fühlte mich schrecklich. Was hatte all das für meine Beziehung mit Gerard zu bedeuten? Was bedeutet es *deiner* Meinung nach? Ich bin wirklich dankbar für deine Hilfe, Eddie. Wie gesagt: In letzter Zeit habe ich oft an dich gedacht, und ich wollte dich unbedingt sehen, mit dir reden, wissen, wie du jetzt aussiehst. Tja, und nun sitzen wir hier! Verrückt, was? Die Chancen für eine solche Zufallsbegegnung sind doch sicher verschwindend gering.«

»Circa eins zu neuneinhalb mal dreihundertfünfundsechzig«, erwiderte ich, staunte über die geistlose Welt, in der Amanda zu Hause war, eine Mischung aus Schundroman und *Vogue*, und fragte mich, wie man ihr beitreten konnte.

»In der Nacht habe ich kein Auge zugetan. Ich befürchtete, dass Gerard etwas wusste. Genau genommen konnte er zwar gar nicht viel wissen, aber ich war unglaublich nervös. Als ich am nächsten Morgen unter der Dusche stand, hatte ich das Gefühl, dass er mich anstarrte. Vielleicht war ich paranoid. Hältst du mich für sehr blöd? Und tags darauf ruft mich Mr Schauble bei der Arbeit an.«

»Mr Schauble?«

»Roger Schauble.«

»Ach, so, der Geschäftsführer. Entschuldige.«

»Roger rief an, um sich mit mir zu verabreden. Ich habe ihm gesagt, das sei keine gute Idee. Schließlich waren wir beide gebunden.« Amanda nippte am Wein.

»An einen anderen Menschen?«

»Ja, an einen anderen Menschen, und außerdem mussten wir zusammenarbeiten und so weiter.«

»Und so weiter?«

»Ich habe ihm gesagt, dass sein Verhalten bestimmt gegen die Büroregeln verstoße.«

»Hast du das ernst gemeint?«

»Das weiß ich nicht mehr. Ich wollte Zeit schinden.«

»Schon wieder?«

»Ja. Er hat mir dann gesagt, ich solle im Handbuch nachschauen.«

»Das hatte jetzt aber *er* nicht ernst gemeint, oder?«

»Ich glaube, nicht.«

»Gibt es bei euch tatsächlich ein Handbuch, in dem so etwas steht?«

»Ja, man kann dort alles nachschlagen, von alluvialen Bodenschätzen über Mutterschaftsurlaub bis Zirkonium.«

»Zirkonium! Jede Wette, dass dieser Eintrag ständig nachgeschlagen wird.«

»Öfter als der zum Mutterschaftsurlaub.«

»Hatte er es nun ernst gemeint oder nicht?«

»Ich glaube, nicht. Eine Woche später hat er noch einmal angerufen, um sich nach dem Stand meiner Nachforschungen zu erkundigen.«

»Im Handbuch?«

»Ja. Er sagte, er habe jeden Tag vorgehabt, mich anzurufen. Aber er hat sich nicht getraut. Er klang so verletzlich, Eddie.«

Sie drückte meine Hand.

»Und, hast du Zeit geschunden?«

»Nein, ich habe mich noch für den gleichen Abend mit ihm verabredet. Nur auf ein Glas. Ich bin so blöd, ich weiß. Denkst du schlecht von mir?«

Dachte ich schlecht von ihr? Eigentlich dachte ich nur *an* sie. Das hatte ich im Laufe von gut zwanzig Jahren immer wieder getan. Aber was *wusste* ich eigentlich von ihr? Seit wir uns damals im Kleiderschrank meiner Eltern versteckt hatten, hatten wir keinen Kontakt mehr gehabt.

»Nein, Amanda, ich urteile nicht. Und ganz bestimmt urteile ich nicht über dich, meine liebe, alte Freundin.«

»Warte. Das ist noch nicht alles. Aus dem Glas wurde ein Essen, und während des Essens erzählte er mir, dass er viel für mich empfinde, sehr viel, und das schon seit Langem. Er habe es eigentlich nicht gestehen wollen, doch er sei … krank. Er wollte wissen, ob ich die Gerüchte gehört hätte. Ich verneinte; ich log. Ich weiß nicht, warum. Ich hielt es für die beste Taktik. Er war so süß. Er hat Krebs, Eddie. Ich fühlte mich furchtbar. Dann ergriff er meine Hand und küsste sie.«

»Wo?«

»Im Restaurant. Wir saßen genauso da wie wir beide jetzt.«

»Unglaublich. Welche Art Krebs?«

»Prostata. Er sagte, er müsse bald ins Krankenhaus und wolle mit mir in ein Hotel gehen. Nur ein einziges Mal. Ich mache so etwas eigentlich nicht, aber in diesem Fall kam es mir richtig vor, moralisch richtig.«

»Du bist also mitgegangen?«

»Wir haben uns ein Zimmer im Regent genommen.«

»Und was war mit Gerard?«

»Die Sache hat mir nichts bedeutet, Eddie. Wenn ich Gerard nichts davon erzähle, wenn er es nicht weiß oder nie herausfindet, was ist so schlimm daran? Das meine ich ganz im Ernst.«

»Du hast gerade eine Frage gestellt, Amanda. Hast du sie ernst gemeint?«

»Ich habe einem kranken, vielleicht todkranken Mann einen Gefallen getan. Ich habe ihn etwas glücklicher gemacht, ohne jemandem wehzutun, und es war kinderleicht. Es war das erste Mal für mich. Keine Ahnung, was ich erwartet hatte, aber im Grunde ist die Sache ganz einfach. Niemand an der Rezeption fragt nach deinem Gepäck oder so. Das gesamte Hotelgewerbe scheint einen augenzwinkernd durchzulassen. Hast du so etwas je getan?«

Dieser Verabredung zum Essen zugestimmt und ihr gestattet zu haben, meine Hand zu halten, war das Einzige in meinem Leben, das dem, was sie meinte, irgendwie nahekam.

»Ich glaube, ich sehe die Sache etwas anders, Amanda«, sagte ich und entzog ihr meine Hand. »Es ist eine Vertrauensfrage. Ich finde nicht, dass es nur um das geht, was er weiß oder nicht weiß.«

»Wer?«

»Gerard.«

»Gut, vielleicht war es falsch, aber im Eifer des Gefechts kam mir das unwichtig vor«, gestand sie.

»Ich will dein Verhalten wirklich nicht verurteilen, Amanda …«

»Das wusste ich von Anfang an.«

»Wirklich?«

»Ja«, sagte sie und ergriff wieder meine Hand.

»Tja, vergiss nicht, dass ich nur laut nachdenke. Du hast mich unvorbereitet mit dieser Sache konfrontiert, und ich verstehe, was du meinst, aber …«

»Möchtest du noch etwas trinken? Vielleicht kann ich den Kellner auf uns aufmerksam machen. Was sagtest du gerade?«

»Was Gerard betrifft – als Konzept, meine ich –, so ist auch der Akt der Untreue oder des Betrugs, von dem die andere Person vielleicht nie erfährt, der Bruch einer Übereinkunft mit dieser anderen Person …«

»Du meinst Gerard.«

»Ja, in diesem Fall … Gerard … Er ist die andere Person, und auch wenn er nie etwas von deiner … Indiskretion erfährt …«

»Wir waren diskret, aber fahr fort.«

»Nun, du hast ausdrücklich oder jedenfalls durch die Blume gesagt, dass er …«

»Gerard oder Roger?«

»Gerard. Er ist bis auf Weiteres dein Partner, und er erwartet, dass du nicht mit …«

»Dass ich nicht mit jemand anderem ins Bett hüpfe?«

»Dass du nicht mit jemand anderem schläfst. Das habe ich jetzt etwas kompliziert formuliert.«

»Ach, was, Eddie. Gerard hat mir bei deinen Worten zum allerersten Mal ein bisschen leidgetan. Die Wahrheit ist, dass wir eine kleine Krise haben, die mit Roger nichts zu tun hat. Traurigerweise, tragischerweise ist Roger todkrank und will sich nicht mehr fest binden.«

»Und wenn er nicht stirbt?«

»Er wird sterben.«

»Aber wenn nicht?«

»Dann hätte ich ein Problem.«

»Warum?«

»Ich habe ihm versprochen, ihn zu heiraten.«

»Im Ernst?«

»Damit er die Hoffnung nicht verliert, Eddie. Die Psyche

des Patienten ist ein wichtiger, vielleicht sogar der allerwichtigste Faktor. Ich habe mich mit dem Thema vertraut gemacht und sogar mit einigen seiner Ärzte gesprochen.«

»Woher weißt du, wer ihn behandelt?«

»Er hat es mir erzählt. Ich habe mitgehört, als er mit ihnen geredet hat. Alle stimmen darin überein, dass er das Geschäftsjahr nicht überleben wird.«

»Wie furchtbar.«

»Ja, nicht wahr? Aber meine Probleme mit Gerard haben damit nichts zu tun. Manchmal glaube ich, dass sie nicht einmal etwas mit Gerard zu tun haben.«

»Wie meinst du das?«

»Ach, ich weiß nicht, Eddie, jedenfalls nicht genau. Ich scheine mit jedem Probleme zu haben, vor allem mit meiner Familie. Wir haben uns irgendwie entfremdet. Als ich dreizehn oder vierzehn war, hat mein Vater plötzlich sehr viel Geld verdient. Du hast bestimmt von ihm gelesen. Von da an haben wir ihn immer seltener gesehen. Je mehr Geld er verdiente, desto größer waren die Häuser und die Dinnerpartys, und wir waren nur noch Vorzeigeobjekte, die die Horsd'œuvres herumreichen. Wirklich. Als ich sechzehn war, hat meine Mutter zu Weihnachten eine Gartenparty für die Geschäftsfreunde meines Vaters und ihre Frauen gegeben, und irgendein Investor oder wichtiger Anteilseigner – ich weiß nicht mehr, wie er hieß – hat mich in Gegenwart seiner Frau und meines Vaters *befummelt*. Mein Dad hat nur gelacht.«

»Dein Vater ist – er ist Chemieingenieur, richtig?«

»Eigentlich ja, aber er hat seit über zwanzig Jahren nicht mehr als Chemieingenieur gearbeitet.«

»Ach, nein?«

»Nein, er ist Investmentberater für Bergbaugesellschaften, sitzt in mehreren Vorständen und hat eine eigene

Consulting-Firma. Meist bedient er den Markt. Fusionen, Firmenkäufe, aber alles nur als Berater.«

»Wirklich?«

»Ja. Er meint, Consulting sei das Geschäft der Zukunft. Man verkauft sein Wissen und seine Erfahrung. Keine Gemeinkosten.«

»Verstehe.« Ich musste plötzlich husten, anfallsartig und aus unerklärlichen Gründen. Die Leute an den Nachbartischen drehten sich leicht irritiert nach mir um.

»Alles in Ordnung, Eddie?«

»Ja, ja«, stieß ich hervor. »Ist gleich vorbei. Ich habe wohl etwas in die falsche Kehle bekommen.«

»Aber du hast schon aufgegessen. Möchtest du noch einen Drink?«

»Nein. Nein. Es geht mir gut, aber ich muss wieder an die Arbeit. Habe gar nicht auf die Uhr geachtet … Wir sind jetzt so viel älter.«

Sie holte ihre Tasche unter dem Tisch hervor und entnahm ihr eine Visitenkarte für mich und eine Kreditkarte für den Kellner. Sobald ich stand, bekam ich wieder Luft, und als ich Amanda die Hand geben wollte, zog sie mich an meinem ausgestreckten Arm zu sich heran und küsste mich dort auf den Hals, wo sowohl Unterkiefer als auch Ohr etwas davon hatten.

»Du rufst mich doch an, Eddie? Es gibt noch so viel zu sagen. Du hast mir gar nichts über *dein* Leben erzählt. Außerdem musst du mich das nächste Mal zum Mittagessen einladen – oder zum Abendessen, falls dir das besser passt.«

Zwölf

Insgesamt gab es drei Besuche bei Maria-Herrenbekleidung-wie-kann-ich-Ihnen-behilflich-sein. Beim dritten Mal kam Tanya mit, um die Kleidungsstücke abzuholen, in denen ich heiraten sollte. Da Maria von guter Laune und Optimismus nur so sprühte, ließen Tanya und ich die Kaution voller Hoffnung zurück, und die fast verpasste erste Anprobe war so gut wie vergessen. Von da an übernahm Tanya die ganze Organisation. Ich befolgte nur Befehle.

Wir wurden in der alten Königlichen Münze an der Ecke William und LaTrobe Street, gegenüber der Flagstaff Station, von einem Standesbeamten getraut. Ich schlug vor, dass alle mit dem Zug kommen sollten, damit es etwas billiger für uns wurde, aber der Humor dieser Bemerkung wurde nicht goutiert.

Die Hochzeit war bescheiden. Tanya beschrieb sie als ›originell‹, aber sie war klein, lächerlich klein. Ich hatte Paul gebeten, mein Trauzeuge zu sein. Nicht weil ich ihn für meinen besten Freund hielt, obwohl er das vielleicht war – Männer, die in Friedenszeiten aufwachsen, müssen oft feststellen, dass sie kaum Freunde haben (was auch für Kriegszeiten gilt, nur krankt es dann an etwas anderem). Nein, ich hatte ihn gebeten, mein Trauzeuge zu ein, weil Tanya genug damit zu tun hatte, die Braut zu spielen, und nicht beides sein konnte.

Meine Eltern standen so dicht beisammen, Arm in Arm, dass sie wie eine einzige Person wirkten, wie ein kleines, zerbrechliches Geschöpf. Mein Vater trug seinen blauen Anzug mit einer weißen Nelke, und sein Hemd war so glatt gebügelt, dass er jedermanns Vater hätte sein können. Er hatte sich für diesen Tag freigenommen. Meine Mutter war ein Blumengesteck auf zwei Beinen. Sie trug einen absurden, kleinen Hut, der meinen Beschützerinstinkt weckte. Ich war zwar glücklich, weil Tanya endlich meine Frau wurde, aber der Anblick meiner eng aneinandergedrückten Eltern, die plötzlich so klein wirkten und uns aus nassen, glänzenden Murmelaugen betrachteten, machte mich so traurig, dass ich sie nicht mehr anschauen mochte. Ihnen verdankte ich es, dass ich jetzt hier stand. Sie hatten mich aufgezogen und bis an diesen Punkt geleitet. Sie hatten Spaziergänge mit mir unternommen, und wenn es unterwegs regnete, hatten sie mir Vanilleeis spendiert. Ich hatte mich an die Krawatte gehängt, die mein Vater unter der wollenen Strickjacke trug, und meine Mutter hatte mir Geschichten erzählt. Sie hatten mich gemeinsam gepflegt, wenn ich Grippe hatte, und mir versprochen, dass ich bald gesund werden würde – dass ich Tanya lieben konnte, hatte ich ihnen zu verdanken. Nichts, was meine Schwester und ich je angestellt hatten, hatte sie länger als eine Stunde geärgert. Sie liebten uns, ließen uns aber einen Spielraum, in dem wir uns bewegen, wachsen, Fehler machen und danach zu ihnen zurückkehren konnten. Meine Mutter war zeit ihres Lebens ehrenamtlich tätig gewesen, ohne je damit anzugeben oder jene Menschen zu beschämen, die, wie sie wusste, nie etwas ohne Bezahlung getan hätten.

»Manche Menschen schaffen das nicht«, erzählte sie einmal Kirsten und mir.

»Weil sie zu wenig haben?«, fragte meine Schwester.

»Ja«, antwortete sie. »Oder zu viel.«

Nun stand sie bei meiner Heirat in der Königlichen Münze, frei von religiösen oder politischen Dogmen und fast körperlich mit meinem Vater verwachsen. Sie hatten wenig vom Leben verlangt und trotzdem immer noch ein bisschen weniger bekommen.

Nach der Trauung fuhren wir alle zu Kirsten. Ihre beiden Kinder hatten sich aus gegebenem Anlass als Superhelden verkleidet, Batman und Batman, denn doppelt hält besser, wenn man die Welt retten will. Mein Vater lobte die von Tanyas Mutter marinierten Hühnchenflügel so sehr, wie es kein Huhn je verdient hätte. Tanya begleitete ihn auf die Veranda. Als die beiden wieder hereinkamen, hatte sie ihm einen Arm um die Schultern gelegt, und er versuchte einhändig, sein Taschentuch zusammenzufalten und einzustecken. Paul und Marty, Tanyas Bruder, drehten alle zweiundzwanzigeinhalb Minuten die Platten von Creedence, Supertramp oder Chopin um, und Kate teilte Pavlovas und Apfelsinentorte gerecht unter allen auf. Eine dritte Torte, Schokolade mit Zuckerguss, war nicht zur Feier zugelassen worden, denn Kate hatte in der Eile den Zuckerguss verpatzt und wollte nichts auf den Tisch stellen, auf dem zu lesen war: Eddie und Tanya – *frisch verratet*.

Wir verschoben die Flitterwochen, weil Tanya Aufsätze korrigieren musste und weil unser Vermieter für die nächsten Tage eine Wohnungsbegehung angekündigt hatte. Außerdem konnten wir uns nicht zwischen den vielen Flag Motor Inns auf der Mornington Peninsula entscheiden. Sie glichen sich wie ein Ei dem anderen, und die Unterschiede beschränkten sich darauf, dass in einem die Tischtennisplatten besonders glatt waren, während in einem anderen morgens besonders gute Rice Crispies durch den Türspalt ins Zimmer geschoben wurden. Wir hatten die Qual der Wahl.

Vermieter und Makler besuchten uns eines Abends, als wir gerade Chicken Curry aus einem Take-away aßen. Nachdem sie weg waren, beschlossen wir, auf die Kaution für ein Eigenheim zu sparen, damit künftig Eindringlinge, die sehen wollten, wie wir als Flüchtlinge lebten (auch wenn wir keine aus einem fremden Land waren), eine Einladung brauchten.

Kurz nach dieser Entscheidung geschah etwas, das für mich einer Beförderung, vielleicht sogar einem Vertrauensbeweis von vorgesetzter Stelle gleichkam. Danach fiel es uns leichter, auf die Kaution zu sparen. Noch wichtiger war, dass ein frisch verheirateter Mann, der gerade eine Gehaltserhöhung bekommen hatte, egal wie gering diese ausfiel, irgendetwas an sich hatte, das Bankdirektoren dazu brachte, sich zu erheben und die Nationalhymne zu schmettern. Genau das dachten wir, als wir an einem Vormittag im Spätherbst das Büro des Bankdirektors verließen. Doch im Rückblick war nicht nur das Laub golden, denn es war Mitte der Achtzigerjahre, eine Zeit, in der man so leicht einen Kredit bekam, wie man sein Haus ein paar Jahre später wieder verlor.

Die Beförderung war kein reiner Segen, denn sie brachte ganz neue Aufgaben mit sich. Ich war viel unterwegs und musste vor Ort Berichte abfassen, die dann jemand anderer las. Die Fahrerei war nicht so schlimm. Ich konnte Menschen in Landesteilen einen guten Morgen wünschen, in denen ich nie gewesen war. Doch es bedeutete auch, dass ich Tanya allein lassen musste, und das gefiel keinem von uns beiden. Sie meinte, dass sich das Haus gleich nach meiner Abreise in ein Chaos verwandele. Strümpfe ließen einander wegen unüberbrückbarer Meinungsverschiedenheiten sitzen, und Flecken nützten Tanyas mangelhafte Kenntnisse in den Naturwissenschaften so unverschämt aus, dass sie glaubte, Baumwolle und synthetische Stoffe hätten sich verschworen, um sie zu demütigen.

Außerdem musste ich die Schwankungen des »Gewöhnlichkeitsindexes« nun aus der Ferne bewerten, und wie sich zeigte, erschwerte dies die Analyse der Marktlage. Seit unserer Heirat kam Tanyas Mutter immer öfter zu Besuch, und wenn ich weg war, aß sie gemeinsam mit Tanya oder sah Fernsehen mit ihr. Das Problem war jedoch, dass sie fast ununterbrochen vor dem Fernseher saß, während Tanya lieber lesen wollte, was ihre Mutter wiederum als unsozial empfand.

»Du bist doch keine Studentin mehr«, sagte sie dann immer.

Tanyas Mutter war vor ihrer Heirat Schauspielerin gewesen. Daher kam Tanyas Begeisterung für das Theater und vor allem für Shakespeare. Doch ihre Mutter war auch Tänzerin gewesen, vielleicht sogar Revuegirl, und mit zunehmendem Alter erinnerte sie sich lieber an die Rumba als an irgendwelche Monologe.

»Komm bitte nach Hause, Eddie«, hatte Tanya am Telefon gesagt.

»Stimmt etwas nicht? Geht es dir gut?«

»Nichts stimmt. Ich vermisse dich und möchte meine Mutter in ein Altenheim stecken. Mir fällt einfach kein Thema für meine Doktorarbeit ein. Mich interessiert nichts mehr. Unser Haus ist zu klein. Wir können den Kredit nicht bedienen. Die Zinsen sollen angeblich auf siebzehneinhalb Prozent steigen. Ich will ein Kind ... Soll ich weiterreden?«

»Sicher. Meine Behörde bezahlt die Telefonrechnung.«

»Ich hasse die Uni. Ich möchte Floristin werden. Aber ich brauche einen Doktortitel, um meinen Job zu behalten. Ich bin dumm. Ich klinge hysterisch und hasse mich für das, was ich gerade gesagt habe, und dafür, wie ich es gesagt habe.«

»Du musst dich nicht dafür hassen, dass du deine Mutter in ein Altenheim stecken möchtest, Liebste.« Sie schwieg. »Das war nur ein Scherz, Tanya. Du brauchst eine Umarmung, und in zwei Tagen, wenn ich wieder zu Hause bin, wirst du sie bekommen. Alles ist gut.«

»Und wenn ich keine zwei Tage mehr warten kann?«

»Warum rufst du nicht deinen Bruder an?«

»Er würde nichts kapieren.«

»Nein, aber er könnte im Wohnzimmer den rechten Lautsprecher reparieren.«

»Und wenn er nicht einmal das kann, Eddie?«

»Dann stecken wir ihn gemeinsam mit deiner Mutter in ein Heim.«

»Würdest du meinen Frust bitte ernst nehmen, Eddie?«

»Tut mir leid, Liebste. Sobald ich zu Hause bin, bekommen wir ein Kind und verfrachten deine Familie in ein Heim. Das verspreche ich.«

Als ich heimkehrte, war Tanya weg. Ich stellte mein Gepäck ins Schlafzimmer, steckte die Wäsche in die Maschine und sah die Post durch. Die Bank hatte uns geschrieben. Tanya hatte recht gehabt. Der Zinssatz war auf siebzehneinhalb Prozent erhöht worden. Es war nicht nur Gerede gewesen. Hier stand es schwarz auf weiß, maschinell signiert mit der Unterschrift eines hohen Bankangestellten, dem wir nie begegnet waren. Man berechnete uns den neuen Zinssatz schon seit zehn Tagen, aber es hatte eine Verzögerung beim Versenden der Schreiben gegeben, für das sich die Bank ohne Wenn und Aber entschuldigte. Die Kosten für das Schreiben wurden bestimmt von der Zinserhöhung gedeckt. Die Bank hatte beschlossen, eine ermutigende Nachricht unter die Unterschrift zu setzen:

Durch die Einrichtung eines Kontos, das sich automatisch und optimal den Darlehensforderungen anpasst, haben Sie Ihre Tilgungsrate um $ 1,71 reduziert.

Die Post enthielt jede Menge Werbung: für ein neues Fitnessstudio, das sich auf Männer *und* Frauen spezialisiert hatte, für einen zypriotischen Pizzaservice, für die Good News Bible und ein etymologisches Wörterbuch. Dann war da noch ein Brief des lokalen Parlamentsabgeordneten mit vielen praktischen Tipps, nach dessen Lektüre die zornige Tanya ganz bestimmt geschworen hätte, den Mann vor der nächsten Wahl in ein Heim zu stecken. Obwohl er unsere Namen falsch geschrieben hatte, sah ich keinen Anlass, die Aufrichtigkeit seiner Worte zu bezweifeln. Er vertrat die Ansicht, dass Tanya und ich, als gemeinsamer Haushalt, pro Jahr hundertsechzig Dollar sparen könnten, wenn wir Fenster und Türen isolieren, dicke Vorhänge kaufen und unsere Heizgeräte regelmäßig warten lassen würden. Wir hatten nur ein Heizgerät und würden die Schätzung daher nach unten korrigieren müssen. Trotzdem war es eine begrüßenswerte Erinnerung an die finanziellen Vorteile einer regelmäßigen Wartung.

Außerdem empfahl er uns, regelmäßig für den Fall eines Feueralarms zu üben. Jedes Familienmitglied sollte sich einen Notfallplan samt Fluchtweg einprägen und vor einem echten Brand mindestens einmal mit verbundenen Augen ablaufen. Die von der Regierung beschlossenen Einschnitte im Bildungsbereich blieben unerwähnt, aber er erinnerte uns daran, dass er den Bürgern seines Wahlbezirks zu besonderen Gelegenheiten Schreiben und Telegramme der Queen oder des Generalgouverneurs beschaffen könne, zum Beispiel für eine goldene Hochzeit oder einen hundertsten Geburtstag. Obwohl wir weder einen Notfallplan samt Fluchtweg noch eine Augenbinde hatten, beschlossen wir, Kinder in die Welt zu setzen.

Wie erwartet, heirateten auch Kate und Paul. Seine Familie war zu der Einsicht gelangt, dass sich die Tugend, die darin gelegen hatte, ihm seinen Anteil an den nicht unerheblichen Vermögenswerten bisher verweigert zu haben, bald in eine Schande für den ganzen Clan verwandeln würde. Laut der Meinung der gesamten Familie befand er sich jetzt in einer Lebensphase, in der der Zustand seiner Möbel und das Alter seines Autos auf die Angehörigen zurückfielen. Die erste Ausschüttung ihres Füllhorns bestand in Kates und Pauls Hochzeitsfeier. Sie zollte dem gesunden Geschäftssinn und dem milden, aber strengen unternehmerischen Geist Tribut, den man im Laufe des über zwei Generationen währenden pharmazeutischen Dienstes an den biederen Bürgern von Hawthorn, Camberwell und Mont Albert gezeigt hatte. Mit Unterstützung eines Vikars, der der Familie stets treu gedient hatte, nun aber gebrechlich war, und mit Anspielungen auf Ideologien, die Paul meiner Meinung nach immer von sich gewiesen hatte, wurden sie an einer besonders hübschen Biegung des Yarra River vor zweihundertfünfzig geladenen Gästen getraut.

Ich konnte der Hochzeitsfeier zwar nicht ganz entkommen, aber da Paul zwei Brüder hatte, blieb mir eine Rede erspart, in der ich streng das delikate Gleichgewicht zwischen der Achtung vor dem Vikar und dem Respekt vor dem Macho-Erfolg des Bräutigams bei den Frauen hätte wahren müssen, ein Erfolg, der Paul nie vergönnt gewesen war. Im Grunde musste er froh sein, Kate heiraten zu dürfen. Ich mochte ihn sehr, aber Kate war um Längen besser. Das war auch Tanya bewusst, doch sie behielt es netterweise für sich. Sie schätzte ihn, hatte aber immer irgendetwas in ihm gewittert, das weniger bewundernswert war. Sie war als Kates Trauzeugin vorgesehen, und wir hofften, dass ihr Bauch bis zur Hochzeit so prall und rund wäre, dass wir die Eleganz der Feier sabotieren konnten. Aber nachdem wir es monatelang erfolglos versucht hatten, war die Wahrscheinlichkeit einer Schwangerschaft genauso hoch wie die, dass Tanya beim Eurovision Song Contest den ersten Platz belegte. Deshalb schauten wir starr und stumm zu, als Paul und Kate mit dem Segen von Plattitüden und einer Injektion pharmazeutischer Fonds am Flussufer an uns vorbeizogen und geschmeidig und reich in die verkalkenden Arterien einer Mittelschichtehe glitten.

Unter Tanyas Akademikerkollegen kursierte das Gerücht, dass die Universitätsleitung die »Übernahme« einer benachbarten Fachhochschule plane. Diese Gerüchte passten zur Kursänderung der Regierung bei der Bezuschussung von Universitäten und vielen anderen Hochschulen. Staatliche Zuschüsse sollten in Zukunft nur noch an der Zahl der eingeschriebenen Studenten bemessen werden. Um ihre Zuschüsse stabil zu halten oder zu erhöhen, verfolgten die Universitäten eine ganze Reihe von Taktiken, darunter die »vertikale Ausweitung« der Aufnahmekriterien und die Annexion jeder Institution südlich des Sudetenlands, die nicht schneller war, als die Erde um die Sonne kreiste.

Tanya und ihre Kollegen fürchteten sich immer mehr vor den Folgen, die derartige Zusammenschlüsse für ihre Jobs haben könnten. Man bot niemandem mehr eine Festanstellung an, und jeder Freizeit- und Fortbildungsschuppen, der Kurse in Töpferei, Yoga und dem Einmachen diverser Früchte angeboten hatte, stampfte hastig Kurse in Internationalen Beziehungen, Marketing oder angebotsorientierter Wirtschaftspolitik aus dem Boden und ließ sich nicht nur mehr als willig von einer beutegierigen Universität übernehmen, sondern wurde durch die Übernahme auch noch zu einer solchen aufgewertet. Mit der Weisheit, Sensibilität und Voraussicht, die das Ethos der Manager kurz vor dem Zusammenbruch des Kommunismus auszeichnete, wurde der Zusammenschluss zunächst als »angeblich« und dann als »wahrscheinlich« bezeichnet und galt letzten Endes als »unausweichlich und sehr vorteilhaft« für die Universität, weil die Zahl der Schilder erhöht werden konnte, die Vorbeifahrende auf den Hort der Bildung aufmerksam machten. Der Druck auf Tanya, eine Promotion in Angriff zu nehmen, wuchs in dem Maße, in dem immer mehr Instant-Experten in der Kaffeeküche des Seminars drängten. Nach dem Fall der Berliner Mauer schlief sie zunehmend schlechter, und zu dem Zeitpunkt, als alle Welt erfahren hatte, was ein ›Kollateralschaden‹ war, beherrschte sie die Kunst, nachts fünf- oder sechsmal aufzuwachen, aber nur ein einziges Mal einzuschlafen.

»Ich muss etwas Großes auf die Beine stellen, Eddie«, sagte sie eines Abends im Bett nach einem meiner vielen vergeblichen Versuche, ihr zu einem Kind zu verhelfen.

»Du tust doch schon genug.«

»Tut mir leid, Liebster, aber ich bin einfach nicht in der richtigen Stimmung. Mir geht so viel im Kopf herum, und mein Schlafdefizit macht mich langsam fertig.«

»Ist schon gut, Tanya, wirklich«, sagte ich und rollte mich auf die Seite.

»Ich brauche eine richtig große Sache, um meine Position im Seminar zu festigen.«

»Wir könnten ein Kind in die Welt setzen und es dann der Bibliothek stiften«, schlug ich vor.

»Ich werde wohl ein Buch schreiben müssen. Ich werde meine Dissertation zu einem Standardwerk erweitern, einer heiß diskutierten Monografie, die ich dann auf Konferenzen und im Fernsehen verteidigen muss.«

»Du könntest den Antrag auf ein Stipendium beim Seminar einreichen und gleichzeitig versuchen, von einem Verlag einen Vorschuss zu bekommen – zwei Sponsoren für ein Baby.«

»Keine schlechte Idee.«

»Danke, Tanya. Wieso soll ich mich fortpflanzen, wenn ich in solchen Lobeshymnen schwelgen kann?«

»Aber *worüber* soll ich promovieren?«

Diese Nacht brachte die Wende. Von da an legte Tanya einen Feuereifer an den Tag. Sie wühlte sich durch sämtliche akademischen Zeitschriften und Monografien, die sie in die Finger bekam, egal ob es um Geschichte, Politik, Wirtschaft oder Soziologie ging. Sie erlegte sich keine Schranken auf und nahm das zwanzigste Jahrhundert aus allen Blickwinkeln unter die Lupe. Doch sie verriet mir das Thema erst, als ich meinte, eine solche Euphorie könne nur darin begründet sein, dass es in ihrem Leben einen anderen Mann gebe. Sie lachte, nahm mich in die Arme und küsste mich. Wir fielen auf das Bett, und sie sagte, ich sei verrückt.

Ihre Dissertation, erklärte sie mir, beschäftige sich mit dem Bedeutungsschwund von Ideologien im ausgehenden zwanzigsten Jahrhundert. Ein sehr ehrgeiziges Vorhaben, wie ich fand, und als ich ihr dies sagte, war sie noch begeisterter. Sie begann, mich auszuziehen, und erklärte mir zwischen den Küssen ihre Kerntheorie.

»Das Ende der staatlichen Wirtschaftspolitik – hey, das wäre ein guter Titel. Der Untertitel würde lauten: ›Das Gesetz des Dschungels‹«, sagte sie und öffnete ihren BH.

»Jede Institution, auch und vor allem der Nationalstaat – und dies ist ein globales Phänomen –, befindet sich in der

Krise, weil jede bisherige Doktrin staatlicher Wirtschaftspolitik entweder gescheitert oder bewusst aufgegeben worden ist. Außer man würde das Laisser-faire-Prinzip, bei dem sich die Politik fast gar nicht einmischt, als Doktrin gelten lassen und nicht als die Abwesenheit einer solchen oder eine Rückkehr zum Gesetz des Dschungels.

Stattdessen geht man jetzt mit unmenschlichen und absolut unvernünftigen Patentrezepten hausieren, mit einem marktfähigen religiösen Fundamentalismus – und der Markt produziert alles, was sozial erwünscht ist – oder mit irgendwelchen theistischen Variationen.«

Sie atmete schwerer, und ihre Stimme klang immer mehr wie die einer Schauspielerin.

»Derzeit kann man sich fest darauf verlassen, dass jeder Ökonom jede noch so absurde Politik vertreten und jeder Politiker jede noch so brutale Politik in die Tat umsetzen würde.«

»Meine Güte, du hast ja so recht. Es gibt wenig Anlass zur Hoffnung, wie?«, fragte ich, als wir miteinander verschmolzen.

»Das weiß ich noch nicht.«

In dieser Nacht wurde Tanya schwanger.

Dreizehn

Wir hatten wieder gemeinsame Träume: ein Kind nach unserem Bilde, das nur die besten Eigenschaften seiner Eltern erbte. In unserem Haus begannen Bilder von den sieben Zwergen und Rumpelstilzchen aufzutauchen, teils selbst gebastelt, teils gekauft. Unsere Pläne für die absurd ferne Zukunft, in der wir einen Sohn oder eine Tochter haben würden, brachten uns einander näher, und wir teilten alles bis auf die Übelkeit und den dicker werdenden Bauch.

Tanya arbeitete weiter an ihrer Dissertation, und zwar mit einer Energie, die sie noch nie in ihre Karriere gesteckt hatte. Sie hatte offenbar zum ersten Mal klar vor Augen, was sie als Erwachsene sein würde: Autorin und Akademikerin, Ehefrau und Mutter. Das erfüllte sie mit Freude.

»Und der Name? Wir haben noch gar nicht über einen Namen gesprochen.«

»Wir haben noch dreieinhalb Monate Zeit, Tanya.«

»Ja, aber das darf man nicht überstürzt entscheiden. Sollen wir uns Hals über Kopf einen Namen ausdenken, wenn sie die Nabelschnur durchtrennen? Du wirst dich vermutlich gerade in irgendeinem Tagebau aufhalten und dir an einem Münzfernsprecher im zweitbesten Hotel von Mount Tom Price einen Namen aus den Rippen schneiden.«

»Ja, wahrscheinlich, und wenn das passiert, werde ich den Namen der Bardame vorschlagen.«

»Und wenn es ein Junge wird?«

»Dann frage ich sie nach dem Namen ihres Mannes, und wenn er ihr nicht mehr einfällt, nehme ich den Namen des letzten Kerls, mit dem sie ins Bett gegangen ist.«

»Nein, Eddie, wirklich – wir müssen die Sache methodisch angehen.«

»Was meinst du mit *methodisch?* Sollen wir mit unseren Lieblingsautoren beginnen und dann zu Philosophen, Malern, Fotografen, Schauspielern und Musikern voranschreiten? Wie wäre es mit Politikern? Ja, wie wäre das? Politiker sind eine unerschöpfliche Quelle einprägsamer Namen. Nixon? Disraeli? Menzies? Wie wäre es mit August Kubizek?«

»August gefällt mir. Wer ist August Kubizek?«

»Ein Jugendfreund von Hitler. Sie haben sich irgendwann aus den Augen verloren. Vermutlich war Frau Hitler der Ansicht, dass er einen schlechten Einfluss hatte.«

»Dann lieber doch nicht August. Aber jetzt mal im Ernst: Wir sollten das Alphabet durchgehen und eine Liste mit Namen für beide Geschlechter anlegen. Um ehrlich zu sein, habe ich schon mit meiner Liste begonnen.«

»Wirklich?«

»Na, ja, ich bin noch nicht weit gekommen, und ich habe nur Mädchennamen.«

»Bei welchem Buchstaben bist du?«

»Bei A«, sagte sie ohne jede Scham.

»Dann stehe ich tatsächlich unter Druck. Welche Namen sind dir eingefallen?«

»Nicht viele.«

»Egal. Lass hören.«

»Amelia, Anna, Amanda, Aurora.«

»*Amanda!*« Das konnte nicht ihr Ernst sein.

»Warte. Ich bin noch nicht fertig. Ich habe mehr.«

»Wir können unsere Tochter nicht Amanda nennen.«

»Warum nicht?«

»Das geht einfach nicht. Das ist einer dieser ... Namen.«

»Was stimmt denn nicht damit? Der Name ist doch sehr hübsch.«

»Tja, er ist ... schlicht, aber ... vielsagend.«

»Vielsagend! Und was besagt er?«

»Er spricht von ... einer heimtückischen ... von Vulgarität und Hässlichkeit. Er ist beliebig und so kompliziert, dass er alles ruinieren wird, für das wir gearbeitet haben.«

»Immer mit der Ruhe, Eddie. Bleib locker. Keine Ahnung, warum du dich so über ›Amanda‹ aufregst, aber das ist ja auch egal. Ich bin erst bei A. Und ich bin nicht besonders scharf auf ›Amanda‹.«

»Nein? Gut. Ich auch nicht.«

Bei jedem neuen Sonnenaufgang zählte ich die Tage bis zum Abenteuer der Vaterschaft und versuchte, mir vorzustellen, was vor meiner Geburt in meinem Vater vorgegangen war. Als ich ihn fragte, lachte er nur und erinnerte mich daran, dass Kirsten zu dem Zeitpunkt schon geboren war. Und als er auf ihre Geburt gewartet habe? Das sei zu lange her, und er könne sich nicht mehr daran erinnern, aber ich solle mir keine Sorgen machen, versicherte er mir, denn alles werde gut. War es das, was er mir seit meiner Geburt unbewusst zugeflüstert hatte? »Alles wird gut.« Würde auch ich dies meinem Kind von Geburt an zuflüstern, obwohl uns der leidgeprüfte und Leid verursachende Strom der Menschheit, der mit großer Wucht auf dem Weg zu einem Ziel, das niemand kennt, an uns vorbeirauscht, nachdrücklich das Gegenteil bewies?

Und was war mit *ihm*? War ihm auch etwas zugeflüstert worden? Hatte er es geglaubt? War alles gut geworden?

Noch vor der Geburt unseres Kindes – und sie entschuldigten sich vielmals dafür – verkauften meine Eltern das Haus, in dem meine Schwester und ich aufgewachsen waren. Da sie mit den Raten fast nie in Verzug gewesen waren, gehörte das Haus zu diesem Zeitpunkt fast vollständig ihnen. Mein Vater hatte sich pensionieren lassen. Bei der Stadt hatte man Personal reduziert, und nachdem er sich mit meiner Mutter besprochen hatte, akzeptierte er ein *Vorruhestandspaket*. Doch ein solches *Paket* war nicht mehr das, was es einmal gewesen war. Gegen Ende der Achtzigerjahre erhielt der Begriff eine neue Bedeutung. Ein Paket war keine Überraschung mehr, und man nahm es zögernd als unvermeidlich hin, in etwa so, wie man eine Augenbinde angenommen hätte. Meine Eltern wollten mit diesem Paket, ihrem Anteil vom Verkaufserlös des Hauses und ihren Ersparnissen den Umzug an die Gold Coast finanzieren.

Tanya und ich erfuhren davon, als wir zum Abendessen bei meinen Eltern waren. Tanya redete in der Küche mit meiner Mutter, und ich entdeckte meinen Vater im Arbeitszimmer. Die Tür, die während meiner Jahre in diesem Haus immer offen gestanden hatte, war geschlossen. Er sagte, er habe sie zugemacht, damit es warm bleibe, und zeigte auf ein kleines Heizgerät, das vor seinen Füßen unter dem Schreibtisch stand. Der Lichtkegel der Schreibtischlampe verhinderte, dass man der Versuchung erlag, in den Regen draußen zu schauen. Mein Vater brütete über den Optionen.

Er begrüßte mich, ohne wie sonst mit den Augen zu lächeln. Auf dem Schreibtisch lagen Hochglanzbroschüren, und die Sprache, die er benutzte, war sehr untypisch für ihn. Worin, fragte er mich, solle er investieren? Er hatte die Abfindung für seine Frühpensionierung und die Ruhegelder in einem Anlagensicherungsfonds *geparkt*. Ob er in ein jährliches Festgeld oder in eine Zusatzrente investieren solle, und wenn ja, in welche? Die Steuervorteile seien je nach Fall verschieden, hätten aber so oder so nicht ewig Bestand. Die Regierung drohe vage mit Änderungen. Und dies sei ihr einziges Geld. Angeblich wolle die Regierung den Zugriff von Frührentnern auf Pauschalen beschränken, um so die Ansprüche auf Sozialversicherungsleistungen zu mindern. Was, wenn sie im Notfall Geld brauchten? Ob er die Auszahlung in fünfzig zu fünfzig oder in sechzig zu vierzig aufteilen solle? Was ich dazu meine?

Ich erwiderte, dass ich kaum ein Wort von dem verstehe, was er da erzähle, doch er habe ja zwei erwachsene und gesunde Kinder, auf die er sich im Notfall verlassen könne. Paul und Kate würden demnächst zum Essen zu uns kommen. Paul sei ein aufsteigender Stern in den Fluren der größten Bank des Landes. Wenn er uns nicht selbst einen Rat geben könne, werde er uns jemanden empfehlen. Ich ergriff gerade die Hand meines Vaters, als Tanya unten rief, dass das Essen fertig sei. Mein Vater erhob sich langsam, und ich flüsterte ihm zu: »Keine Sorge. Alles wird gut.«

Ich weiß immer noch nicht genau, wie es kam, und ich glaube nicht, dass es mit unserer Heirat begann, aber wenige Monate später war es schon eine feste Regel: Die Dinnerpartys hatten sich so langsam, aber sicher in unser Leben eingepirscht wie der Winter oder das Alter. Nicht dass wir zu vielen solcher Partys eingeladen worden wären. Nein, das nicht. Manchmal lud uns jemand von der Universität zusammen mit zwei oder drei anderen Paaren ein, und dann saß man herum, tätschelte den Nachwuchs, bewunderte die Maserung der Holzdielen und lauschte den Meinungen, auch wenn man sie nicht teilte. Doch Dinnerpartys sind wie ein Virus, und ehe man sich versieht, wird man zu einem Paar in froher Erwartung, das vor Schaufenstern Vasen und Kristalldekantierer bestaunt und die Kosten für Kerzenleuchter für angemessen hält, nur weil sie wunderbar schön sind und weil sie alle anderen zu teuer finden.

Am Anfang steht eine Vase, aber es geht mit Silberbesteck oder Porzellangeschirr weiter, und bald erwägt man, einen Kredit aufzunehmen, um eine der Wände herausschlagen zu lassen, die man mühsam abbezahlt, und einen Backsteinkamin einbauen zu lassen, weil ein solcher Kamin die Lebensqualität entfernter Bekannter stark erhöht hat. Wir trafen uns nicht mehr in Pubs, wo wir am Tresen ein Gericht bestellten. Um genau zu sein, konnte man mit Kate und Paul nicht mehr essen, ohne dass mitten auf dem Tisch jede Menge Stearin verbrannt wurde. Wir versuchten, unsere bescheidene Lebensweise als politische Korrektheit zu tarnen, unsere beschränkten Verhältnisse begründeten wir mit ökologischem Denken, und unsere Einrichtung, behaupteten wir, entspringe unserer Sympathie mit der Dritten Welt. All dies beruhte nicht auf einer Absprache zwischen Tanya und mir, sondern ergab sich ganz von selbst, vielleicht, weil alles, was wir besaßen, billig und geschmacklos war.

Paul und Kate hatten schöne Sachen. Sie kannten Läden, die Geheimtipps waren und in denen man ein einmaliges Dieses oder ein antikes Jenes kaufen konnte. Wir kannten Läden, die leicht beschädigte Dinge auf Lager hatten, doch wenn man sie nicht ins Licht hielt, übersah man die Mängel, und wenn wir Besuch hatten, knipsten wir alle Lampen aus und versuchten, inmitten unseres Mülls einen Abend zu zaubern, den unsere Gäste für immer im Kerzenschummerlicht ihrer Erinnerung behielten. Doch Tanya brach den Kerzenlichtbann eines frühen Abends mehr oder weniger aus Versehen, als sie die Folgen der erzwungenen Frühpensionierung meines Vaters ansprach.

»Ich verstehe deine Sichtweise, aber öffentliche Institutionen haben genauso eine Verantwortung für die Öffentlichkeit wie Unternehmen für ihre Aktionäre«, sagte Paul.

»Ach, lass das, Paul. Du bist jetzt nicht bei der Arbeit«, sagte ich.

»Das meine ich ernst, Eddie. Die Zeiten, in denen die öffentliche Hand ein Himmelreich für unfähige Leute war, sind vorüber. Wie sollen wir sonst mit Asien mithalten?«, konterte Paul.

Ich wollte ihn ins Heim einweisen. Tanya hätte ihn lieber umgebracht. »Eddies Vater hat fünfunddreißig Jahre bei der Stadt Springvale gearbeitet«, sagte sie. »Er muss nicht mit Asien mithalten.«

»Ich meine nicht Eddies Dad im Besonderen, aber das Prinzip ist dasselbe.«

»Welches Prinzip?«, zischten wir gleichzeitig.

»Der Zwang zur Effizienz. Unsere engsten Handelspartner erledigen viele Dinge viel effizienter als wir. Wir müssen verkrustete Strukturen auflösen. Wenn ein Dienst mit geringeren Kosten angeboten werden kann, müssen die Kosten gesenkt werden. Zum Wohl des ganzen Landes.«

»Aber das Land besteht aus Eddies Vater und mehr als einer Million Menschen wie ihm, deren Arbeitsplätze abgebaut worden sind. Zu wessen Wohl geschieht das?«, fragte Tanya.

»Was redest du da, Paul?«, machte ich weiter. »Man wirft die Leute auf den Müll. Bei den Kosten, die deiner Meinung nach gesenkt werden müssen, handelt es sich immer nur um Lohnkosten. Alles andere darf teuer bleiben. Willst du sagen, dass Leute wie mein Vater entweder für weniger Gehalt arbeiten müssen oder eben gar nicht?«

»Nein, nein. Ihr seht das alles viel zu negativ. Es geht nicht nur um die Lohnkosten. Alle Kosten werden sinken, sobald der Handel dereguliert worden ist und jedes Land seine günstig produzierten Güter an weniger effiziente Länder verkaufen kann.«

»Aber niemand kann die billigeren Importwaren kaufen, weil die Leute entweder keinen Job haben oder darauf warten, in die Arbeitslosigkeit entlassen zu werden. Und warum haben sie kein Geld? Weil man die Reallöhne senkt, um unsere Wettbewerbsfähigkeit zu erhöhen.«

»Na, das ist jetzt leicht übertrieben«, erwiderte Paul spöttisch. Er klang wie eine jüngere Ausgabe von Amandas Vater.

»Nein, bestimmt nicht. Wieso? Die einzigen Leute, die noch Geld haben, sind jene, die nichts herstellen oder keine wirklich brauchbaren Dienstleistungen anbieten. Sie haben jede Menge Geld und können die billige Importware kaufen, durch die alle anderen arbeitslos geworden sind. Aber sie würden sich natürlich nie im Leben bei dem Kauf von Dingen ertappen lassen, die zu billig sind, weil die Gäste ihrer Dinnerpartys sonst einen falschen Eindruck bekommen könnten.« Tanya schlug etwas zu tief unter die Gürtellinie, aber ich fand sie großartig, wenn sie andere beleidigte. Kate hatte während der ganzen Diskussion nichts gesagt, und im Rückblick sprach ihr Schweigen Bände. Doch an diesem Abend saß sie einfach nur da.

Niemand schnitt eine Aubergine je in dünnere Scheiben.

Vierzehn

Wie jeder weiß, haben Dinge die Angewohnheit zu fallen. Und wenn sie fallen, redet uns eine innere Stimme ein, dass sie an ihren Platz gefallen sind, egal wo sie landen. Das weiß nicht jeder. In manchen Krankenhausfluren ist es täuschend still, doch in anderen Fluren wird geschrien oder gejubelt, zum Beispiel in der Entbindungsstation. Dorthin brachte ich Tanya. Ich tat es ohne Geschrei, obwohl ich mich an keine Gelegenheit erinnern konnte, bei der ich lieber geschrien hätte. Wir schreien bei Staus oder bei plötzlichen Veränderungen, die wir weder vorhergesehen haben noch kontrollieren können. Ich hatte nie einen besseren Anlass zum Schreien gehabt als die einsetzenden Wehen Tanyas; es wäre der passende Moment für das Hau-in-die-Luft-Gebrüll oder das Jetzt-läuft-alles-aus-dem-Ruder-Gezeter gewesen.

Ich hatte immer noch Fragen, sogar sehr viele, aber sie waren überflüssig, denn keine Antwort hätte mir das Gefühl geben können, auf die Vaterrolle vorbereitet zu sein. Tanya war den Wehen machtlos ausgeliefert, und ich konnte sowieso nichts tun, außer ihre Hand zu halten und ihr den Schweiß von der Stirn zu tupfen, wie es die braven Männer im Film immer taten. Vielleicht gab es noch genug Zeit, um etwas zu lernen, bevor ich mit der ungeschminkten Wirklichkeit konfrontiert wurde.

Was hatte mich an diesen Punkt gebracht? Stimmte es, dass in Kürze anhand der Gesundheit oder sonstigen Verfassung unseres Kindes ersichtlich werden würde, ob ich im Leben erfolgreich gewesen war oder versagt hatte? Alles andere war unwichtig. Es war das Einzige, was ich wusste und je gewusst hatte. Nass und weinend. Auf einmal waren wir zu dritt, nass und weinend, und rangen um Atem. Wir hatten etwas Einzigartiges vollbracht, das wussten wir, und die Krankenhausangestellten waren so freundlich, uns diese Illusion nicht zu rauben.

Als sie auf die Welt kam, war sie Abigail, denn sie war so dunkel und zigeunerhaft wie ihre Mutter. Ich kannte sie schon mein ganzes Leben. Die gewaschene, bekleidete und amtlich eingetragene Abby scheute vor dem Licht zurück und bat darum, noch ein bisschen allein gelassen zu werden. Doch alles war gut: erst gekappt, dann getrocknet, genau wie die Hebamme versprochen hatte. Mich plagten immer noch viele Fragen, doch mein Unwissen tat nichts mehr zur Sache. Als ich sie auf dem Arm hatte, erfüllte mich die schlichte Kraft einer überwältigenden Liebe, eine unbezähmbare Euphorie. Tanya war erschöpft. Sie sah lächelnd zu uns auf. Alles war an seinen Platz gefallen.

Die Freude meiner zweitausend Kilometer entfernten Eltern, die sich immer wieder dafür entschuldigten, nicht dabei gewesen zu sein, war unüberhörbar. Ich erwiderte, wir seien froh, dass *ich* dabei gewesen sei, denn meine Dienstreisen führten mich immer öfter von zu Hause fort. Ich beschloss, dies als Vertrauensbeweis meiner Vorgesetzten anzusehen, obwohl man mich vielleicht nur losschickte, weil ich mich nicht wehrte. Doch als Vater war ich in der

Rangfolge der Personen, die man nicht ohne Weiteres auf Reisen schickte, eine Stufe aufgerückt. *Theoretisch* forderte man zuerst unverheiratete Männer auf, dann verheiratete und ganz zuletzt die mit Kindern. Ich befand mich jetzt auf der dritten Stufe der Häuslichkeit und war die ideale Person für eine Steuerbefreiung, eine refinanzierte Hypothek und Puschen am Vatertag.

Doch die Summen, die in den Bergbau und die Auffindung von Bodenschätzen investiert wurden, sowie die deutlich bessere Handelsbilanz im Falle von Gewinnen führten dazu, dass die Behörde nach der Pfeife der Unternehmen tanzte. Also musste ich los, ob Kind oder nicht. Da die Umweltlobby schon bei einer Wahl das Zünglein an der Waage gewesen war, sah sich die Regierung allerdings gezwungen, den transnationalen Rohstofffirmen Zügel anzulegen. Ich hatte den Job, das öffentliche Interesse zu wahren. Ich konnte Tanyas erste Wochen als Mutter am Telefon verfolgen. Sie würde bestimmt prima zurechtkommen.

Im Büro war von einem besonders großen und sensiblen Projekt die Rede, das eventuell eine direkte Beratung des Ministers verlangte. Trotz dieser Herausforderung begann ich ohne Zögern oder schlechtes Gewissen, den Stift so früh wie möglich fallen zu lassen, um wieder bei Abby und Tanya zu sein. Egal was mein Verhalten über mich aussagen mochte, der Minister war keine Konkurrenz für Abby. Ich verschwendete keinen weiteren Gedanken daran. Paul hätte vielleicht gesagt, dass ich das Land im Wettbewerb mit den asiatischen »Tigern« im Stich lassen würde, doch ich war mir sicher, dass sogar die wildesten Tiger möglichst früh ihr Büro verließen, um bei ihrem Wurf zu sein. Die allerwildesten kamen als Handelsdelegierte zu uns und kauften Golfplätze und ausgestopfte Beuteltiere.

Paul hätte es sicher nicht als Wettbewerbsvorteil bezeichnet, wenn alle Menschen, sanktioniert durch ASEAN, APEC, NAFTA, EU, GATT und IWF, zeitig das Büro verlassen und zu ihren Kindern eilen würden. Er meinte, die Politik habe keinen Einfluss darauf (was nicht stimmte, denn man musste die Eltern nur zwingen, sich einzustechen, wenn sie im Hort ankamen). Als eifriger Verfechter von Wettbewerbsvorteilen blieb er jeden Abend etwas länger im Büro, und wenn er nach Hause kam, war Kate meist bei uns oder besser gesagt bei Abby.

Die fast idiotische Besessenheit, mit der sich manche Eltern ihren Neugeborenen widmen, habe ich nie verstanden, denn eigentlich weiß man schon seit seiner Kindheit, dass man eines Tages selbst Kinder haben wird und dass dies *ein*, wenn nicht gar *der* Zweck von Partnerschaft ist. Den Beweis dafür, der zum Unbehagen der Mutter immer unübersehbarer wird, hat man neun Monate vor Augen, und was kann ein Baby schon dafür, wenn es weniger interessant ist als Opossums, die sich nachts in der Stadt amüsieren?

Doch Abby war höchstens im theoretischen Sinne ein Baby. Ihr Haar war dunkel und dicht. Ich sah ihr gern beim Atmen zu. Ich ertappte mich dabei, ständig mit ihr zu reden. Wenn sie schlief, sprach ich etwas leiser. Und sie wuchs. Sie verstand alles. Sie würde zu einem verständnisvollen Menschen heranwachsen. Unter anderen Umständen hätte Tanya das Übermaß an Aufmerksamkeit vielleicht gehasst, das ich Abby schenkte, aber sie war ja selbst in sie verliebt. Wir fütterten sie nachts abwechselnd. Manchmal standen wir gemeinsam auf, und manchmal ließ ich Tanya allein stillen.

Kate unterrichtete Englisch an einer Highschool am anderen Ende der Stadt. Wenn sie uns abends besuchte, teilte sie mit Tanya Schokoladenigel, Kaffee und Brust. Morgens kam Tanyas Mutter gern vorbei, aber Tanya versank zwischen diesen Besuchen nicht in einer tiefen Verzweiflung, bei der sie auf den Teppich gestarrt und sich die Haare gerauft hätte. Wir hatten zwar geglaubt, dass wir Abby lieben würden, egal welcher Mensch sie war, aber wir hatten zugleich befürchtet, dass Tanya in den Wochen nach der Geburt depressiv werden könnte. Das geschah nicht; stattdessen schaffte sie es sogar, ihre Lektüre für *Das Ende der staatlichen Wirtschaftspolitik* fortzusetzen.

Eines warmen Sonntagnachmittags, als wir bei Paul und Kate im Garten saßen, erkundigte sich Paul nach dem Titel von Tanyas Dissertation. Abby schlief in einer durchsichtigen Gebärmutter aus Moskitonetzen unter einem Sonnenschirm. Wir saßen neben ihr auf Gartenmöbeln aus Teakholz, aßen Weintrauben und holländischen Käse und tranken einen der Weißweine, die Paul immer kühl gestellt hatte und die er als Schmiermittel für das Abschmettern unliebsamer Meinungen brauchte.

»Was willst du mit deinem Titel sagen?«, fragte Paul. »In welcher Hinsicht ist die staatliche Wirtschaftspolitik am Ende?«

»Die politischen und sozialen Konventionen, Traditionen, Gesetze, Handlungsweisen und Moralvorstellungen, die sich im neunzehnten Jahrhundert entwickelt haben und die in der Zivilisation des zwanzigsten Jahrhunderts trotz gelegentlicher Rückfälle in die Barbarei kurz in Blüte standen, werden jetzt Stück für Stück demontiert«, erklärte Tanya.

»*Welche* Zivilisation? Wie würdest du sie beschreiben?«

»Schön. Ich rede von der westlichen Zivilisation …«

»Ach, natürlich«, warf er ein.

»Nicht ›Ach, natürlich‹, Paul. Sie *weiß*, was sie sagt«, flocht Kate ein.

Tanya fuhr fort. »Das Wirtschaftssystem war kapitalistisch, die Rechtssysteme waren weitgehend liberal und die Staaten entweder Republiken oder konstitutionelle Monarchien. Die meisten von ihnen hatten die Trennung zwischen Exekutive, Legislative und Judikative eingeführt. Wissenschaft, Bildung und steigender materieller Wohlstand wurden als universelle Ziele für alle Nationalstaaten und manchmal sogar für deren Kolonien angesehen. Ja, sicher, es gab einen Einbruch. Die Phase zwischen dem Beginn des Ersten Weltkriegs und dem Ende des Zweiten Weltkriegs war ein Rückfall, der seinen Höhepunkt in der ersten Flutwelle des Faschismus erlebte, in der Abschaffung grundlegender bürgerlicher Freiheiten und schließlich in den Todeslagern.«

Man hätte Tanyas Leidenschaft für Wut halten können, aber wir kannten sie gut genug, um es besser zu wissen.

»Wenn die Angst vor Veränderungen und die Verzweiflung angesichts fehlender Sicherheiten in jedem Lebensbereich – insbesondere dort, wo sich Soziales und Privates treffen, also im Bereich von Arbeit und Einkommen – zu lange andauern, hören die Menschen nicht mehr auf die Stimme der Vernunft, oder sie misstrauen ihr. Dann suchen sie nach Sündenböcken und einfachen Antworten. Dann diskutieren sie nicht mehr über die Weisheit oder Richtigkeit von Regierungsentscheidungen, sondern achten nur noch auf die Entschlossenheit, Gewissheit und Überzeugung, mit der entschieden worden ist.

In solchen Zeiten sehnen sich die Menschen nach jemandem, der ihnen Sicherheit gibt. Sie bewundern die Regierung dafür, dass sie jeden Einwand gegen eine Entscheidung vom Tisch wischt. Es entsteht ein Klima, in dem das kritische und analytische Denken, das sowieso längst nicht mehr praktiziert wird, bestenfalls als unwichtig und schlimmstenfalls als verräterisch angesehen wird, weil es die Sicherheit bedroht, für die man alles andere geopfert hat. Dann wiederholt sich das Ende der Weimarer Republik.«

Tanya war manchmal nicht zu bremsen. Bewunderung ist zwar keine Liebe, kann aber ein Teil der Gleichung sein.

»Willst du damit sagen, dass sich alles wiederholen wird, was in den Dreißiger- und Vierzigerjahren passiert ist?«

»Ich will sagen, dass es sich hier und jetzt wiederholt.«

Paul lehnte sich lächelnd zurück. »Du wirst jemanden, der uns hier sieht, wohl kaum davon überzeugen können, dass wir mitten in einer Krise stecken. Wir sitzen an einem schönen Sommertag im Garten, deine Tochter schlummert friedlich, und wir sind Berufstätige, die die Früchte ihrer Arbeit in einer Stille genießen, die nur manchmal durch das ferne Brummen eines Rasenmähers gestört wird. Falls du deine Dissertation als Buch veröffentlichst, wird dir dein Lesepublikum sicher nicht glauben. Aber es gibt natürlich immer ein paar Akademiker, die so etwas schlucken.«

Kate stand auf, kehrte der Diskussion den Rücken und ging zur schlafenden Abby. Paul, dem es egal war oder der nicht merkte, dass seine Frau gegangen war, fuhr fort.

»Ich verstehe, dass du mit deiner Dissertation Aufsehen erregen möchtest, Tanya, wirklich, und ich hoffe mehr als jeder andere, dass sie ein großer Erfolg wird. Ich werde auf jeden Fall sagen können, dass jemand aus meinem engsten Freundeskreis einen Doktor hat. Aber greifst du nicht einfach nur die abgedroschene, pseudomarxistische Panikmache aus unserem frühen Studium auf, der du dann einen

Anstrich von akademischer Ernsthaftigkeit und vermarktbarem Chic gibst? Kann sein, dass man mit diesen platten Warnungen vor der nächsten weltweiten Katastrophe ein Vermögen verdienen kann; das Ozonloch, die Überbevölkerung, die Abholzung der Regenwälder. Aber das ist so … öde.«

Paul öffnete noch eine Flasche und schenkte nach.

»Die Probleme, die du gerade aufgezählt hast, sind echt«, erwiderte Tanya, »und keines von ihnen hat an Bedeutung verloren, nur weil du es im Verlauf deines Studiums oder durch deinen Job als Wirtschaftsberater einer Bank aus den Augen verloren hast. Aber das sind nicht die Themen meiner Dissertation.«

»Ja. Dir geht es um den Faschismus. Und was den Markt betrifft, magst du sogar recht haben.«

»Spielst du jetzt den Advocatus Diaboli, Paul?«, fragte ich.

»Ich enttäusche euch ungern, aber ich wollte nur sagen, dass Tanya mit ihrer Dissertation als Erste den ›Furcht-vor-dem-Faschismus‹-Markt anzapfen könnte. Du müsstest allerdings viel mehr tun, als die Minderheit in Furcht und Schrecken zu versetzen, die glauben, was die ABC sagt.«

»Mir geht es nicht um die *Vermarktung* meiner Arbeit, Paul. Wie kommst du nur darauf? Nimmst du mich überhaupt ernst?«

»Ja, das tut er«, rief Kate. »Er will nicht beleidigend sein.«

»Ich will nicht nur nicht beleidigend sein, sondern ich *bin* nicht beleidigend, Tanya. Du bist einer der intelligentesten Menschen, die ich kenne, und ich glaube wirklich, dass du da einen Aspekt entdeckt hast.«

»Nein, nicht nur einen Aspekt, Paul. Ich spreche und schreibe von dem Ende der staatlichen Einmischung in die Wirtschaft, der fast hundertprozentigen Deregulierung, dem Verzicht auf Maßnahmen, die uns bislang vor dem Wettbewerb mit der Sklavenarbeit der Dritten Welt geschützt haben – und von dem vollständigen und unbedingten Vertrauen auf die Moral des Marktes, bei der es sich um die Moral des Dschungels handelt.«

Kate kehrte an den Tisch zurück. Sie schien sich nicht mehr so unwohl zu fühlen, wirkte aber abwesender.

»Ich schreibe über die unvorhergesehene Konfrontation von immer mehr Rechtlosen – rechtlos nicht nur in politischer oder sozialer Hinsicht, sondern auch hinsichtlich von Arbeit und Wohnung –, über die Konfrontation einer immer größer werdenden Unterschicht, die die Arbeitslosigkeit von ihren Eltern erbt, mit einer winzigen Elite, die nie reicher war als jetzt und die wie du alles immer nur durch die Brille des Marktanteils, des Kultes des MBA, der Managementtheorie und der vergötterten, aber vollkommen missverstandenen ›unsichtbaren Hand‹ von Adam Smith betrachtet – bis dich eines Tages eine andere unsichtbare Hand an der Gurgel die Treppe hinunterschleift und aus der Tür in eine Realität befördert, die du bis dahin ausgeblendet hattest. Aber dann wird alles zu spät sein, weil dir niemand mehr helfen kann. Jede Handhabe des Staates wird dann nämlich verscherbelt oder ruiniert worden sein. Dann muss jeder sehen, wo er bleibt, und du wirst endlich erleben, wie ein wahrhaft freier Markt in Wirklichkeit aussieht.«

»Mein Gott, du bist *tatsächlich* Marxist!«, rief Paul. »Deine Dissertation wird der reinste Quatsch mit Soße. Hau mal die ABC an. Wenn du einen solchen Auftritt hinlegen kannst, darfst du bei einem ihrer Privatsender auftreten. Aber du musst eine Antwort parat haben. Du musst eine Lösung anbieten. Denn die Hoffnung ist es, die die Leute packt. Wie sieht dein Heilmittel aus?«

Ich hatte gehofft, dass diese Frage nicht auf den Tisch kommen würde. Wir hatten uns spät in der Nacht zwischen dem Stillen immer wieder darüber unterhalten, und es belastete Tanya, dass sie keine Antwort hatte. Ich versuchte sie mit dem Argument zu trösten, dass eine geschliffene und gut geschriebene Analyse der Probleme dieser Welt samt ihren Ursachen mehr als ausreichend sei – vielleicht nicht für die Rettung der Welt, aber immerhin für eine Dissertation. Das hatte sie nur kurzfristig getröstet. Ich wusste nicht, ob sie eine Antwort im Ärmel hatte; doch sie hatte eine, und sie trug sie langsam und mit ruhiger Gewissheit vor.

»Wenn wir das Laisser-faire-Chaos vermeiden wollen, in das wir gerade hineinrasen, und wenn wir die immer weiter aufgehende Schere zwischen sehr Reichen und sehr Armen, das Risiko eines vollständigen sozialen Zusammenbruchs und die Entstehung eines brutalen, repressiven neofaschistischen Regimes aus den Trümmern dieser Gesellschaft verhindern wollen … Ach, zum Teufel, Paul, hör auf zu grinsen, denn so etwas kann auch hier passieren. Einmal ist es schon passiert, und zwar in einem kultivierteren Land als diesem … Wenn wir all dies verhindern wollen, muss die Regierungspolitik von einer leidenschaftlichen Sorge um das Wohlergehen des *ganzen* Volkes gelenkt werden. Von dem ehrlichen Bemühen, *jetzt* für das Wohlergehen der Menschen zu sorgen, und nicht von einer Pseudosorge, der es nur um eine zwar ideologisch und mythisch begründete, aber empirisch gesehen unhaltbare längerfristige Zukunft geht, in der wir alle längst tot sind und unsere Kinder am liebsten auch tot wären.«

»Könntest du die Politik genauer beschreiben, um die es dir geht?«

Kate starrte auf ihre Hände und spielte mit ihrem Ring.

»Tja, erstens muss wieder Vollbeschäftigung herrschen. Das kann gelingen, wenn unsere herstellende Industrie vor den Importen aus Billiglohnländern geschützt wird. Zweitens müssen die Investitionen in Bildung, Gesundheit, Wohlfahrt und öffentliche Infrastrukturmaßnahmen wieder das Niveau erreichen, das vor Reagan, Thatcher und dem ökonomischen Rationalismus die Regel war.«

»Aha. Und woher soll das Geld für all diese Wohltaten kommen?«, warf Paul ein.

»Das Geld wäre da, weil die Kosten für die Arbeitslosigkeit sinken und die Steuereinnahmen aufgrund der gewachsenen Einkommensbasis steigen würden. Übrigens bin ich kein Marxist, Paul. Ich setze mich nur für eine Rückkehr zu der von Keynes inspirierten Ökonomie der Vierziger-, Fünfziger- und Sechzigerjahre ein.«

Kate hob den Kopf und sah mich an. Wir mussten lächeln. Meine Frau, ihre Freundin, versuchte, die Welt zu retten.

Wie schön wäre es, wenn Abby diese Eloquenz und diese Unduldsamkeit gegenüber Ungerechtigkeiten erben würde. Doch außer der Lösung von Differenzialgleichungen und dem Wissen, welche Züge aus welchen Gründen über den City-Loop fuhren, hatte ich ihr nicht viel zu bieten. Wenn ich auf dem Sterbebett meinen letzten Atemzug tat, konnte ich ihr nur einen einzigen guten Rat geben: »Abby, meine liebe Tochter, vergiss nie: Egal, wo du bist, und egal, wie spät es ist – meide die Punt Road.«

Ich musste ihr mehr bieten als das. Aber es gab keine Garantie dafür, dass sie Tanyas hellsichtigen Reformeifer oder irgendetwas anderes von uns verinnerlichte. Vielleicht würde sie gegen uns aufbegehren und Managerin eines Warenhauses werden. Sie würde ein Vermögen machen, in einem Anfall nostalgischer Extravaganz ihr altes Viertel aufkaufen und ihre Eltern vor die Tür setzen. Das hielt ich zwar für unwahrscheinlich, aber es wurde immer schwieriger, etwas vorherzusehen, geschweige denn zu kontrollieren. Und wenn dies auf unsere Tochter zutraf, dann traf es erst recht auf die Wirtschaftspolitik zu.

Fünfzehn

Als Tanya das nächste Mal zusammenbrach, konnte Abby schon laufen. Man weiß nicht genau, wie früh Kinder so etwas mitbekommen. Angeblich merken sie schon vor der Geburt etwas. Ich bin der Ansicht, dass sie von Anfang an Traurigkeit von Freude, Lachen von Leid oder die Arme der Großmutter von denen der Mutter unterscheiden können. Als ich eines frühen Abends von einer Dienstreise zurückkehrte und das Haus dunkler vorfand, als es zu dieser Tageszeit gewöhnlich war, wusste ich, dass dort jemand gegen etwas ankämpfte, das finsterer als jedes Zimmer war.

Tanyas Mutter saß im Flimmerlicht des leise gestellten Fernsehers und wiegte Abby in den Schlaf. Ich ließ meinen Koffer fallen, und der dumpfe Aufschlag erinnerte Abby daran, dass sie vielleicht doch noch ein bisschen weinen sollte.

»Was ist denn los? Wo ist Tanya?«

»Nichts ist los. Nichts. Jedenfalls nichts Neues. Sie ist im Schlafzimmer. Alles ist gut. Nicht wahr, Abby? Du zeigst deinem Dad, dass alles gut ist.«

Ich ging zu Abby, nahm sie auf den Arm, wiegte sie und redete zärtlich mit ihr. Im Grunde tat ich es mehr für mich als für sie. Sie war trocken und sauber. Sie war gefüttert worden, und als ich sie schließlich ins Bett gebracht hatte, erzählte mir Tanyas Mutter, dass Tanya sich schon hingelegt habe, weil es ihr nicht gut gehe. Ich kannte ihr Bedürfnis, sich ins Bett zu legen, und auch die Unfähigkeit, es wieder zu verlassen. Ich saß mit Tanyas Mutter im Wohnzimmer, und sie sprach leise mit mir.

»Ich weiß, dass du das kennst, Eddie.«

»Wenn ich weg bin, fühlt sie sich einsam und frustriert.«

»Sie wird depressiv.«

»Das ist nicht ungewöhnlich für junge Mütter.«

»Das ist nicht ungewöhnlich für Tanya.«

»Ja, ich weiß.«

»Das ist mir bewusst, Eddie, und mir ist auch bewusst, wie sehr du sie liebst. Aber es gibt Dinge, von denen du nichts ahnst, Dinge, die du nicht ahnen kannst.«

Sie klang so müde wie noch nie, so resigniert, so alt. Auch sie war erschöpft, und ich merkte zum ersten Mal, dass ich sie liebte. Nicht aus Pflichtgefühl, sondern auf eine Art, die es mir unmöglich machte, ihr zu helfen. Sie fuhr fort.

»Du konntest es nicht wissen, Eddie, weil *sie* nicht weiß, was ich dir jetzt erzählen werde. Es geht um ihren Vater.«

Hier stand ich auf und ging in die Küche, um uns einen Drink zu holen. Da wir nur Scotch und Wodka hatten, schenkte ich uns beiden je ein Glas davon ein.

»Was weißt du über Tanyas Vater?«, fragte sie mich.

»Ich weiß, dass er Schauspieler war und gestorben ist, als sie acht und Marty elf war.«

»Nicht nur Schauspieler. Er war Musiker, Regisseur, Geschichtenerzähler, in gewisser Weise auch ein Dichter und ein umwerfend gut aussehender Mann. Wir waren beide im selben Ensemble. So haben wir uns kennengelernt. Wir waren auf einer Tournee durch die Regional- und Kleinstädte. Er hieß Eduard. Wusstest du das? Aber er schrieb sich nicht wie du. Er war Tscheche, und deshalb schrieb er sich E-D-U-A-R-D.«

»Das ist mir neu.«

»Er hat seinen Nachnamen anglisiert, als er nach dem Krieg hierhergekommen ist. Er war Sozialist und Jude. Ihm hat es nicht gereicht, etwas ungewöhnlich zu sein, nein, er war von Natur aus einzigartig. Er war ein professioneller Träumer, und er konnte einen dazu bringen, seine Träume mit ihm zu träumen, egal, wo man war, egal, was man gerade durchlitt. Die Frauen haben ihn geliebt, und … er hat sie geliebt. Aber selbst zu seinen Lebzeiten musste ich seine Träume manchmal für ihn und ohne ihn träumen. Denn … er litt auch an Depressionen.«

»Auch?«

»Wie Tanya. Beide Kinder haben viel von ihm, vor allem aber Tanya. Du liebst sie für vieles, für das ich ihn auch geliebt habe – den Humor, die Sorge um die Welt, das schnelle Denken, die Musik, die sie immer in sich trägt, sogar wenn sie wie jetzt im Dunkeln im Bett liegt und in ihrem Inneren eine leise Klage schwelt. Aber es ist keine postnatale Depression oder wie man das heutzutage nennt, Eddie. Es ist Tanya. Das musst du wissen, und du musst versuchen, ihr zu helfen. Du wirst sie nie ganz heilen können, aber du musst sie trotzdem lieben. Es gehört zu ihr, und bitte, bitte: Du darfst sie nie … verlassen, ganz gleich, was sie sagt.«

»Sie verlassen! Ich könnte sie nicht verlassen. Seit ich siebzehn war, ist sie mein Leben. Für mich gibt es nichts Wichtigeres als sie und Abby. Ohne sie bin ich nicht ich selbst. Ich kenne ihre Depressionen. Vielleicht bin ich naiv, aber ich habe die Hoffnung auf eine vollständige

Heilung nicht aufgegeben, und selbst wenn das nie eintritt, werde ich sie nicht verlassen. Ich liebe sie zu sehr. Ihre Stimme klingt immer in mir, wenn ich bei der Arbeit, auf Dienstreise oder mit dem Auto unterwegs bin, immer. Wegen Abby und ihr halte ich mich für den glücklichsten Menschen der Welt. Und das sage ich nicht nur so. Deine Besorgnis in allen Ehren, wirklich, aber wenn du wüsstest, wie *sehr* sie mein Leben ist, hättest du nicht das Bedürfnis, so etwas zu sagen.«

»Ja, aber das ist nicht alles. Was hat sie dir über den Tod ihres Vaters erzählt?«

»Ihr wart auf Tournee. Freunde oder Nachbarn haben sich um sie und Marty gekümmert. Er starb ganz unerwartet an einem Herzinfarkt. Sie hat gesagt, sie habe immer das Gefühl gehabt, darum betrogen worden zu sein, sich richtig von ihm zu verabschieden. Sie hatte geglaubt, er wäre nur zwei Wochen fort. Sie hat noch Jahre nach seinem Tod erwartet, dass er irgendwann mit einem Kuscheltier, einem Känguru oder so etwas, das er ihr versprochen hatte, zur Tür hereinkommen würde, als hättest du dich geirrt und als wäre er gar nicht tot, sondern nur vermisst wie einer der Erforscher des Binnenlandes, von denen sie während eurer Tournee gehört hatte.«

»Wirklich? Das erzählt sie?«

»Ja, das hat sie erzählt.«

»Wir waren mit einem Stück auf Tournee … Ich weiß nicht mehr, mit welchem. Es war von Shakespeare, aber ich kann mich nicht mehr an den Titel erinnern.«

»Ich kann mir nur vage vorstellen, wie schmerzhaft dies für dich ist. Du musst es mir nicht erzählen.«

»Doch, doch. Ich denke, das muss ich. Er hatte zum ersten Mal sein eigenes Geld investiert, *unser* Geld. Wir hatten weder Investoren noch finanzielle Rückendeckung.

Wir hatten unser Vorhaben der Bank erklärt und auf unsere Namen Geld aufgenommen. Eduard hatte schon lange sein eigenes Theaterensemble gründen wollen, eines, das quer durch das Land reiste und eine bunte Mischung von leichten Komödien, Farcen und natürlich Shakespeare anbot. Er hielt Shakespeare für die Quelle aller Weisheit, einer Weisheit, die er unter das Volk bringen wollte. Er war nicht einfach, und er zerstritt sich immer wieder mit allen möglichen Leuten, von denen wir beruflich abhängig waren. Wenn ich den Enthusiasmus, mit dem er ihre Mängel anprangerte, zu dämpfen versuchte, erwiderte er, das Leben sei zu kurz, um die ganze Wahrheit zu schlucken. Er müsse anderen den Teil der Wahrheit übrig lassen, der sie selbst betreffe. So hat er immer geredet.«

»Klingt wie Tanya.«

»Ich weiß. Genau wie sie, nicht wahr?«, sagte sie und ging vom Wodka zum Scotch über.

»Wir wohnten in einem dieser protzigen Landhotels, du weißt schon – die Art von Hotel, die an der Hauptstraße stolz neben der Post, der Polizeiwache und dem Rathaus steht, für jede soziale Schicht eine Bar und außerdem ein öffentliches Speiselokal mit Spiegeln an den Wänden und einem Klavier in der Ecke hat. Die Angestellten haben Eduard und mich so königlich behandelt, als wären wir Larry Olivier und Vivien Leigh. Wir haben mehr als einmal mit dem Manager und den Mitgliedern der lokalen Handelskammer gegessen … Zusammengenommen muss diesen Leute der halbe Bezirk gehört haben. Abgesehen von der Kulturspritze, die wir ihnen gaben, waren wir offenbar gut fürs Geschäft. Eines Abends haben sie Eduard sogar zur Kaninchenjagd eingeladen. Spätestens da hätte ich wissen müssen, dass etwas im Busch war.«

Sie neigte ihr Glas, um mir zu zeigen, dass es leer war. Ich holte die Flaschen aus der Küche und füllte ihre beiden Gläser nach. Ich betrachtete sie mit stiller Sympathie. Beim Gedanken an die attraktive, junge Schauspielerin, als die sie sich einst in den archetypischen, dunklen Fremden aus ihrem Ensemble verliebt hatte, nur um schließlich allein zwei kleine Kinder aufzuziehen, konnte ich dem melancholischen Fallout meiner Sprachlosigkeit nicht mehr entkommen. Sie sprach mit einer Zärtlichkeit, wie sie der Erschöpfung entspringt, einer Erschöpfung aus all den Jahren, in denen sie von der meist vergeblichen Hoffnung abhängig gewesen war, dass die Umstände oder irgendjemand irgendwann Mitleid mit ihr hätten.

»Eduard hat seine ganze Familie im Krieg verloren. Er musste miterleben, wie seine Eltern und Geschwister von den Nazis mit vorgehaltener Waffe abgeholt wurden. Eigentlich konnte er keiner Fliege etwas zuleide tun, willigte aber ein, mit dem Bürgermeister und dessen Freunden Kaninchen zu jagen. Wie ich später herausfand, war auch die Tochter des Bürgermeisters dabei. Sie gingen wirklich auf Kaninchenjagd. Ich sah die Felle. Danach tranken sie bis zum Morgengrauen, und Eduard richtete es so ein, dass er mit der Tochter des Bürgermeisters allein war. Und er war so viel Alkohol nicht gewohnt, denn er war Epileptiker.

Eduard war viel zu empfänglich für Schmeicheleien, das hat er selbst immer gesagt. Nun, ich weiß nicht genau, wo sie sich aufhielten, wie betrunken sie waren oder wie weit sie gingen, doch als der Bürgermeister die beiden ertappte, glaubte er genau zu wissen, was Eduard mit seiner Tochter vorhatte. Bis zum nächsten Mittag wusste jeder über den Vorfall Bescheid, und wir wurden sofort des Rathaussaals verwiesen, den wir als Theater benutzt hatten. Wir mussten die Schauspieler und Bühnenarbeiter bezahlen, aber die nächtliche, betrunkene Eskapade, die sich Eduard geleistet hatte, führte dazu, dass alle Geldquellen versiegten. Wir verwandelten uns von einem Moment auf den anderen von Berühmtheiten in unerwünschte Eindringlinge, vor allem Eduard. In den Läden der Stadt ließen die Leute rassistische Bemerkungen fallen, wenn sie ihn sahen. Man munkelte, dass er jemandem ein Gewehr gestohlen habe. Manche Leute weigerten sich sogar, die Mitglieder unseres Ensembles zu bedienen, auch mich. Doch am meisten quälte Eduard der Gedanke an das Leid, das er mir zugefügt hatte. Er sagte mir, das Leben mit mir sei das Leben, das er eigentlich in Europa hätte führen müssen, und nun habe er das Gefühl, es zerstört zu haben.

Ich weiß, dass ich inzwischen sehr abgeklärt klinge. Aber das bringen Zeit und Arthritis so mit sich. Außerdem tut das, was er vor fast fünfundzwanzig Jahren mit der Tochter des Bürgermeisters angestellt hat oder nicht, längst nichts mehr zur Sache. Der Dummkopf hat geglaubt, ich würde ihm nie verzeihen, dass er sich mit der Tochter eines Kleinstadtbürgermeisters im Heu getummelt hat. Er hat mehr als genug dafür gebüßt, und ich habe ihm auch dies vergeben. Ich habe ihm schon vor vielen Jahren vergeben, aber ob seine Kinder das auch können, weiß ich nicht. Tanya hat ihm nicht einmal verziehen, dass er ihr nicht wie versprochen ein Kuscheltier mitgebracht hat. Einen Koala … oder war es ein Känguru? Ja, ein Känguru. Du hast recht. Ich hatte es vergessen.«

Sie verstummte, als hätte sie alles vor Augen.

»Die nächsten anderthalb Tage verbrachte er im Dunkeln im Bett. Er wollte nichts essen, denn das hatte er nicht verdient, sagte er. Ich war stinksauer, aber dann schaffte er alle Probleme mit einem Gewehr aus der Welt, mit dem man Füchse und Kaninchen jagte. Er erschoss sich in der

Hochzeitssuite des Grandhotels. Zwei Tage, nachdem er die Einladung des Bürgermeisters angenommen hatte. Ich hielt gerade unten eine Krisensitzung mit den Schauspielern und den Bühnenarbeitern ab, die natürlich langsam zu meutern begannen …

Ich habe nie aufgehört, ihn zu lieben, Eddie, denn was er getan hat, geschah nicht aus Egoismus. Er litt an einer Krankheit, die ihm manchmal eine Atempause gewährte und ihn dann wieder einholte. Ich hatte immer Angst, dass Marty, vor allem aber Tanya es nicht verstehen und ihn hassen würden, wenn sie alles wüssten, und das hätte ich nicht ertragen. Er liebte sie sehr und war so stolz auf die beiden. Er hatte ihr Känguru nicht vergessen, aber als sie seinen Leichnam holten, reinigten sie nur das, was sie reinigen mussten. Er hat das Känguru dabeigehabt; es war im Zimmer, als er Selbstmord beging. Und ich ertrug den Anblick nicht. Also ließ ich zu, dass er sie enttäuschte.«

Wir saßen im Dunkeln. Ihre Worte hingen noch in der Luft. Ich dachte zuerst daran, wie tapfer sie gewesen war. Wen gab es nach dieser Tragödie noch, der sie geliebt hatte, wo doch jene, die ihr am meisten bedeuteten, nie etwas davon erfahren durften? Ihre Treue war fester als fest, sie war einmalig, dauerhaft, still und schmolz nur bei extrem hohen Temperaturen. Seit fast fünfundzwanzig Jahren nagte das Leid an ihr; die banale Rücksichtslosigkeit seiner Untreue, sein eigenes Entsetzen über das, was er getan hatte, und die sinnlose Gewalt dessen, wie er darauf reagierte, ihre zweifache Vergebung, die zweifach unbemerkt blieb, die notwendige, aber quälende Aufrechterhaltung einer Lüge, die für das Wohlbefinden ihrer Kinder notwendig war, und vor allem die unbarmherzige Einsamkeit, die sie stets begleitete und sanft ihre Hand hielt wie der irgendwie vertraute Cousin eines nahenden, noch ein oder zwei Verwandtschaftsgrade entfernten Todes.

Ich wusste auch, dass Tanya dies nie erfahren durfte. Sinnlos, in einer Situation um die Wahrheit zu feilschen, in der diese zwangsläufig zum Nachteil ausschlagen musste. Wenn Tanya glaubte, das Stigma der Krankheit ihres Vaters geerbt zu haben, würde sie sich in ihr Bett legen, als wäre es ihr Geburtsrecht, und könnte nicht mehr dagegen ankämpfen.

Zu guter Letzt fragte ich mich, warum ihre Mutter es mir überhaupt erzählt hatte. Glaubte sie wirklich, dass ich es wissen musste, oder hatte sie auch den Drang, mir ihr Herz auszuschütten? Sie lag in meinen Armen, und die Tränen liefen ihr über das Gesicht.

»Er ist jetzt bei mir«, flüsterte sie. »Ich rede mit ihm. Damit habe ich nie aufgehört. Ich erzähle ihm von den Kindern. Er wäre so froh darüber, dass du sie auf diese Art liebst. Mehr hätten wir uns nicht wünschen können.«

Tanya nahm ihr aktives Leben in der Welt offener Vorhänge, Frühstücksteller und Leitartikel, an denen sich liberale Menschen zwangsläufig wund reiben mussten, wieder auf, als (oder vielleicht weil) Abby, deren Bewusstsein immer wacher wurde, »Mama« zu sagen begann. Dass Abby einen wichtigen Beitrag zu Tanyas Erholung geleistet hatte, gab mir die Hoffnung, dass unsere Gefühle füreinander uns immer helfen würden, wenn uns die Ängste über den Kopf wuchsen. Durch ihren Mutterschaftsurlaub hatte sich das Ende ihres Zweijahresvertrags an der Universität verzögert, und als sie ihre Arbeit wieder aufnahm, bot man ihr einen neuen Zweijahresvertrag an. Auch das war eine Hilfe. Ihre Dissertation war noch weit von der Vollendung entfernt, aber das war nicht so wichtig. Abby hatte einen Platz im

Hort der Universität bekommen, und regionale Konflikte auf dem Balkan und dem indischen Subkontinent, in Afrika und im Mittleren Osten sorgten dafür, dass es uns vergleichsweise gut ging.

»Das Ende des Kalten Krieges sollte eine neue Weltordnung einläuten. Aber seit 1989 sind aus nationalen, ethnischen oder religiösen Auseinandersetzungen in Liberia, im Sudan, am Horn von Afrika, im früheren Jugoslawien, im Kaukasus und Transkaukasus, im ehemals sowjetischen Zentralasien, in Afghanistan, im Irak, in Kuwait, Israel, Osttimor, Burma und im Libanon militärische Konflikte geworden. Das soll eine Ordnung sein? Und gar eine neue? Die Neue Weltordnung ist eine dieser hochtrabenden, beruhigenden, wohlklingenden und hohlen Phrasen, die von irgendeinem jungen Intelligenzbolzen geprägt wurde, der sich damit nach seiner Flucht aus der Bush-Administration sofort eine goldene Nase im Vortragsreigen verdienen konnte. Du musst dir dieses Phrasendreschen als feindliche Übernahme vorstellen, Eddie – lebendige Wörter werden zu Klischees schockgefroren. Warum strahlst du wie ein Honigkuchenpferd? Können Honigkuchenpferde überhaupt strahlen?«

Meine Liebste war wieder voll da. Abby und ich atmeten erleichtert auf.

Sechzehn

Es lag nicht nur am Ende des Kalten Krieges und der Implosion des Staates, der der stalinistischen Version des Marxismus eine mehr als faire Chance gegeben hatte, dass der ferne Ruf des mutierten Sprösslings von Friedrich von Hayek und Ayn Rand unter den Türen durchsickerte und sich überall in der Behörde für Planung und Umwelt ausbreitete. Es begann mit zahlreichen Sitzungen, die auf allen Ebenen und zu jeder beliebigen Tageszeit stattfanden. Man forderte uns auf, ein »Mission Statement« abzufassen. Da ich mit diesem Begriff wenig anfangen konnte, war ich erstaunt, dass sich in der Behörde viele Leute vor den Kopf gestoßen fühlten, als ich schrieb, ich habe zu viel zu tun und sei außerdem der Meinung, dass ein »*Emissions*-Statement« nicht viel Bedeutung für die breite Öffentlichkeit habe. Man solle den Ölfirmen und Autobauern lieber strenge gesetzliche Vorgaben machen. Im Prinzip sei ich aber sehr dafür.

Ich wurde zu einem Gespräch in das Ministerium im Stadtzentrum gebeten.

Ob ich das ernst meine, fragte man. »Fast nie«, antwortete ich. »Aber so laufen die Dinge meiner Erfahrung nach glatter. Und das gilt nicht nur für das Arbeitsumfeld, sondern für fast alle menschlichen Interaktionen, sogar für die zwischen Kind und Eltern. Ich bin zwar kein Fachmann auf diesem Gebiet, aber ein Vater. Der Vater des Kindes meiner Frau. Meine Tochter ist gerade drei geworden. Haben Sie Kinder? Ich glaube, ich habe ein Foto von ihr in der Brieftasche. Möchten Sie es sehen?«

Ob ich ein guter Teamarbeiter sei, fragten sie.

»Um Gottes willen, nein. Immer, wenn ich gemeinsam mit meiner Frau Scrabble gegen unsere Freunde spiele, streiten wir uns. Meist geht es um die Rolle des Slangs im gebildeten Diskurs oder um die Frage, welche lateinischen Wörter in die englische Sprache eingeflossen sind. Sie hatte Probleme mit *animus*.«

Die Kluft zwischen dem, was man in einem Tagtraum sagt, und dem, was man tatsächlich an seinem Arbeitsplatz zu einem Vorgesetzten sagt, verhält sich proportional zu der Zahl von Erwachsenen, die vergeblich eine volle Stelle suchen.

Ich wurde zu einem Gespräch in das Ministerium im Stadtzentrum gebeten. Dort forderte man mich auf, mein Leitbild zu beschreiben. Wider jede Vernunft gehorchte ich dieser MBA-inspirierten Anweisung.

Wie man munkelte, sollten in den Unterabteilungen Manager eingesetzt werden. Dies hatte ich, wie sollte es auch anders sein, in der postindustriellen Version eines Marktplatzes gehört: der Kaffeeküche, aber ich hatte es nicht geglaubt, obwohl man immer öfter davon sprach. Natürlich waren die Hausmitteilungen ziemlich langsam. Außerdem neigte man dazu, die Kaffeebecher im Abwaschbecken einweichen zu lassen, anstatt sie für spätere Benutzer zu spülen, aber ich hatte dies stets als eine jener Eigenarten der menschlichen Spezies angesehen, die man zwar bemerken, aber nicht ändern konnte, ohne die betreffenden Gene zu isolieren. Außerdem waren die gefüllten Kekse immer zuerst alle, doch wie bei anderen innerbehördlichen

Problemen hätte man meiner Ansicht nach auch in diesem Fall auf den altbewährten »Kummerbriefkasten« zurückgreifen können, bevor man weitere Manager einstellte.

Doch das Altbewährte war nichts mehr wert. Chamberlain, ein Kollege, sprach mich in der Kaffeeküche schüchtern an und begann ein geflüstertes Gespräch.

»Bist du ihm schon begegnet?«

»Wem?«

»Dem neuen Typen. Dem Manager.«

»Nein. Wann hat er hier angefangen?«

»Heute Morgen. Er will jeden einzeln begrüßen.«

»Tja, sehr nett von ihm. Ist er Ingenieur?«

»Nein.«

»Chemiker?«

»Nein.«

»Überhaupt Wissenschaftler?«

»Nein. Er hat im letzten Jahr seinen MBA gemacht und war noch nie in einer Behörde tätig, aber er hatte irgendetwas mit Computern zu tun.«

»Hast du nicht gerade gesagt, er sei kein Wissenschaftler?«

»Ist er ja auch nicht. Er hat Computersoftware importiert, und davor … alle möglichen anderen Sachen.«

»Welche Dinge?«

»Keine Ahnung. Aber er hat ein Buch über Cyberspace geschrieben.«

»Über Cyberspace? Ein Buch?«

»Genau.«

»Vor seinem MBA oder danach?«

»Weiß ich nicht. Aber ich sollte besser gehen – nicht dass er gleich kommt.«

»Machst du Witze?«

»Tja, er will jeden persönlich begrüßen.«

»Du meinst einzeln, allein, unter vier Augen?«

»Ja. Bei mir war er schon, und dich wird er wohl auch kennenlernen wollen. Ich glaube, es würde keinen guten Eindruck machen, wenn er sieht, wie ich ...«

»Wie du als erwachsener Mann in der Kaffeeküche mit deinem Kollegen tuschelst.«

»Ich glaube, er ist gar nicht so übel. Ein gut gebauter Typ. Kräftig.«

»Wie heißt er?«

»Gerard ... der Nachname fällt mir gerade nicht ein. Aber er wird dich sowieso auffordern, ihn Gerard zu nennen.«

Ich war wie vor den Kopf gestoßen, als dieser Name im Zusammenhang mit dem Managerposten wieder Einzug in mein Leben hielt. Ich wusste sofort, dass unser neuer Manager der ehemalige Liebhaber Tanyas oder der jetzige Liebhaber Amandas war, und ich glaubte nicht, dass er sich in der Zwischenzeit zum Besseren gewandelt hatte (wie sich zeigte, hatte ich mit beidem recht). Ja, ich war so vor den Kopf gestoßen, dass ich auf dem Heimweg beschloss, Tanya nichts davon zu erzählen. Das kam natürlich – zumindest vor mir selbst – dem Eingeständnis gleich, dass er es tatsächlich war. Es gab unzählige piefige Behörden für Planung und Umwelt auf diesem Planeten, aber er musste ausgerechnet in meiner aufkreuzen.

Der neuerliche Einzug Gerards in unser Leben sowie seine Wiedergeburt als gemeingefährlicher Ausbrecher aus einer Hochschule für Wirtschaftsmanagement hätte nach meiner Ankunft zu Hause eigentlich die erste Meldung meiner Wie-war-mein-Tag-Sendung sein müssen. Der Aufmacher. Doch an diesem Abend schlich ich mich ins Haus und versuchte, den Aufmacher auszulassen und gleich mit dem Wetter zu beginnen.

Tanya badete Abby, und die beiden waren in ein Gespräch vertieft. Vor einigen Monaten hatten wir den Fehler begangen, Abby zu erzählen, dass sie an diesem bestimmten Tag genau viereinhalb Jahre alt war. Als sie diese Neuigkeit hörte, wollte sie unbedingt eine Party geben. Wir erklärten ihr, dass niemand einen halben Geburtstag feiere, doch sie beharrte darauf, dass manche Leute genau dies taten. Auf unsere Frage, wer diese Leute seien, antwortete sie, dass sie mit ihr in den Kindergarten gingen, nur habe sie gerade die Namen vergessen. Wenn sie ihr bis zu ihrem fünften Geburtstag wieder eingefallen wären, sagten wir, dann könne Abby sie zu diesem Anlass einladen. Seitdem hatte es viele Diskussionen über die Feier ihres fünften Geburtstags und Geburtstagsfeiern im Allgemeinen gegeben. Ob wir am Tag ihrer Geburt gefeiert hatten? Nein. Dann würden wir ihr eine Party schulden. Ich erwartete, etwas in dieser Art zu hören, doch es ging um etwas ganz anderes.

»Mum. Gibt es einen Elvis?«

»Wie bitte?«

»Im Kindergarten gibt es einen Jungen, Ricky Thurston, und er sagt, dass Ricky nicht sein wahrer Name ist. Er sagt, Ricky ist sein gespitzter Name, und in echt heiße er Elvis. Er sagt, man hätte ihn nach dem echten Elvis benannt. Wie lautet mein richtiger Name?«

»Abigail.«

»Ist Abby mein gespitzter Name?«

»Du hast keinen Spitznamen, mein Schatz.«

»Warum nennt ihr mich Abby?«

»Wir nennen dich Abby, weil wir dich lieben. Es ist kein Spitzname.«

»Und ›Schatz‹? Ist das ein Spitzname?«

»Nein, tut mir leid. So nennen wir dich auch, weil wir dich sehr lieb haben.«

Abby dachte kurz nach. »Dann bekommen also Leute einen Spitznamen … die niemand lieb hat.«

»Gut geraten, aber falsch. Wir wissen nur, dass Menschen ›Abby‹ und ›Schatz‹ genannt werden, die man sehr lieb hat.«

Dies schien Abby eine Weile zufriedenzustellen. Ich nahm im Nebenzimmer meine Krawatte ab und lauschte immer noch unbemerkt. Eine ganze Weile hörte man nur die Geräusche von Wasser mit Seife und Schwamm. Dann redete Abby wieder.

»Glaubst du an Elvis, Mami?« Tanya holte tief Luft und atmete dann langsam aus. Ich hatte es fast bildlich vor Augen. »Tust du das, Mum?«

»Du weißt doch, dass Dad oder ich dir jeden Abend eine Geschichte vorlesen, hm?«

»Manchmal auch tagsüber.«

»Ja, manchmal auch tagsüber. Und die Geschichten handeln immer *von* irgendetwas, von einem Jungen oder Mädchen, einem Hund oder einer Katze …«

»Oder von sprechendem Obst.«

»Oder von sprechendem Obst. Und in diesen Geschichten erleben die Figuren immer Abenteuer, ein Junge oder ein Mädchen, ein Hund oder eine Katze …«

»Oder das sprechende Obst …«

»Genau. Und manchmal ist das, was in der Geschichte passiert, wichtiger als die Leute, denen es passiert, nicht wahr?«

»Warum?«

»Weil es die Geschichte an sich ist, die uns glücklich oder traurig macht oder nachdenken lässt, und dann ist es nicht mehr wichtig, ob die Geschichte wirklich passiert ist oder ob die Leute darin echt sind.«

»Aber glaubst du an Elvis, Mum?«

»Wahrscheinlich gab es einmal jemanden namens Elvis, der vor langer, langer Zeit geboren wurde, der Lieder gesungen und auf eine ganz neue Art getanzt hat. Später, wenn Kate kommt, zeige ich dir, wie er getanzt hat, aber inzwischen ist die Geschichte, die man sich über Elvis erzählt, viel größer geworden, als der echte Elvis je war. Wenn du älter bist, wirst du selbst entscheiden müssen, was du von Elvis hältst.«

»War er im Fernsehen, Mum?«

»Ja.«

Wieder trat Schweigen ein. Vermutlich rang meine Tochter in der Badewanne mit weiteren existenziellen Fragen. Über die Wiedergeburt Gerards hatte ich ganz vergessen, dass dies einer dieser Abende war, an denen wir die Kerzen in der Tischmitte entzündeten, die Lampen ausknipsten und Kate und Paul zum Essen bewirteten. Wir waren eine voll funktionstüchtige Familie, kein Zweifel.

»Mum?«

»Was denn, mein Schatz?«

»Glaubst du an Gott?«

»Nein, Abby, das tue ich nicht.«

»Kann ich an Gott glauben?«

Ich wartete Tanyas Antwort ab. Über dieses Thema hatten wir in Gegenwart Abbys noch nie gesprochen.

»Du kannst das eine Weile tun, aber früher oder später wird es dir zu schwerfallen, und dann wirst du damit aufhören. Wenn du damit aufhörst, wird alles gut sein, weil Dad und ich noch da sein werden. Aber wenn es dir nicht zu schwerfällt und du weiter glaubst, ist das auch in Ordnung.«

Wir waren zu fünft am Tisch, Tanya und ich, Kate, Paul und Gerard. Niemand außer mir konnte sehen, dass Gerard da war. Er saß zwischen Kate und Paul, gegenüber von Tanya.

Ich beteiligte mich nur selten am Gespräch und hörte kaum zu, weil ich Gerard nicht aus den Augen lassen wollte. Da saßen wir und gingen auf die Ernüchterung der Dreißiger zu, eine Lebensphase, in der die Hoffnung auf der Backlist landet, in der man die meisten Gespräche schon kennt, die man noch führen wird, und in der zukünftige Diskussionen nur noch aufgewärmte Versionen früherer Diskussionen sind. Wir hatten schon alle Gerichte ausprobiert, die wir noch kochen würden. Ich hatte konventionelles Essen gekocht, und Besseres als Braten mit Rosmarin und Knoblauch würde ich nicht mehr hinbekommen. Tanya hatte ihr exotischeres Repertoire ausgereizt, und kulinarische Symptomatologen hätten unseren Gästen hier und jetzt sagen können, dass sie gar nicht erst zu kommen brauchten, falls sie keine Auberginen mochten, und dass wir sie, falls sie Auberginen jemals gemocht haben *sollten*, damit füttern würden, bis sie sie gründlich satthatten.

Ich wusste längst, dass Kate im Grunde interessanter war als Paul. Ich wusste, dass sie klüger war, dass sie enttäuscht von ihm war, dass sie mit jemandem Kinder haben wollte und als Lehrerin Anzeichen eines fortgeschrittenen Burn-outs zeigte. All das wusste ich von Tanya. Ich traf Kate nur bei unseren diversen Auberginen-Soirees mit Kerzenschein, und dann war immer Paul dabei. Bei diesen Gelegenheiten war sie nur ein Schatten ihres früheren Selbst. Ich beobachtete meist, wie ihr Umriss auf der Wand flackerte, erinnerte mich daran, wie sie an der Uni gewesen war, und stellte mir vor, dass die junge Frau von *damals* erschrocken aufschrie, weil sie mit Mitte dreißig vollkommen freudlos war. Es wäre zu einfach und damit falsch gewesen zu behaupten, dass ihr Pauls Geld egal gewesen wäre und auch sein immer höherer Status in einer Welt, deren Bedürfnis nach Hohepriestern so groß war, dass sie neoklassische Librettisten des Makro-Eigeninteresses mit dem Status eines neumodischen Mandarins belohnte. Denn warum verließ sie ihn nicht, wenn ihr das nicht so wichtig gewesen wäre? Vielleicht dachte sie über all dies nach, während ihr Gatte wieder einmal mit meiner Frau über ihre Dissertation debattierte.

»Nein, selbstverständlich nicht«, hörte ich Tanya antworten.

»Dann müsstest du einen uneingeschränkten internationalen Handel eigentlich ohne Wenn und Aber befürworten. Denn er würde es ärmeren Ländern ermöglichen, zu den reichen Ländern aufzuschließen oder wenigstens ein bisschen aufzuholen.«

»Du weißt, dass das nie passieren wird, Paul.«

»Doch, wird es. Warum blendest du die Wunder der Dritten Welt aus, die durch die Deregulierung ermöglicht wurden, Länder, deren Industrie durch eine vom Export getragene Wirtschaft immer weiter wächst?«

»Lass mich raten. Du meinst Singapur, Taiwan, Hongkong und Südkorea?«

»Genau.«

»Sie stellen gerade einmal zwei Prozent der Bevölkerung der Dritten Welt dar. Und sie werden ständig von Leuten bemüht, denen der kleine Mann, der dort leben muss und weder mitbestimmen kann noch Rechte oder Geld hat, nicht wirklich am Herzen liegt, von Leuten, deren ideologische Überzeugungen so felsenfest sind, dass sie nicht einmal von empirischen Daten erschüttert werden können.«

»Stimmt doch gar nicht.« Er schüttelte nur den Kopf, statt ihr fundiert zu widersprechen.

»Tja, wenn empirische Belege das Dogma aushebeln könnten, warum übersiehst du dann die ausbleibenden

Wunder in Indien, Pakistan, Burma, China, Vietnam, Thailand, Kambodscha und auf den Philippinen?«

»Jedes dieser Länder hat seine eigenen Probleme, jedes ist ein Einzelfall. Und manche Länder, wie zum Beispiel China, befinden sich in einem frühen Stadium der Liberalisierung und konnten die Früchte des Trickle-down-Effekts noch nicht ernten.«

»Der Trickle-down-Effekt! Hör bloß auf damit, Paul. Das Einzige, was jemals wirklich durchsickert, sind Abwässer. Weißt du, was hier passiert, wenn wir alle Schutzmaßnahmen abbauen? Wir werden die Firmen vertreiben, im Ausland mehr Schulden machen und Jobs exportieren. Die Leute, die diese Jobs bekommen, sind dann meist Frauen und Kinder, die für ein Hundertstel des Lohns, an den unsere neuen Langzeitarbeitslosen voller Wehmut zurückdenken werden, bis vier Uhr früh schuften. Ihre Chefs in Übersee werden ganz sicher reich, aber ihre Angestellten bleiben bettelarm. Und die wachsende Zahl unserer Arbeitslosen wird durch Einschnitte in Gesundheitssystem und Sozialwesen, ganz zu schweigen von der Privatisierung öffentlicher Dienste, immer verletzlicher werden. Jedes Mal wenn sich ein alter Rentner eine Tasse Tee kochen möchte, macht irgendjemand aus der Partei, die die höchsten Steuersenkungen versprochen hat, einen hübschen Gewinn. Und die Reallöhne fallen, weil es jede Menge Arbeitslose gibt, die nur darauf warten, die Jobs der Leute in Lohn und Brot zu ergattern, sobald diese wegen der gestiegenen Lebenshaltungskosten um eine Lohnerhöhung bitten. Alle werden desillusioniert sein und Angst vor dem haben, was als Nächstes passiert. Sie wissen insgeheim, dass die Regierung sie hasst.«

»Das ist ein bisschen dick aufgetragen. Welche Belege hast du für diese hübsche kleine Übertreibung?«

»Diese Regierung verklagt Feuerwehrleute. Man hat die Rettungswagenfahrer zu einem Streik gezwungen.«

»Niemand wird gezwungen zu streiken.«

»Du willst einfach nicht wahrhaben, Paul, dass man die Arbeitsbedingungen, die Gewissheiten, die Löhne und die Selbstachtung gewöhnlicher Leute so drastisch reduziert und einschränkt, dass ihnen nur noch eine einzige Wahl bleibt, und zwar die, ihre Arbeitskraft zurückzuziehen.«

Sowohl Tanya als auch Paul wussten, dass sie einander nie umstimmen würden, doch sie diskutierten trotzdem weiter. Sie biss immer wieder an, und er schien eine Erregung aus ihrer Vehemenz zu ziehen, über die ich lieber nicht weiter nachdachte, weil sie zu geschmacklos war. Eigentlich hätte ich bei diesen Gelegenheiten neben der flackernden und mit dem Gedanken an das Erlöschen spielenden Kate sitzen und ihr beistehen müssen, wie sie mir früher beigestanden hatte. Doch ich unterließ es, weil ich zu sehr damit beschäftigt war, Gerard zu beobachten. Auch er genoss Tanyas Elan, an den er sich noch von früher erinnerte. Seine Miene verriet mir, dass er seine Erinnerungen an sie nach Belieben wachrufen konnte. Hatte er je irgendetwas besessen, das ihn, wenn auch nur kurz, in einem guten Licht erscheinen ließ?

Ich werde nie erfahren, welches Zusammenwirken zwischen Gerard und den Herren im Ministerium dazu führte, dass ich mit jener heiklen Aufgabe bedacht wurde, die nach fast vier Jahren der Spekulationen und Gerüchte das Ausmaß des Manhattan-Projekts angenommen hatte. Ich werde es genauso wenig erfahren, wie ich erfahren werde, warum es nach seiner Konzipierung vier Jahre lang abwechselnd ad acta gelegt, wieder ausgegraben und wieder ad acta gelegt worden war, bis man es mir anvertraute.

Als er mich aufforderte, in sein Büro zu kommen, war das in etwa so, wie wenn ein Schuldirektor einen Schüler zu sich befiehlt, nur dass Gerard mit meiner Frau geschlafen hatte. Die Tatsache, dass sie damals noch nicht meine Frau gewesen war, änderte nichts für mich, denn ich hatte ja längst gewusst, dass ich sie heiraten würde, und sie hätte es eigentlich auch wissen müssen. So konnte man mir selbst im Nachhinein mühelos Hörner aufsetzen. Jedenfalls war er bei genauer Überlegung der letzte Mann, mit dem sie vor mir geschlafen hatte – und der allerletzte, mit dem sie überhaupt hätte schlafen dürfen. Leider dachte ich oft daran, im Zug, in der Kaffeeküche oder wenn ich nachts neben ihr lag und die Mischung aus ihrem Körpergeruch und dem Duft einatmete, durch den sie, wie ihr die Parfümindustrie weismachte, für immer so jung bleiben würde wie zu der Zeit, als sie mit Gerard geschlafen hatte. Daran dachte ich auch, als er mich in seinem Büro bat, Platz zu nehmen.

Er hatte nagelneue Ledermöbel. In diesem Gebäude hatte niemand neue Möbel, geschweige denn welche aus Leder. Wir hatten nicht einmal neue Stifte. Ich versank in den Tiefen des Ledersessels, die Schwerkraft drückte mich fest hinein. Sein Büro hatte die Schwerkraft kanalisiert. Vielleicht wusste er gar nicht, dass ich seine Exfreundin geheiratet hatte, dass Tanya meine Frau war?

»Wir bieten dir eine großartige Gelegenheit, Eddie«, sagte er mit einem Lächeln, das seine Augen als Lüge entlarvten. Er wusste Bescheid. Ich konnte ihm ansehen, dass er es wusste. Es handelte sich nicht um ein Angebot, das man annehmen oder ablehnen konnte. Es handelte sich nicht einmal um eine Herausforderung. Nein, es war Bosheit, und sie war so hastig und ungeschickt verpackt, dass sich das Papier hinten schon wieder löste und genug Inhalt zeigte, um jede Illusion zu zerstören.

Da gebe es ein Projekt, sagte er, für das man mich *gezielt* ausgewählt habe. Er ließ sich nicht weiter darüber aus, wer mich ausgewählt hatte, doch ich sollte direkt für den Minister ein Gutachten schreiben und in Absprache mit ihm, Gerard, und dem Abteilungsleiter eine rechtliche Vorgehensweise entwerfen. Die Sache sei sehr umstritten, und deshalb müsse meine Arbeit streng vertraulich bleiben.

Die Regierung erwog, eine Vereinbarung mit dem Besitzer eines Küstenstreifens zu treffen, den sie vor einigen Jahren zu einem heftig kritisierten, da viel zu niedrigen Preis verkauft hatte. Der Verkauf war wenige Wochen vor einer Wahl über die Bühne gegangen, und man hatte der Öffentlichkeit garantiert, dass auf dem Land weder Rohstoffe neu abgebaut noch ein bereits erfolgender Abbau erweitert werden würde, ohne dass man ein Gutachten über die ökologischen Folgen einholte und dieses in die gesetzliche Regelung einbezog. Nun, vier Jahre später, wollte der Eigentümer, ein privater Konzern, das Land für den ursprünglich geplanten Zweck nutzen und eine bereits vorhandene Verhüttungsanlage für Schwermetalle im großen Maßstab erweitern. Hier kam ich ins Spiel. Ich sollte die ökologischen Folgen der Erweiterung abschätzen sowie Kontroll- und Sicherheitsmaßnahmen gegen die Verschmutzung von Meer und Atmosphäre empfehlen.

»Wo liegt dieser Ort?«

»Er war in den Nachrichten, jedenfalls der Eigentümer. Genau genommen habe ich früher einmal eine persönliche Beziehung zu seiner Familie unterhalten.«

»Und wo befindet sich der Ort?«

»Südostaustralien.«

»Geht es auch etwas weniger genau? Wie heißt der Ort?«

»Spencer Gulf. Er hat auch die Insel gekauft, Spencer Island. Er besitzt die ganze Gegend. Claremont. Du hast vielleicht von ihm gehört?«

Ob ich vielleicht von ihm gehört hatte? Gerard machte nicht nur Witze, nein, er war selbst ein Witz. Ich hatte Mr Claremont schon gekannt, als Amanda und ich noch stille, kleine Kleiderschrankhocker gewesen waren und Mrs Claremont in mir, dem unbedarften Jungen, eine gewaltige Bedrohung des zukünftigen kulturellen, sozialen, vielleicht sogar psychosexuellen Wohlbefindens von Amanda gesehen hatte. Ich hatte ihn schon gekannt, bevor sich sein Interesse Blei, Zink, Gold und deren weniger wertvollen Äquivalenten zugewandt hatte. Wenn ich zwischen meinem zehnten und siebzehnten Lebensjahr auf dem Bett gelegen hatte, hatte ich nicht wirklich glauben können, dass ich auf Betreiben von Mr Claremont – und ich hielt *Mister* für seinen Vornamen – aus dem Reich seiner Tochter verbannt worden war. Doch für diese Annahme gab es mehrere gute Gründe. Erstens waren wir uns fast nie begegnet. Zweitens war ich kein übler Typ, was ein Chemieingenieur meinem Gefühl nach hätte wissen müssen, denn ein Mann mit diesem Beruf besaß bestimmt eingebaute Geigerzähler, die den inneren Wert anderer Menschen objektiv und unbeeinflusst von den Falten im Hemd ihrer Väter bemaßen.

Ich hatte die erzwungene Entfremdung von Amanda ihrer Mutter angelastet, die Haarnadeln, Befehle zum Stillsitzen und die geschliffensten Grausamkeiten ausgespuckt hatte, die ein Kind jemals nicht hatte hören wollen. Und falls ich nicht schon damals in das Bewusstsein ihres Vaters vorgedrungen war, geschah dies sicher auch nicht in den folgenden Jahren, in denen er seine Ingenieurskarriere so erfolgreich zugunsten profitträchtigerer, öffentlicher Geschäfte in den Wind geschossen und seinen Reichtum angehäuft hatte, Jahre, die damit begannen, dass ich als Zehnjähriger von Amandas Mutter abgewiesen wurde, und die damit endeten, dass die erwachsene Amanda ihre Eltern abwies.

Mr Claremont mochte meine präpubertäre Existenz kaum zur Kenntnis genommen haben, aber die Existenz des unglaublich beeindruckenden Gerard, eine Gabe des Managements an Gott, hatte er ganz sicher zur Kenntnis genommen. Denn immerhin war es Gerard gewesen, mit dem Amanda in den wirren, tastenden Jahren der mittleren Periode zwischen »Achy Breaky Heart« und dem Abschluss der in Uruguay stattfindenden GATT-Verhandlungen zusammengelebt hatte. Mr Claremont hatte Gerard vermutlich nicht gemocht, weil er sowohl seinem ästhetisch motivierten Athletentum (das natürliche Testosteron sollte reichen) als auch seiner vom New Age inspirierten Offenheit misstraut hatte, die in der Praxis bedeutete, dass er alles widerspruchslos akzeptierte. Wenn Amanda vor dem Sturz Gerards das schwarze Schaf der Familie gewesen wäre, hätte sie jeden Partner, den ihr Vater ablehnte, umso fester in ihre Arme schließen und noch stärker begehren müssen, denn das gehörte zur Realpolitik einer töchterlichen Rebellion – man verbündete sich mit den Feinden seiner Feinde. Doch irgendetwas war schiefgelaufen, denn Amanda und Gerard waren nicht mehr zusammen.

Ich konnte mir weder vorstellen, dass sich Gerard eine Mitschuld eingestand, noch, dass er die Trennung gleichmütig akzeptierte oder sich der Ablehnung durch Mr Claremont nicht bewusst war. Ich ahnte, warum er mich für diesen Job ausgewählt hatte. Er gab Amandas Vater zumindest teilweise die Schuld an der Trennung und wollte ihn dort verletzen, wo er am empfindlichsten war, nämlich bei der Erweiterung seiner Verhüttungsanlage. Und ich hatte den Ruf, mich wie besessen der Eindämmung industrieller Umweltverschmutzung zu widmen. Im besten Fall konnte ich das Vorhaben mit einer langen Liste von Einwänden und unökonomischen Bedingungen ausbremsen (vorausgesetzt, der Minister hörte auf mich), und falls dies nicht gelang, hätte Gerard immerhin willkürlich Macht über mich ausgeübt und mich zum Entsetzen Tanyas und seines Nachfolgers bei ihr – mir selbst – quer durch das ganze Land gescheucht. Er selbst riskierte nichts. Es handelte sich um das, was man Win-win-Situation nannte. Er würde in beiden Fällen gewinnen. Er hatte sich seinen MBA redlich verdient.

»Warum haben sie ausgerechnet dich ausgesucht?«, fragte Tanya. Ich hatte ihr immer noch nicht gesagt, wer der neue Manager unserer Abteilung war. Sie fühlte sich schon jetzt überfordert. Als ich von meiner vierten Reise zum Spencer Gulf zurückkehrte, hatte sie nur noch acht Monate, bis ihr Vertrag an der Uni auslief. Das war nicht genug Zeit, um die Dissertation abzuschließen, und sie machte sich Sorgen um ihren Job. Abby würde bald zur Schule gehen. An heißen Tagen bettelte das Auto darum, von seinem Elend erlöst zu werden, und an kalten Tagen verhielt es sich, als wäre genau das passiert. Tanya meinte, es sei in den Herbst seines Lebens eingetreten, was hieß, dass man sich nur im Herbst darauf verlassen konnte, dass es fuhr. Es war mein erstes und unser einziges Auto. Wir hatten darin Sex gehabt (auf dem Vordersitz und auf der Rückbank) und nepalesisch gegessen, manchmal auch in umgekehrter Reihenfolge.

An einem Samstagvormittag, Tanya und Abby waren gerade einkaufen, klopfte eine Frau an unsere Tür, die die Bewohner der Gegend im Auftrag eines Meinungsforschungsinstituts besuchte. Sie fragte mich, ob ich ihr kurz ein paar Fragen beantworten könne. Es war so heiß, dass ich sie hereinbat und ihr etwas Kaltes zu trinken anbot. Sie begann, ihre Liste mit Fragen abzuhaken. Wie viele Menschen hier wohnten? Ob wir umweltbewusst lebten? Wen ich wählen würde, wenn morgen Wahl wäre? Welches der folgenden Themen den größten Einfluss auf meine Wahlentscheidung hätte: Recht und Ordnung, Arbeitslosigkeit, Gesundheit, Außenpolitik, Zinssätze oder die Persönlichkeit der Parteivorsitzenden? Sie stimmte mit mir darin überein, dass die Fragen so, wie man sie formuliert hatte, kaum Vorhersagekraft besaßen. Sie studierte im Hauptfach Psychologie und versuchte, nebenbei ein bisschen Geld zu verdienen. Ich sah, wie sie zusammenzuckte, als sie erfuhr, dass meine Frau und ich trotz unseres Bildungsgrads immer noch überlegten, wie wir nebenbei ein wenig Geld verdienen konnten. Wolle ich damit sagen, dass das Studium Zeitverschwendung sei? »Aber nein«, erwiderte ich, doch das überzeugte weder sie noch mich selbst.

Wir wandten uns wieder dem Fragebogen zu. Wohin wir zuletzt in Urlaub gefahren seien? Wie wir dorthin gelangt seien? Wie lange unser letzter Urlaub her sei? Welchen Anteil unseres Einkommens wir zum Wohnen aufbringen müssten (Miete oder Darlehenstilgung)? Wie oft wir Kleider kauften? Welchen Anteil unseres Einkommens wir für Nahrungsmittel, Versicherungen, Gas, Strom und Unterhaltung ausgaben? Wann wir ein neues Auto kaufen würden, in den nächsten Wochen, sechs Monaten, zwei Jahren, fünf Jahren?

Ich schaute auf den Küchenfußboden. Abby hatte ein fluoreszierendes Weltraummonster verloren. Es hatte einen Namen. Sie kannte ihn. Ich nicht. Es stammte aus einer Cornflakespackung. Nur noch elf weitere, dann wäre die

Sammlung komplett gewesen, aber dann ging dieses hier verloren. Es lag unter dem Küchentisch. Ich hatte es für sie gefunden. Ihr sollte es an nichts mangeln. Niemand sollte Mangel leiden.

Die Psychologiestudentin wiederholte die Frage nach dem neuen Auto. Sie zählte die Alternativen noch einmal langsam auf. Sie hatte in ihrem Studium bisher nicht mehr gelernt, als sanften Druck auszuüben, wenn ihr Gegenüber ratlos war oder mit den Einsichten haderte, die seinen Antworten entsprangen. Sie hätte diese Fragen nicht stellen dürfen, schon gar nicht einem Fremden. Aus meinen Antworten konnte man weder etwas erfahren noch allgemeingültige Schlüsse ziehen. Auch wenn am nächsten Tag Wahl wäre, hätte sich Abby weiter die restlichen elf Weltraummonster gewünscht, und Tanya hätte ihre Dissertation immer noch nicht im Kasten gehabt.

In der Duschkabine lösten sich Kacheln. Ich hatte dies eine Weile tapfer ignoriert, aber Tanya hatte es inzwischen auch bemerkt, und so mussten wir der Tatsache ins Gesicht sehen, ja sogar darüber diskutieren. Ich wusste nicht, warum die Kacheln sich lösten, und ich wusste auch nicht, wer den Schaden beheben konnte oder welcher Handwerker für so etwas zuständig war. Als Mann und Ingenieur hätte ich mich natürlich damit auskennen müssen. Das erwartete vielleicht sogar Tanya. Doch ich wusste es nicht. Ich hätte meinen Vater anrufen können, aber er wohnte jetzt in Queensland, Tanyas Vater war tot, und außerdem ging man davon aus, dass ein Mann mit über dreißig allwissend war, auf jeden Fall, was Fugen, Lecks, Versicherungen und Finanzplanung betraf. Doch selbst wenn ich gewusst hätte, welcher Handwerker die Kacheln im Bad wieder an die Wand pappen konnte, hätte ich ihn nicht bezahlen können. Die Psychologiestudentin sah erst ihre Unterlagen und dann mich mit leisem Schrecken an, als wollte sie sagen: Sie sind vielleicht unfähig, aber auf keinen Fall mittellos.

Wir würden zwangsläufig jemanden mit der Reparatur des Schadens beauftragen und dann, genau wie für viele andere Lebensnotwendigkeiten, mit einer schon schwer belasteten Kreditkarte bezahlen müssen. Meine Kreditkarte würde in den roten Zahlen bleiben. Bis in alle Ewigkeit. Ich hatte seit vier Jahren keine Gehaltserhöhung mehr bekommen. Ich flirtete mit meinen Schulden und bediente sie, wie eine Hure einen Freier bediente: Ich befriedigte sie nie ganz, verachtete sie einerseits und hatte andererseits Angst vor dem, was sie mir antun konnten. Währenddessen würde meine Tochter heranwachsen, und wir würden sie so lange wie möglich vor den Schulden schützen. Das war mein Plan.

Und wir konnten uns kein neues Auto leisten, nicht in sechs Monaten und nicht in zwei oder fünf oder zehn Jahren. Das stand fest, egal ob die neuen Modelle Galaxie, Meteor, Nova, Supernova oder Schwarzes Loch hießen. Ich war zwischen fünfunddreißig und vierzig und hatte auf dem freien Markt keine Chance. Wir waren einander fremd, der Markt und ich, und je wichtiger er wurde, desto unwichtiger wurde ich. Jede zweite Woche zog die Bank automatisch zweiundsechzig Prozent meines Gehalts der letzten zwei Wochen zur Tilgung des Darlehens ab.

Also blickte ich mit zugeschnürter Kehle zu Boden, und die angehende Psychologin, die sich vermutlich wünschte, nie an meine Tür geklopft zu haben, saß mein Schweigen aus. Ich hätte sie am liebsten weggeschickt, aber sie konnte nichts für die Misere. Wenn sie nachgedacht hätte, wäre ihr vielleicht bewusst geworden, wie groß die Wahrscheinlichkeit war, dass auch sie mit fünfunddreißig oder vierzig in einer Küche hocken und ein auf dem Boden liegendes

Weltraummonster anstarren würde und dass auch sie sich in den in ihrer Frage genannten Zeiträumen kein neues Auto würde leisten können. Doch es war ein Samstagvormittag, und abends hatte sie sicher ein Date, durch das ihrer Meinung nach alles gut werden würde. Sie würde durch die Clubs ziehen. Sie wäre so lange unterwegs, bis es nicht nur kein Morgen mehr gab, sondern auch einen nagenden Zweifel am Heute. Sie würde die Begegnung mit mir vergessen, und nachdem ich ihre Frage: »Geht es Ihnen gut?« nicht beantwortet hatte, würde sie gehen und dabei denken, wie seltsam manche Leute doch waren.

Siebzehn

Tanya schlief schon, als ich um zehn Uhr abends von meiner fünften Reise zum Spencer Gulf zurückkehrte. Sie hatte den Tisch für zwei gedeckt und mein Essen in die Mikrowelle gestellt, war aber zu Bett gegangen, nachdem sie von der Verspätung meines Flugzeugs erfahren hatte. Es war der Wochentag, an dem Abby Schwimmunterricht hatte, und sie hatte sich beschwert, weil sie zu oft von Tanyas Mutter abgeholt wurde. Außerdem meinte sie, dass ihre Oma »komisch« fahre. Sie hatte wissen wollen, warum Tanya sie nicht abholte, wenn sie sie wirklich mehr liebte als ihre Arbeit. Tanya antwortete unter anderem, dass sie auch nur ein Mensch sei, worauf Abby erwiderte, das treffe sich gut, denn sie sei ja auch einer. All das hatte ich am Telefon mitgehört, doch als ich die Haustür hinter mir schloss, war die Show vorbei, und die Hauptpersonen schliefen tief und fest. Auf meinem Kopfkissen lag ein Zettel: *Willkommen zu Hause, mein Schatz. Weck mich, wenn Du magst. Liebe Dich. Tanya.*

Doch sie schlief so fest, dass ich es nicht über das Herz brachte, sie zu wecken. Ich zog meine Schuhe aus und sah nach Abby. Zum Glück hatte sie gerade eine Phase, in der sie nur einschlafen konnte, wenn eine Nachtleuchte brannte, denn sonst wäre ich auf einen glupschäugigen Holzkäfer getreten, dessen Lider flatterten, wenn sich die

Räder drehten. Abby hatte ihn auf den Namen Alexander getauft. Tanya hatte ihn gekauft, obwohl Abby ihn nicht wirklich *brauchte*. (Abby hatte das Wort *wollen* in ihrem Vokabular kürzlich durch *brauchen* ersetzt.) Er – das heißt Alexander – war von den Angehörigen irgendeiner unterdrückten Minderheit gebastelt worden.

Tanya kaufte oft solche Produkte. Sie wurden angeblich in Heimarbeit von Leuten hergestellt, die Schuldgefühle in ihr weckten, weil ihr die eigenen Probleme vergleichsweise lächerlich vorkamen. Diese Leute hatten Tanya offenbar fest als Käuferin eingeplant, denn wir häuften immer mehr Varianten Alexanders an, die meist ihren Weg in Abbys Fantasiewelten und von dort auf den Fußboden ihres Schlafzimmers fanden.

Die ausgebeuteten Heimarbeiter, aus deren Hand Alexander und seine Freunde stammten, mussten genau abwägen, wie weit sie bei der Ausbeutung von Tanyas Schuldgefühlen gehen konnten. Denn wenn ihr Schuldgefühl zu stark wurde, würde sie sich vielleicht von ihren Problemen und Produkten abwenden. Sie wäre vermutlich sogar verärgert, weil diese Leute die Dreistigkeit besaßen, ihre Probleme zu relativieren und dadurch unbedeutend aussehen zu lassen. Es gab sicher Handelsakademien, die ein Gesetz zur Verringerung marginaler Schuld propagierten, weil das Schüren von Schuldgefühlen ab einem bestimmten Punkt zu einer immer stärkeren Absatzflaute führte.

»Bist du wieder zu Hause, Dad?«, flüsterte Abby unter einer waagerechten Wand aus Plüschtieren. »Mum hat gesagt, dass sie mich weckt, wenn du kommst.«

»Sie schläft schon, meine Süße.«

»Dann kann ich ja mit dir spielen, oder?«

»Klar. Sobald du wach bist.«

»Aber ich bin wach«, sagte sie gähnend.

»Dann bin ich zu spät gekommen. Ich habe verpasst, wie du aufgewacht bist. Du musst erst wieder einschlafen, damit ich dich wecken kann, nachdem ich heimgekommen bin.«

»Nach dem Schwimmunterricht sind wir heute zum Strand gefahren, Dad.«

»Ach, wirklich?«

»Ja. Und ich habe begonnen, Steine zu sammeln. Möchtest du meine Sammlung sehen?«

»Gern. Sobald du aufgewacht bist.«

Die in Flanell gehüllte Abby gehorchte rasch dem Ruf der späten Stunde, zumal sie gerade wuchs und wuchs, doch mir erging es anders. Tanya schlief, als hätte man sie zur letzten Ruhe gebettet, und ich lag neben ihr, müde, aber nicht müde genug, und starrte abwechselnd die Decke und die Anzeige des Weckers an, der Tanya vor Jahren gleich morgens einen Schrecken eingejagt hatte, als man zum ersten Mal die Kursentwicklungen des Gewöhnlichkeitsindexes verkündet hatte.

Einen Grund für ihr Bedürfnis, früh zu Bett zu gehen, kannte ich. Ihre Dissertation, die sie unbedingt erfolgreich beenden musste, war noch immer nicht fertig. Sie sprach immer öfter von ihrer Angst, die Dissertation nie zu beenden und nicht als Buch veröffentlichen zu können, ihren Job an der Uni zu verlieren und schließlich Morgen für Morgen aufzuwachen und immer nur die Aussicht auf einen neuen Nachmittag zu haben. Je mehr Sorgen sie sich machte, desto ferner schien die Vollendung ihrer Dissertation zu sein, und desto größer wurde ihre Angst.

Außerdem hatte die Sache eine finanzielle Seite. Wenn wir das Budget für Abbys immer weiter wachsende Bedürfnisse und die Darlehenstilgung aufstellten, hatten wir Tanyas Einkommen stets mitgerechnet. Allein war das nicht zu schaffen. Wir hatten darüber diskutiert, und je nach Tanyas Gemütsverfassung hatte sie unsere Situation entweder als hoffnungslos bezeichnet oder den unerwarteten Vorschuss eines noch unbekannten Verlags ins Spiel gebracht, der uns vorübergehend sanieren würde. Dieser Vorschuss würde sich aus einem befriedigenden Arbeitstag oder einem positiven Treffen mit ihrem Doktorvater ergeben.

»Er findet, dass es gut läuft, und das finde ich auch. Es wird bestimmt von Interesse für Verlage sein«, sagte sie am Telefon, als ich vom schwermetallreichen Spencer Gulf anrief. Wenn sie nach meiner Arbeit fragte, verschwieg ich ihr nicht nur die Probleme, die mir auf der Seele lagen, sondern hütete mich auch davor, ihre optimistischen Pläne für die Veröffentlichung ihrer Dissertation dem harten, kalten Licht der Realität auszusetzen. Außerdem wurde mir immer klarer, dass Mr Claremonts Verhüttungsprojekt nicht wie geplant umgesetzt werden konnte, ohne der Umwelt sowie mehreren Fisch-, Vogel- und Pflanzenarten schwer zu schaden.

Warum belastete mich das? Nach der Fertigstellung meines Gutachtens und dem Versuch, den rechtlichen Rahmen meinen Untersuchungsergebnissen gemäß zu gestalten, hätte ich genauso wenig mit dem Spencer Gulf, mit Spencer Island, Claremonts Bleihütte, Zinkhütte und der Schwefelsäurefabrik zu tun wie der Rest der Öffentlichkeit. Ich sollte auf meinen Nachforschungen beruhende Empfehlungen aussprechen. Damit endete mein berufliches Interesse an der Sache, egal wie meine sozialen oder moralischen Bedenken aussahen. Hätte man ein Gutachten verlangt, das die Untersuchungsergebnisse unberücksichtigt ließ, dann hätte man problemlos einen anderen für diesen Job finden können, einen, dessen wissenschaftliche Integrität durch mangelndes Rückgrat untergraben wurde.

Als ich an diesem Abend in unserem geschichtsträchtigen Bett neben der schlafenden Tanya lag, langsam vor mich hin alterte und zusah, wie der Wecker so stur auf der Neutralität der Zeit beharrte, wie es nur Uhren können, dachte ich, dass ich in meiner Lage über Mut oder mangelnden Mut nachdenken musste. Denn was auch immer die Uhr den Besitzern des Bettes zwischen zwei Begebenheiten und im Laufe der Jahre, in denen wir unsere beiden Lebensentwürfe in stillschweigender Übereinkunft miteinander verbinden wollten, mitzuteilen hatte – wir lebten nicht in neutralen Zeiten.

Beamte wie ich waren jetzt Diener geheimer privater Lehnsherrschaften, die bis zur nächsten »Wirtschaftsreform« der Regierung und dem absehbaren Beginn der Leichenstarre des Corpus politicus mit öffentlichen Finanzmitteln versorgt wurden. In Moment arbeitete ich für Gerard, der wenigstens teilweise eine Rechnung mit Amanda zu begleichen hatte. Wie man erzählte, war in seinem Arbeitsvertrag ausdrücklich festgehalten worden, dass ihm jede Produktivitätssteigerung der Behörde, die zu einer Senkung der Betriebskosten im laufenden Wirtschaftsjahr führte, in Form eines Bonus unmittelbar zugutekommen sollte. Wenn der Abteilungsleiter oder gar der Minister meine Empfehlungen nicht guthießen, würde man mich vermutlich entlassen, und die daraus resultierenden Einsparungen würden als Bonus – in mehrerer Hinsicht – an Gerard gehen. Danach würde man einen meiner Kollegen mit einer neuen Untersuchung beauftragen, natürlich mit der Möglichkeit, sich auf mein Gutachten und meine Erfahrung zu stützen.

Wer würde meinen Rücken decken, wenn ich in meinem Gutachten kein grünes Licht für das Verhüttungsprojekt gab? Würde irgendjemand in der Behörde die Einmischung in die Objektivität des öffentlichen Dienstes und die offene

Einschüchterung eines Staatsdieners als so ungeheuerlich empfinden, dass er ein Wort für mich einlegte, falls man mich entließ? Zum Beispiel der Abteilungsleiter oder der Minister? Mr Claremont oder Gerard?

Nachts flogen Hubschrauber über unser Haus. Ich lauschte ihrem Knattern. Was suchten sie? Hatte das nicht Zeit bis morgen? Diese Hubschrauber waren ein neues Phänomen. Am Himmel meiner Jugend hatte es sie meiner Erinnerung nach nicht gegeben. Tanya und Abby schliefen, und wenn ich auch schlafen wollte, musste ich meinen Frieden mit dem Knattern machen. Sinnlos, mich dagegen aufzulehnen. Ich drehte dem Wecker den Rücken zu und sprach mir langsam alles vor, was ich wusste.

Nachts flogen Hubschrauber.

Als ich am nächsten Morgen erwachte, lauerte mir ein Licht auf, das in unregelmäßigen Abständen unter der Jalousie durchkroch. Tanya war schon aufgestanden. Mein halb leerer Koffer stand am Fußende des Bettes. Der erratische Lichtschein lag nicht an einem Defekt der Sonne, sondern am zerklüfteten Horizont, mit dem ich zusammenstieß, als ich mich im Bett aufrichten wollte. Das Kopfkissen fühlte sich auf jeder Seite hart und steinig an und roch wie kurz nach dem Urknall. Ich hoffte, dass ich noch halb schlief – vielleicht war dies ja der Preis, den man zahlen musste, wenn man einen Kotau vor den Hubschraubern machte, um wenigstens noch ein paar kurze Stunden zu schlafen, die niemand sonst in Anspruch nahm.

Aber dies war die Realität, und sie war nur deshalb erklärlich und erträglich, weil meine Tochter im Bademantel und mit Kaninchenpuschen durch das Zimmer huschte. Sie holte die Steine ihrer neuen Sammlung und drapierte sie sorgfältig um meinen Kopf.

»Hi, Dad«, flüsterte sie. »Das hier sind meine Steine. Von ihnen habe ich dir gestern erzählt. Bist du wach?«

Sie stand neben dem Bett, und ich hob sie hoch und drückte sie fest und mit geschlossenen Augen an mich. Ich war kurz davor, an Gott zu glauben, nur um mich bei jemandem für sie bedanken zu können.

»Dad. Du drückst zu fest! Warum weinst du? Weinst du etwa?«

»Nein, meine Süße. Ich freue mich nur, dich zu sehen. Das sind deine Steine?«

»Ja. Die, von denen ich dir erzählt habe. Du hast gesagt, du willst sie sehen, wenn du wach bist.«

»Und nun sehe ich sie.«

»Gefallen sie dir?«

»Sie sind großartig, Abby.«

Tanya hatte für alle frischen Orangensaft gepresst. Sie wollte vormittags arbeiten, und so beschlossen wir beim Frühstück, dass ich mit Abby einkaufen sollte. Es war nicht der richtige Zeitpunkt, um über das zu reden, was mich in den von einem anderen Tag geborgten Stunden wach gehalten hatte. Ich betrachtete die beiden Gestalten, die morgendlich zerknautscht am Küchentisch saßen, und dachte, dass ich doch so manches erreicht hatte im Leben.

Ich fuhr mit Abby in das Wohnviertel am Strand, in dem Tanya und ich vor einem halben Leben Geld und Jugend durchgebracht hatten. Abby glaubte, sie würde uns dort herumlaufen sehen, wie wir mit siebzehn gewesen waren, was nicht an ihrem Unverständnis, sondern an meiner missverständlichen Ausdrucksweise lag. Außerdem wollte sie uns unbedingt so erleben, wie wir in der alten Zeit gewesen waren. Sie fand es enttäuschend, dass der Supermarkt, in dem ich ihrer Mutter begegnet war, genau wie jeder andere

Supermarkt aussah, und sie wollte unbedingt zu der Stelle geführt werden, wo wir zum allerersten Mal miteinander geredet hatten. (Sie hatte so oft und so gern von unserer ersten Begegnung gehört, dass sie die Geschichte in- und auswendig kannte und uns berichtigte, wenn wir etwas durcheinanderbrachten.)

Ich erklärte ihr, dass heute alles schneller gehe. Man scanne die Lebensmittel ein, es gebe Barcodes, und Computer würden im Handumdrehen die Preise des Einkaufs addieren. Hätte es diese Technik schon damals gegeben, dann hätte ich Tanya vielleicht nie kennengelernt, und Abby wäre nie geboren worden. Sie fand diese Vorstellung furchtbar, und ich fühlte mich auch nicht sehr wohl dabei, denn schon *damals* war es schwierig genug gewesen, Tanya anzusprechen. Heute wäre es unmöglich. Alles geht so schnell, dass man nicht begreift, was geschieht. Eine Analyse ist erst im Nachhinein möglich. Aber das schien niemanden zu stören. Niemand außer Abby äußerte sich dazu, und sie tat es natürlich auf kindliche Art.

Mit den rhythmischen Pulsschwankungen, die ein sekundäres Gefühl wie die Nostalgie auslöst, ging ich mit Abby in Old Man Williamson's Cards and Music. Meine Tochter wusste nicht, wie sehr sich der Laden verändert hatte. Gegenüber vom Tresen stand eine Kiste mit gebrauchten LPs in der Ecke, das Gold meiner Jugend, in der ich das Taschengeld nach Quadratzentimetern in Vinyl berechnet hatte. Abby zog eine Platte heraus und betrachtete sie.

»Was ist das, Dad?«

»Das ist Elvis, meine Süße. Auf Schallplatte. Vinyl.«

Sie war auf einmal richtig aufgeregt. »Echt?«, fragte sie.

»Oh, ja. Offenbar aus seiner Las-Vegas-Phase.«

»Dann ist sie bestimmt richtig alt, Dad«, sagte sie und sah die Platte mit neuer Ehrfurcht an.

Ein sehr junger Mann mit modisch kurz geschorenem Schädel schnippte die nach vorn geneigten CD-Hüllen von A bis Z in ihren Fächern zurück. So rasant hatte ich noch nie etwas erledigt und würde es wohl auch nie tun.

»Entschuldigen Sie bitte«, sprach ich ihn an, denn ich fühlte mich in seinem Abschnitt des Jahrhunderts plötzlich ebenso fremd wie meine Eltern. »Ist Mr Williamson da?«

»Wer?«

»Mr Williamson. Ich würde ihm gern Guten Tag sagen. Ist er irgendwo im Laden?«

Er sah mich unbewegt an. Es war nicht die Unbewegtheit eines jungen Mannes, der nicht verstand, sondern die eines jungen Mannes mit kaltem Kopf, der zu viele Stunden damit verbracht hatte, CDs daran zu hindern, kopfüber in das nicht gerade verkaufsfördernde Vergessen zu stürzen, und der kein Interesse an einer darüber hinausgehenden Karriere hatte.

»Der Besitzer des Ladens, Mr Williamson«, wiederholte ich.

»Ach, so. Der lebt nicht mehr.«

»Tot?«

»Klar. Schon seit Jahren.«

»Wie Elvis, Dad«, sagte Abby, die mit einer Vinylplatte des King unter dem Arm neben mir stand.

Warum auch hätte Old Man Williamson noch am Leben sein sollen? Er war ja schon vor fast zwanzig Jahren »Old Man Williamson« gewesen, und deshalb war es wahrscheinlich, vielleicht sogar angemessen, dass er nicht mehr unter den Lebenden weilte. Andererseits hatten wir mit »Old Man« Williamson nicht gemeint, dass er steinalt gewesen wäre, sondern nur, dass er älter war als wir und nicht zwischen Joy Division und The Clash unterscheiden konnte (darum hatte er ja auch alle New-Wave-Platten unter ›T‹ einsortiert).

Doch ich war nicht bereit, ihn nicht mehr insgeheim »Old Man Williamson« zu nennen, denn sonst wäre mein Vater der nächste »Old Man« gewesen, den irgendein Siebzehnjähriger in der Peripherie seines Bewusstseins verschwommen als die Personifizierung dessen wahrgenommen hätte, was einmal gewesen und nun von der Bildfläche verschwunden war. Was wiederum bedeutet hätte, dass ich demnächst vierzig wurde, und das war natürlich ein Ding der Unmöglichkeit. Ich war immer noch siebzehn oder achtzehn, und das seit zwanzig Jahren.

Der junge Glatzkopf unterhielt sich mit Abby. Vielleicht fiel es ihnen leichter, miteinander zu reden, weil *beide* wussten, wie schwer es ihm gefallen war, mit mir zu reden. Als wir den Laden verließen, hatte ich mich immer noch nicht ganz daran gewöhnt, dass Old Man Williamson tot war, denn ich erinnerte mich gut an seine nicht unfreundliche, mürrische Art, vor allem in dem Sommer, als ich Tanya kennengelernt hatte. Ich nahm Abby bei der Hand, als wir wieder auf die Straße gingen. In der anderen Hand hielt sie *Elvis in Las Vegas*. Der emsige, kahlköpfige Jüngling hatte ihr die Platte unter der Bedingung überlassen, dass sie ihm Bescheid sagte, wenn sie Elvis einmal auf ihren Reisen begegnete.

»Old Man Williamson« lebte also nicht mehr. Hätte ich ihm noch etwas sagen wollen? Nein, natürlich nicht. Ich hatte keine Spuren im Buch seines Lebens hinterlassen. Doch sein Plattenladen hatte mir etwas bedeutet. Ich war zwar kein Stammkunde gewesen, hatte aber regelmäßig dort gekauft. Leute wie Tanya und ich hatten dazu beigetragen, dass sich der Laden hatte halten können und bis zum Erscheinen des blutjungen, kahlköpfigen Mannes trotz aller Veränderungen noch den alten Namen trug. Wir hatten die Regeln gekannt und die Achtung auch dann nicht verloren, wenn wir unhöflich gewesen waren. Als ich vom Parkplatz fuhr, kam mir der Gedanke, dass ich ihm, sozusagen als Stellvertreter meiner Generation, von meinem Werdegang hätte berichten können; ich hätte mich bei ihm bedanken können, weil er mich mit dem Soundtrack meiner Jugend versorgt hatte. Abby saß angeschnallt hinten und sang, während sie einen Donut aß: »So let me see… your teddy bear.«

Von dieser Stimmung getragen, fuhr ich zu Tanyas Mutter. Ihr Haus war nur wenige Straßen entfernt, und der Besuch passte zu meinem Ausflug in die Nostalgie. Tanyas Mutter, die alles versuchte, um ein Teil unseres Lebens zu sein, vor allem von Abbys Leben, war glücklich.

»Was hast du denn da? Elvis Presley?«

»Ja«, sagte Abby, bevor sie ihren Multivitaminsaft trank, »aber wir können ihn nicht hören, weil es keine CD ist.«

»Wirklich?«, erwiderte Tanyas Mutter.

»Nein, es ist eine LP aus der alten Zeit, oder, Dad? LP steht für *Langspielplatte*.«

»Möchtest du sie hören, Abby? Ich habe einen Plattenspieler. Er hat früher deiner Mutter und Onkel Marty gehört.«

»Wirklich? Wir könnten tanzen wie Elvis. Kennst du den Song über den ›hound dog‹, Nanna?«

Nachdem sie uns einen Tee gekocht hatte, legte Tanyas Mutter *Elvis in Las Vegas* auf, und während die beiden im Wohnzimmer tanzten, wechselte ich im Schlafzimmer eine Glühbirne.

Aus irgendeinem Grund brachte das Haus es fertig, klein und leer zu wirken. Ich war in letzter Zeit so selten hier gewesen, dass sich seine Ausmaße verändert zu haben schienen. Es war nicht genug, dass Tanyas Mutter einmal pro Woche zu uns kam. Beim Anblick der Fotos auf ihrer Kommode, die Marty und Tanya in jüngeren Jahren, immer wieder Abby sowie Tanya und mich zeigten, wurde mir bewusst, dass wir uns mehr Zeit nehmen mussten, wenn wir sie besuchten, denn sonst würde ihr Haus bald wie ein Museum wirken. Ich steckte den Kopf in Tanyas altes Zimmer, wo sie vor langer Zeit mit dem Nachdenken begonnen hatte, wo Antigone mit einem zeitlich und spirituell bedingten Interessenkonflikt gerungen und Tanya und ich zu den Klängen von Martys Band, die Creedence Clearwater huldigte, für die Zeugung Abbys geübt hatten.

Letztere schwang gerade im Wohnzimmer mit ihrer Großmutter die Hüften zu einer Platte von Elvis, die rätselhafterweise wie eine Gideon-Bibel im Kabinettschrank neben dem silbernen Teeservice gestanden hatte. Sie sangen gemeinsam Abbys Lied über den Hund.

»You said you're in my class … that was just a lie.«

Jetzt musste Abby einen Vorschlag machen. Was immer sie wollte, ich würde es tun. Sie wollte an den Strand, um ihre Steinsammlung zu vergrößern. Sie sagte, ich könne ihr dabei helfen. Wir fuhren zum Strand, der nicht weit vom Haus von Tanyas Mutter entfernt war, dem Strand, wo Tanya und ich oft spazieren gegangen waren und wo wir uns zwischen den Strandhütten geliebt hatten. Ohne Abby zu fragen, ahnte ich, dass unser Ziel ihrem Gefühl nach zu diesem Tag passte. Wir parkten oben auf den Klippen und gingen den steilen, von Teebäumen befreiten Pfad hinunter, wobei wir ein Potpourri von Elvis-Melodien sangen und kicherten. Ich ertappte mich dabei, die Elvis-Exegese zu ermutigen.

»Don't be cruel to a heart that's two.«

Abby rannte zum Wasser und dann zurück zu mir, verfolgt von Wellen, die nur so taten, als wollten sie sie einfangen, und sie immer wieder entkommen ließen. Ich stand da und hielt ihre Schuhe und Strümpfe, ließ aber alles fallen, als sie mit voller Wucht gegen mich rannte.

Irgendetwas am Strand brachte den Philosophen in meiner Tochter zum Vorschein; vielleicht lag es am Wasser, denn auch in der Badewanne sprach sie gern über Ontologisches.

»Dad?«

»Ja, meine Süße?«

»Gibt es auf der Welt mehr Sandkörner als Regentropfen?«

»Meinst du, auf der ganzen Welt oder nur an diesem Strand?«

»Ich meine es ernst, Dad. Sei ernst!« Diese Erwiderung hatte sie von ihrer Mutter.

»Das ist so, als würde man fragen, wie lang ein Faden ist, Abby.«

»Warum?«

»Zunächst einmal kommt es auf die Größe der Wassertropfen an, denn Tropfen können so unterschiedlich groß sein, wie Fäden unterschiedlich lang sind.«

»Und ein Wollknäuel?«

»Da gilt dasselbe Prinzip.«

»Aber Wolle stammt von Schafen, Dad, und wenn wir wüssten, wie viele Schafe es auf der Welt gibt, wüssten wir auch, wie lang der Faden ist. *Du* könntest es ausrechnen. Mit der Wissenschaft, nicht wahr, Dad?«

Ich wusste manchmal nicht, wo das größere Missverständnis lag – in ihrem Glauben an die Wissenschaft oder ihrem Glauben an mich. Mir gelang es, sie von Wollknäueln, Fäden, Sandkörnern und Wassertropfen abzulenken, indem ich eine plötzliche Begeisterung für ihre Steinsammlung zeigte. Dies führte uns zu den Felsenteichen, wo sie beim Anblick der Seesterne, Elritzen und Seeanemonen vor Freude kreischte. Aber auch das brachte uns nur eine kurze Verschnaufpause von der Metaphysik.

»Möchtest du über Gott reden, Dad?«

»Hast du dich nicht mit Mum darüber unterhalten?«

»Ja, in der Badewanne. Aber das ist eine Ewigkeit her.«

»Tja, vielleicht haben sich die Dinge geändert. Worüber möchtest du reden?«

»Meinst du, dass ich an Gott glaube, Dad?«

»Keine Ahnung, meine Süße. Ich war ja eine ganze Weile nicht zu Hause. Gut möglich, dass ich nicht mehr auf dem Laufenden bin. *Glaubst* du an Gott?«

»Das weiß ich noch nicht.« Sie sah mich mit den Augen ihrer Mutter an. »Ist das in Ordnung?«

Wir packten die Steine in eine Schachtel im Kofferraum, und ich nahm sie auf den Arm.

»Das ist genauso in Ordnung, wie du in Ordnung bist, Abby.«

Ich setzte sie auf die Rückbank und zurrte ihren Gurt fest. Bevor ich den Motor angelassen hatte, sang sie schon wieder.

»I still want to see the tigers … but tigers ain't the kind you love enough … Dad?«

»Ja, meine Süße?«

»Warum lieben Frauen keine Tiger?«

Auf dem Heimweg kauften wir noch ein Dairy-Queen-Eis mit Schokostick. Es war kurz vor dem Abendessen, und Abby musste schwören, ihrer Mutter nichts davon zu erzählen. Als ich die letzten Reste unseres Geheimnisses von ihren Fingern und ihrem Mund wischte, gestand sie, dass sie ein Geheimnis vielleicht für sich behalten könne, aber genau wisse sie es nicht. Ob sie es ausprobieren dürfe?

Die Sonne versank hinter der Hecke unseres Nachbarn, als ich die Einkäufe und die Schachtel mit Abbys neuen Steinen ins Haus trug, wo Tanya den ganzen Tag ungestört an ihrer Dissertation hatte arbeiten können. Abbys Freude über die Heimkehr wurde noch größer, als sie feststellte, dass ihre Mutter im Wohnzimmer saß und einen Kaffee mit Kate trank. Sie warf sich in Tanyas Arme und berichtete im Schnellfeuertempo von ausgesuchten Höhepunkten des Tages: Elvis und Nanna, der Strand, die neuen Steine, eine Dairy Queen und ein Flake. Als ich die Küche verließ, kam mir Abby auf der Suche nach *Elvis in Las Vegas* entgegen. Die Platte stand zwischen Brokkoli und einer Packung Coco Pops auf dem Küchentisch. Manche Angewohnheiten sind unausrottbar.

In der Spüle erblickte ich vier Kaffeetassen, was auf einen mehr als nur geselligen Kaffeekonsum hindeutete. Eine Box mit Papiertüchern, die im Wohnzimmer neben Kate stand, war das Indiz für eine Krise. Tanya erhärtete diesen Verdacht ein paar Minuten später in der Küche, wo wir gemeinsam eine neue Kanne Kaffee kochen wollten.

»Sie hat ihn verlassen«, flüsterte Tanya ins Rauschen des Wasserhahns.

»Im Ernst?«

»Oh, ja.«

»Haben sie sich gestritten, oder geht es … um mehr?«

»Beides. Warum? Glaubst du, sie hat die falsche Entscheidung getroffen?«

»Tja, ich kenne keine Einzelheiten. Hast du so etwas vorausgesehen?«

»Irgendwie schon.«

»Irgendwie?«

»Eddie«, flüsterte sie, während der Kessel pfiff, »sie hat ihn endgültig verlassen. Ich finde es furchtbar, dass sie so fertig ist.« Sie drückte eine Wange gegen meine Brust. »Hattet ihr einen guten Tag? Ihr wart so lange weg.«

»Unser Tag war super«, antwortete ich und fuhr mit den Fingern durch ihr Haar. »Wir haben sogar deine Mum besucht.«

»Ach, wie schön. Hat sie sich gefreut? Ich wette, ja.«

»Nun, sie war sehr gefasst. Aber sollten wir nicht besser wieder ins Wohnzimmer gehen? Abby hat Kate bestimmt schon dazu gebracht, zu *Jailhouse Rock* zu tanzen.«

»Du wirst nie raten, wo wir heute überall gewesen sind«, sagte ich, als ich den frischen Kaffee ins Wohnzimmer brachte, wo Abby auf Kates Knien saß. Tanya folgte mir etwas später.

»Oh, doch«, sagte Kate und ließ Abby auf ihrem Schoß hüpfen, als wäre ihr Leben nicht gerade in Trümmer zerfallen.

»Ich habe ihr alles erzählt, Dad.«

»Tja, dann erübrigt sich das Raten. Kennst du Williamson's Cards and Music?«

»Am Strand?«, fragte Kate.

»Ja«, sagte ich und schenkte Kaffee ein.

»Oh, das war unser *Zuhause*, als Eddie und ich frisch verliebt waren«, sagte Tanya mit einem Lächeln.

»*Wirklich*, Mum? Hast du mit Dad dort gewohnt?«

»Nein, nicht *gewohnt*, meine Süße.«

»Ich glaube, ich kenne den Laden«, sagte Kate.

»Dann erinnerst du dich vielleicht an den alten Kerl, der den Laden geführt hat, Old Man Williamson?« Kate wirkte etwas ratlos. Wenn die Erinnerung nicht gleich wiederkehrte, würde sie nicht lange danach kramen.

»Was ist mit ihm?«, fragte Tanya.

»Er ist gestorben«, antwortete ich.

»Im Ernst? Tot?«

»Na, ja, nur physisch, denn den Laden gibt es noch.«

Nach dem Abendessen ging Abby zu Bett, doch wir wussten schon vorher, dass Kate über Nacht bleiben würde, obwohl wir nicht darüber gesprochen hatten. Während des Essens hatten wir die übliche Scharade der Erwachsenen gespielt, die einem vorgaukelte, dass man nur ein gefährlich großes Kind war. Wir sprachen nicht über das, was uns am stärksten beschäftigte. Abby fragte seltsamerweise nicht, wo Paul war oder warum er nicht mit am Tisch saß, aber Kinder können sich Veränderungen oft rascher anpassen als Erwachsene. Vielleicht lag es auch daran, dass Kate nicht nur unsere, sondern auch ihre Freundin war; Paul und Abby hatten stillschweigend vereinbart, einander nicht zu belästigen. Abby war ein Beispiel für das, was sich Kate vergeblich von Paul wünschte, und Paul war eines der Umrissbilder für Erwachsene, die erst nach dem Zubettgehen der Kinder ausgemalt wurden. (Abby war oft genug beim Lärm der Streitgespräche zwischen Tanya und Paul eingeschlafen.)

Achtzehn

Es gibt immer ein letztes Argument, das uns im Nachhinein vormacht, dass eine Sache anders hätte ausgehen können oder dass alles beim Alten geblieben wäre, wenn wir irgendetwas nicht durchschaut, gesagt oder auf den Tisch gebracht hätten.

Wir lauschten stumm, als Kate uns von dem Tropfen erzählte, der das Fass zum Überlaufen gebracht hatte, und schwankten zwischen Resignation und böser Vorahnung.

Paul war mein Freund, und er war mein Trauzeuge gewesen, aber was hieß das schon? Ich traf mich mit ihm, und er traf sich mit mir. Unsere Frauen verabredeten sich, und wir kamen meist mit. Die beiden hatten sich durch uns kennengelernt. Wir verfolgten die Fortschritte des jeweils anderen mit einem Interesse, das nicht zuletzt der Neugier daran entsprang, wie der andere am Ende dastehen würde. Früher hatte es so etwas wie Kameradschaft gegeben. Doch sie schwand durch diverse Einflüsse, die seine Eltern, ihr Geld und sein Job auf ihn ausübten, und durch eine Gegenwart, die aus kleinen Leuten, die sonst vielleicht ihr Leben lang auf die Verwirklichung eines Potenzials warteten, das sie gar nicht besaßen, mächtige und arrogante Dummköpfe machte.

Kate hatte meinen Studienfreund geheiratet, doch Paul war nicht mehr der Alte. Wir hätten nie gedacht, dass er sich so verändern würde, aber im Gegensatz zu Kate mussten wir nicht mit ihm leben. Während des Studiums waren wir alle Linsen im Töpfchen gewesen, doch Paul war sozusagen nur auf Besuch da gewesen. Wir hingegen mussten bleiben und im Töpfchen reifen und wurden am Ende durch ein industrielles Verfahren zu Linsensuppe für eine Restaurantkette verkocht, deren Konzession seinen Eltern gehörte.

Paul verstand nicht, warum Kate ihn verließ. Sie fand es schon schlimm genug, dass er ihre Angst vor der Arbeitslosigkeit mit seiner alten Leier über ökonomische Effizienz und die Lehrerschwemme zu beruhigen versuchte. Er hatte keine Ahnung von den Realitäten des Lebens, von dem Verhältnis von Lehrer- zu Schülerzahlen oder von der Unterstützung, die sozial benachteiligte Kinder brauchten. Noch schlimmer war, dass er nicht begriff, warum sie arbeiten wollte. Wie konnte er eine Politik verteidigen, die ihr das Arbeiten verbot? Merkte er denn nicht, wie leidenschaftlich gern sie etwas auf der Welt bewirken wollte? Glaubte er allen Ernstes, sie mit einer Palette von Lancôme-Produkten kaufen zu können?

Er war erbost, ja wütend, weil sie nicht zu Hause bleiben und sich versorgen lassen wollte. Er warf mit einer Lampe; er zielte nicht auf sie, aber knapp daneben. Sie hatten genug Geld. Er würde sie aushalten. Das Leben konnte einfach sein. Warum musste sie immer alles so kritisch sehen? Sie bewarf ihn mit einem Kästchen voll Potpourri und traf sein Bein. Nie mehr früh aufstehen und sich durch den Berufsverkehr quälen, behauptete er, sei doch genau das, was alle Frauen wollten.

»Mir war langweilig«, erzählte sie uns, das Gesicht halb im Schatten und in die Hände gestützt. »Ich langweile mich schon seit Langem. Habt ihr das nicht gemerkt?«

Sie sah uns an. Wir saßen wie Kinder nebeneinander auf dem Sofa und erwiderten ihren Blick so scheu, als hätten wir alles vorausgeahnt, aber keine einzige der in unserer Macht stehenden Maßnahmen ergriffen, um es zu verhindern. Im Schatten sah sie aus, als wäre sie durch ihr Leid geschrumpft.

»Ich glaubte, die Langeweile ertragen zu können. Ich dachte, ich könnte mir anderswo Anregungen holen, bei Freunden, bei der Arbeit, durch Bücher und Filme … und Kinder. Er hat immer wieder gesagt, dass er noch nicht für Kinder bereit sei. Welchen Sinn hat es, an diesen Mistkerl gekettet zu sein, wenn er mir nicht einmal Kinder schenkt?«

Sie begann zu weinen. Tanya ging zu ihr und nahm sie in die Arme. Ich wusste nicht recht, ob wir sie bestärken oder mit dem Hinweis darauf trösten sollten, dass sie am nächsten Morgen vielleicht alles ganz anders sehen würde. Außerdem stellte sich die Frage nach meiner Loyalität zu Paul.

Kate hatte recht, denn Paul hatte sich tatsächlich in einen unerträglichen Mistkerl verwandelt, aber schuldeten wir – oder wenigstens ich – unserem angeblich besten Freund nicht etwas anderes, als die Trennungsabsichten seiner Frau zu unterstützen? Lag eine Trennung überhaupt in ihrem Interesse? Was, wenn die beiden sich versöhnten? In den Flitterwochen einer Versöhnung zeigt man sich dem anderen gleichsam nackt. Man redet Tacheles. Mir fiel ein, dass ich etwas zu diesem Thema gelesen hatte: Nur eines, was man einem Freund antun konnte, war noch schlimmer, nämlich, sich an seine Frau heranzumachen.

Ich beschloss, entschieden unentschieden zu bleiben und die Rolle des Trösters zu spielen, mit einem unterschwellig verständnisvollen Tonfall, bis die Folgen der

Trennung absehbar waren. Auf jeden Fall, bis ich wusste, welchen Kurs Tanya in dieser Sache einschlug. Die Weisheit riet mir, auf ein Zeichen von ihr zu warten, obwohl sie sich vermutlich nicht hinter Paul stellen würde.

»Was wirst du jetzt tun? Was *möchtest* du tun?«, fragte Tanya unsere betrübte Freundin.

»Ach«, begann Kate zwischen zwei Schluchzern, »ich glaube, ich werde meinen Eltern erst einmal nichts davon erzählen. Das würde sie nur aufregen, und … ich weiß nicht …«

»Ja, ich weiß«, sagte Tanya mitfühlend, »wenn man anderen Leuten davon erzählt, wird es plötzlich konkreter. Du musst es erst einmal sacken lassen. Du kannst natürlich so lange hier wohnen, wie du magst.«

Kate sah auf und lächelte Tanya dankbar an. Dann sah sie mich an, und dann blickten mich beide an.

»Oh, natürlich. Du kannst selbstverständlich so lange hierbleiben, wie du magst.«

Seit ich am Vorabend vom Spencer Gulf zurückgekehrt war, genauer gesagt schon seit zehn Tagen, waren Tanya und ich außer bei dem kurzen gemeinsamen Kaffeekochen in der Küche nicht mehr richtig allein miteinander gewesen. Tanya bezog das Sofa für Kate, zweckentfremdete den Couchtisch als Nachtschrank und stellte meine Nachttischlampe darauf, während ich mich in unser Schlafzimmer verkroch. Ich hörte, wie Kate sich auszog, und ich hörte Tanya flüstern.

»Nein, stell dich nicht an und schlaf nackt, wenn du dich so wohler fühlst. Du kannst deine Zahnbürste und alles andere gern ins Bad stellen. Fühl dich wie zu Hause. Und weck mich, wenn du nicht schlafen kannst. Vielleicht geht es dir morgen früh besser, aber sei nicht enttäuscht, wenn es nicht so ist.«

Nachdem ich den ganzen Tag mit Abby gespielt und abends geduldig und in stummer Komplizenschaft zugehört hatte, war ich erschöpft. Tanya hatte ihre Haare gewaschen und roch so, wie ich es mir während der vielen einsamen Nächte im Hotelzimmer am Spencer Gulf oft in Erinnerung zu rufen versucht hatte. Ich küsste mich bis zu ihrem Ohr durch, doch sie reagierte nicht, sondern starrte nur die Decke an. Nach so vielen gemeinsamen Jahren weiß man auch ohne Worte, was »Nein« heißt. Doch ich wusste nicht, zu was sie Nein sagte. Ich war so hundemüde, dass ich nicht zu wilder Liebe fähig war. Ein traumartiger Akt im Takt langsamer Drehungen um hundertachtzig Grad und mit wehendem Haar, wie man es oft in Werbespots für Shampoos sah, wäre schön gewesen. Aber damit war offenbar endgültig Schluss.

»Was denkst du?«, fragte ich und sah auch zur Zimmerdecke auf.

»Ich weiß nicht. Es wird nicht leicht sein, aber … ich denke, sie *sollte* ihn verlassen, wenn sie nicht anders kann. Sie haben keine Kinder. Im Grunde *muss* sie so fühlen. Kannst du dir vorstellen, mit Paul zusammenzuleben? Ich finde es mühsam genug, ihm eine Freundin oder wenigstens die Frau seines Freundes zu sein.«

»Was findest du mühsam? Seine Freundin oder die Frau seines Freundes zu sein?«

Ich wollte keine Witze machen, aber das sollte ich wohl nicht extra betonen. Ich versuchte nur, meine Angst vor den vielen schwelenden Problemen zu verdrängen, eine Angst, die mit dem Spencer Gulf, meiner Behörde, unserem Aktiv-Konto und den Antworten zusammenhing, die ich der Psychologiestudentin in einem Moment gegeben hatte, als mein Blick nicht über das vor meinen Füßen liegende Weltraummonster hinausgereicht hatte.

»Er war nicht immer so, Tanya.«

»Ich weiß. Ich habe ja miterlebt, wie er im Laufe der Jahre immer unausstehlicher wurde. Wirkt die Gegenwart deshalb so viel schrecklicher als die Vergangenheit, weil man merkt, wie die Zeit verstreicht?«

»Die Neigung der Dinge, in Unordnung zu geraten, ist eine physikalische Gesetzmäßigkeit. Das ist der Zweite Hauptsatz der Thermodynamik.«

»Kein sehr ansprechender Satz. Aber genau das … passiert uns ja auch.«

»Wie meinst du das?« Ich richtete mich etwas auf, weil mein Steißbein plötzlich wehtat.

»Früher waren wir fortschrittlich. Jetzt blicken wir mit einer fast religiösen Nostalgie auf die Vergangenheit zurück. Und genau das ist eines der Hauptmerkmale des Konservatismus.«

Ich richtete mich noch weiter auf und unterdrückte Zorn, wachsende Rückenschmerzen und den Wunsch, sie zu schütteln und ihren Mund mit Optimismus auszuwaschen. »Hey! Wir sind nicht konservativ. Das ist zu einfach. Das ist dumm. *Wir* rutschen nicht in die Unordnung ab. Wir haben nur Freunde, die sich trennen wollen. Vielleicht sollten sie das tun, vielleicht auch nicht, aber so oder so – wir sind keine Konservativen.« Ich holte tief Luft. Nun, da Old Man Williamson tot war, würde das Atmen in den endlos langen Diskussionen, die ich mit mir selbst führte, sehr viel Raum einnehmen.

»Und? Findest du, dass sie ihn verlassen und einen Neuanfang wagen sollte?«, fragte sie.

»Ich weiß nicht«, erwiderte ich. »Aber wenn es nur eine Frage der Einstellung ist, sollte sie sich die Sache vielleicht noch einmal überlegen.«

Tanya richtete sich auf.

»*Nur* eine Frage der Einstellung? Wie meinst du das? Es geht um Themen wie Grundwerte und gegenseitige Achtung. Wenn seine Grundwerte so korrupt und ekelhaft sind, kann sie ihn nicht achten, und wenn sie ihn nicht achtet, kann sie ihn nicht lieben.«

»Und wenn sie ihn nicht liebt?«

»Was soll das heißen, *wenn sie ihn nicht liebt?* Was sie tun muss, wenn sie ihn nicht liebt, ist doch klar! Sonst würde sie enden wie all unsere Eltern.«

»Soll sie ihn verlassen, weil sie ihn nicht mehr liebt? *Muss* sie ihn verlassen? Was, wenn sie ihn mag oder wieder lernen könnte, ihn zu mögen? Sie teilen die Erinnerungen an viele Jahre. Bei ihm ist sie finanziell abgesichert. Sie könnte noch einmal studieren, sich einen anderen Job suchen und früher oder später Kinder mit ihm haben. Sie fühlt sich einsam, aber wie wird sie sich mit Ende dreißig fühlen, wenn sie mit dem Gespenst der Arbeitslosigkeit im Nacken auf Singlejagd geht und nur noch die Aussicht auf eine Ein-Zimmer-Mietwohnung und das immer wiederkehrende Flüstern der Reue hat, während sich die Jahre auftürmen wie Lehrbücher für Englisch und Geschichte, für die sie weder Zeit noch Platz hat? Denk mal darüber nach, Tanya. Soll sie ihn wirklich verlassen?«

Tanya holte langsam Luft durch die Nase und entließ sie nicht ganz so langsam durch den Mund. Dann sagte sie: »Keine Ahnung, Eddie. Keine Ahnung.«

An der Decke blätterte der Anstrich ab. Er war vor unseren Augen jeden Tag ein bisschen mehr abgeblättert, doch wir – oder zumindest ich – betrachteten die Decke nur nachts und im Dunkeln. Bei Licht las ich oder schlief mit Tanya, tastete nach einem Buch, nach dem Schalter der Lampe oder dem des Radioweckers, der unseren inneren Rhythmus in aller Stille aufrechterhalten hatte, oder ich tastete nach meiner Frau, manchmal, um sie in den Arm zu nehmen, manchmal, weil ich nach ihr suchte, und manchmal einfach nur so. Doch jetzt war es dunkel. (Meine Nachttischlampe stand im Wohnzimmer neben der traurigen und nackten Kate.) Trotzdem sah ich den Anstrich, und Tanya sah ihn sicher auch. Die Decke war inzwischen so schäbig, dass wir selbst nachts nicht mehr darüber hinwegsehen konnten. Sie hing über uns, während die Hubschrauber am Himmel kreisten und etwas suchten, das am Tag offenbar schwieriger zu finden war.

»Wie viel ist dir eine bestimmte Einstellung wert, Tanya? Würdest du mich verlassen, wenn wir unterschiedliche Einstellungen zu wichtigen Dingen hätten?«

Sie rollte sich herum und legte ihren Kopf auf meine Brust.

»Das wäre unvorstellbar für mich, Eddie.«

»Mich zu verlassen?«

»Dass sich deine Einstellung ändern könnte. Sie ist ein so fester Bestandteil deines Wesens, deiner Stärke und Integrität.«

»Aber was, wenn du feststellen würdest, dass ich meine Integrität verkauft habe?«

»Ich kann hören, wie dein Herz schlägt. Hör mal!«

»Ich höre nichts. Aber was, wenn du feststellen müsstest, dass ich meine Integrität verkauft habe, Tanya?«

»Das würdest du nie tun. Du bist durch und durch integer.«

»Nein, bin ich nicht.«

»Doch, das bist du.«

»Ich bin mehr als nur das.«

»Das weiß ich, mein Liebster, aber deine Integrität ist

eine der Eigenschaften, die ich am meisten an dir bewundere. Neben allem anderen natürlich.«

Die Hubschrauber kreisten uns ein. Wenn der Anstrich ganz mürbe war, würde er auf mein Haar rieseln. Vielleicht würde ich so viele Farbpartikel einatmen, dass ich Old Man Williamson im Jenseits wiedersah. Er würde mir sicher eine Predigt halten, denn das taten alte Menschen gern, vor allem nach ihrem Tod. Was sollte ich tun? Sollte ich Tanya noch mehr lieben oder noch härter um die Bewahrung der süßen, kindlichen Zeit kämpfen, in der unsere Unreife dafür gesorgt hatte, dass wir nichts von zukünftigen Schicksalsschlägen ahnten?

»Was, wenn ich meine Integrität aufgebe, indem ich – sagen wir mal – bewusst falsche Schlussfolgerungen ziehe oder unzutreffende Gutachten schreibe, um meinen Job nicht zu verlieren?«, fragte ich noch einmal.

»Warum solltest du das tun?«

»Ich würde es nicht tun. Aber was wäre, wenn?«

»Aber warum?«

»Um meinen Job zu behalten.«

»Das würdest du nie tun.«

»Ja. Ich weiß.«

»Du bist der letzte Mensch auf Erden, der so etwas tun würde!«

»Nach dir?«

»Tja ... Vielleicht nach mir. Ich bin pragmatischer als du«, verkündete Tanya.

»Meinst du wirklich? Würdest du so etwas tun, um deinen Job zu behalten?«

»Das wage ich zu bezweifeln.«

»Aber du wärst imstande dazu, hm? Oder kannst du es ganz ausschließen?«

»Ich weiß nicht. Vielleicht.«

»Was, wenn *ich* es tun würde? Was, wenn du herausfinden würdest, dass *ich* es getan habe?«

»Tja, ich würde es nicht *herausfinden*, denn du würdest es mir erzählen.«

»Und wenn ich es getan hätte?«, fragte ich.

»Dann könnte ich dich nicht mehr achten.«

Neunzehn

Morgens erwachte ich wieder allein. Meine mit allen Launen des Bettes vertraute Frau war bereits voller Tatendrang auf den Beinen. Sie bereitete gemeinsam mit Kate ein üppiges Frühstück zu, während Abby auf dem von Kate angewärmten Sofa saß und in einem Buch blätterte, das vor allem von Tigern handelte. Vom Schlafzimmer aus hörte ich die Stimmen tatkräftiger Frauen, die eine Art bessere Pyjamaparty feierten und sich vor der Geräuschkulisse des morgendlichen Küchengeklappers über ihr Schicksal austauschten. Eine der stummen, nächtlichen Ängste, die sich bei der ersten Berührung mit dem Morgenlicht eigentlich in Wohlgefallen hätten auflösen müssen, trotzte den Geräuschen menschlicher Betriebsamkeit: die Angst, dass sich Kate und Tanya im Kreis zu Freuds Latenzperiode zurückbewegt hatten und, falls dem so war, nur noch Bücher von Frauen lasen und mich nicht mehr wahrnahmen.

Ich schlich ins Bad, das schnell und schmerzlos von Lancôme kolonisiert worden war. Das männliche Dasein schien mir auf einmal gleichbedeutend mit Einsamkeit zu sein. Als ich mich fragte, wer mein männliches Pendant zu Kate war, fiel mir nur Paul ein. Er war ein Idiot. Ich war nicht scharf darauf, dass er nackt auf meinem Sofa schlief.

Meine Zähne, fleckig von zu viel Kaffee und Tee, lächelten mich im Schminkspiegel an. Das Bad hatte seine Vorzüge. Hier konnte ich mich duschen und rasieren. Doch meine Kleider waren im Schlafzimmer. Jedes Zimmer war ein Brückenkopf mit klar definierten Vorteilen und Nachteilen. Ich spürte, dass ich mich erst vorbereiten musste, bevor ich in die Aktivität des restlichen Hauses eintauchte. Ich zog den Pyjama aus, und als ich unter der Dusche auf eine angenehm betäubende Wassertemperatur wartete, merkte ich, dass das Badezimmerfenster einen Spalt offen stand. Die frische Luft sollte ihre Kräfte mit denen von Deodorant, Seife und Parfüm im Kampf gegen den Dampf und die Ausdünstungen des Körpers vereinen. Ich sah unentschlossen aus dem Fenster, das einen Blick auf die Seite unseres Hauses und die Straße bot. Dort lungerten Hunde herum.

Warum lieben wir? Die Liebe gibt uns die Hoffnung, der Einsamkeit entkommen zu können. Sobald ich sauber war, hüllte ich mich in ein Handtuch, rasierte mich und schlich wieder ins Schlafzimmer, um mich für die Frühstücksparty schick zu machen. Ich zog eine Cordhose an, setzte eine Unschuldsmiene auf und gesellte mich zu den anderen, ohne das Gefühl der Einsamkeit abschütteln zu können.

Grundlegende Veränderungen im Leben, ob vorteilhaft oder nachteilig, können eine Euphorie auslösen. Nach dem Tod eines Menschen, der an einer chronischen Krankheit litt, müssen Angehörige und enge Freunde oft lachen, bis sie der Ernst der Lage zur Besinnung bringt. Bei uns war niemand gestorben, doch es herrschte eine ähnlich surreale, festliche Atmosphäre wie nach einem Todesfall. Wie verirrte Camper versuchten wir, das Beste aus der Situation zu machen; Kate verwöhnte Abby nach Strich und Faden oder half Tanya in der Küche. Nach einem Tag, der laut allgemeiner Meinung anstrengend gewesen war, suchten wir nach Zerstreuung.

Wir waren stillschweigend übereingekommen, dass wir mit Abby zwar über den Ursprung der Arten, Sex, Tod, Gott, taktisch motiviertes Fluchen und gute Manieren, rassistische Vorurteile, die Dichotomie von Freiheit und Gleichheit und unfreiwillige Peristaltik reden konnten, aber nicht über eine Scheidung, ja nicht einmal über eine Trennung auf Probe. So bewahrten wir das Lagerfeuerambiente und blendeten zukünftige Ereignisse aus, zu denen auch der Abschied unseres unverhofften Gastes gehörte. Während der letzten vier Tage hatte Kate weder mit ihren Eltern noch mit Paul gesprochen. Das Sofa musste bald neu bezogen werden.

Ich konnte ein Gespräch mit Paul nicht mehr guten Gewissens aufschieben. Ich musste ja nicht unbedingt Stellung beziehen oder dem Feind Trost und Hilfe spenden. Immerhin waren wir seit über zwanzig Jahren befreundet, und er war gerade von seiner Frau verlassen worden. Am vierten Tag nach Kates Einzug bei uns beschloss ich, ihn bei der Arbeit anzurufen. Er sagte, es gehe ihm gut, und seine Stimme bestätigte das.

»Kate ist bei uns untergeschlüpft«, stieß ich entschuldigend hervor und fühlte mich wie bei einer peinlichen Beichte.

»Ja, ich weiß.«

»Woher weißt du das? Ich dachte, ihr hättet nicht mehr miteinander gesprochen.«

»Haben wir auch nicht.«

»Woher weißt du dann, dass sie bei uns wohnt?« Ich war sowohl verärgert als auch erleichtert, weil er es wusste.

»Sie hat mir am Samstag gesagt, sie wolle zu euch. Hör zu, Eddie, du hast mich zu einem schlechten Zeitpunkt erwischt. Ich habe heute Nachmittag einen Termin nach dem anderen. Wie geht es ihr? Verkraftet sie es einigermaßen? Oh, Mist! Ich bin zu spät dran. Ich rufe dich wieder an … Hm, realistisch gesehen wird das frühestens morgen klappen. Tut mir leid, dass ihr in diese Sache verwickelt worden seid.«

»Es geht ihr gut, Paul.«

»Kümmert euch um sie. Seid mir nicht böse, dass ich euch in diese Sache hineingezogen habe.«

»Wir haben kein Problem damit, Paul. Das ist das wenigste, was …«

»Ja. Schon gut«, rief er jemandem zu. »Ich muss los, Eddie. Pass auf dich auf und … Ja, schon gut, ich komme gleich! … Und grüß Tanya bitte lieb von mir.«

Nachdem Paul aufgelegt hatte, wurde mir die wahre Problematik unserer Freundschaft bewusst: Anders als seine Frau konnte ich ihn nicht verlassen. Vielleicht würde er irgendwann merken, dass wir lange nicht mehr miteinander geredet hatten, doch woher sollte er wissen, dass ich mich aus unserer Freundschaft verabschiedet hatte? Um jemanden zu verlassen, musste man ihn darüber in Kenntnis setzen. Kate hatte ihn verlassen und uns adoptiert. Daran gab es keinen Zweifel. Sie konnte froh sein.

Ich erzählte Tanya nichts von dem Gespräch. Aus Gründen, die ich selbst nicht durchschaute, erwähnte ich nicht einmal, dass ich Paul angerufen hatte. Die Geheimniskrämerei hat ein Suchtpotenzial. Ich hatte damit begonnen, nachdem Gerard in unserer Abteilung den Managerposten angetreten und einen Einfluss auf mein Leben ausgeübt hatte. Nachdem ich die Identität der Person, die mich immer wieder zum Spencer Gulf schickte, erfolgreich vor Tanya verborgen hatte, wurde die Frage, wie viel ich ihr vorenthalten konnte, ohne einen Teil meiner selbst vor ihr zu verbergen, zu einer regelrechten Herausforderung. Dann wurde mir bewusst, dass ich längst ein Stück von mir vor ihr verbarg, weil ich ihr meine Sorgen über die möglichen Folgen meines Gutachtens über den Spencer Gulf für meine Karriere verheimlichte. Andererseits hatte mein Schweigen auch mit der Befürchtung zu tun, dass meine Probleme ihr periodisch auftretendes Gefühl einer drohenden Katastrophe bestärken würden. Im Grunde hatte ich schon viel früher mit der Heimlichtuerei begonnen. Denn Tanya wusste ja auch nichts von Amanda.

Am Wochenende hatten wir immer noch nicht darüber geredet, warum Kate Paul verlassen hatte und wann sie uns wieder verlassen würde. Eine Woche war verstrichen. Kate hatte den Roman durch, den sie mitgebracht hatte, und war bereit, im Schein meiner Nachttischlampe das nächste Buch in Angriff zu nehmen. Wir fanden alle, dass es traurig war, wenn man ein gutes Buch beendet hatte, und stellten fest, dass die Zäsuren des Jahres für uns weder die Jahreszeiten noch die Monate, sondern die Bücher waren, die wir gelesen hatten.

Kate hatte am Vorabend die Lektüre von *Tess von den d'Urbervilles* beendet. Sie sah sich natürlich als Tess und Paul als Alec d'Urberville. Ich wagte nicht, mich zu fragen, wer in ihrem Leben den Part des romantisch idealisierten, angeblich fortschrittlichen, aber mit grundlegenden Mängeln behafteten Angel Clare übernahm. Die Geschichte von Hardys tragischer Heldin hatte Kate tief beeindruckt. Sie wollte, dass jeder das Buch las.

»Es ist wunderschön und unglaublich traurig«, sagte sie. »Es hätte mein Leben umgekrempelt … Aber das ist ja sowieso schon passiert.«

Die gefahrvolle Stunde, in der die Sonne zu sinken beginnt, ohne dass man durch das Zuziehen der Jalousien und das Anknipsen des Lichts vor der Nacht kapituliert, stand kurz bevor. Wir hatten eine neue Kiste Wein angebrochen (seit Kates Einzug kauften wir nur noch Kisten), und als ich unsere neue Mitbewohnerin musterte, wusste ich, dass Tanya das Gleiche dachte wie ich: Kate war besonders. Wie so viele andere Menschen wirkte sie bei genauem Hinsehen kostbar und schutzbedürftig.

»Weißt du«, sagte Tanya, die schon das zweite Glas trank, »früher dachte ich immer, dass es auf der Welt zwei Sorten von Menschen gibt; solche, die Romane ohne Plot, dafür aber mit Pferden in schönen, urtümlichen Landschaften lesen, und solche, die andere Sachen lesen, aber ...«

»Nein, das ist falsch«, unterbrach Kate sie. »Es gibt zwei Sorten von Menschen; solche, die Bücher lesen, und solche, die auf dem Markt für kurzfristige Anlagen tätig sind.«

»Nein, nein, ihr irrt euch beide«, warf ich ein. »Es gibt zwei Sorten von Menschen; solche, die alle Menschen in zwei Sorten einteilen, und solche, die es nicht tun.«

Kate bewarf mich mit dem Kopfkissen. Sie lachte, und beide Frauen gaben Oh-Eddie-Laute von sich. Ich hatte Angst um Kate und dachte, dass es vielleicht am besten wäre, wenn sie neben meiner Nachttischlampe nackt auf dem Sofa schlafen und für den Rest ihres Lebens Hardy lesen würde.

Wir beschlossen, zu Hause zu bleiben. Und sobald es ganz dunkel und viel kälter war, sollte ich im Take-away weiter oben in der Straße ein paar Currygerichte holen. (Tanya und ich konnten nicht ausgehen und Kate als Babysitterin von Abby dalassen, obwohl ihr Angebot sicher ernst gemeint war.) Weil ich den ganzen Abend hinten auf dem Hof einen sri-lankischen Tiger für Abby gespielt hatte (ein Tiger *an sich* reichte nicht; sie musste seine Nationalität kennen, bevor wir spielen konnten), wurde außerdem beschlossen, dass ich vor dem Abholen des Essens noch duschte.

Im Bad betrachtete ich meinen nackten, unberührten Körper. Unberührt, weil es unsensibel gewesen wäre, in Gegenwart von Kate Zärtlichkeiten auszutauschen. Und Sex war zu riskant, solange sie hellwach und in Gesellschaft von Tess und Angel Clare im Nebenzimmer lag. Unter der Dusche betrachtete ich mein Gesicht. Ich wurde älter. Das war an sich nichts Neues, doch es war jetzt eine unübersehbare Tatsache, die nur vom beschlagenen Spiegel verschleiert wurde. Hätte man sich nur auf der Straße und im Büro auf diesen Wasserdampf verlassen können! Das Fenster im Bad stand wie üblich einen Spalt offen, und ich schaute auf die Straße. Für die Hubschrauber war es noch zu früh. Unter der Straßenlaterne lungerten zwei Hunde herum.

Zwanzig

Tanya hatte das Essen telefonisch bestellt. Ich musste es nur noch abholen. Sie wollte Abby derweil in die Badewanne stecken, und Kate wollte vor dem Essen noch ein bisschen lesen. Nachdem dieser Anschein von Zivilisation hergestellt war, brach ich zum drei oder vier Blocks entfernten Take-away auf, um die *bhutuwa* zu holen. Ich war gerade losgegangen und tastete noch nach Schlüsseln und Brieftasche, als ich auf der Straße von einem Mann angesprochen wurde.

Er trug ein enges, rosa T-Shirt, unter dem sich ein muskulöser Oberkörper und kräftige Arme mit sanft hervortretenden Adern abzeichneten. Er lief hin und her, und sein Blick verhieß wachsende Ungeduld. Er drückte einen kleinen Hund mit weißem, kurz gelocktem Fell und einem schütteren Bärtchen zwischen Unterkiefer und Hals gegen seine Brust. Sowohl der Mann als auch der weiße Hund sahen auf einen größeren, braunen Hund mit einem weißen Fleck zwischen den Ohren hinab, der offenbar eine Beziehung zu den beiden hatte oder haben wollte. Sein sporadisches Bellen wurde von dem weißen Hund erwidert. Wenn Herrchen und Hündchen weitergingen, trottete er mit ein paar Schritten Abstand hinterher. Der Mann sah abwechselnd mich und den braunen Hund an. Er war um die vierzig und hatte selbst braune, hundeartige Locken.

Auf seiner Stirn glitzerte Schweiß, und sein Gesicht, auf dem sich ein Ausdruck der Verzweiflung eingegraben hatte, verriet mir, dass sein Leben schon lange nicht mehr durch einen normalen Alltag bestimmt wurde.

»Wohnen Sie hier in der Gegend?«, fragte er mich mit einem drohenden Unterton.

»Ja.«

»Wissen Sie, wem dieser Hund gehört?«, fragte er und zeigte mit der freien Hand auf den braunen Hund.

»Nein. Kann sein, dass ich ihn schon einmal gesehen habe, aber seinen Besitzer kenne ich nicht.« Mir wurde erst jetzt bewusst, dass ich diese Hunde vom Bad aus gesehen hatte. Es waren die beiden befreundeten Hunde, die nichts Besseres zu tun hatten, als mich unsehend anzuglotzen, während ich sie durch den Wasserdampf beobachtete.

»Dann wissen Sie also nicht, wem der Hund gehört?«, fragte er, den weißen Hund gegen seine Brust gedrückt. »Scheiße!«, sagte er leise, und seine Augen füllten sich mit Tränen, die er zu verbergen versuchte.

»Geht es Ihnen gut?«, fragte ich so, wie man jemanden fragt, dem es eindeutig nicht sehr gut geht. Er ging weiter und wiegte den gegen seine Brust gedrückten Hund wie ein Baby. Der braune Hund mit dem Pfotenabdruck auf dem Kopf ließ die beiden nicht aus den Augen.

»Was würden *Sie* denn tun?«, fragte er. »Der Hund gehört mir nicht.«

»Er gehört Ihnen nicht?«

»Nein. *Dies* ist mein Hund. Der da«, sagte er und nickte in Richtung des braunen Hundes, »ist nicht meiner. Ich kann mich nicht um ihn kümmern. *Zwei* Hunde sind zu viel. Der Hund gehört jemand anderem. Sie kennen den Besitzer nicht. Ich verstehe das nicht. Man hat ihn hier ausgesetzt. Offenbar hat man ihn hier ausgesetzt. Er ist immer wieder gekommen, um mit meinem Hund zu spielen, und er geht nicht weg. Ich kann ihn nicht behalten. Sie wissen sicher, was passiert, wenn ich den Hundefänger rufe. Innerhalb von zehn Tagen ist er tot. Das wissen Sie, oder? Und derjenige, der ihn ausgesetzt hat, wusste das auch. Ist mir schleierhaft, wie man so etwas tun kann. Ich kann ihn nicht behalten, aber er kommt immer wieder. Hätte ihm nie etwas zu fressen geben dürfen. Man darf ihn doch nicht töten. Was würden *Sie* tun? Ich habe gehofft, jemanden zu finden, der seinen Besitzer kennt oder gesehen hat, wie er ausgesetzt wurde, jemanden, der sich um ihn kümmert, aber hier gibt es keinen beschissenen Menschen … Nur mich. Was würden *Sie* tun?« Er weinte. Seine Hände waren von Schnittwunden übersät.

»Tja, ich weiß auch nicht. Vielleicht sollten Sie in den Schaufenstern der Läden Suchzettel aufhängen.«

»Suchzettel … In den Schaufenstern?«, wiederholte er im Schein der Straßenlaterne, ohne seine Verachtung für einen praktischen und sehr vernünftigen Vorschlag verbergen zu können, der natürlich nicht sofort von Erfolg gekrönt wäre. Wir standen eine Weile unter der Laterne an der Ecke. Die Autos brausten ahnungslos an uns vorbei, der kleine Hund lag am pfotenfleckigen, rosa T-Shirt des Mannes, der mit der freien Hand seine Tränen wegzuwischen versuchte, ich war ratlos, und der größere Hund stand da in der besten Nebenrolle seines Lebens.

»Sie tun Ihr Bestes. Das wissen Sie, oder?«, sagte ich.

»Glauben Sie?« Er klang nicht zynisch, sondern so, als würde er sich nach Erlösung sehnen.

»Auf jeden Fall«, antwortete ich. »Geht es Ihnen gut?«

Er schwieg eine Weile.

»Ich kann mich nicht um ihn kümmern. Können Sie das nicht tun?«

Ich warf einen kurzen Blick auf den braunen Streuner. »Nein«, sagte ich mit einer Entschiedenheit, die mich selbst überraschte. »Nein, das geht nicht. Aber ich bin mir sicher, dass sich jemand finden wird, wenn Sie bis morgen früh warten.«

»Es müsste verboten sein, so etwas zu tun. Ich würde ihn ja nehmen, aber ich habe schon diesen Hund, und es wäre unfair gegenüber meiner Mutter. Im Moment wohne ich bei ihr, bei meinen Eltern. Ein Hund ist für sie schon schwierig genug.«

»Wie heißen Sie?«, fragte ich. Er sah aus, als würde er unter Schock stehen, und seine Augen, rot und feucht, hörten zum ersten Mal auf, umherzuzucken, und richteten sich auf mich, bevor er antwortete.

»Nick.«

Ich streckte ihm langsam die Hand hin. »Nick, ich bin Eddie.«

Als ich ihm die Hand hinhielt, erkannte er an meinem Blick, dass mir dämmerte, im nächsten Moment seine von Schnitten übersäte Hand drücken zu müssen.

»Schon gut«, sagte er. »Ich habe kein Aids oder so. Sie können ruhig meine Hand schütteln.«

»Freut mich, Nick«, sagte ich, indem ich näher trat, seine zerschnittene Hand ergriff und leise hinzufügte: »Wird schon werden. Kann ich irgendetwas für Sie tun, Nick? Wie kann ich Ihnen helfen?«

Bei diesen Worten begann er, unbeherrscht zu weinen. Er weinte wie ein Kind. Er zog mit der freien Hand umständlich und beschämt seine Brieftasche hervor und drückte sie mir in die Hand. Dann holte er das zerknitterte und durchgerissene Foto dreier Kinder heraus. Er zeigte auf sie.

»Das sind meine. Jedenfalls zwei von ihnen. Sie leben jetzt bei ihrer Mutter. Das ist sie«, sagte er und zeigte auf eine Frau, von der nur noch ein Stückchen zu sehen war, weil er das Foto durchgerissen hatte.

»Ich bin Alkoholiker. Das können Sie bestimmt riechen. Ich nütze den Kindern nichts mehr, ich bin zu nichts mehr nütze. Ich war fast anderthalb Jahre von der Flasche los. Ich habe in einem Pub in Richmond Bierkästen geladen, und ich wurde nicht rückfällig. Aber dann wurde ich aus heiterem Himmel gefeuert. Das hat ihr nicht gepasst. Die Kinder begannen zu heulen, weil sie sich wieder herumtrieb. Wissen Sie, was ich meine, Eddie? Eddie ist doch richtig, oder?«

»Ja, das ist richtig.«

»Also habe ich angefangen zu saufen, und dann … Ich war nicht mehr ich selbst. Ich habe sie geschlagen. Ich will das nicht verschweigen. Sie hat mit anderen herumgemacht. Anfangs wusste ich das nicht, und nachdem ich es wusste, war es ihr egal. Jetzt lebe ich bei meiner Mum. Sie wohnt gleich um die Ecke, Eddie, und mit zwei Hunden wäre sie überfordert. Ist alles schon schlimm genug für sie, Mann. Es macht sie fertig.«

»Kann ich irgendetwas für Sie tun, Nick? Soll ich jemanden anrufen?«

»Warum bieten Sie mir das an? Wieso tun Sie das?«

»Bitte? Ich tue ja gar nichts. Ich wollte gerade ein paar Currygerichte holen. Sie scheinen in Ordnung zu sein. Ich dachte, ich könnte Ihnen irgendwie helfen.«

»Aber warum?« Er weinte noch heftiger. »Warum sollten Sie etwas für mich tun?«

»Keine Ahnung, Nick. Sie wissen doch, wie das ist. Ich glaube, Sie sind ein guter Kerl. Vielleicht würden Sie mir auch helfen, wenn ich eines Tages in Not gerate. Wir sind Nachbarn oder wohnen jedenfalls im gleichen Viertel. Sie würden doch auch jemandem helfen, oder nicht, Nick?«

»Ich fasse es nicht. Sie sind wie ein Traum. Warum tun Sie das?«

»Ich tue nichts. Ich rede nur. Ich glaube, Sie sind ein guter Kerl.«

»Warum? Warum glauben Sie, ich wäre ein guter Kerl?«

»Schwer zu sagen. Sie kümmern sich um beide Hunde, um Ihren und den fremden. Sie wollen Ihre Mutter nicht überfordern, und Sie vermissen Ihre Kinder. So viel weiß ich inzwischen, und das ist mehr als genug.«

Ich sah ihm an, dass er zum ersten Mal seit langer Zeit so etwas wie Freundlichkeit erfuhr. Das konnte er nicht fassen.

»Sie sind unglaublich, Mann. Ich glaube das nicht.«

»Ich bin ein ganz normaler Mensch, Nick, nur ein Mensch, der ein paar Currygerichte holen will, ein Mensch wie Sie. Und wir reden miteinander. Das ist keine große Sache, Nick. Genau das unterscheidet den Menschen von anderen Tieren. Wir reden zwar nicht oft genug, aber das wird sich ändern. Es ist ja noch früh.« Nick sah zur Straßenlaterne auf. Im Licht kämpften Insekten gegeneinander. »Im Zeitrahmen der Evolution, meine ich, Nick. Verstehen Sie, was ich sagen will? Ich glaube, Sic haben sich jetzt wieder erholt. Glauben Sie das nicht auch?«

»Ich würde Ihnen gern etwas schenken. Ich wohne gleich um die Ecke.«

»Nicht nötig, Nick. Ich möchte kein Geschenk. Kümmern Sie sich einfach noch einen Tag um die beiden Hunde. Damit tun Sie der Gegend einen Gefallen. Ich kann den Hund nicht mit nach Hause nehmen. Sie sind eine echte Hilfe. Ein Glück, dass Sie hier wohnen.«

»Unglaublich, Ihnen einfach so über den Weg zu laufen. Vor zwei Wochen, auf dem Weg zu einem Treffen der Anonymen Alkoholiker in Oakleigh, haben mich drei Typen überfallen und mir mit einem Schraubenzieher ein Hakenkreuz in die Brust geritzt. Im Ernst. Schauen Sie!«

Er hob sein T-Shirt. Seine Haut war dicht über dem Kopf des weißen Hundes wie angekündigt entstellt.

»Ich will Ihnen etwas schenken, Eddie. Ich wohne wirklich ganz in der Nähe.«

»Danke, Nick, aber ich muss die Currys holen. Sonst werden sie kalt.« Ich ging weiter, und er rief mir nach.

»Scheiße, Mann! Ich werde Sie nicht vergessen, Eddie, wo auch immer Sie wohnen.«

»Passen Sie auf sich auf, Nick. Sie kommen bestimmt wieder auf die Beine.«

Er bog in eine Seitenstraße ein und drehte sich ab und zu nach mir um. Er hatte noch den Hund auf dem Arm, und der braune Streuner mit dem weißen Fleck zwischen den Ohren trottete hinterher. Er würde ihm bis zum Haus seiner Mutter folgen. Es hatte mich angestrengt, ihm den Glauben an etwas Ungreifbares zu geben und dabei nicht gönnerhaft zu klingen und auch noch die empfindliche Balance zwischen Glaubwürdigkeit, Hoffnung und einem unerwünschten Hund zu halten.

Bei meiner Rückkehr brachte Tanya gerade Abby ins Bett, die widerwillig ein Fünftel eines eilig zubereiteten Essens aus Eiern, Toast und Quark gegessen hatte. Da sie geklagt hatte, ihr sei heiß, musste man sie bitten, bestechen und nötigen, wenigstens ein bisschen zu essen. Zu der Bestechung gehörte die Fortsetzung einer Geschichte, die Tanya jeden Abend improvisierte, eine Geschichte über eine wunderschöne und sensible Maus, die im Wald lebte und Schwierigkeiten damit hatte, ihre Dissertation zu beenden.

Kate hielt sich mit Thomas Hardy oder seinem Nachfolger in dem Raum auf, der einst das Wohnzimmer gewesen war, und ich stand in der Küche und dachte an Nick, die zwei Hunde, die drei Kinder, seine Frau mit dem fehlenden Kopf und die drei Typen, die ihm in Oakleigh ein Hakenkreuz in die Brust geritzt hatten. Ich löste gedankenverloren die Deckel von den Plastikbehältern und probierte alle Gerichte durch.

Was war das Schlimmste an der Begegnung gewesen? Seine Ungläubigkeit angesichts der Tatsache, dass ich stehen geblieben war, mich nach seinem Namen erkundigt, ihm die Hand gegeben, mit ihm gesprochen und ihm Hilfe angeboten hatte? Oder die Tatsache, dass ich ihm gar nicht geholfen *hatte?* Würde er morgen mit einem Kater erwachen, seine zwei oder drei Kinder vermissen und merken, wie sehr es seine Mutter schmerzte, ihn so zu sehen, noch dazu mit einem zweiten Hund? War er betrogen, in die Irre geführt, vom Trugbild des Liberalismus hereingelegt worden? Als ich gegangen war, hatte er genau wie zu Beginn mit zwei Hunden dagestanden; alles andere würde sich bald in Luft auflösen. Er hatte etwas aus Oakleigh mitgebracht, das unvergesslich und unauslöschlich war, egal welches T-Shirt er trug, etwas, mit dem man ihn früher oder später zu Grabe tragen würde. Das Betäubungsmittel, das ich ihm verabreicht hatte, war billig und unzuverlässig. Es verflog wie Wärme in der Wintersonne. Vage Beruhigungsmittel, Worte ohne Dampf – der Badezimmerdampf, den man nicht mit auf die Straße nehmen konnte. Andere Menschen würden ihm nicht einmal das bieten. Das war im Grunde das Schlimmste.

Ich hätte den Hund nehmen sollen, den größeren, braunen mit dem weißen Pfotenabdruck auf dem Kopf. Das dachte ich, als mich Tanya überrascht betrachtete; ich stand reglos, stumm und mit feuchten Augen am Tisch, trug noch meinen Mantel und hatte eine Gabel in der Hand.

»Bist du aufgehalten worden? Hey, geht es dir gut?«

Ein anderes Mal. Ich würde es ihr ein anderes Mal erzählen, vielleicht auch nie. Ging es mir gut? Es würde schon werden. Bald würde es mir wieder gut gehen.

»Das Curry … ist richtig scharf. So scharf war es noch nie.« Sie betrachtete mich schweigend. Die Neonröhre brummte leise und flackerte wie ein von Pfeffer gereiztes Augenlid.

»Tanya … so war es noch nie.«

Einundzwanzig

Zwei Tage später wuchs sich Abbys Hitzegefühl zu einer Grippe aus. Tanya musste überzeugt werden, dass sie keine Rabenmutter war, wenn sie ihre abendlichen Tutorien nicht absagte und sogar länger blieb, um an dem Seminar eines ausländischen Experten für internationale Beziehungen teilzunehmen, einer großen Nummer des akademischen Betriebs, der den Sprung aus dem Elfenbeinturm in spätabendliche Fernsehsendungen geschafft hatte, in denen er uns seit Jahren über Satellit und mit nur einem Empfänger im Ohr kritisch über alles Mögliche informierte; ein wichtiger Mann, der Elvis der internationalen politischen Ökonomie.

Abby wurde inzwischen immer von Kate bei Tanyas Mutter abgeholt, die Abby wiederum vom Kindergarten abholte. Es war ein Paradebeispiel für die Teamwork-Elternschaft der Neunzigerjahre, die es den biologischen Eltern erlaubte, sich als optimale Versorger darzustellen und dem Kind zugleich zu verheimlichen, dass eine private Kinderbetreuung viel zu teuer für eine Durchschnittsfamilie war, egal wie man diese definierte. Weil Abby mit Fieber und Schmerzen im Bett lag, kam ich schon mittags nach Hause, was Tanyas Mutter die Gelegenheit gab, mit einem entsprechend qualifizierten jungen Mann darüber zu diskutieren, warum sie Wasser in den Beinen hatte.

Abby schlief unruhig. Ich hatte ihr etwas vorgelesen, aber sie schlummerte immer vor dem Höhepunkt der Geschichte ein. Ich gab ihr Fieberzäpfchen, konnte sie aber nicht überreden, etwas zu essen. Um halb vier schlief sie schon, und ich saß im Wohnzimmer auf Kates Bett, als die Post kam. Sie wurde immer noch mit dem Fahrrad gebracht, aber man blies nicht mehr in die Trillerpfeife. Hatte keiner mehr die Puste dazu? Hatten die Postboten den Glauben an sich selbst verloren oder an das, was sie brachten? Wahrscheinlicher war, dass man die Pfeifen abgeschafft hatte. Die Postempfänger würden nie mehr auf pawlowsche Art lernen, zu welcher Zeit die Briefe eintrafen.

Auf dem Weg zum Briefkasten traf ich den Postboten, als hätte ich meinen Tagesrhythmus auf seine Ankunft hin abgestimmt. An der Menge der Post gemessen, war es ein großer Tag für uns. Ich öffnete die ersten Briefe schon, bevor ich im Haus war, eine aus der Kindheit stammende Ungeduld, als noch jeder an mich adressierte Brief eine frohe Botschaft verhieß, ganz gleich, was er enthielt.

Meist waren es Fensterumschläge. Die Bank erinnerte uns schon wieder daran, dass Tanya und ich das Haus abbezahlt haben würden, wenn Abby dreißig Jahre alt war, vorausgesetzt, die Zinsen würden nicht steigen und wir hätten immer mehr Geld auf dem Konto, als alle zwei Wochen zur Darlehenstilgung abgebucht wurde. Wenn nicht genug auf dem Konto war, durfte die Bank unser Haus umgehend verkaufen, ohne uns schriftlich darüber zu informieren. Das wurde Zwangsverkauf genannt, und wir hatten ihm damals durch unsere Unterschrift zugestimmt. Im Gegensatz zu vielen anderen Bankkunden hatte ich das Kleingedruckte gelesen. Die Schriftgröße war absichtlich so klein gewählt, weil man genau das verhindern wollte, doch ich nahm den Vertrag mit zur Arbeit und vergrößerte ihn auf dem Kopierer. Je kleiner die Schrift, desto stärker konnte uns die Bank im Notfall an die Kandare nehmen.

Was noch? Briefe von verschiedenen öffentlichen Körperschaften, die man kürzlich privatisiert hatte. In den Jahren, in denen man diese Privatisierungen vorgenommen hatte, war viel Wirbel um das Versprechen der Regierung gemacht worden, dass die privatisierten Körperschaften einer äußerst strengen Rechenschaftspflicht unterliegen sollten. Und genauso war es auch gekommen. Unter dem neuen Firmenlogo und dem geschmackvoll bunten Briefkopf des Energieversorgers wurde freimütig gestanden, dass wir 0,7 Prozent mehr bezahlt hatten als im gleichen Zeitraum des Vorjahres. Das verstieß nicht gegen die Rechenschaftspflicht, und die Schrift war immerhin teilweise recht groß. Falls wir diese Rechnung nicht innerhalb von achtundzwanzig Tagen beglichen, würde man uns von der Stromversorgung abschneiden.

Ich packte eine unverlangte Zeitung aus, die man zwischen die stilvoll gestalteten Zahlungsaufforderungen in unseren Briefkasten gesteckt hatte, und sofort fühlte ich mich von allem abgeschnitten. Der *New Citizen*, ein Organ der ultrarechten, mit Verschwörungstheorien hausierenden amerikanischen LaRouche-Bewegung, war in unser Haus und zweifellos auch in die Häuser unserer Nachbarn gelangt. Das Impressum war weiß auf lila gedruckt, und ein Schwarz-Weiß-Foto zeigte den Gründer der Bewegung, Lyndon H. LaRouche, der mit gerecktem Arm an einem Rednerpult stand und an eine Zeit erinnerte, die gar nicht so lange her zu sein schien. Ich fragte mich, wie viele meiner Nachbarn genauso erschrocken waren wie ich, als sie diese als Erlösung getarnten Hardcore-Verschwörungstheorien samt den üblichen Sündenböcken bei dem Versuch ertappten, unsere Häuser ohne Vorwarnung zu infiltrieren, unsere Ängste und Unsicherheiten auszunutzen und sich wie ein Splitter in unser Fleisch zu bohren. Wenn sich solch ein Splitter erst einmal eingenistet hatte, war es schmerzhafter, ihn zu entfernen, als ihn stecken zu lassen. Viele ließen ihn einfach stecken.

Ich fragte mich, was Nick zum *New Citizen* sagen würde. Er brauchte genau wie alle anderen einen Sündenbock. Doch wegen der seltsamen Form von Freiheit, die wir um jeden Preis verteidigten, der Freiheit, einzuschüchtern und Ängste und schwelendes Misstrauen zu schüren, konnte ihn nichts und niemand daran hindern, sich nachts voller Angst und Schmerzen und mit einer Whiskyfahne auf die Straße zu begeben, nichts und niemand konnte ihn daran hindern, irgendjemandes Bett in Brand zu setzen. Dann würden die Hubschrauber nach ihm fahnden, und wenn sie ihn gefunden hatten, würde seine Mutter für immer und ewig mit zwei Hunden dasitzen, einem kleinen weißen mit kurzen Locken, der ihrem Sohn ähnelte, und einem braunen Mischling mit einem weißen Pfotenabdruck auf dem Kopf. Ich hatte Nicks Augen gesehen, seinen Atem gerochen, seine blutige Hand berührt. Nichts würde ihn aufhalten, wenn die Zeit reif war; nur er selbst konnte sich bremsen.

Schließlich war da noch ein Brief mit meinem Namen und meiner Adresse, mit vertrauter Hand quer auf den Umschlag gekritzelt. Ich dankte Gott dafür. Meine Mutter hatte mir aus Queensland geschrieben. Ihre schüchterne Handschrift erinnerte mich daran, wie sehr ich sie vermisste. Obwohl sie das Schreiben schon vor langer Zeit gelernt hatte, wirkte ihre Schrift unsicher und verriet trotz langer Übung, dass sie nicht überrascht gewesen wäre, wenn man ihren altmodischen Stil ausgelacht hätte. Sie hatte lange gebraucht, um sich an die Ferngespräche zu gewöhnen. Sie hatte nie Ferngespräche geführt und erst nach dem Umzug in den Norden damit begonnen. Sie sah sich wegen Abby und wegen Kirstens Kindern veranlasst, mindestens einmal pro Woche anzurufen. Da sich meine Eltern einen Flug nur in großen Abständen leisten konnten und da weder sie noch ihr Auto die Fahrt nach Melbourne heil überstanden hätten, gewöhnte sie sich mit der Zeit an die Gespräche, die die halbe Länge der Ostküste überbrückten. Warum schrieb sie?

Lieber Eddie, hieß es, und die zögernd nach unten gleitenden Buchstaben waren bereits eine Entschuldigung …

Tut mir leid, dich zu belästigen, aber ich wollte diese Sache nicht vor deinem Vater ansprechen. Tatsache ist, dass er sich in letzter Zeit etwas müde und erschöpft fühlt und nicht mehr ganz der Alte ist. Wir werden zwar nicht jünger, doch dein Vater scheint mit einem überraschend neuen Tempo zu altern.

Ich habe fast einen ganzen Monat versucht, ihn zu einem Arztbesuch zu überreden, aber du kennst ihn, er will nicht wahrhaben, dass irgendetwas nicht stimmt, ja nicht einmal, dass irgendetwas nicht stimmen könnte. Ich wäre froh, wenn du einen Flug buchen und uns besuchen könntest, aber nur, wenn es dir nicht zu viel wird. Selbst wenn du ihn nicht zu einem Arztbesuch überreden kannst, würde es ihm sicher sehr guttun, dich zu sehen. Für einen Aufenthalt von einigen Tagen würde sich das Ticket lohnen, ja sogar für zwei Tage, wenn du nicht länger kannst.

Apropos Ticket – ich kann es bezahlen, du weißt, dass ich das machen würde, mein Junge. Ich habe sogar schon ein wenig Geld beiseitegelegt, aber ich fürchte, ich komme nicht so schnell damit voran, wie dein

Vater, nun, ja … abbaut. Ich will dich auf keinen Fall erschrecken, Eddie, aber ich habe mir große Sorgen um ihn gemacht, und ich wollte deine Schwester wegen der Kinder und so weiter nicht damit belästigen.
Wenn du uns nicht besuchen kannst, würde ich das natürlich verstehen. Ich hoffe, es geht dir gut, und ich wünsche dir, dass dich deine Arbeit weiter erfüllt, ohne dich zu sehr anzustrengen. Wie geht es den wunderbaren Mädchen? Bitte bestell beiden liebe Grüße von mir. Ich weiß, dass du keine Geheimnisse vor Tanya hast, und das finde ich gut, aber ich wäre dir sehr dankbar, wenn du ihr oder deiner Schwester nichts von deinem Vater erzählen würdest. Mir ist bewusst, dass ich mich vielleicht zu sehr anstelle. Bitte komm zu Besuch, wenn du kannst, und sag mir, dass ich mich zu sehr anstelle.

Deine dich liebende Mutter

PS: Sag Abby, dass ich in einer Zeitschrift ein Bild von Elvis Presley gefunden und für sie ausgeschnitten habe. Gefällt ihr immer noch ›Bananas in Pyjamas‹? *Drück sie bitte ganz fest von mir und dich gleich mit, wenn du schon dabei bist.*

Mum

Die Kinder und so weiter. Was sollte das heißen? Es hieß, dass meine Schwester mehr als ein Kind hatte, und zwischen den Zeilen stand, dass meine Mutter ihre Ehe für gefährdet hielt und der Ansicht war, dass Kirsten einen langen Atem brauchte. Kate hatte keinen langen Atem. Vielleicht wusste meine Mutter mehr über meine Schwester *und* meinen Vater, als sie mir erzählte, mehr über jeden außer mir, außer Tanya und mir.

Wir hatten ein Kind und hielten nichts davon, über eine weite Entfernung zwischen den Zeilen lesen zu müssen. Am Telefon überhäuften wir meine Eltern mit Fragen nach dem Wetter und ihren Aktivitäten. Wir schilderten jeden Schritt Abbys, ihre Worte, ihre Gedanken, jede ihrer Beobachtungen. Manchmal lebten bis zu fünf unterschiedliche Menschen durch sie. Wir ließen die Grenzen verschwimmen. Wie sah *meine* Ehe aus? Damals konnte ich diese Frage nicht beantworten, zumal ich zu wenig Abstand hatte. Wie oft sollte man sich diese Frage überhaupt stellen? Vor drei Wochen ging es uns bestens, vor drei Tagen auch noch. Aber gestern? Und heute? In welchem Zustand befand sich meine Ehe heute Morgen?

Nachdem ich den Brief noch einmal gelesen hatte, ging ich ins Arbeitszimmer. Die auf dem Schreibtisch ausgebreiteten Regionalkonflikte warteten darauf, dass Tanya am nächsten Tag zu ihnen zurückkehrte. Ich setzte mich an ihren Tisch und hätte ihr am liebsten sofort alles berichtet, nicht leise, sondern so laut wie ein Kind, das von einer unerklärlichen Panik erfüllt wird. Mein Vater war krank. Er war winkend und augenzwinkernd in den Norden gezogen, und nun bekam er Tipps von Old Man Williamson. Tanya würde heute nicht mehr heimkehren. Nach dem späten Seminar bei dem Mega-Superhirn wollte sie bei ihrer Mutter übernachten und diese am nächsten Morgen zum Arzt begleiten.

Auf dem Schreibtisch lugte ein an Tanya gerichteter Brief, dessen Absender der Leiter des Seminars für Politikwissenschaft war, dezent zwischen Aufsätzen über die Geschichte, Taktik und Ideologie der Befreiungstiger von Tamil Eelam hervor. Sie hatte also auch ihre Geheimnisse.

Ich spionierte nicht, sondern entfloh meinen düsteren Gedanken, indem ich mich über ihre Ängste informierte, die in den für Normbriefe dieser Art üblichen Floskeln schwarz auf weiß unter dem Standardlogo der Universität zu lesen waren. Der Laserdrucker behandelt das Wort *Bedauern* genauso, wie er das Wort *Liebe* behandelt hätte.

Zu unserem tiefen Bedauern. Zu unserem Bedauern. Wir bedauern.

Ich hätte es nicht besser ausdrücken können, und weil ich sie so gut kannte, wusste ich, dass man es nicht schlimmer hätte sagen können. Die Universität, die weder wusste, dass Tanya andere auf unvergessliche Art begeistern und zu Erkenntnissen führen konnte, noch die Folgen für ihr emotionales und finanzielles Wohlbefinden bedacht hatte, bedauerte, dass man Tanyas Arbeitsvertrag nicht verlängern könne. Doch sie ergriff die Gelegenheit, um sie in tiefe Selbstzweifel zu stürzen und ein sinnreiches Klischee unter das Schreiben zu setzen, ohne sehr freundliche Grüße, ohne Dank für geleistete Dienste, sodass die Zeilen auf dem Blatt, als ich sie mit etwas Abstand und aus schmalen Augen musterte, wie ein auf dem Kopf stehender Weihnachtsbaum aussahen.

Ich schob den Brief langsam wieder an seinen Platz, als hätte sich nichts verändert, und wusste schon in diesem Moment, dass sie diese Nachricht erst dann zur Kenntnis nehmen würde, wenn sie zwischen erfolglosen Bewerbungen um Jobs, die unter ihrem Niveau lagen, wieder so befreiend und unbeherrscht lachen konnte wie früher. Ich musste sie davon überzeugen, dass sie ihre Kraft wieder spüren würde, sobald sie ihre Tochter im Arm hatte; dass sie nie wirklich wissen würde, was Hunger war; dass sie weder die Person wäre, in deren Rolle sie ein Brotjob zwang, noch von anderen für das verachtet werden würde, was man ihr angetan hatte. Und dass sie sich nie allein fühlen musste. Doch wie sollte ich sie von allen diesen Dingen überzeugen, wenn sie mir das Schreiben verheimlichte?

Warum hatte sie es mir verheimlicht? Ich hatte ihr manches verschwiegen, wohl wahr, aber nur, um sie zu schützen. Im Übrigen hielten wir uns an die aus der Zeit vor dem Studium stammende Angewohnheit, nicht über Ingenieurwesen oder Naturwissenschaften zu reden. Meiner Meinung nach war das so, weil sie von meinen Fächern gelangweilt war, während ich mich immer für ihre Fächer interessiert hatte. Der Druck einer bestimmten Gasmenge, also der ihrer molaren Masse, multipliziert mit der universellen Gaskonstante. Wir klammerten sogar etwas so Grundsätzliches aus. Ich nahm an, dass sie sich damit auskannte, oder dass sie, falls sie sich nicht damit auskannte, einfach kein Interesse daran hatte. Während ihrer Arbeit an der Dissertation hatte sie ein wenig über Geschichte und Philosophie der Naturwissenschaften gelesen und wusste, dass jede Studie über das zwanzigste Jahrhundert mit heftiger Kritik rechnen musste, die den Einfluss der Wissenschaft auf die Technik und den der Technik auf fast alles andere außer Acht ließ. Die reine Wissenschaft blieb derweil unangetastet, denn man hatte fast religiöse Berührungsängste, was sie betraf.

Ich hingegen teilte die meisten Interessen und Meinungen Tanyas zu Literatur und Geschichte, Politik, Kino und Musik und behielt mit ihrer Hilfe die Schwankungen ihres Gewöhnlichkeitsindexes im Auge. Dass die Wechselfälle meiner Karriere keinen Platz in unseren Gesprächen zu haben schienen, hatte uns beide nie gestört. »Die Mistkerle« aus der Abteilung schickten mich zu oft auf

Dienstreisen. Darin stimmten wir halbwegs überein oder nahmen es jedenfalls hin. Vielleicht glaubten wir sogar, dass unsere Liebe durch diese Reisen bewahrt wurde, denn im Gegensatz zu uns erinnerten sich andere langgediente Paare nur noch beim Anschauen alter Videos an ihre früheren Gefühle oder täuschten sie bei Ehejubiläen vor. Tanya wusste also nicht, dass die Luft in der Behörde immer dicker wurde. Ich hatte ihr nie davon erzählt. Verschwieg ich es, weil ich glaubte, sie würde Ängste entwickeln? Verschwieg ich es, weil ich ihr leidenschaftliches Plädoyer für mich nicht hören wollte? Oder verschwieg ich es, weil ich sie nicht an Gerard erinnern wollte, den Mann, für den sie mich einst verlassen hatte, den Mann, der ein unverschämt dickes Gehalt bekam und mich mit dem Segen des Staates herumkommandierte? Ja, ja, und um ganz ehrlich zu sein, ja.

Verschwieg ich ihr sonst noch etwas? Die Hubschrauber. Sie kreisten nachts auch über ihr, doch sie bemerkte sie nicht. Sie schlief tief und fest. Ich tat kein Auge zu und war sozusagen die Satellitenschüssel der Familie, die Nachrichten aus einer anderen Welt empfing, dekontaminierte, sortierte und verdaute, damit Tanya ruhig schlafen konnte, ungestört von Hubschraubern, Nicks durchgerissenem Foto, streunenden Hunden und Aktiv-Konten, die nach unseren Fesseln schnappten, dem aufziehenden sauren Regen und den Kollateralschäden der neuen Weltordnung, die ab und zu als Post getarnt bei uns eintrafen. Sie schlief, doch ich beschirmte uns vor der ganzen Welt und hielt rund um die Uhr Wache, und wenn die Neuigkeiten so schlecht waren, dass sie Tanya aufgewühlt hätten, sorgte ich dafür, dass sie weiterschlief. Ihre Tochter ließ ich ungehindert durch. Ich beschützte sie vor der Welt, die uns immer wieder zu überwältigen drohte, ich hatte von Anfang an versucht, diese

Welt von ihr fernzuhalten. Das war das Einzige … Bis auf Amanda.

Doch wenn sie gewisse Dinge für sich behielt, und wenn ich gewisse Dinge für mich behielt, wenn wir im Glauben, den jeweils anderen vor etwas beschützen zu müssen, so vieles in uns verbargen, dass man die leeren Straßen einer einst stolzen Stadt damit hätte pflastern können, dann waren wir einsam.

Kate widmete sich in der Küche Kalbfleisch, Tomaten und Weißwein. Sie schenkte mir ein Glas ein und sagte, ich solle mich um meine Tochter kümmern. Sie wusste, wo alles zu finden war, und sie hatte die Zubereitung des Essens am Vorabend mit Tanya besprochen. Als ich mit dem Glas in der Hand in die Küche zurückkehrte, weil Abby schon schlief, sagte Kate, dass der Schlaf ihr bestimmt Heilung bringen würde. Ich hätte mich leicht in Kate verlieben können, viel leichter als in andere Frauen. Ihre Augen waren groß und rund und zeugten von einer Unschuld, die noch nicht durch Erfahrung verdorben worden war, und wenn sie ihre Haare am Ende eines langen Tages mit einem roten Band zurücknahm, hätte wohl niemand bestritten, dass sie immer noch glaubte, die Welt stünde ihr offen. Sie murmelte etwas über Roma-Tomaten, schenkte uns Wein nach und verbannte mich charmant aus der Küche. Sie fühlte sich wohl und genoss das Kochen, das grippekranke, staunende und bestaunte Kind und den Mann, der mit einem Glas Wein im Zimmer nebenan saß und las. Chet Baker spielte leise, und ich hätte nur noch eine Pfeife stopfen und entzünden müssen, am besten ein Erbstück, dann wäre es eine runde Sache für sie gewesen.

Sie kümmerte sich inzwischen nicht nur um Abby, sondern in gewisser Weise auch um mich. Tat sie das nur, damit Tanya spätabends noch an Seminaren und Essen mit ausländischen Gastdozenten teilnehmen oder ihre Mutter besuchen konnte? Vielleicht waren an diesem Abend alle Bedürfnisse im Einklang: Tanya nahm eine vierundzwanzigstündige Auszeit, um noch nicht über den Verlust ihres Lehrauftrags und das Nichts reden zu müssen, in das ihre Dissertation zu stürzen drohte, und Kate kehrte in eine Lebensphase zurück, die es so nie gegeben hatte. Ich konnte von nebenan sehen, wie sie Knoblauch zum Olivenöl in die gusseiserne Pfanne tat. Sie hatte sich Chet Baker ausgesucht, dessen Songs die Zeit durchdrangen und verwandelten und Erinnerungen weckten, die eigentlich keine waren. Kates Emsigkeit, der Duft des in der Pfanne brutzelnden Knoblauchs und das immer fahler werdende Licht des Sonnenuntergangs trugen das Ihre zu dieser Verwandlung bei, aber sie verdankte sich vor allem den Songs, deren Abfolge von der Plattenfirma festgelegt worden war. Jeder Song erzählte seine eigene Story, doch zusammen bildeten sie eine lange Geschichte: »The Thrill Is Gone«, »I Get Along Without You Very Well«, »Just Friends«, »Let's Get Lost«, »My Ideal«, »I've Never Been In Love Before«.

»Wie ist Hardy wohl auf sie gekommen?«, fragte sie mich, als wir mit noch mehr Wein, Kalbfleisch und einem grünen Salat am Tisch saßen. Zwischen uns standen Kerzen, die wir eines Sonntagnachmittags auf der Esplanade von St. Kilda gekauft hatten. Sie standen etwas schief, und sie stammten aus einem Land, das Tanya abwechselnd als Vierte Welt, Dritte Welt oder Schwellenland bezeichnete. (Kerzen aus der Vierten Welt brannten nicht. Dort brannte zwar so gut wie alles, aber nicht diese Kerzen. Also machte die Dritte Welt den großen Reibach. Kerzen stellte man nicht mehr in Heimarbeit her. Das wusste hier kaum jemand.)

Die Erschöpfung hüllte mich ein wie eine Decke, unter der sich mein Vater, die Bank, Lyndon H. LaRouche mit erhobenem linken Arm, Tanyas Job und andere Probleme drängelten und um Platz kämpften. Für meine Mutter, Abbys Grippe oder den kurz bevorstehenden weltweiten Börsenkrach, den kein Index zur Kenntnis nehmen wollte, war gerade kein Platz. Wenn die Aktien tief stehen, muss man kaufen und reinvestieren. Das weiß jeder. Aber das kann nicht jeder. Denn es setzt voraus, dass man etwas zum Investieren übrig hat. Ich war schrankenlos müde, laisser-faire-müde, dereguliert-zum-Wohle-der-Welt-müde. In einem schummrigen Interieur aus dem neunzehnten Jahrhundert erzählte Tess von Kate und meinte, Hardy stehe ihr ins Gesicht geschrieben. Das Kalb war zart, und mir wurde bewusst, dass ich zwar den halben Tag gearbeitet, Abby sowohl eine heiße Zitrone als auch eine heiße Milch mit Honig gemacht hatte (beide ohne Wirkung) und von der Post erschlagen worden war, aber seit dem Frühstück nichts mehr gegessen hatte.

Kate war lebhaft, auf stille Art lebhaft, zuversichtlich und fröhlich, ohne die psychophysischen VU-Messgeräte in den roten Bereich eintreten zu lassen. Sie schenkte immer wieder nach, und wir tranken immer wieder aus und entkorkten eine zweite und eine dritte Flasche Wein. Währenddessen fragte ich mich, warum mir dieses Abendessen sowohl vertraut als auch unvertraut vorkam und wieso ich es mir mit dieser alten, großäugigen Freundin, die soeben ihr Haar zurückgebunden hatte, bei einem Gespräch über Thomas Hardy und seine tragische Heldin gemütlich machte, als wollten wir eine Zeit wiederaufleben lassen, die wir gemeinsam so niemals erlebt hatten.

»Wie ist er wohl auf sie gekommen?«

»Er hat seine tiefsten Hoffnungen auf sie projiziert«, antwortete ich nicht sehr geistreich, denn ich war abgelenkt und müde, mochte Kate aber nicht darauf hinweisen, weil ich sie nicht verletzten wollte.

»Aber er hat sie geliebt. Hardy hat sie geliebt, als hätte sie wirklich existiert. Wenn du es liest …«

»Wirkt sie so echt?«

»Nun, im Grunde wirkt sie etwas künstlich, denn sie ist zu edelmütig, um echt zu sein. Im wahren Leben gibt es diese Mischung aus Edelmut, Intelligenz und Schönheit nicht. Es gibt nur das tragische Ende«, sagte sie mit einem wehmütigen Lächeln.

»Das stimmt nicht. Sieh dich an: Du bist edelmütig, intelligent und schön.«

Wir schwiegen. Meine Worte hatten uns beide überrascht. Sie erwiderte, da habe wohl ein Geist gesprochen, aber ich hatte es ernst gemeint. Ich hatte es nur nicht laut sagen wollen.

»Du *bist* edelmütig, intelligent und … äh … schön.« Es klang noch schlimmer, als ich es wiederholte. Zunächst war es mir wie eine plötzlich erkannte Wahrheit vorgekommen, die unbedingt geäußert werden wollte, aber als die Worte in der Luft hingen, klangen sie wie ein plumper Flirt, und es wurde nicht besser, als ich hinzufügte: »Für Tanya gilt das natürlich auch.«

»Oh, ja. Für *sie* schon«, pflichtete Kate bei. Wir fühlten uns beide besser und stießen auf Tanya an.

»Beim Erscheinen gab es einen öffentlichen Aufschrei.«

»Wann war das?«

»Achtzehnhunderteinundneunzig.«

»Ein skandalreiches Jahr.«

»Kaum zu glauben, dass etwas so Reines für einen Skandal sorgt.«

Obwohl der Alkohol ebenso anregte wie benebelte, war ich noch klar genug im Kopf, um die Wirkung meiner im Kerzenschein gesprochenen Worte einschätzen zu können. Doch sie führten leider schon ein Eigenleben und gehörten mir nur noch im urheberrechtlichen Sinn. Sie purzelten aus meinem Mund und drohten noch vor der Pubertät gegen die etablierte Ordnung aufzubegehren.

»Wäre es nicht schön, wenn man den Roman ganz einfach als schwarz-weiß gezeichnete Moralität einstufen könnte?«, fragte Kate.

»Aber seine Schönheit besteht doch nicht zuletzt darin, dass er so moralisch daherkommt, oder?«

Vielleicht stimmte das, vielleicht auch nicht, aber man sollte bedenken, dass ich Chemieingenieur und noch dazu sternhagelvoll war und mit diversen privaten Problemen haderte, die alle darum wetteiferten, meine Welt zum Einsturz zu bringen. Ich musste mir dringend in Erinnerung rufen, wer ich war, und vielleicht das Gesprächsthema wechseln.

»Könnte sein. Laut Alvarez ist Tess' Schicksal so ergreifend, dass sowohl die Ästhetik als auch die sprachliche Schönheit des Buches … dahinter zurücktreten.«

Ich versuchte, ihre Worte nachzuvollziehen. Ich wusste nicht recht, ob sie Zustimmung ausdrückten. Mir fiel nicht mehr ein, was ich gerade gesagt hatte. Ich wusste nicht mehr, was Kate gerade gesagt hatte. Ich klammerte mich an ihre ersten Worte.

»Ach, wirklich? Das hat Alvarez gesagt?«

»Ja, in seinem Vorwort zur Penguin-Ausgabe.«

»Aha … Penguin.« Der Raum, in dem die meisten Menschen Taktgefühl, Gleichgewicht und Gedächtnis aufbewahrten, war bei mir mit Blei gefüllt. Ich hatte das Gefühl, gleich zusammenzubrechen.

»Tut mir leid, Eddie. Ich langweile dich.«

»Nein, nein, nein, nein. Ganz und gar nicht. Nein.«

»Ich wusste, dass du es auch gelesen hast, und ich fand es toll. Ich war hin und weg. Von dem Buch und von *ihr*.«

»Nein, nein, nein, nein. Ganz und gar nicht.«

»Genug von Hardy. Wirklich. Ich finde ihn großartig, und damit hat es sich. Genug geredet. *Zu viel* geredet, nehme ich an«, sagte Kate schüchtern.

»Sicher, sicher. Ich finde dich auch großartig.«

»Geht es dir gut, Eddie?«

»Ganz und gar nicht.«

»Warum legst du dich nicht kurz hin? Du siehst ziemlich fertig aus. Möchtest du? Komm. Hier drüben.«

Sie stand auf, und ich nahm benommen wahr, dass sie mich zu ihrem provisorischen Bett führte. Das Kissen duftete nach ihrem Parfüm oder ihrer Feuchtigkeitscreme. Sie ließ mich langsam darauf niedersinken und zog mir die Schuhe aus, die mit einigen Sekunden Abstand auf den Fußboden plumpsten. Bei jedem Plumps hatte ich das Gefühl, als würde mein Kopf nach dem Zusammenprall mit einer massiven Marmorplatte nach oben schnellen. Es war die Art Marmor, aus dem man Mausoleen für ganze Dynastien von Vorfahren erbaute. Ein Licht erlosch, und alles war still, aber es war das Dunkel und die Stille einer anderen Welt. Ich lag in der Familiengruft in Kingsbere. Tess war fort.

Ganz in der Nähe ertönte ein Geräusch, als würde jemand Moos oder eine andere zähe, primitive Lebensform von den Marmorvorsprüngen der Familienruhestätte kratzen. Als sich meine Augen an das Dunkel gewöhnt hatten, sah ich, dass die Gruft gepflegt wurde. Und zwar von Old Man Williamson. Er hantierte emsig mit seinem Werkzeug. Er arbeitete mit ernster Miene und voller Eifer, hielt aber inne, als er mich bemerkte.

»He, erinnerst du dich an mich?«, rief ich.

»Aber natürlich.« Er hob den Kopf und sah mich durch den Nebel an. Schwer zu sagen, was in seinem Blick lag – es konnte ebensogut leichte Verärgerung wie müdes Wiedererkennen sein.

»Was machst du da?«, fragte ich.

»Putzen, Ordnung halten, vorbereiten.«

»Vorbereiten?«

»Ich mache alles für deinen Vater fertig.«

»Du bereitest die Gruft für meinen Vater vor?«

»Ja, und für dich auch.«

»Für mich? Warum auch für mich?«

»Wir gehn alle den Weg unserer Väter und Vorväter. Haste nichts von Thomas Hardy gelernt?«

»Aber mein Dad wird sich bald erholen. Er kommt nicht hierher.«

»Ganz sicher? Du hastn zuletzt vor der Ernte gesehn, und jetzt kannstes dir nich mehr leisten, ihn zu besuchen. Tja, du wirstn noch früh genug sehn, glaubs mir.«

»Moment! Du warst nie ein böser alter Mann.«

»Nich böser als andere, ob damals oder heute. Was wir sind, wurde uns mit in die Wiege gelegt. Das sollteste endlich kapiern. Ich war immern alter Kerl, und darum habt ihr Jungspunde keine Notiz von mir genommen.«

»Ob er nicht hierherkommen muss, wenn ich ihn besuche? Was meinst du?«

»Das musste selbst wissen. Aber du bist pleite. Wie willste ihn besuchen? Das ist das eine. Das andere is: Hier in der Gegend gibts jede Menge Melker und Heumacher, und wieso glaubste, dass nur *du* ihn vor der letzten Ruhestätte retten könntest? Horch mal in dich rein. Selbst wenn es dir irgendwie möglich wäre, ginge es nich jetzt. Das weißte genau, und dagegen kommste nich an. Das musste dir vor Augen halten, aufbewahren, unter ›T‹ einsortieren. Mehr kann ein Mann wie du nich tun.«

»Unter ›T‹?«

»›T‹ wie Trübe Zukunft. Deine Zukunft ist so zappenduster wie diese Nacht, in der du kaum noch die Hand vor Augen sehen kannst. Aber um offen zu sein, ist sie ebenso klar, wie sie trübe ist. Du kannst deinen Vater nich besuchen, und darum wird er herkommen. Tja, und du – du stehst in der Blüte deines Lebens, wie es so schön heißt, du rettest dich von einer Woche zur nächsten, kratzt Geld zusammen und katzbuckelst vor einem Arsch von Mann, einem Arsch von Mann, der mal mit deiner Frau im Heu war. Deine Frau war mit ihm im Heu, obwohl sie dich schon vor ihm kannte, aber trotzdem hat sie sich an ihn rangeschmissen. Damals hat ihr die Welt noch offengestanden, das hat sie sich jedenfalls eingebildet, und sie war noch nicht so zerbrechlich. Kannste ausschließen, dass sie sich noch mal an ihn ranschmeißt? Er ist viel erfolgreicher als du, und sie hat nie dringender jemanden gebraucht, der ihr aufhilft.«

»Sie wird eine andere Arbeit finden. Sie war nur Tutorin. Und ich werde ihr helfen. Ich werde ihr helfen, wo ich nur kann.«

»Ja, kein Zweifel, das wirste, und ich sehe das Mal der Traurigkeit, mit dem du gezeichnet bist. *Nur* Tutorin sagste! In diesen finsteren Zeiten wird man sparen und kürzen, bis man die klügsten *Studenten* vergrault hat. Vergiss nicht, dass man auch Jude Fawley in der Finsternis von Christminster vergrault hat, und einen besseren Mann als ihn hat es kaum je gegeben.«

»Jude Fawley? War der an der Monash University? Tut mir leid, aber ich kann mich nicht an ihn erinnern.«

Er atmete langsam aus und murmelte höflich, aber gereizt: »Verfluchte Ingenieure. Tanya hat ihn ganz bestimmt nich vergessen. Er warn Steinmetz, ein kräftiger Bursche. Frag Tanya, wenn du mal mit ihr redest.«

Schritte, die im Laub raschelten, lenkten ihn ab.

»Da kommt jemand«, flüsterte er, als dürfte er nicht gesehen werden.

Doch ich wollte die Sache noch nicht auf sich beruhen lassen und rief ihm mit wachsender Verzweiflung zu: »Ich kann ihr helfen! Warum glaubst du mir nicht?«

Er flüsterte leise und eindringlich: »Willig biste, aber ganz bestimmt kein reifer Mann.« Er richtete sich auf und nahm seinen Kratzer, bereit, vor allem und jedem zu fliehen, der sich näherte. Während er sich ständig umsah, fuhr er hastig flüsternd fort.

»Könnte Tess oder sonst jemand sein, der da kommt, aber das soll dir egal sein, Söhnchen, denn du bist zu jung, um zu wissen, was dir um welchen Preis fehlt, und zu alt, um es später im Leben noch zu erwerben.«

Mit diesen Worten huschte er geisterhaft an mir vorbei. Ich wollte ihn festhalten, griff aber daneben und hörte nur sein Abschiedsgeflüster, eine Mischung aus Rat und Warnung.

»In den nächtlichen Straßen der Stadt ritzen sie Hakenkreuze in die Herzen streunender Hunde, aber du und deine Frau, ihr macht alles mit euch selbst aus. Horch in dich rein. Würdeste dir von jemandem helfen lassen, der in deiner Lage is, oder dich überhaupt für ihn interessieren?«

Dann war er verschwunden, und auf einmal legte sich Tess im Nebel neben mich auf das Grab. Sie bemerkte mich anfangs nicht. Sie trug ein rotes Band im Haar und roch verführerisch nach den Lancôme-Produkten, die in meinem Bad standen und deren Duft seit Kurzem an allen möglichen Dingen im Wohnzimmer haftete. Sie sah todmüde aus, sie zitterte und schien geweint zu haben.

»Tess«, fragte ich vorsichtig, »bist du es?«

Sie hörte mich nicht, und ich konnte mich im Dunkeln nicht verständlich machen. Der Mond war untergegangen, und ihre Silhouette war nur noch ein fahles Nebelgespinst, das an den weißen, von Tanya geliehenen Frotteebademantel erinnerte. Er war alles, was ihre verzweifelte Erscheinung vom Laub unter und vom Dunst über ihr trennte. Ich rief wieder ihren Namen, doch sie regte sich nicht. Ich erreichte sie nicht.

Ringsumher herrschten nur Finsternis und Stille. Kaninchen und Hasen huschten hin und her, über uns saßen Vögel, doch es war kein Schutzengel in Sicht, der uns vor der Nähe, die Not und Kälte entsprang, hätte schützen können. Dann schloss sich die Kluft durch Zärtlichkeit, die Kluft im Frottee und die sehnsüchtige Kluft in uns beiden. Doch sogleich tat sich eine andere auf, und noch bevor alles vorbei war, begann ich zu weinen. Was hatte ich getan?

Sie hielt mein Gesicht und wischte meine Tränen fort, meine Tränen.

»Alles ist gut«, sagte sie. Mein Herz hämmerte wie wild. Ich ließ den Kopf sinken, bis meine Nase zwischen ihren Brüsten lag, noch eine Kluft, die mir bis dahin an ihr fremd gewesen war. Eines meiner Ohren lag warm zwischen dem Frottee und ihren Brüsten, deren Blöße eine Untreue ahnen ließ.

»Alles ist gut, Eddie«, flüsterte sie. »Ich glaube, du hast geträumt.«

Sie knipste meine Nachttischlampe an, die sie zur Leselampe umfunktioniert hatte.

»Keine Sorge. Du bist wieder wach.« Doch damit hatte sie nur teilweise recht.

»Oh, Mann! Habe ich im Schlaf geredet?«

»Du bist eingeschlafen. Ich hatte gerade abgewaschen und bin auf Zehenspitzen herumgelaufen, um mich für das Bett fertig zu machen, als ich dich gehört habe.«

»Was habe ich gesagt?«

»Nichts Besonderes.«

»Was habe ich gesagt, Kate?«

»Nichts. Du … du hast geweint.«

»Oh, Scheiße. Tut mir leid. Wie peinlich.« Ich richtete mich auf.

»Ach, Eddie«, sagte sie warmherzig und verständnisvoll, »vor mir muss dir nichts peinlich sein.« Sie streichelte mein Gesicht. »Du bist so gut zu mir gewesen. Du bist ein so guter Mann.«

Sie ließ ihre Hand von meinem Kinn an aufwärtsgleiten. Sie fuhr mit den Fingern durch mein Haar. Als ich die Augen schloss, spürte ich ein paar Tränen, die das Licht dieser Nacht noch nicht erblickt hatten. Kate drückte mich an sich und rieb meinen Rücken. Ich konnte ihren Atem hören. Diesmal geschah es wirklich, und als ich aufsah, lagen unsere Lippen aufeinander, und wir konnten beide nichts mehr sagen.

Wir küssten beide zum ersten Mal seit langer Zeit jemanden, mit dem wir nicht verheiratet waren. Wir küssten uns mit großer Leidenschaft und konnten nicht voneinander lassen. Als ich mit den Fingern durch Kates Haar fuhr, löste sich das Band. Tanyas Bademantel löste sich auch und enthüllte eine verführerisch duftende, nackte Frau, die meinen Kopf hielt, die mich begehrte, wie ich schon lange nicht mehr begehrt worden war, und deren Zärtlichkeit mich erregte. Aber es war nicht Tanya. Es war nicht einmal Amanda Claremont. Und es war grundfalsch.

»Das ist Wahnsinn, Eddie. Wir müssen aufhören«, sagte Kate atemlos.

Die Ruckartigkeit, mit der ich zurückzuckte, würde sie ganz sicher nie vergessen, und sie wäre ganz sicher jedes Mal von Neuem verletzt, wenn sie sich daran erinnerte. Ich erschrak über meine Schwäche, und da ich durch Erregtheit, zornige Reue und Schuldgefühle wie unter Schock stand, hatte ich die Wucht meiner Bewegung nicht unter Kontrolle. Zu allem Überfluss übertönte meine Blase auch noch die zahllosen Stimmen, die mich in meinem Kopf anbrüllten, und beklagte sich über den Wein.

»Ist nicht deine Schuld, Kate. So etwas kommt vor, so ein … Fehler. Ich war blau, ich *bin* blau und hundemüde. Ich hoffe, du verzeihst mir das hier. Vergib und vergiss, oder vergiss es einfach nur. Eines von beidem. Es liegt an dir«, rief ich, ließ sie verstört auf dem Sofa sitzen und eilte los, um meine Blase zu erleichtern.

Der nutzlose Teil des Weins plätscherte in die Kloschüssel, aber dieses unzweideutige Geräusch konnte die Gedanken nicht ausblenden, die ich mir wegen Kate machte. Was ging ihr durch den Kopf? Was mochte sie jetzt von mir denken? Ihre Meinung über mich war berechtigt, vielleicht sogar berechtigter, als sie ahnte, außer sie wusste, dass Tanya bald arbeitslos wäre. Wusste sie es? Vielleicht erzählte Tanya ihr viel mehr als mir, so viel, wie sie mir früher erzählt hatte. Wenn das so war, würde Kate auch Tanya vieles anvertrauen, und was konnte vertraulicher sein als das, was gerade passiert war? Oder gehörte es in die Rubrik »um Tanyas willen nicht Tanya erzählen«? Niemand rationalisierte perfekter als ein untreuer Ehemann, der zugleich der perfekte Empfänger für die Ergebnisse dieser Rationalisierungen war. Ich war extrem spitzfindig geworden. Wie spitzfindig genau? Ich blickte hinunter auf mein Spiegelbild, um diese Frage zu beantworten, doch der Wein, ein trockener, eigentlich nicht sehr hinterhältiger

Weißwein, untergrub diesen Versuch durch einen Blitzkrieg, eine verwirrende Zangenbewegung, die das Innere meines Schädels erbeben ließ und das Abbild meines Kopfes in der Kloschüssel erzittern ließ. Ich spülte, um mich zu erlösen, doch der Spülkasten enthielt nur Wasser.

»Geht es dir gut? Tut mir wirklich leid.« Ich mochte sie nicht anschauen, denn mich plagten sowohl Schuldgefühle als auch Erregtheit.

»Ich bin genauso schuld wie du, Eddie. Du solltest wirklich nicht … Wir sollten wohl besser ein wenig schlafen. Ja, ich glaube wirklich, dass ich etwas Schlaf brauche. Ich bin mir sicher, dass morgen früh alles … Schlaf gut und mach dir keine Sorgen mehr.«

Im Flur rief ich leise: »Gute Nacht, Kate. Brauchst du noch etwas?« Immer der perfekte Gastgeber.

»Nein, Eddie, ich kenne mich aus.«

Unsere Schlafzimmertür war nie leichter gewesen und hatte sich nie einfacher schließen lassen. Ich zog mich aus und warf die Kleider auf den Stuhl. Ich entschied mich für den dicksten Pyjama. Mir kam der Gedanke, dass ich nie mehr mit einer anderen Frau als Tanya allein in den Vororten sein durfte.

Die Verlockung dessen, was um ein Haar geschehen wäre, erschreckte mich am meisten, als ich mich im Dunkeln unter dem Oberbett verkroch. Die Erinnerung an diesen Vorfall konnte mich jederzeit einholen, ob in Zügen oder Bussen, im Stau oder vor einer roten Ampel, und wahrscheinlich würde ich mich viel zu gern daran erinnern. Das beunruhigte mich am stärksten. Ich musste schlafen. Morgen wäre dieser Vorfall Schnee von gestern. Oder vielleicht auch nicht. Vielleicht wäre er ein in Bruchstücken erinnerter Traum. Ich beruhigte mich langsam, stellte mir vor, zur Ruhe zu kommen, und wurde tatsächlich ruhiger.

Vielleicht *war* es ein Traum, *ihr* Traum. Ich konnte sie nicht für ihre Träume verurteilen. Meine Augen fielen zu, schwer von der Vergebung, die ich ihr gewährte. Der Schlaf schien sich doch noch mit mir anzufreunden. Ich meinte zu hören, wie Kate ihre Zähne putzte, sie wurde immer leiser, als wüsste sie, dass ich dringend Schlaf brauchte. Das Bad wich in immer weitere Ferne zurück. *Ich putze mir den Kerl vom Gaumen.* Sogar die Hubschrauber waren leise und rücksichtsvoll. Alles würde gut werden.

Der Vorfall widerlegte meinen eitlen Wahn, dass ich nicht allein aus Trägheit treu war. Vielleicht war ich einer der vielen braven Gatten, für die katzbuckelnde Treue genauso zur Gewohnheit geworden war wie das Rasieren, die Zahnseide nach dem Essen oder die Erinnerung an missglückte Nächte.

Wie lange liebte ich Tanya schon? Ich hatte sie bereits zu einer Zeit geliebt, als ich noch nicht gewusst hatte, was Liebe war. Ich war zwar verunsichert, doch an meinen Gefühlen hatte sich nichts geändert, seit ich sie vor über einem halben Leben von der Abteilung für Obst und Gemüse aus erblickt und zu meiner Frau erkoren hatte. Mein Zigeunermädchen, mein dunkler Sturmwind mit den runden, schwarzen Augen, immer auf der Flucht vor plötzlich zuschlagenden Feinden und den in Reih und Glied marschierenden Bannerträgern von Mittelmäßigkeit und Angepasstheit, auf der Flucht wie einst ihr Vater. Läge sie doch neben mir. Ich sehnte mich nach ihr und wollte ihr beweisen, dass ich all diese Bastarde stellvertretend für sie bekämpfte, bis sie endlich an meiner Seite kämpfen konnte.

»Eddie.«

Ich konnte hören, wie sie mich rief.

»Eddie.«

Doch sie klang verängstigt.

»Eddie.« Sie rief hartnäckig.

»Eddie.«

Es war nicht ihre Stimme.

Kate rief hinter der Tür. Doch wir mussten schlafen, um zu vergessen, was passiert war. Süße Kate, mach die Sache nicht noch schlimmer. Ich vergrub den Kopf unter dem Kissen und schwieg. Sie würde bald aufgeben, und morgen früh wäre sie dankbar für meinen festen Schlaf.

»Herr im Himmel, Eddie, wach endlich auf!«

Sie stieß die Tür auf und knipste das Licht an. Meine Kleider fielen vom Stuhl und lagen gegen ihren Willen auf dem Boden.

»Es geht um Abby.«

Zweiundzwanzig

Der längste Abschnitt meiner längsten Nacht begann mit den Sekunden, die ich brauchte, um mich aus dem Bett zu quälen und Kate durch den Flur zu Abbys Zimmer zu folgen. Während dieser Sekunden stieg mir das Wasser bis zum Hals, und als ich im Kinderzimmer stand, war ich hellwach. Abby lag auf dem Rücken und schnarchte mit zusammengebissenen Zähnen, ein Geräusch, das ich nicht von ihr kannte. Es klang wie das schwache, unstete Brummen eines unzuverlässigen Motors, der aufgrund eines Konstruktionsfehlers Wasser gezogen hatte und abwechselnd absoff und ansprang.

»Träumt sie? Abby? Süße?« Kate tastete nach dem Lichtschalter. Bei Abbys Anblick wurde mir so angst und bange wie noch nie, mir wurde fast übel vor Angst. Sie schüttelte sich. Jedenfalls schien sie sich zu schütteln. Sie hatte den Rücken unnatürlich weit durchgedrückt, und ihre Arme und Beine verkrampften und entspannten sich im Wechsel. Ein Rhythmus war nicht zu erkennen; stattdessen schien es ein ihr innewohnender, gewalttätiger Wahnsinn zu sein.

»Sie hat einen Anfall«, sagte Kate. »Wir sollten wohl besser einen Rettungswagen rufen.«

Ich schwieg. Meine Tochter bebte am ganzen Körper. Sie hatte sich aus dem Schlaf in die Ohnmacht geschüttelt. Ihre Augen waren offen, und die Pupillen rollten wie durch einen inneren Mechanismus nach oben. Sie glitten ein wenig nach unten, dann wieder nach oben, zuckten kurz hin und her und sackten erneut ab, und ihre Arme und Beine winkten wie in Panik oder so, als würde sie meine Panik teilen. Wie lange dauerte dieser Anfall schon? Wie lange würde er anhalten? Dies war Abby, und zugleich war sie es nicht. Manchmal war nur das Weiße ihrer Augen zu sehen. Sie schlug die Matratze mit den Armen, hämmerte mit den Rückseiten ihrer Beine darauf ein.

Es wollte nicht aufhören. Handlungsanweisungen, die ich im Laufe meines Lebens in Arztpraxen auf Wandtafeln gelesen hatte und an die ich mich nun vage erinnerte, hallten in meinem Kopf: *Auf die Seite drehen; aufpassen, dass die Zunge nicht geschluckt wird; Ursache ergründen; einen Rettungswagen rufen.* Sie rasselte weiter tief in der Kehle. *Schlafen lassen.* Doch sie schlief nicht, sondern kämpfte verzweifelt. *Die Atemwege frei halten. Dem Vater die Schuld zuweisen.* Atmete sie überhaupt?

»Ruf einen Rettungswagen!«

Der Anfall ging unvermindert heftig weiter. Sie trat um sich und verkrampfte und entspannte sich abwechselnd.

»Schon erledigt. Passiert das zum ersten Mal?«

»Ja. Ich glaube. Ich weiß nicht. Ich habe keine Ahnung, was das ist.«

»Sie hat einen Anfall.«

»Ich weiß. Bekommt sie Luft?« Ich berührte ihren Kopf. »Atmet sie? Abby, was ist los mit dir?«

»Sie hat einen Anfall.«

»Ich weiß. Warum hörst du nicht endlich auf, das zu sagen, und rufst einen Rettungswagen!«

»Das habe ich schon getan.«

»Wann ist er hier?«

»In fünf bis zehn Minuten.«

»Zehn Minuten! Sie atmet nicht, Kate, sie bekommt keine Luft mehr!«

»Doch, sie atmet. Sie hat einen Anfall. Was tust du?«

»Ich drehe sie auf die Seite.«

»Warum?«

»Damit sie ihre Zunge nicht verschluckt.«

»Bei Kindern ist das unnötig.«

»Wirklich? Aber das macht man bei einem Anfall.«

»Nein, ich glaube, nicht.«

»Doch. Hilfst du mir? Sollen wir sie halten? Ruf noch einmal an. Ruf noch einmal den Rettungsdienst an. Sie hat irgendeinen Anfall.«

Wir drehten sie auf die Seite.

Da keiner von uns beiden daran gedacht hatte, die Haustür offen zu lassen, mussten die Sanitäter klingeln wie Freunde, die nachmittags zum Tee vorbeikamen. Kate ließ sie ein. Sie betrachteten die bebende Abby. Einer der Sanitäter blieb in der Schlafzimmertür stehen, der andere ging zum Bett.

»Wie alt ist sie?«, fragte er entschieden, routiniert und ohne jede Panik. Er war ein älterer Mann mit schütter werdendem Haar.

»Sechs«, sagte Kate.

»Sechseinhalb. Sie hatte eine Grippe. Nur ein paar Tage. Und Fieber.«

Der jüngere, in der Tür stehende Mann rannte aus dem Haus, als wollte er jemanden aus dem Rettungswagen holen. Der ältere Mann blieb neben dem Bett stehen. Es war kurz nach vier Uhr früh. Er beugte sich über Abby und legte ihr sanft eine Hand auf den Kopf. Es gab Leute in der Regierung und gewisse Leitartikler, die behaupteten, dass dieser Mann einen viel zu leichten Job hatte.

»Sind Sie die Eltern?«

»Ich bin ihr Vater.«

Kate schlang Tanyas Bademantel enger um sich. Der Rettungssanitäter behielt Abby im Blick.

»Sie hat einen Anfall. Zum ersten Mal?«

»Ja, soweit ich weiß.«

»Wie lange dauert er schon?«

»Eine gute halbe Stunde«, antwortete ich.

»Wir wissen es nicht genau. Wir haben erst vor zehn Minuten entdeckt, was mit ihr los ist«, sagte Kate.

»Atmet sie?«, fragte ich.

»Ja, sie atmet«, erwiderte er gelassen. »Wir müssen einen anderen Wagen rufen.«

»Was für einen anderen Wagen?«

»Einen Rettungswagen mit Intensivausstattung. Für das hier sind wir nicht ausgerüstet.«

»Für was?«

»Sie braucht Valium. Im anderen Rettungswagen kann sie mit Valium behandelt werden. Das hilft gegen den Anfall, aber danach wird sie für die Diagnose und den Fall eines weiteren Anfalls im Krankenhaus bleiben müssen.«

»Warum können *Sie* ihr kein Valium geben? Ich glaube, wir haben noch etwas da. Meine Frau hat Valium … Außer sie hat es mit zu ihrer Mutter genommen.«

»Nein, es wird rektal verabreicht. Mein Kollege ruft gerade den anderen Wagen. Ich bleibe hier, bis er kommt. Und keine Sorge wegen Ihrer Tochter.«

»Wirklich nicht?«

»Alles wird gut.«

Abby sah nicht gerade gut aus. Genau genommen hatte sie nie schlechter ausgesehen. Sie wirkte zornig und wütend bis zum Wahnsinn. Sie zuckte ungewollt auf ihrem Bett, hatte Schaum vor dem Mund, gurgelte kehlig und wollte mich nicht anschauen. Ihr Körper versuchte, alles abzuschütteln, was er wusste. Die beruhigenden Worte des uniformierten, älteren Mannes mit dem schütteren Haar konnten meine Angst nicht lindern, während ich zusah, wie der Sturm in ihr tobte und ihre Arme und Beine wie als Protest gegen ihren Gesundheitszustand auf das Bett eindroschen.

»Das ist noch nie passiert«, sagte ich in der Hoffnung auf irgendeinen Trost. Doch sie wollte nicht aufhören, und sie glühte weiter wie im Fieber. Sonst hatte ich ihre Tränen stets trocknen und ihre seltenen Anflüge schlechter Laune immer vertreiben können, aber als ich jetzt neben ihrem Bett stand, war ich ganz allein. Jedes frühere Selbst hatte mich im Stich gelassen, und angesichts dieser Beleidigung der Vernunft meines Kindes war ich hilflos. Schamlos tanzte sie ihren abstoßenden Tanz vor unseren Augen, und nichts deutete darauf hin, dass sie aufhören wollte.

»Wird sie sich bald beruhigen?«, fragte ich den Sanitäter wie ein Kind.

»Oh, ja, solche Anfälle haben einen bestimmten Verlauf. Sie dauern ihre Zeit. Der andere Rettungswagen ist gleich da.«

Die Ankunft des Wagens mit Intensivausstattung sowie die Tatsache, dass er immer noch gebraucht wurde, schienen nicht zu der Behauptung zu passen, dass solche Anfälle einen bestimmten Verlauf nahmen. Bedeutete es, dass Abby ohne den neuen Wagen nicht zur Ruhe kommen würde?

»Aber wann hört sie damit auf?«

»Oh, es wird schon aufhören. Ich glaube, da sind sie.«

Was, wenn er sich irrte? Würde sie sich beruhigen? Kate hielt meinen Arm.

Nun standen vier uniformierte Männer im Zimmer meiner Tochter. Die zwei neu eingetroffenen Sanitäter handelten sofort. Einer hielt sie fest, so gut es ging. Der andere drückte mit einer Hand ihre Pobacken auseinander und führte mit der anderen einen Katheter in ihren Anus ein. Endlich tat man etwas. Die neuen Sanitäter waren gekommen, um ihr Valium zu geben und sie ins Krankenhaus zu fahren. Auf dem Weg dorthin saß ich mit einem der beiden neben Abby. Ihre Tanzbewegungen wurden schwächer, aber sie erwachte nicht. Heftigkeit und Häufigkeit der Zuckungen nahmen ab. Ich wünschte, der ältere Mann hätte uns begleitet.

Abby und ich waren wie mit der Transporttrage verwachsen. Man hatte sie angeschnallt. Ich umklammerte die Stange so fest, dass meine Hand weiß und starr wurde. Der jüngere Sanitäter schob uns in die Notaufnahme. Er parkte uns in einer Schlange, nicht weit von der Tür, und verließ uns dann, um seine Version unserer Lage in etwas zu übersetzen, das vom System eingeordnet werden konnte. Abby schlief. Sie regte sich nicht, wenn der aus den Traumata anderer Leute bestehende Strom gegen ihre Trage schwappte, und sie ließ sich nicht von dem Weinen und dem Geschrei stören, die flipperkugelartig durch den Raum hallten und die dünnen Wände durchdrangen, die jede Transporttrage samt ihrer jeweiligen Panik, Angst und Reue von den anderen trennten. In all dem Trubel schlief mein kleines Mädchen tief und fest.

Im Brutlicht der Neonröhren des kleinen Raums hatten sich zahllose, an einem Wendepunkt stehende Leben wie auf eine Einladung hin versammelt. Die Trennwände sorgten zwar für eine gewisse Privatsphäre, doch Schmerz und Leid ließen sich nicht eindämmen. Hinter einer etwas weiter entfernten Trennwand schrie ein junger Mann so laut vor Schmerz, dass eine Frau nebenan den Ort ihrer eigenen Tragödie verließ, um Hilfe zu holen, obwohl sie kein Englisch sprach. Sein Geschrei, das lauteste von allen, wurde nur ab und zu von einem heiseren Würgen unterbrochen. Er schrie eine ganze Viertelstunde lang. Dann bekam er eine Spritze in den Arm, und danach wartete er still.

Eine energische, vertrauenerweckende Krankenschwester, noch jung, doch mit jeder Minute alternd, kam mit Stift und Klemmbrett zu uns. Sie befragte den Sanitäter in einem fast unhörbaren Flüsterton. Er berichtete ihr alles, was sie wissen musste oder in der Kürze über uns erfahren konnte. Dann verabschiedete er sich mit einem Nicken von ihr und uns und ritt davon in den Sonnenaufgang.

»Das ist Abby?«, fragte uns die Frau.

»Ja.«

»Der Arzt wird so schnell wie möglich bei ihr sein«, sagte sie in einem Ton, der andeutete, dass man das System über unsere Existenz informiert hatte. Wir sollten also ja keinen Ärger machen.

Doch Ärger war hier vorprogrammiert. Er hatte weder ein Muster noch einen Rhythmus und manchmal nicht einmal einen Takt. Zwei Pfleger begrüßten sich über eine mit einem Laken zugedeckte Transporttrage hinweg. Ich hörte ihnen zu, während Abby schlief.

»Innere Blutung«, sagte der Mann, der die Transporttrage schob.

»Und er war ein so braver Kerl. Keine Diagnose?«

»Nein. Glaube nicht. Aber was weiß ich schon?«

Eine Frau mit eingefallenem Gesicht und dicken schwarzen Haaren raste auf einem Elektrorollstuhl durch die Gänge. Sie konnte nur über einen kleinen Computer kommunizieren und begleitete das Motorengeräusch mit einem tiefen, zornigen Brummen, wobei sie jede Menge Spucke versprühte. Sie wollte sich nicht damit abfinden, wegen ihrer Behinderung ständig zu liegen, sie war mobil und bewegte sich im rechten Winkel zu allem. Sie sah aus wie Ende zwanzig oder Anfang dreißig. Mit tierischen Lauten erhob sie Einspruch gegen ihr würdeloses Dasein. Sie beruhigte sich erst, als ihr eine ältere Krankenschwester Aufmerksamkeit schenkte und mit ihr sprach wie mit einem tobsüchtigen Jungen.

»Hier ist die Hölle los. Das weißt du doch. Und dir geht es heute gut.«

Die Krankenschwester las die getippte Antwort der Frau.

»Sylvia anrufen? Ich kann nicht ständig für dich telefonieren. Sieh dich doch hier um! Wir haben gerade Happy Hour. Außerdem schläft sie um diese Zeit noch. Wer ist Sylvia überhaupt?« Die Frau tippte eine Antwort, und der Ton der Krankenschwester änderte sich.

»Deine Mutter?«

Die Frau im Rollstuhl wurde durch einen großen, krummen, hageren Mann übertrumpft. Durch Beschimpfungen, die er mit chirurgischer Präzision ausspie, lenkte er die Aufmerksamkeit der Krankenschwester vom Computer der Frau auf die durch Arzneimittel verursachten Probleme seiner Physiognomie, Probleme, mit denen er bald wunderschön fotografierte Kultfilme bereichern würde, die er sich nie ansah. Das Problem war sein Rücken. Das wollte er allen begreiflich machen. Nicht nur, aber vor allem sein Rücken. Ein wenig Pethidin, und dann würde er gehen. So einfach war das. Man sollte sein Anliegen nicht falsch verstehen.

Abby schlief.

Oben in einer Ecke hatte man einen Fernseher angebracht. Ein fünfzehn Jahre altes Krankenhausdrama ging seinem nächtlichen Ende zu. Es folgten mehrere Werbespots. Ein braun gebrannter Mann mit strahlend weißen Zähnen und perfekter Frisur, der den Fernsehärzten sehr ähnlich sah, hatte die zehn Aspekte entdeckt, durch die sich erfolgreiche Leute vom Rest der Menschheit unterschieden. Er hatte diese zehn Aspekte auf sechs Kassetten gequetscht, die in den Vereinigten Staaten bereits das Leben von – wortwörtlich! – Millionen Menschen verändert hatten. Einige von ihnen trieben sich zufälligerweise in der Nähe seines Swimmingpools herum und waren gern bereit, die segensreiche Wirkung seiner Weisheiten auf ihr Leben zu bezeugen. Vor dem Kauf der Kassetten waren sie wie jeder andere auch gewesen, aber nun waren sie einzigartig. Dann kehrte der Fernsehdoktor zurück. Wenn wir die Nummer unten auf dem Bildschirm wählten und unsere Kreditkarte zückten, sagte er, würden wir gratis sein leicht verständliches, auf den Kassetten basierendes Buch dazubekommen. Sein strahlendes Lächeln wurde auch dadurch nicht getrübt, dass dieses Angebot zeitlich befristet war.

Dann hauchte uns vom Rand eines anderen Swimmingpools eine Frau in Unterwäsche etwas zu. Sie wirkte zunächst wie einer der – wortwörtlich! – Millionen Menschen, deren Leben durch die Kassetten und/oder das auf ihnen basierende Buch umgekrempelt worden war. Am unteren Bildschirmrand war immer noch eine Nummer zu sehen, aber dann wurde klar, dass dieses Angebot erstens nur Männern galt und dass es zweitens nicht die Intention hatte, unser Leben zu verändern, außer wir waren einsam und wollten mit ihr oder einer ihrer Kolleginnen plaudern. Nachdem sie ihr Angebot in diversen Posen mehrmals wiederholt hatte, war es Zeit für *Beany und Cecil in einem Bob-Clam-pett-Cartoo-oon*.

Tanya wirkte erschöpft. Sie berührte mich am Arm und gab der schlafenden Abby einen Kuss auf den Kopf. Kate hatte sie nach der Abfahrt des Rettungswagens angerufen, und Tanya, die im Schlaf einmal zu oft an der Strickjacke ihres Vaters gezupft hatte, war zu einem Albtraum erwacht, der ihr nach den panischen und nur halb verstandenen Worten ihrer Freundin erst allmählich bewusst wurde. Ihre Ängste waren immer nur private Fantasien gewesen, aber das hier war ein intersubjektiver Albtraum mit eigenem Parkplatz, Empfang und Lautsprechersystem; die Leute fuhren im Taxi hierher. Hier starben Menschen. Dieser Ort zog die Öffentlichkeit magnetisch an.

»Oh, mein Gott. Schläft sie?«, fragte sie und fuhr mit den Fingern durch Abbys Haar.

»Ja«, schien ich zu flüstern. Meine sinnlose Antwort ging im Lärm des Fernsehers unter, in der unablässigen Unruhe der Transporttragen, der schrillen Hartnäckigkeit des Rollstuhls der dunkelhaarigen Frau und dem Geschrei der aggressiven Vogelscheuche, die überzeugt war, ein demokratisches Recht auf Pethidin zu haben.

»Es liegt am Rücken, Schätzchen! Wirklich«, rief er einer weiteren Krankenschwester zu. »Komm mal her und fass ihn an, dann wirst du schon sehen.«

Tanya klammerte sich an mich. Ihr bleiches Gesicht lag auf meiner Schulter. In einem Augenwinkel hatte sie noch einen kleinen Rest Schlaf. Ich kannte sie so gut. Dieser Krümel in ihrem Auge war neu.

»Was ist passiert?«

»Sie hatte einen Anfall.«

»Was für einen Anfall? Hast du sie entdeckt? Das muss ja schrecklich gewesen sein.«

»Nein. Kate hat es bemerkt und mich geholt … alarmiert. Ich schlief schon. Du kannst dir das nicht vorstellen, Tanya, es war … grauenhaft … einfach grauenhaft, sie so zu sehen und ihr nicht helfen zu können, ja nicht einmal zu wissen, was sie hatte.«

»Was *hat* sie denn? Was sagen die Ärzte?«

»Ich weiß nicht mehr als du.«

»Wie meinst du das?«

»Wir stehen noch an.«

»Sie ist noch nicht untersucht worden?«

»Nicht wirklich. Nicht von einem Arzt. Nur von den Sanitätern.«

»Das kann doch nicht wahr sein, Eddie! Wie lange seid ihr schon hier? Warum hast du keinen Arzt geholt? Du riechst, du stinkst nach Alkohol.« Wir redeten aneinander vorbei und boten die stereotype Vorstellung eines gestressten Ehepaars.

»Keine Ahnung – eine halbe Stunde? Ich konnte sie doch nicht allein lassen. Vielleicht wäre sie während meiner Abwesenheit aufgewacht.«

Tanya sah sich langsam in der Station um. Schließlich fiel ihr Blick wieder auf mich.

»Das ist die Hölle«, sagte sie mit Blick auf die männliche Vogelscheuche, deren kreisender Kopf jedem Menschen in Reichweite, sogar der Frau, die kein Englisch sprach, das Gefühl gab, angebrüllt zu werden.

»Fass ihn an, Schätzchen! Na, komm. Ich halte es nicht mehr aus. Ich halte es nicht mehr aus, ihr beschissenen Mungoärsche!«

»Na, schön. Ich bleibe bei ihr, und du holst einen Arzt. Sieh doch nur, wie ruhig sie in all diesem Chaos schlummert, Eddie.«

»Sie hat Valium bekommen.«

»Das ist nicht dein Ernst!«

»Doch, sie haben es rektal verabreicht.«

Tanya zuckte zusammen. In dieser Stadt schliefen Millionen von Menschen, die nichts von den feinen Veränderungen ahnten, die sich zwischen fünf und sechs Uhr früh in einer Notaufnahme abspielen. Zuerst kommt das Licht.

Albtraum und Morgendämmerung verschwören sich stillschweigend an den Rändern, bei den Fenstern. Desinfizierungsmittel und Kaffee streiten sich um ihren Platz in deiner Erinnerung, und die Bewegungen der Akteure erlahmen so langsam wie ein aufziehbares Spielzeug. Alle scheinen zu befürchten, dass der kakofonische Soundtrack des Ortes, der sich aus dem immer lauter werdenden Leid aller Bittsteller und Betten zusammensetzt, von einer Sekunde auf die andere abbrechen und sie schutzlos zurücklassen wird. Sie machen sich seelisch auf den neuen Tag gefasst, hoffen, irgendwann zu Atem zu kommen und für die qualitativ unterschiedlichen Qualen des Tages fit zu sein.

Die Lautsprecheranlage schien autistisch zu sein. Sie kämpfte knisternd mit der Statik, die bis in jede Ecke schallte. Als ich mich von der schlafenden Abby und der wachenden Tanya entfernte und an den zahlreichen Trennwänden zwischen den Transporttragen vorbeiging, wusste ich genau, dass ich nicht der Einzige war, der einen Arzt suchte. Doch die anderen kannten sich nicht nur besser aus, sondern wussten auch, wie der Arzt hieß, und genossen die Unterstützung der Lautsprecher.

Irgendjemand packte mein Hemd. Es war ein alter Mann. Er lag auf einer Trage, und sein Gesicht sah aus wie das eines Schülers, der sich mit Talkum geschminkt hatte, weil er bei einer Schultheateraufführung einen Greis spielen musste. Der Griff, mit dem er mein Hemd dicht über der Taille gepackt hielt, war jedoch der eines jungen Mannes.

»Bitte verzeihen Sie«, sagte er mit trockenem Mund und so viel Würde, wie seine Situation erlaubte. »Verzeihen Sie bitte, aber … Könnten Sie mir helfen?«

»Tut mir leid, aber ich bin kein Arzt.«

»Ja, ich weiß, dass Sie kein Arzt sind. Mein Namc ist Alfred Price«, sagte er, indem er ein wenig den Kopf hob und seinen Griff löste, um mir die Hand geben zu können.

»Eddie Harnovey.«

»Ein ungewöhnlicher Name.«

»Nun, für gewöhnlich bin ich auch nicht hier.«

»Oh, ich auch nicht, glauben Sie mir.«

»Ich habe leider keine Zeit, Alfred. Meiner Tochter, die dort drüben liegt, geht es nicht gut, und ich muss irgendwo einen Arzt auftreiben.«

»Tut mir leid, das zu hören. Wie alt ist sie?«

»Sechseinhalb.«

»Und was fehlt ihr?«

»Das wissen wir noch nicht. Sie hatte einen Anfall.«

»Krämpfe?«

»Ja.«

»Epilepsic?«

»Hoffentlich nicht.«

»Das hoffe ich auch nicht, Eddie«, sagte er ernst und fügte dann hinzu: »Aber Epilepsie bekommt man heutzutage mit der richtigen Medikation recht gut in den Griff. Angeblich waren die Propheten Epileptiker. Oder waren die Epileptiker Propheten?«

»Ich muss weiter, Alfred.«

»Oh, gewiss, Eddie. Tut mir leid, Sie aufzuhalten. Ich habe einen Sohn wie Sie. Das sagt natürlich jeder, ich weiß. Ich meine damit, dass er in Ihrem Alter ist. Wenn ich aufstehen könnte, würde ich ihn anrufen. Er ist häufig so früh auf den Beinen.

Hören Sie, Eddie. Wenn Sie einen Arzt gefunden haben, der Ihre Tochter untersucht und Ihnen hoffentlich sagt, dass alles in Ordnung ist – wären Sie dann so freundlich, wieder zu mir zu kommen und den Inhalt dieser Tasche an sich zu nehmen? Die Tasche ist klein. Ich hatte sie bei mir, als ich gestürzt bin. Es hat meine Hüfte erwischt, und ich werde länger liegen müssen. Würden Sie ein wenig Geld aus der Tasche nehmen und mir etwas zu essen kaufen? Ich scheine hier niemanden auf mich aufmerksam machen zu können. Jeder ist wichtiger als ich, und Ihre Tochter natürlich mit Fug und Recht. Würden Sie bitte wiederkommen, wenn Sie fertig sind? Nehmen Sie das Geld am besten gleich. Gehen Sie. Aber kommen Sie wieder. Ich weiß, dass Sie wiederkommen werden, denn Sie haben ja das Geld. Hier haben die Leute alle Hände voll mit dem Mann dort drüben zu tun, wie? Ob er gefährlich ist? Nehmen Sie bitte das Geld, Eddie, und besorgen Sie mir etwas zu essen. Ganz egal, was. Könnten Sie mir bitte die Tasche reichen?«

Ich erfüllte seine Bitte. Alles, um mich von ihm loszueisen. Er kramte in der Tasche. »Und wenn es nur ein Orangensaft ist, falls Sie nichts anderes auftreiben können. Ich sterbe vor Hunger. Das ist das Schlimmste an der Sache, wirklich.«

Er drückte mir ein paar Münzen in die Hand. Ich verschwand, bevor er noch mehr sagen konnte. Ich hatte keinen blassen Schimmer, wo man hier etwas zu essen kaufen konnte und ob ich es tun sollte, doch ich zählte das Geld, um ihm später die genaue Summe zurückgeben zu können. Ich zählte es, während ich mich mühsam durch die Menschenmenge schlängelte. Er hatte mir drei Dollar gegeben.

Dreiundzwanzig

Gut zweihundert Jahre lang hat die medizinische Bürokratie den jungen Menschen, für die sie zuständig ist, verheimlicht, dass Arbeitnehmer Rechte haben. Dies gelang, indem man alle, die gegen Ende der Schulzeit eine Begabung für Chemie zeigten oder darauf brannten, das Telefonbuch auswendig zu lernen, an die Kandare nahm und im weißen Kittel in die Notaufnahme verbannte, die sie erst verlassen dürfen, wenn die Rechte wieder aufgehoben worden sind. Der junge Mann, den wir ins Kreuzverhör nahmen, versicherte uns, er sei Arzt, und er war tatsächlich einer. Da er tagelang auf den Beinen gewesen war und bald freihatte, konnten wir ihn relativ schnell dazu bringen, Abby zu untersuchen. Die Ärzte hatten heutzutage Akne. In meiner Kindheit wäre das undenkbar gewesen, und im Fernsehen ist es das bis jetzt noch.

Im Moment, sagte er, könne man noch nicht sagen, ob Abbys Anfall ein Anzeichen von Epilepsie oder ein Fieberkrampf gewesen sei, ein epilepsieartiger Anfall also, der meist nach Vollendung des siebten Lebensjahrs verschwinde. *Im Moment* hieß, dass er keine Diagnose stellen konnte, und Tanya war anzusehen, dass sie ihn am liebsten wieder auf die Schule für jene jungen und unsicheren Ärzte geschickt hätte, die noch keine Allwissenheit auf dem Gebiet der Behandlung von Kinderkrankheiten erlangt hatten. Doch als wir den pickeligen Jüngling wieder zu Wort kommen ließen, erläuterte er uns die Gründe für seine Vorsicht. Das hohe Fieber, an dem Abby gelitten habe, könne die Vorstufe eines Fieberkrampfs sein. Andererseits sei es ungewöhnlich, dass ein Kind erst mit sechseinhalb einen solchen Krampf bekomme. Wir könnten sie mit nach Hause nehmen, denn es gehe ihr besser. Er fand es unwichtig oder vergaß, dem Vater eine ursächliche Schuld an dem Vorfall zu geben.

Wir nahmen ein Taxi, denn unser Auto war zu Hause und ruhte sich auf seinen Lorbeeren aus. Abby und ich waren im Rettungswagen eingetroffen, und Tanya, die sich weder von ihrer Mutter noch von Kate hatte fahren lassen wollen, war mit dem Taxi gekommen. Wir quetschten uns zu dritt auf die Rückbank. Es war gegen halb sieben, wir waren erschöpft, und im fahlen Licht der Morgendämmerung glichen wir den traumatisierten Flüchtlingen der regionalen Konflikte, die Tanya in ihrer Dissertation behandelte. Das Taxi glitt auf nassen Straßen leise durch die Stadt und beförderte seine Insassen in einen sicheren Hafen. Abby, immer noch im Schlafanzug, saß zwischen uns wie in einem Kokon. Sie hatte keine Angst, sondern war nur etwas verwirrt. Das Abenteuer, in dem sie die Hauptrolle gespielt hatte, kam ihr unwirklich vor, und sie ärgerte sich, weil sie kaum Erinnerungen daran hatte. Doch Tanya und ich hatten Angst.

Von der Rückbank konnten wir die großen, grünen Ziffern des Armaturenbretts erkennen, die ungerührt alle Veränderungen bis auf ein Zehntel hinter dem Komma anzeigten. Wir bogen im Durchschnitt mit 15,1 Stundenkilometern um die Kurven. Die Luft, die ins makellose Innere des Autos strömte, wahrte die angenehme Temperatur von 19,5 Grad Celsius. Sogar der Blinker klang beim

Abbiegen rücksichtsvoll leise. Hätte die Fahrt noch etwas länger gedauert, dann wären wir alle eingeschlafen. Doch Abby war putzmunter. Ob sie bald wieder im Rettungswagen fahren dürfe? Beim nächsten Mal wäre sie ganz sicher wach. Der junge Arzt hatte uns eingeschärft, darauf zu achten, ob Abby auch ohne Fieber einen Anfall bekam. Wenn das passierte, war sie Epileptikerin. Vor dem Besuch bei einem Kinderarzt durfte sie keine Medikamente nehmen, weil diese ihren Zustand verfälschen konnten. Wir mussten abwarten, um herauszufinden, ob sie an Epilepsie litt. Einfach abwarten, hatte der Arzt gesagt, abwarten und genau beobachten. Währenddessen würde ich Abby hüten wie meinen Augapfel.

Tanyas Mutter wartete mit frisch gepresstem Orangensaft auf uns. Sie hatte alle Betten gemacht. Das Sofa im Wohnzimmer war abgezogen, und meine Leselampe stand wieder im Schlafzimmer. Kate war verschwunden. Staubsaugen, Putzen und Aufräumen hatten sämtliche Spuren meines nächtlichen Beinahefehltritts ausgelöscht.

»Wo ist Kate?«, fragte Tanya ihre Mutter.

»Sie hat mir beim Aufräumen geholfen, und dann hat sie ihre Sachen gepackt und ist gegangen. Sie hat gesagt, sie wolle euch nicht mehr im Weg sein, zumal es Abby nicht gut gehe. Sie will euch anrufen.«

»Sie war uns nie im Weg, Mum.«

»Das sind ihre Worte, nicht meine«, verteidigte sich ihre Mutter.

»Wohin ist sie gefahren?«, fragte ich.

»Nach Hause, zu ihrem Mann, nehme ich an. Ich weiß nicht. Wohin sollte sie sonst?«

Tanyas Mutter bereitete das Frühstück für uns zu. Sie war froh, dass es Abby gut ging, und glücklich, weil sie gebraucht wurde. Tanya und ich waren erschöpft. Beim

Anblick Abbys, die die Schale von ihrem weich gekochten Ei pulte und ihrer Großmutter von ihren Abenteuern erzählte, konnten wir kaum glauben, dass ihr irgendetwas fehlte. Wir saßen müde am Tisch und nippten am Tee, dessen Dampf uns zwischen den Augen traf. Was mochte Tanya wohl denken?

»Sie haben mich in ein Bett mit Rädern gelegt«, erklärte Abby.

»Das war bestimmt ganz toll, oder?«

»Nein, jeder hatte so ein Bett.«

Dachte Tanya an all die verschiedenen Arten des Wartens, die ihr nun bevorstanden? Wir mussten schauen, ob unsere Tochter der Epilepsie entkommen oder lebenslang darunter leiden würde. Wenn das so wäre, hätte sie einen Makel. Unsere Tochter war noch nicht ganz von der Grippe genesen, doch es ging ihr eindeutig besser. Sie hatte wieder Appetit. Aber die Epilepsie stammte von Tanyas Vater. Sie schwebte wie ein Damoklesschwert über Abby. Ob Tanya daran dachte?

Oder dachte sie an ihre Dissertation, die nun einen absurden Beigeschmack erhalten hatte? Tanya war der Aufgabe intellektuell ganz sicher gewachsen, doch in emotionaler Hinsicht war es heikel. Um etwas aus dem Nichts zu erschaffen, braucht man einen Anker. Tanya besaß zwar einen, hatte ihn aber nie ausgeworfen. Wollte sie die letzten Wochen ihres Arbeitsvertrags aussitzen? Wollte sie den Tag abwarten, an dem sie nach Hause kam, die Tür hinter sich schloss, ihre Aktentasche auspackte und nie mehr an die Universität zurückkehrte? Sie wusste, dass dieser Tag kommen würde. Sie hatte ihn in Gedanken immer wieder durchgespielt wie ein Pilot einen Maschinenschaden, doch sie hatte nichts getan, um ihn zu verhindern.

Dachte sie, dass sie, die mit acht ihren Vater verloren und in den Pausen auf dem Parkplatz des Supermarkts Sophokles gelesen hatte, ein solches Schicksal nicht verdiente? Bei den klugen Studenten in den BBC-Dramen, denen sie an jedem Sonntagabend ihrer Jugend gutgläubig gefolgt war, hatte die Sache immer ein gutes Ende genommen. Aber damals war die Hoffnung auch noch durch heiße Schokolade, eine Decke und ihre Mutter warm gehalten worden.

Sie stand nicht uneingeschränkt hinter der Universität, im Gegenteil. Sie war mit der Zeit immer kritischer geworden und hatte in sarkastischeren Momenten darüber gelästert, dass man Seminare über Gastfreundschaft, in Tarantino-Studien oder Friseurwesen anbot, alles, was junge Menschen anlockte, die Studiengebühren bezahlten. Sie beklagte sich über die intellektuellen Mängel der Studenten und die moralische Schwäche der Dozenten. In ihren Augen waren die Universitäten die Speerspitze einer Entwicklung, die schließlich zum Auseinanderbrechen der Gesellschaft führen musste. Doch ich wusste es besser, denn ich hatte mehr Abstand. Die Universitäten waren nicht als Erste von ihren alten Werten abgerückt, sie hatten nicht als erste dem Ideal des Gemeinwohls den Rücken gekehrt und sich prostituiert, sie waren nicht die Ersten, die zur Sicherung ihrer pseudokulturellen und ökonomischen Pfründen eine hohle Sprache entwickelten, sie waren nicht die Ersten, die sich begeistert, blind und willig selbst zerstörten. Aber sie waren auch nicht die Letzten. Doch Tanya war ein reines Universitätsgewächs, und deshalb hatte sie mehr erwartet. Bis auf das Intermezzo im Supermarkt, wo sie Weichspüler in den Regalen gestapelt hatte, war sie immer an der Universität gewesen.

Dachte sie an mich, während ich überlegte, woran sie gerade dachte? Wenn man seine Eltern geliebt hat und mit ihnen hat reden können, will man eigentlich nur eines im Leben: einen Menschen, mit dem man nach dem Tod der Eltern sprechen kann. Das hat man unbewusst im Hinterkopf, wenn man auf Partnersuche ist, auf jeden Fall in der ersten Ehe. Man mag sich einbilden, dass es um andere Dinge geht, zum Beispiel um gemeinsame Interessen, Werte und Ziele, um geteilte Erinnerungen, sexuelle Harmonie und den gleichen Geschmack am guten Geschmack. Aber wenn man das Glück hatte, als Kind geliebt worden zu sein, ist all dies nur eine Nebelwand, die einen beschirmt, während man durch die Schützengräben seines Lebens kriecht, eine Nebelwand, die das Bedürfnis nach dem einen Menschen verbergen soll, mit dem man nach dem Tod der Eltern sprechen kann, dem einen Menschen, dem man zu beichten wagt, dass man seinen Job verloren hat.

Das Verhältnis, in dem wir gegenwärtig zueinander standen, musste Tanya wie ein böser Streich vorkommen, denn genau dieser Mensch war ich lange für sie gewesen. Bald würde unser zwanzigster gemeinsamer Winter beginnen, wir hatten die Metamorphosen unserer Körper beobachtet, wir hatten von unseren gegenseitigen Interessen gezehrt, gemeinsam über die Ereignisse gelacht, die uns erwartungsgemäß in Erinnerung geblieben waren, und über das geseufzt, was alle anderen vergessen zu haben schienen. Wir hatten ein kleines Mädchen in die Welt gesetzt, das wir mehr liebten als uns selbst. Die Mäntel, die wir uns gegenseitig geschenkt hatten, wärmten uns besser, als sich der Hersteller je hatte träumen lassen. Tanya war gelegentlich innerlich abgestürzt, hatte sich ohne Vorwarnung vor mir in Tränen aufgelöst und für ein paar Tage im Bett verkrochen. Doch es war mir immer gelungen, das Dunkel, in dem sie steckte, durch Worte aufzuhellen.

Neun Jahre hatten zwischen dem Tod ihres Vater und dem Tag gelegen, an dem sie mich entdeckt hatte, und abgesehen von der kurzen Unterbrechung durch Gerard und Hamlet hatten wir seitdem nie aufgehört, miteinander zu reden. Sogar während der Tage der geschlossenen Vorhänge hatte es einen verbalen Austausch gegeben. Es hatte immer irgendeine Art von Austausch gegeben. Bis jetzt. Vielleicht hatte der Brief von der Universität ihr das Gefühl gegeben, ihr Vater wäre noch einmal gestorben.

Warum hatte sie mir nichts davon erzählt? Schämte sie sich, oder lag es daran, dass die Sache konkreter wurde, wenn sie sie in Worte fasste? Sie war ja schon konkret genug, denn ich hatte den Brief gelesen. Hatte ich den Brief vielleicht sogar finden sollen? Sollte er mir sagen, was sie mir nicht selbst sagen konnte? Das war natürlich nicht das, was wir unter einem Gespräch verstanden hatten. Egal, welche Mängel ich hatte, egal, was ich für sie nicht hatte tun oder ihr nicht hatte geben können – für mich war es seit meinem siebzehnten Lebensjahr immer eine Freude gewesen, ein bescheidenes Feuer in der Höhle ihres einsamen Daseins zu schüren. Nun war es erloschen.

All dies ging mir durch den Kopf, während ich ihr nach dem Frühstück beim Bürsten ihrer Haare zusah.

Vierundzwanzig

Gerard war geduldig gewesen, er hatte ungefähr so viel Geduld mit mir gehabt wie eine Katze mit einer Maus. Er überließ mir die Entscheidung, wie oft ich zum Spencer Gulf reisen musste, um ein fundiertes Gutachten über die Folgen verfassen zu können, die die Pläne von Amandas Vater für die Umwelt haben würden. In der Behörde waren allenthalben Haushaltskürzungen spürbar. Vertraute Raumpflegerinnen tauchten nicht mehr auf. Man verschenkte keine goldenen Uhren mehr, von allen Kollegen unterschriebene DIN-A4-Karten, Spumante für zwei Dollar neunundneunzig und Biskuittorten waren passé. All das wurde stillschweigend akzeptiert. Man erinnerte die Angestellten in Memos daran, dass man zu sehr günstigen Terminen Seminare über Ruhestandsregelungen angesetzt habe. Wie sich zeigte, setzte man sie so lange an, bis kein Termin mehr ungünstig war. Die Vorräte an Papier, Bleistiften und Kugelschreibern wurden nicht mehr aufgestockt, doch ich reiste weiter fröhlich zum Spencer Gulf.

Allerdings änderte sich das Transportmittel. Anfangs durfte ich die ganze Strecke fliegen, dann stieg ich unterwegs vom Flugzeug in den Zug um, und schließlich war es nur noch der Zug. Man nahm ihn, und er nahm einen mit. Er entfloh so schnell wie möglich den Vororten, brauste hinten an Häusern vorbei, deren Bewohner beim Einzug nicht gewusst hatten, ob es gut oder schlecht war, an einer Bahnstrecke zu wohnen, nun aber damit leben mussten, er brauste an Farmen und Weideland vorbei und erreichte schließlich das Nichts zwischen Weideland und Weideland. Manchmal wurden Kinder von lächelnden Erwachsenen hochgehalten, damit sie dem Zug winken konnten. Aber schon nach wenigen Fahrten fiel mir auf, dass die Kinder verschwanden und mit ihnen jene, die sie hochgehalten hatten.

Das Gebiet ruht weitgehend auf kristallinem Grundgestein. Im Osten gibt es eine instabile Zone, den Shatter Belt. Bis zum Paläozoikum zurückreichende Sedimente wurden durch Erdbewegungen zusammengefaltet, an die die Bewohner der Gegend nur mit mulmigen Gefühlen denken. Im späteren Verlauf der Erdgeschichte waren die Störungszonen wieder aktiv, und man registriert noch heute kleinere Beben. Aber sogar am Rand der Wüste sind die Menschen stolz auf das, was das Land ihnen abverlangt und zumutet. Im Nordwesten bringt es oft den Hungertod. Trotzdem weisen die Menschen ungefragt darauf hin, dass es ihnen gehört. Mit allen Nachteilen, aber nicht mit allen Rohstoffen.

Im Nordwesten rötet sich die Erde. Das Unterholz gedeiht nur spärlich, und man weiß alles zu schätzen, was es dort gibt. Ich weiß nicht, warum mich diese Gegend so faszinierte, zumal sie außerhalb des von mir zu begutachtenden Gebiets lag. Ich musste nicht dorthin. Randbereiche sind reizvoll. Sie sind verführerisch. Aber sie brauchen Mittelpunkte, Zentren, Kerne, Herzen. Ob mich diese Gegend faszinierte, weil man dort nicht unbedingt auf sein Herz hören darf? Um 1870 gab es einen schmalen Streifen von Siedlungen, der bis zu den westlichen Ebenen reichte. Damals bildeten diese Siedlungen die Nordwestgrenze. Sie markierten den Randbereich.

Wo der Mallee-Busch zu undurchdringlich wurde, endeten die Siedlungen. Ich fuhr manchmal heimlich dorthin – sogar vor mir selbst machte ich ein Geheimnis daraus –, um die letzte Siedlung vor der wahren Wüste zu finden. Was hätte ich wohl getan, wenn ich sie samt ihrem Bewohner entdeckt hätte, einem greisen Helden aus *Der versteinerte Wald*, einem Walter Brennan vielleicht, der dort ausharrte, wo man nicht einmal mehr Subsistenzwirtschaft betreiben konnte? Hatte er bei seiner Ankunft geahnt, dass er stets eine Randerscheinung sein würde? Lebte er so, weil er immer noch nicht ganz tot war? Konnte ich ihm im Rahmen meiner privaten Mythologie eine gewisse Schönheit beimessen?

Osten und Südosten waren als Weide und Ackerland besser geeignet. Wenn man nach Osten fährt, sieht man Weizen, Schafe, dann Milchkühe und Gemüse, ja sogar Wein. Vor hundertsechzig Jahren fand man dort Kupfer, das Schiffe voller Geld und Männer in eine Kolonie lockte, die damals noch so jung war, dass sie die Krise, in die sie bald geriet, eigentlich nicht verdient hatte. Die Steinbrüche wurden zu Klüften, und schließlich wurde der Hunger auf Kupfer so groß, dass es kaum noch einen Hügel gab, den man nicht ausgebeutet hatte. Man schaffte das Erz nach Süden zu den Kähnen, weil es noch keine Eisenbahn gab, und als diese endlich das Gebiet erreichte, war das Kupfer abgebaut, und eine Mine nach der anderen machte dicht. Die Bahn kam zu spät. Kürzlich wurde über einen neuerlichen Kupferabbau diskutiert. Dahinter steckte Amandas Vater.

Kurz vor der Wende zum zwanzigsten Jahrhundert wurde die Grenze des Weizenanbaus aufgrund mehrerer ungewöhnlich niederschlagsreicher Jahre immer weiter nach Norden verschoben. Vielleicht hörten die Vorfahren

Walter Brennans zu jener Zeit von der blühenden Wüste und steckten ihren Claim in dem Glauben ab, auf eine sichere Sache zu setzen. Doch vier Jahre später setzte eine sechs Jahre dauernde Dürreperiode ein.

Nach mehreren Ausflügen schloss ich diese Gegend ganz unerwartet ins Herz. Da ich in den Vororten aufgewachsen war, hatte ich der sentimentalen Verherrlichung des Busches, in der die Jindyworobaks und ihre moderneren soziopolitischen Nachfolger schwelgten, immer misstraut. Ich misstraute vor allem der dogmatischen, unwissenschaftlichen, sturen und großsprecherischen Umweltschutzbewegung, die für das Lebensumfeld der Gesellschaft das tat, was die Diadochen Foucaults und Derridas durch die Propagierung einer Literatur getan hatten, die ein ewig sprudelnder Quell der Freude hätte sein sollen. Man vergisst darüber den Menschen und lässt ihn umso ärmer zurück. Die Umgebung vom Spencer Gulf kannte ich bald wie meine Westentasche, und eine solche Kennerschaft mündet oft in Zuneigung. Aus welchem anderen Grund sollte jede einzelne der vielen Heimatstädte dieser Welt so besonders sein? Die Informationen, die ich über diese Gegend sammelte, gingen weit über das hinaus, was für mein Gutachten von Bedeutung war.

Die Leute im Osten und Südosten prahlten bei einem Bier gern mit ihrem frühen Einsatz von Klee und Superphosphaten zur Steigerung der Weizenerträge.

»Ach, *Sie* waren das?«, erwiderte ich.

Diese Leute waren Stoff von Geschichten. Sie steckten Dürreperioden, Überflutungen und Hitzewellen einfach so weg. Wenn man sie genau beobachtete, merkte man, dass sie hinkten. Sie hinkten schon seit Generationen, seit der Zeit der ersten weißen Siedler. Wenn man wusste, worauf zu achten war, konnte man auch die frühere Grenze des

Weizenanbaus erkennen. Schafe grasten zwischen steinernen Hausruinen. Verfallende kleine Kirchen und Kapellen boten sich geradezu dazu an, von einer fortgeschritteneren Zivilisation restauriert oder wenigstens dokumentiert zu werden, zumal Jesus derzeit von der Waffenlobby in Geiselhaft gehalten wurde. Die aus Stein errichteten Endbahnhöfe waren viel zu groß für die Bedürfnisse ihrer Nutzer. Man hatte sie in der guten, alten Zeit geplant, als viele aufeinanderfolgende reiche Ernten für einen ungebremsten Optimismus in der bürgerlichen Oberschicht gesorgt hatten.

Doch es waren die Blei-, Silber- und Zinkminen, die während der letzten Dekaden des neunzehnten Jahrhunderts über zwanzigtausend Menschen angelockt und dem Ort einen Eintrag auf den Landkarten verschafft hatten. Mich hatte eine Schmelzhütte gegen Ende des zwanzigsten Jahrhunderts an diesen Ort geführt. Da ich mich nicht mit den Einheimischen anfreundete, da mich keiner von ihnen aus Melbourne kannte und niemand in Melbourne Bekannte in dieser Gegend hatte, bekam ich durch die Besuche auf dem Besitz von Amandas Dad die seltene Gelegenheit, nicht ich selbst zu sein. Ich verhielt mich zwar nicht anders als gewöhnlich, konnte aber beobachten, ohne dabei mit jemandem in Kontakt treten zu müssen. Ich war kurzzeitig nur für mich allein verantwortlich oder fühlte mich jedenfalls so.

Ich stellte mir am Spencer Gulf oft vor, mit Tanya und Abby hier Urlaub zu machen, aber wenn ich überlegte, wann und wie das geschehen sollte, war ich im Handumdrehen und schneller als mit dem Zug wieder zu Hause. Ein Flug war viel zu teuer für uns, und das im »Herbst« seines Lebens stehende Auto hätte einer Rückfahrt nie zugestimmt. Eine Unterkunft in einem Hotel oder Motel oder in einer günstigeren Herberge stand erst gar nicht zur Diskussion. Wir hatten schon genug Probleme damit, der Bank das Geld für unsere Unterkunft in Melbourne zu zahlen. Wir hatten weder überschüssige Einnahmen noch Ersparnisse oder eine Fehlergrenze. Trotzdem reizten mich Grenzen und Fehler.

Die Wanderungen im Nationalpark hätten ihnen gefallen. Ich stellte mir vor, dass Abby auf meinen Schultern ritt, während wir zu dritt den Bachbetten folgten, vorbei an Eukalypten wie den River Red Gums und Sugar Gums, die weißen Schmuckzypressen und die üppigen Blüten des Fringe Myrtle bewunderten und »I feel like chicken tonight« sowie andere Melodien aus Abbys liebsten Werbespots sangen. Ihre Liste wurde ständig überarbeitet und aktualisiert.

Vielleicht konnte man Abby hier am besten erklären, warum ein Teil der Menschheit immer für das Allerschlimmste ausersehen war. Jenseits der Ebene konnte sie die frühere Grenze des Weizenanbaus und die Ruinen sehen, zwischen denen Schafe grasten, und Eindrücke, Hintergründe und Vorstellungen für die Geschichten sammeln, die wir ihr erzählen würden. Die meisten würde sie mit zunehmendem Alter vergessen, doch einige – auf jeden Fall eine – würden bleiben und ihr vermitteln, was diesen Menschen angetan worden war. Die Daten würden ihr entfallen, und vielleicht würde ich sie gar nicht erwähnen, je nachdem, wann ich mit Abby hierherkommen würde. Welche Bedeutung hatten die Vierzigerjahre des neunzehnten Jahrhunderts für ein kleines Mädchen? Doch die Geschichte von den weißen Europäern, deren Schafe die Pflanzen fraßen, von denen die dunkelhäutigen Ureinwohner lebten, würde sich ihr einprägen. Sie würde verstehen, warum man Schafe stahl, um seine Familie zu ernähren, bestraft, versklavt, aus seiner Heimat verstoßen wurde und schließlich den Tod fand. Durch den Anblick der Schafe auf den Hügeln würde sie vielleicht auch den Rest nie vergessen. Eines Tages, dachte ich. Eines Tages würde ich es ihr im Sonnenschein oben auf einer verlassenen Kupfermine erzählen, doch ich musste dabei auf Schlangen achten.

Bei klarem Wetter zeichnen sich die flachen Hügel deutlich vor dem Horizont ab. Wie gern wäre ich mit Tanya dorthin gefahren, um ihr alle meine Entdeckungen zu zeigen, all die kleinen Dinge, damit auch sie mich neu entdeckte. Ich würde ihr die unendliche Vielfalt der Flora zeigen, die trotz oder wegen des Wassermangels gedieh. Die Köttel der Ziegen waren länger und olivenartiger als die der Schafe. Das wusste ich, weil ich untersucht hatte, an welchen Stellen sich die Ziegen und Schafe weniger gern aufhielten.

Zu Hause lief Tanya zwischen den Kälteinseln hin und her und knipste Lampen aus, die Abby angelassen hatte, weil sie das Licht gemütlich fand. Sie bewegte sich zwischen Orten, die wir aus Geldgründen nicht beheizen konnten, und folgte den Grenzlinien einer thermalen Landkarte, die zeigte, wie der Markt uns taxierte. Im Bett war es warm. Hätte ich doch nur ein wenig, ein klein wenig Geld gehabt!

Hätte ich diese Gegend besucht, wenn Amandas Vater sie zwanzig Jahre früher gekauft hätte? Wahrscheinlich nicht. Als man Amanda gekidnappt und gezwungen hatte, in Coffs Harbour French Cricket mit ihren Brüdern zu spielen, hatte ich den Vorort bewacht. Und nach ihrer Heimkehr richtete ihre Mutter sofort einen Cordon sanitaire zwischen dem Haus der gestärkten und geplätteten weißen Hemden und dem Haus der bügelfreien Baumwoll-Polyester-Mischungen ein.

Die Arbeiter der relativ kleinen Schmelzhütte, die bereits in Betrieb war, kannten mich bald vom Sehen, und manche grüßten mich sogar. Doch der Ausdruck des Abscheus, der auf die Gesichter ihrer Kollegen trat, brachte sie rasch zum Schweigen. Ich war von der Regierung, und darum war Höflichkeit unangebracht. Meine Anwesenheit gefährdete ihrer Ansicht nach Jobs. Die Leitung dagegen hatte kein Problem mit mir. Man hielt mich für einen wunderlichen Vogel und grundsätzlich harmlos, wenn ich mich da und dort zu schaffen machte. Man führte mich herum und zeigte mir alles und jedes, sooft ich wollte. »Ich schaue nur noch mal«, sagte ich lächelnd. Doch einige Dinge lagen klar auf der Hand.

Bleisulfide und Zinksulfide werden in diesen Hütten durch Flotation voneinander getrennt. Dabei leitet man Luft durch eine Mischung aus zerkleinertem Erz, Wasser und diversen schäumenden Zusatzstoffen. So weit, so gut. Man entfernt den Schwefel aus dem ausgefilterten Bleisulfid, indem man es in der Luft erhitzt. Wenn sich der Schwefel mit Sauerstoff verbindet, entsteht Schwefeldioxid. Das ist an sich kein Problem, denn das Schwefeldioxid kann gebunden werden. Tatsächlich wird es an vielen Orten auf der Welt absichtlich gebunden, um Schwefelsäure zu kommerziellen Zwecken zu produzieren.

Doch wenn es nicht gebunden wird, hat man ein Problem. Wenn sich Schwefeldioxid in Wasser auflöst, zum Beispiel in Wolken, Nebel, Strömen, Flüssen, Stauseen oder gar im Meer, verwandelt es sich in schwefelhaltige Säure, die rasch zu Schwefelsäure oxidiert. Die Folge ist der saure Regen. So einfach ist das. Sogar ein Laie kann die Wirkung auf die Vegetation erkennen. Zuerst wird die befallene Pflanze grau-grün. Das nennt man marginale Nekrose. Sobald das Gewebe austrocknet, nimmt es einen fahlen Elfenbeinton an und wird an den Rändern braun, rot und manchmal schwarz. Am Ende fallen die abgestorbenen Vegetationsbereiche durch ein Laub auf, das unförmig und wie zerfetzt wirkt. Kein Tier wird es fressen. Man kann das Holz nicht mehr verkaufen. Ja, man mag diese Pflanzen nicht einmal mehr berühren.

Bei jedem Schritt des Verfeinerungsprozesses von Blei und Zink werden Blei-, Zink und sogar Arsenpartikel mit einer Staubwolke in die Außenluft entlassen. Gut möglich, dass sich Gerard der genauen Unzulänglichkeiten der bisherigen Regelungen für die Kontrolle der Bleiverschmutzung in dieser Gegend nicht bewusst war, aber sogar diesem mit Steroiden vollgepumpten, neuronal benachteiligten Buddha der Organisationspsychologie musste das Gerücht zu Ohren gekommen sein, dass Arsen giftig war. Er musste gewusst haben, dass mir im Fall einer umfangreichen Erweiterung der Schmelzhütte gar nichts anderes übrig bleiben würde, als viel schärfere Kontrollen und Sicherheitsvorkehrungen sowie eine strenge Überwachung aller Arbeitsschritte vorzuschlagen. Alles andere wäre fahrlässig gewesen und hätte einen guten Grund für meine Entlassung, ja vielleicht sogar für den Strick bedeutet.

Als ich nach meinem letzten Besuch, den ich dem Spencer Gulf vor dem Abschluss meines Gutachtens abgestattet hatte, in den Zug stieg, fragte ich mich, ob es mir je gelingen würde, Abby und Tanya die kleinen Dinge dieser fremden Welt zu zeigen, Dinge, die einerseits zu klein waren, um sie mit nach Hause zu nehmen, und andererseits so groß, dass sie mich nachhaltig beeindruckt hatten. Ich fragte mich, wieso die meisten Menschen kein Problem mit einem Dasein hatten, in dem die Wahrscheinlichkeit, von einem Meteoriten getroffen zu werden, ebenso groß war wie die, ein Vermögen wie das von Amandas Vater anzuhäufen. Verdrängten sie diese Tatsache? Oder glaubten sie wider besseres Wissen lieber an die Chance von eins zu zig Milliarden, irgendwann das große Los zu ziehen? Für diese Chance wären sie gestorben. Und sie lebten dafür. Sie hinterzogen keine Steuern, parkten nicht rücksichtslos auf mehrspurigen Schnellstraßen und stahlen nie genug, um den Glückspilz zu beunruhigen, der die Hälfte von allem besaß, für den ihr Bagatelldelikt aber nur ein Betriebskostenfaktor war und der sich im Übrigen einen Dreck darum scherte. Ihm war alles egal außer Sozialleistungen und Steuern, die er für grobe Verzerrungen hielt.

Was genau wurde verzerrt? Ich wusste es wirklich nicht. Ich konnte nicht einmal mehr halbwegs intelligente Vermutungen anstellen. Weiter vorn im Zug wurde grölend gelacht, und dann ertönte ein Lachen, das keines mehr war, Laute, die man nicht mehr als menschlich bezeichnen konnte und die den Verdacht in mir weckten, dass man Vieh in den Zug geschmuggelt hatte und nun nicht nur diesen Triumph auskostete, sondern gleichzeitig verlangte, dass so etwas zur Gewohnheit, ja zur Regel werden müsse.

Ich kannte mich mit saurem Regen aus. Ich kannte mich mit Blei, Zink und Arsenstaub aus. Ich hatte die Gesichter der Menschen vor Augen, die mir am Spencer Gulf begegnet waren, schlitzohrige Hotelbetreiber, betuliche Gastwirte, ruhelose Barmädchen, Putzfrauen, die von einem Job zum nächsten hetzten. Ich hatte die misstrauischen Mienen der Männer in der Schmelzhütte vor Augen, die müden Gesichter der Farmer, deren Kinder sich vor dem Zug verbargen oder Steine auf die Schienen legten und sich dann aus dem Staub machten. Keinen von ihnen hatte man nach seiner oder ihrer Meinung zu Mr Claremonts Plänen gefragt. Für sie war ich eine Art Stimme der abstrakten Behörden, die über die Zukunft des Ortes entschieden, wo sie alles taten, was von ihnen verlangt wurde. Sie erfüllten ihren Teil des Gesellschaftsvertrags, ohne weiter darüber nachzudenken. Während ich im Zug von hier nach nirgendwo und von dort zu den ländlichen Einkaufszentren fuhr, zu den Rückseiten von Musterhäusern und im Anschluss zu den echten Häusern, in denen Musterfamilien wohnten, begann sich mein Gutachten von selbst zu schreiben.

Zu Hause nahm ich meine capraeske Begeisterung mit ins Arbeitszimmer, wo sich das Gutachten weiter wie von selbst schrieb. Das Zimmer wirkte unbenutzt, denn es war immer Tanyas Revier gewesen. Sie war die Gelehrte, die Schriftstellerin, die Forscherin, die Datensammlerin. Im Gegensatz zu ihr hatte ich gemäß der Redewendung, die die Sowjetunion bis zu ihrem Untergang geprägt hatte – *Sie tun so, als würden sie mich bezahlen, und ich tue so, als würde ich arbeiten* –, fast nie Arbeit mit nach Hause gebracht.

Als ich auf dem Schreibtisch eine Ecke frei räumte, fiel mir auf, dass ihre Notizen zu den Befreiungstigern von Tamil Eelam – Tanya untersuchte den Zusammenhang zwischen Armut und sozialen Konflikten – immer noch ganz oben auf ihren Notizen und Kladden lagen. Sie hatte aufgehört zu arbeiten. Die Dissertation war zwar immer noch ein Thema, doch mit bloßem Auge war kein Fortschritt zu erkennen. Warum hatte sie mir immer noch nicht erzählt, dass ihr Vertrag nicht verlängert wurde? Ich kannte mich mit Blei, Zink, Arsen und saurem Regen aus, aber von meiner Frau hatte ich keine Ahnung.

Sie sah, dass ich ihre Notizen am Rand des Schreibtisches zu mehreren Stapeln geordnet hatte, sagte aber nichts dazu. Ich arbeitete zwei Wochen lang Tag und Nacht ungewohnt eifrig, wenn auch nervös, sprach Empfehlungen aus, umriss

Maßnahmen zur Überwachung der giftigen Staubpartikel in der Luft und im Wasserkreislauf, schlug den Einsatz eines unabhängigen Teams von Ingenieuren und Technikern vor, das sowohl der Umweltschutzbehörde als auch dem Parlament vierteljährlich, über den Minister, Bericht erstatten sollte. Die Ingenieure und Techniker würden ihr Gehalt von der Regierung bekommen, die zur Kostendeckung eine an den Produktionseinheiten der Schmelzhütte orientierte Abgabe verlangen sollte. Man würde sowohl die Produktion als auch die Menge der Abwässer begrenzen, und ein Verstoß gegen diese Grenzwerte hätte entsprechende Bußgelder zur Folge. Ein prozentualer Anteil des Firmengewinns vor Steuern würde von der Regierung für die Fortzahlung der Gehälter im Falle von Entlassungen oder Werkschließungen treuhänderisch verwaltet werden. Dieser Prozentanteil wäre steuerfrei, und die darauf anfallenden Zinsen würden dem Eigentümer der Schmelzhütte erstattet werden.

Zusätzlich zu den allgemeinen Empfehlungen entwarf ich detaillierte Verfahren zur Integration der Maßnahmen in die erforderliche Gesetzgebung, eine konkrete Vorgehensweise, die kein gewählter Volksvertreter je lesen, geschweige denn verstehen würde, die die Notwendigkeit der Nutzung der Rohstoffvorkommen dieses Landes meiner Meinung nach aber mit dem Schutz einer Umwelt in Einklang brachte, die zum Wohl der hiesigen Flora und Fauna sowie dem der Bürger unabdingbar war. Zu dieser Umwelt gehörten auch Arbeitsplätze sowie eine niedrige Abgabe für die Erhaltung von Infrastruktur und öffentlichen Diensten.

Ich hatte zum ersten Mal seit Langem das Gefühl, dass meine Arbeit einen größeren sozialen Nutzen hatte, einen, von dem meine Tochter später ihren Kindern erzählen würde: »Euer Großvater war teilweise dafür verantwortlich.« Doch meine Frau zeigte kein Interesse. Ich hätte sie gar nicht unbedingt mit Geschichten über Abwässer, Partikelfilter, Gasfilter oder Ionenaustausch langweilen müssen, denn die sozialen Ziele meines Gutachtens waren gewissermaßen konkrete Beispiele für all das, was man ihrer Ansicht nach inzwischen fahrlässigerweise ignorierte.

Wir diskutierten nicht einmal darüber, dass ich ihren Schreibtisch mit Beschlag belegt hatte. Dieser Schreibtisch, an dem sie sich genau wie im Bett gelegentlich vor der Welt und immer öfter auch vor mir verbarg, war nur ein altes, an sich nicht sehr schönes Möbelstück. Aber weil sie daran so lange an ihrer Dissertation gearbeitet hatte, hatte er für sie – und auch für mich – ähnlich wie das Bett eine *Bedeutung* bekommen. Diese entsprang nicht irgendeinem Bestandteil des Tisches, sondern unserer Reaktion auf ihn. Sein Design war schlicht, und er bestand aus Holz, Nägeln und der Art, wie wir ihn wahrnahmen. Ich hatte ihn eigentlich nicht für mich haben wollen, und Tanya hatte ihn eigentlich nicht aufgeben wollen.

Ich wollte ihr erst nach der Fertigstellung meines Gutachtens erzählen, dass ich von ihrem Jobverlust wusste. Danach, das schwor ich mir, würde ich meiner Mutter schreiben und mit Kirsten klären, wer von uns beiden unsere Eltern besuchen und dem stoischen und stummen Niedergang unseres Vaters auf den Grund gehen sollte. Ich schob den Anruf bei Kate auf die lange Bank und überlegte auch nicht, wie Tanya einen Job finden konnte, ob irgendein Job besser war als keiner, ob sie neben einer Teilzeitarbeit, die sie sicher als erniedrigend empfinden würde, weiter an ihrer Dissertation schreiben sollte und wie wir von meinem Einkommen leben konnten, ohne noch mehr Schulden zu machen. Ich wusste, dass ich unsere Schulden, die wie kleine Terrier nach unseren Fersen schnappten und um unsere Aufmerksamkeit wetteiferten, jederzeit in eine Rangfolge bringen konnte.

Doch das Warten auf Abbys nächsten Anfall konnte ich nicht aufschieben. Ich wartete an Tanyas Schreibtisch. Ich musste bei der Arbeit im Büro an ihre furchtbaren Krämpfe denken, und ich wartete abends im Bett und betrachtete den Anstrich, der seine Abneigung gegen die Decke kundtat.

Fünfundzwanzig

Die Fertigstellung des Berichts bedeutete in gewisser Weise die Rückkehr zu den kleinen Schnitten, dem Jucken und den rätselhaften Verrenkungen und Blessuren des Alltags, dem wir trotz unserer Sehnsucht, ihm ganz zu entkommen, immer nur kurz entrinnen können. Genau darum sind Orgasmen so rauschhaft, genau darum ist Idealismus so tröstlich. Doch der Alltag ist hartnäckig und tyrannisch. Am ersten Samstag nach der Fertigstellung des Gutachtens stand ich früh auf und schlich aus dem Haus, um einzukaufen. Tanya und Abby schliefen noch. Abby wachte meist früher auf als wir, und wenn sie noch schlief, hieß das, dass sie bereits aufgewacht war, ein bisschen gespielt und sich dann wieder hingelegt hatte.

Als ich knapp zwei Stunden später zurückkehrte, saß sie im Bademantel und im Schneidersitz vor dem Fernseher, sah Rockvideos, die immer wieder von Werbung unterbrochen wurden, und versuchte mitzusingen.

»Hallo, Dad.«

»Hallo, meine Süße.«

»Warst du einkaufen?«

»Ganz recht.«

»Hast du mir etwas mitgebracht?«

»Machst du Witze? Einem so ungezogenen Kind wie dir?«

»Dad!«, kreischte sie.

»Alles in dieser Tüte ist für dich. Mal schauen. Hier ist ein Putzmittel für die Badezimmerkacheln. Und diesen Kloreiniger habe ich extra für dich gekauft.«

»Aber ich war brav. Ich habe meinen Bademantel an.«

»Und deine Hausschuhe?«

Sie betrachtete ihre nackten Füße und antwortete verschämt: »Die habe ich nicht an. Aber ich war dicht dran.«

»Dicht dran?«

»Ja, ich hätte sie fast angezogen.«

»Wo ist deine Mum?«

»Noch im Bett.«

»Irgendwelche Regungen oder Lebenszeichen?«

»Sie war mal auf dem Klo, aber das ist schon eine Ewigkeit her, während der Zeichentrickfilme. Sie musste Pipi. Ich habe sie belauscht. Trägst du mich zu meinen Hausschuhen? Ich weiß, wo sie sind.«

»Nichts auf der Welt würde ich lieber tun. Aber zuerst bringe ich diese Tüten nach unten in die Küche. Ich habe mir schon seit Tagen gewünscht, dich zu deinen Hausschuhen zu tragen, aber du warst immer viel zu beschäftigt.«

»Oh, ja, ich war sehr beschäftigt.«

Ich hob sie hoch und drückte sie gegen meine Brust, während sie kreischte und mit den Füßen strampelte.

»Pst! Du weckst deine Mum.« Wir gingen durch den Flur zu ihrem Schlafzimmer.

»Sie muss jetzt sowieso endlich aufstehen. Wir sind wach. I feel like chicken tonight ... I feel like chicken tonight«, sang sie mit plötzlicher Begeisterung.

»Echt?«

»Nein, das ist nur ein Lied. Ich hätte gern Toast.«

Während sie ihre Hausschuhe anzog, ging ich in die Küche. Dort stand Tanya, die »Tess'« Bademantel eng um die Taille gebunden hatte, und packte die Einkäufe aus. Ich küsste sie, als sie ein Produkt nach dem anderen herausholte und an seinen jeweiligen Platz stellte.

»Ich war schon einkaufen.«

»Ja, das sehe ich.«

Ich sah ihr beim Auspacken zu, und als sie den Kopf hob, merkte sie, dass ich sie beobachtete.

»Entschuldige, Eddie. Danke, dass du so früh aufgestanden bist und eingekauft hast.«

»Schon gut. Hast du noch ein bisschen schlafen können?«

»Ja, aber ich bin immer wieder aufgewacht. Es war eher anfallartig.«

Ihre Wortwahl veranlasste uns, einen Blick zu tauschen. Im nächsten Moment betrat Abby im Bademantel und mit Hausschuhen die Küche.

»Habt ihr mir etwas Süßes mitgebracht? He, Mum hat keine Hausschuhe an, Dad.«

»Nicht mal einen?«

»Nein.«

»Dann bekommt sie keinen Kloreiniger.«

»Könntest du ins Wohnzimmer gehen und den Fernseher ausschalten, Eddie? Es sitzt ja niemand davor.«

»Sicher.«

»Dieser Lärm … er ist so geistlos. Ich will nicht in einem Haus leben, in dem der Fernseher ständig läuft, als wäre er der Kühlschrank.«

»Wo gibt es solche Häuser, Mum?«

Gerade als ich den Knopf zum Ausschalten drückte, hörte ich, wie mein Name mit einem Unterton von Verachtung, Ekel und Zorn von der Küchentür aus gerufen wurde.

»Was denn?«, fragte ich abwehrbereit und vorsichtig.

»Edamer!«

»Was?«

»Du hast Edamer aus Holland gekauft!«

»Ja, und? Ich mag Edamer aus Holland. Du magst Edamer aus Holland. Jeder mag ihn.«

»*Ich* auch?«, fragte die hinter ihrer Mutter stehende Abby, und ihre Stimme füllte sanft eine der Plastiktüten.

»Er ist zu teuer, Eddie.«

»Ab und zu können wir uns das leisten.«

»Nein, können wir nicht. Außerdem ist er importiert. Wir sollten heimische Hersteller unterstützen.«

»Im Prinzip schon, aber Edamer schmeckt besser.«

»Nein, stimmt nicht. In Australien werden einige der besten Käsesorten der Welt hergestellt«, fuhr sie fort. Sie stand jetzt im Wohnzimmer.

»Ja, aber diesen Mist kaufen *wir* doch nicht. Das ist gelbe Seife mit der Aufschrift ›Käse‹. Davon abgesehen hat das Zeug nichts mit Käse zu tun. Es ist eine Mischung aus unzähligen organischen Zutaten, aber keine davon ist Käse. Sogar die aktive Zutat ist kein Käse, sondern irgendein Natrium-Dodezylbenzosulfonat. Da wir das Zeug nicht gern essen, reift es im Kühlschrank vor sich hin und wartet auf eine Krankheit, die es heilen kann, damit es eine Rechtfertigung für seine käsige Existenz hat. Ich gebe ja zu, dass es durch die Wirkstoffe, die für Feuchtigkeit und Haltbarkeit sorgen, so milde ist, dass es der ganzen Familie schmeckt, aber – und das ist ein wichtiges Kriterium für Käse – es ist kein Käse.«

»Ach, es ist sinnlos.«

»Oh, nein. Ich bin mir sicher, dass es irgendeinen Sinn hat, nur eben nicht als Käse.«

»Musst du immer alles in einen blöden Witz verwandeln?«

Musste ich das? Wie rasch deutlich wurde, war es kein Witz. Ganz bestimmt nicht. Offenbar hatten wir alles geerntet, ohne neu zu säen. Witze wurden für den Export eingetütet oder für den Verkauf an Touristen aufgespart, doch bei uns kam keiner vorbei.

»Schon gut, Tanya. Es gibt Wichtigeres. Wir reden hier über Käse. Es geht nur um Käse, jedenfalls mehr oder weniger.«

»Es geht um Geld. Ich versuche immer zu sparen und unsere Ausgaben zu reduzieren, und dann kaufst du diesen Blödsinn. Abby braucht Kleider, Eddie, und du kaufst diesen ätzenden, importierten Käse – obwohl wir uns nicht einmal einen neuen Mantel für sie leisten können. Sie wird frieren, wenn sie ihren alten Mantel noch einmal tragen muss. Sie wird sich erkälten und wieder diese Grippe bekommen. Du weißt, was ich damit meine, oder? Wie wäre es beim nächsten Mal mit belgischer Importmilch?«

»Wir kaufen ihr einen neuen Mantel. Wenn sie einen Mantel braucht, wird sie einen bekommen.«

»Und wovon? Sollen wir ihn gegen den Käse eintauschen? In Sachen Käse sind wir stinkreich. Außerdem steht der Preis in keinem Verhältnis zu dem, was man dafür bekommt. Scheiß-EU.«

»Welchen Sinn hätte es, einen Käse zu kaufen, den wir nicht essen, Tanya? Der Preisunterschied zwischen heimischem Käse und Edamer entspricht nicht dem Unterschied zwischen einem neuen Mantel und keinem Mantel.«

Warum konnte ich nicht den Mund halten?

»Eins kommt zum anderen. Die Kosten für die Kreditkarten, für Telefon, Gas und Strom steigen und steigen, doch unser Einkommen stagniert. Das Auto ist erledigt. Wir haben kein Auto. Wir haben einen autoförmigen Sarg der Mobilität, und zwar sowohl in physischer als auch in sozialer Hinsicht. Wir werden zahlen müssen, wenn es noch einmal fahren soll. Was wirst du tun? Denn du musst in deinem Scheißleben endlich einmal etwas tun, außer dich auf mich zu verlassen.«

»So schlimm ist es nicht, Tanya.«

»Doch.«

»Nein. Wir werden klarkommen. Es wird uns gut gehen.«

»Hör auf damit. Du weißt ja nicht einmal die Hälfte. Wir werden nicht klarkommen. Ich komme schon jetzt nicht klar. Mir geht es nicht gut.«

»Bewölkt?«

»Starke Niederschläge. Wenn ich samstags zum Supermarkt gehe, was mein Schicksal zu sein scheint … warte ich immer.« Sie schluckte.

»Du wartest?«

»Ich warte. Jeden Samstagabend, wenn ich vor der Fleischtheke stehe und so tue, als würde ich die verschiedenen Stücke betrachten. Aber die Leute wissen Bescheid. Wie lange kann man rohes Fleisch anstarren? Sie wissen, warum ich warte, und ich weiß, dass sie es wissen, und deshalb mag ich sie nicht anschauen. Ich warte, bis die erste Angestellte damit beginnt, die Abtropftabletts abzuspülen.«

»Tanya«, sagte ich leise, »worauf wartest du?«

»Am Nachmittag, am Samstagnachmittag senken sie die Preise der restlichen Stücke. Darauf warte ich, und es wird noch schlimmer kommen.«

»Tanya!«

»Hör auf mit deinem *Tanya!*, du lieber, süßer, nutzloser Idiot. Kehr wieder an deinen blöden Spencer Gulf zurück, denn das hier ist die Realität, und du kannst sowieso nichts retten. Wie sollen wir uns überhaupt noch Fleisch leisten können? Ich kaufe das, was die Familien der Banker, Systemanalysten, Nachrichtensprecher, Vorstandsmitglieder und Berater verschmähen, und dann tue ich es mit viel

Wasser, Tomaten und Pfeffer in einen großen Topf, und wir essen Eintopf.«

»Schmortopf.«

»Nein, Eintopf, Eddie. Beschissenen Eintopf. Wir sitzen in der Patsche, und es gibt Eintopf. Ich sehe keinen Ausweg. Meine größte Herausforderung besteht darin, das Fleisch aufzuhübschen, nachdem ich die Stücke abgeschnitten habe, die mit Absicht von der Verpackung verdeckt wurden. Wenn ich einen Topf hätte, der groß genug wäre ...«

»Tanya«, sagte ich und ging zu ihr, »bitte hör auf damit.«

Sie drehte sich weg. »Warum? Was wirst du tun? Tust du überhaupt jemals etwas? Ich glaube, du kapierst nicht, wie tief wir in der Tinte sitzen. Ich habe alles versucht, aber ... jetzt bin ich ratlos.«

»Du wirst sie beenden.« Ich schloss die Augen. Ihre Stimme schnitt mich wie eine Klinge.

»Nein, ich werde meine Dissertation nie beenden. Ich habe die Nase voll davon. Ich habe von allem die Nase voll.« Ihre Aufmerksamkeit wurde durch irgendetwas in der Küche abgelenkt.

»Was zum Teufel treibt sie da? Abby!« Sie eilte in die Küche, und ich folgte ihr auf den Fersen. Abby saß mit einem Messer in der Hand am Küchentisch und schnitt Formen aus dem Käse. Sie hatte wenig Platz, weil die ausgepackten Einkäufe einen halbrunden Wall auf dem Tisch bildeten, doch sie bearbeitete den Käse konzentriert mit der Messerspitze.

Manchmal nimmt man ein Ereignis wie in Zeitlupe wahr: Man hat das Gefühl, als wäre es noch nicht beendet, obwohl es längst vorbei ist, hat aber trotzdem keine Möglichkeit, seinen Verlauf zu beeinflussen oder einzugreifen. Auf die gleiche Art und mit derselben Anmut, wie Wolken im Fernsehwetterbericht über die zweidimensionalen Landkarten gleiten, glitt Tanya auf Abby zu, schlug ihr das Messer aus der Hand und gab ihr mit der noch nicht ganz geöffneten Faust eine Ohrfeige. Das Entsetzen, das in Abbys Augen trat, als sie ihre Mutter auf sich zukommen sah, kündigte die Rückkehr zur gewohnten Geschwindigkeit des Lebens an. Zuerst hörten wir Abbys schrillen Schrei, der zu gleichen Teilen aus Schmerz, Erschrecken und Demütigung bestand. Dann hörten wir, wie das Messer zu Boden fiel und einmal über das Linoleum hüpfte; sehen konnten wir es nicht, denn wir waren ihm zu nahe.

Abby schrie erschrocken auf.

»Mum.«

Der Unglaube in ihrer Stimme war echt. Beim Zusammenprall mit der Hand ihrer Mutter tat sich ein ganz neuer Staudamm hinter ihren Augen auf. Sie floh aus der Küche und ließ ihre Eltern mit den Käsefiguren auf dem Tisch allein. Ich nahm Tanya zum ersten Mal nicht in die Arme, sondern legte ihr nur die Hände auf die Oberarme, dicht unterhalb der Schultern, und schüttelte sie. Das war meine instinktive Reaktion auf dieses schwelende Leid. Ist es absurd, dass ich meine Tochter für den zerschnittenen Käse auf dem Tisch umso mehr liebte? Und sein Anblick ließ meine Wut auf Tanya weiter wachsen.

»Lass sie in Ruhe. Bist du verrückt? Warum zum Teufel hast du sie geschlagen?«

»Ich habe sie nicht geschlagen. Das Messer ist sehr scharf. Sie hätte sich verletzen können. Es ist das scharfe Messer.«

»Vielleicht wollte sie nur ein bisschen Käse?«

»Sie hätte fragen können. Mit diesem Messer zu hantieren ist gefährlich. Lässt du mich jetzt bitte los?«

»Du darfst es nicht an ihr auslassen, Tanya.«

»Sie hat alles eingesaut … und der Käse ist hin.«

Tanya lauschte ihren eigenen Worten und ließ ihren Blick durch die Küche schweifen, die mit dem anklagend und verstörend auf dem Fußboden liegenden Messer ein ganz neues Bild der Unordnung bot. Sie versuchte vergeblich zu begreifen, was sie sah und was so rasend schnell passiert war. Dann begann sie zu weinen, und ich nahm sie doch noch in die Arme.

»Oh, Gott, Eddie. So etwas habe ich sonst nur bei anderen Leuten miterlebt.«

»Sie kann nichts dafür, Liebste.«

»Ich weiß. Was ich getan habe, ist unfassbar. Und ich kann etwas dafür. Sie nicht. Ich … kann nicht glauben, was hier passiert.«

»Keiner kann etwas dafür. Alles wird gut. Das überstehen wir schon. So schlimm ist es nun auch wieder nicht.«

»Du weißt nicht einmal die Hälfte, Eddie.«

»Doch, doch. Ich weiß alles.«

Sie hob den Kopf. »Wie meinst du das?«

»Ich weiß alles. Nur eines nicht: Warum hast du es nicht über dich gebracht, mir davon zu erzählen?«

Nun weinte sie richtig und rhythmisch, und die Hohlräume in ihrer Brust krampften sich zusammen und quollen auf wie bei Sauerstoffentzug.

»Woher weißt du das?«, fragte sie zwischen stakkatoartigen Atemzügen.

»Ich habe den Brief gesehen. Er lag noch auf dem Tisch. Warum hast du mir nicht erzählt, dass sie deinen Vertrag nicht verlängern?«

»Warum hast du nichts gesagt, obwohl du es wusstest?«

»Ich wollte dich darauf ansprechen, aber dann wurde Abby … krank und ich musste auf Dienstreise. Warum hast du es *mir* verschwiegen? Vor mir musst du dich für nichts schämen, Tanya. Das weißt du.«

»Doch. Da irrst du dich.«

Sie wich meinem Blick aus. Inzwischen stützte ich sie, denn ihr Körper, der ihrer Verzweiflung keinen Einhalt mehr gebieten konnte, zeigte das immer stärkere Bedürfnis, seine aufrechte Haltung aufzugeben. Obwohl Abby, die noch den Schlag ihrer Mutter spürte, auf ihrem Kleinmädchenbett weinte, konnte es in diesem Moment keinen traurigeren Menschen geben als meine Frau. Als sie merkte, dass Abby nun vor der Tür stand und uns beobachtete, begann sie mit neuer Heftigkeit zu weinen.

»Komm herein, meine Kleine«, bat ich. »Deine Mum ist nur ein bisschen aufgeregt.«

Abby tat einen winzigen Schritt auf uns zu.

»Es tut mir unglaublich leid, dass ich dir wehgetan habe. Als ich dich mit dem Messer gesehen habe, hatte ich Angst. Du weißt doch, dass du erst fragen sollst, wenn du ein Stück Käse möchtest«, sagte Tanya entschuldigend.

»Aber ich habe etwas für dich gemacht.«

»Für mich?«

»Ja, eine Überraschung.«

Tanya nahm sie auf den Arm, und die beiden blickten in das verweinte Gesicht des jeweils anderen.

»Es tut mir wahnsinnig leid, meine Süße. Wirklich. Zeig mir, was du gemacht hast.«

»Tiger«, sagte Abby und zeigte auf den Tisch.

»Tiger? Aus dem Käse?«

»*Deine* Tiger. Die, die du so magst.«

»*Meine* Tiger?«

»Die Befreiungstiger … von Tamil Edam.«

Ich hob das Messer vom Fußboden auf, um es in der Spüle zu waschen.

An diesem Tag hätte Abby keine bessere und liebevollere Freundin haben können als Tanya. Blaue und rosa Eiscreme rann in mehreren Parks über mehrere Waffeln, und klebrige Finger wurden mit einer Handbewegung einfach so abgewischt. Haarbänder, Bilderbücher mit Tigern, ein Jackstones-Spiel und in durchsichtige Gummibälle verpackte Blütenblätter wurden bedenkenlos gekauft, obwohl uns von dem Geld holländische Milchbauern einen Besuch hätten abstatten können. Abby durfte lange aufbleiben und *The Bill* gucken. Tanyas Ausraster war kein Thema mehr, doch als ich mich mitten in der Nacht im Bett umdrehte, merkte ich, dass ich allein war. Sie wachte über Abbys Schlaf und wartete auf den nächsten Anfall.

Sechsundzwanzig

Bei der Arbeit wartete ich darauf, Nachricht vom Schicksal meines Gutachtens zu erhalten. Je länger ich wartete, desto wichtiger wurde es mir. Meine Vorschläge würden bei Amandas Vater sicher nicht auf Gegenliebe stoßen, aber ich war mir sicher, dass sie in der Abteilung niemandem Bauchschmerzen bereiten würden. Der Minister konnte sie nutzen, um sich in der Öffentlichkeit mit seinem Engagement für den Umweltschutz zu brüsten. Er konnte in politischer Hinsicht Kapital daraus schlagen, ohne einen Cent extra auszugeben. Denn sie waren »kostenneutral«, und das war der größte Vorzug jeder Regierungsinitiative. Immer wenn ich vom Spencer Gulf zurückkehrte, fielen mir im Büro kleine Veränderungen auf. Eine Keksdose war weg, ein Wasserspender fehlte, in den Herrentoiletten gab es weder Papierhandtücher noch Seife, eine Sekretärin war wie vom Erdboden verschluckt, und ein schüchterner Kollege nach dem anderen ward nicht mehr gesehen; sie verschwanden heimlich, still und leise.

Eines Tages rief mich Gerard zu sich, um mir mitzuteilen, dass mich der Abteilungsleiter sprechen wolle. Das hätte er mir auch am Telefon sagen können, aber dann hätte ich nicht quer durch den Flur gehen, an seine Tür klopfen und ihm die in seinen Ohren klingende Frage stellen müssen: »Du willst mich sprechen?«, was ihm wiederum die

Gelegenheit zu der Erwiderung gab: »Ganz recht, Harnovey. Komm herein und schließ die Tür hinter dir.«

Er redete mich oft mit Nachnamen an, obwohl wir zusammen an der Universität gewesen waren. Das lag nicht nur daran, dass er einige der Taktiken verinnerlicht hatte, durch die er im Internat gedemütigt worden war, sondern auch daran, dass ich mit einer Frau verheiratet war, für die er, an seinen Maßstäben gemessen, relativ viel empfunden hatte. Er nahm zwar nicht einmal die gröbsten Regungen in seinem eigenen Dasein wahr, geschweige denn auf der Welt, die ihn in einer neuseeländischen Touristenattraktion ausgespien hatte wie einen Schlammklumpen, aber er empfand die Trennung von Tanya als schmerzhaften Verlust.

Obwohl auch Amanda ihre Sonnenaufgänge lieber mit jemand anderem als Gerard hatte erleben wollen, war Tanya seiner Meinung nach die eigentliche Deserteurin. Denn als sie ihn verließ, saß er am Rand der Gosse, den Kopf in den Händen, und wartete darauf, den Mond anheulen zu können, während in der Ferne ein Saxofon säuselte. Amanda hatte ihn auf eine andere Art verlassen: Sie war am Vormittag in ein Taxi gestiegen, während er sich im Fitnessstudio abgerackert hatte.

Das Büro des Abteilungsleiters hatte ich nur ein- oder zweimal von innen gesehen, und zwar ganz am Anfang, als man mich nach meinen Leitbildern und meiner Teamfähigkeit befragt hatte. Das Büro war luxuriöser eingerichtet als andere, aber es war trotzdem nur ein Büro, eines für höhere Vorgesetzte, meist Männer, die der Öffentlichkeit so lange und so gut gedient hatten, dass sie alle drei Monate einen Bonus bekamen, der ungefähr den Gegenwert meines Hauses hatte. Sie verschwendeten keine Zeit, sondern kamen sofort zur Sache: Erstens solle ich in meinem Gutachten alle Hinweise auf Schwermetallverschmutzungen streichen, und zweitens sei eine neue Gesetzgebung unnötig.

Sie lobten die Gründlichkeit meines Gutachtens, die gewiss Anerkennung finden werde, verrieten aber nicht, durch wen oder wie. Keiner von ihnen wirkte beschämt. Man bot mir weder Tee noch Kaffee noch irgendeine Erklärung an. Ich schlug beim Zuhören die Beine übereinander, eine Haltung, die mir angemessen zu sein schien. Ich suchte auf ihren Gesichtern nach der Andeutung eines Lächelns, das mir zeigte, dass sie nur scherzten und selbstverständlich *keine* Streichung der Hinweise auf Schwermetallverschmutzungen verlangten. Doch ich hatte sie beim ersten Mal ganz richtig verstanden. Diese Herren trugen ihre Forderungen mit einer unbekümmerten Professionalität vor. Ihre Anzüge, einer aus schlichtem, schwarzem Flanell, einer mit Nadelstreifen, einer mit Fischgrätenmuster, waren teuer, und obwohl ich meinen einzigen Anzug im Büroalltag nicht brauchte, hatten wir alle den obersten Hemdknopf geschlossen, weil wir eine Krawatte trugen. Eines hatten wir also doch gemeinsam.

Als ich wieder in der LaTrobe Street stand, überlegte ich, ob man mich gelobt, kritisiert, ermahnt oder einfach nur informiert hatte. Die Sache hatte von allem etwas gehabt, und jedes Etwas von allem war zweideutig gewesen. Ich wusste nicht einmal, ob mein Gutachten abgehakt, überarbeitet oder vollkommen umgekrempelt werden sollte und wenn ja, von wem. Ich hatte nur begriffen, dass die ursprüngliche Version meines Gutachtens unter Verschluss bleiben würde. Die Herren hatten offenbar sehr gute Gründe dafür, denn sonst hätten sie mich nicht herbeizitiert, sondern mir das, was sie zu sagen hatten, in schriftlicher Form zukommen lassen.

Zu Hause lösten sich die Kacheln unter den Armaturen der Dusche immer weiter ab. Ich sah sie pro Tag zwangsläufig mindestens einmal, und zwar morgens beim Duschen. Ich kehrte ihnen trotzig den Rücken zu und schaute durch das Fenster, das wir immer einen Spalt offen ließen, das Fenster, durch das der Wasserdampf entwich und durch das ich die beiden müßigen Hunde unter der Straßenlaterne gesehen hatte. Doch sowohl Ursache als auch Lösung des Kachelproblems waren mir ein Rätsel. Ich war mir sicher, dass es irgendwie mit Wasser zu tun hatte, doch alles andere lag im Dunkeln.

Und leider war es nicht alles, denn neben den Kacheln, die sich lösten, klang es hohl, wenn man klopfte. Ich beschloss, sie nicht mehr anzurühren. Vermutlich hatte es mit Schimmel und Fäulnis zu tun. Im Verborgenen gedieh etwas, irgendwelche primitiven Lebensformen, die wunderbar gut mit den feuchten und finsteren Bedingungen zurechtkamen, gegen die ich nichts tun konnte. Die Seife im Halter diente als notdürftiger Schutz gegen eine drohende Verseuchung. Shampooflaschen aus Plastik waren von einer dünnen Schleimschicht bedeckt, die eindeutig bewies, für wen sie Partei ergriffen hatten. Ich nahm das Problem jeden Morgen in Augenschein, beruhigte mich mit dem Gedanken, dass sich die Kacheln noch nicht endgültig abgelöst hatten, und kehrte ihnen den Rücken zu.

Auf einen Krieg gegen Urzeitschleim war ich nicht gefasst. Aber musste es ein Krieg sein? Obwohl es sich um ein sehr primitives Geschöpf handelte, war es eine Lebensform, und vielleicht konnte man sie zähmen, obwohl sie nicht vernunftbegabt und das Bewusstsein noch ein paar Kacheln zu hoch für sie war. Vielleicht konnte man sie im Sinne von Hobbes zu einer Art von zivilisiertem Schleim erziehen, mit Tanya und mir als Lehrern? Nein, wohl kaum. Man sollte sich nicht zu sehr auf Hobbes verlassen. Schließlich vertrat er die Ansicht, dass ein Souverän nicht ungerecht handeln konnte. Ich wusste es besser. Nach einigen Nachforschungen fand ich heraus, dass zwischen der Regierung und den Vertretern von Amandas Vater eine vertrauliche Abmachung bestand, laut der die Schwermetallemissionen im Spencer Gulf keinen neuen Beschränkungen unterworfen werden sollten. Angesichts des Umfangs des angepeilten Vorhabens würde dies unweigerlich zu einer Umweltkatastrophe führen.

Soweit ich wusste, bestritt Hobbes nicht, dass ein Souverän unmoralisch sein konnte, doch – und an diesem Punkt ließ er uns alle klitschnass und machtlos in der Duschkabine stehen – er bestritt, dass ein Souverän für seine unmoralischen Taten zur Rechenschaft gezogen werden konnte. Denn Hobbes war der Überzeugung, dass die Bestrafung eines Souveräns einen gesellschaftlichen Aufruhr zur Folge hatte. Was also soll mit einem unmoralischen Souverän geschehen? Ich wandte mich unmittelbar an den Umweltminister. Als er nicht antwortete, schrieb ich einen zweiten Brief, dem ich eine Kopie meines Gutachtens sowie eine kurze Darstellung der vertraulichen Abmachung zwischen der Regierung und Claremont beilegte, von der ich Wind bekommen hatte. Als Reaktion wandte sich der Minister offenbar direkt an Gerard.

Gerard zitierte mich erneut in sein Büro, ließ mich dieses Mal aber eine Weile draußen warten.

»Du hast dem Minister geschrieben.«

»Das ist richtig.«

»Du hast es über meinen Kopf hinweg getan.«

»Auch das ist richtig.«

»Warum?«

»Um ehrlich zu sein, war mir nicht wohl bei dem Gedanken, etwas so Großes in Angriff zu nehmen und dich dann damit vor den Kopf zu stoßen. Ich meinte aus Sorge um dich, keine andere Wahl zu haben, als die Sache über deinen Kopf hinweg zu erledigen. Ich hatte ein besseres Gefühl dabei, deinen Kopf aus dem Spiel zu lassen.«

Er erwiderte, dass er meine Aufrichtigkeit zu schätzen wisse, und fragte, warum ich so besorgt sei. Ich erklärte, was dem gesamten Gebiet um den Spencer Gulf drohte, falls man die Mega-Schmelzhütte wie geplant unreguliert in Betrieb nahm.

»Nicht *un*reguliert, sondern *de*reguliert«, sagte er. »Das ist ein Unterschied.«

Ich fragte, worin der Unterschied bestehe.

»*Un*reguliert erweckt den Eindruck, als hätten wir die Sache nicht geprüft. *De*reguliert bedeutet, dass wir nach genauer Prüfung beschlossen haben, grünes Licht zu geben.«

»Grünes Licht? Wofür?«

»Für den Abbau von Regulierungen. Von Überregulierung.«

Ich fragte ihn, worin seiner Meinung nach der Unterschied zwischen Regulierung und Überregulierung bestehe, und er fragte, wie ich das meine.

»Es wäre doch möglich, dass etwas unzureichend oder vielleicht sogar im richtigen Maß reguliert ist.«

»Das sind semantische Spielchen, Harnovey. Deregulierung ist das einzige Spiel, das hier gespielt wird. Wir spielen hier keine semantischen Spielchen.«

»Wo spielst du sie dann?«

»Das war nur bildlich gemeint, Harnovey. Ich habe die Worte bildhaft benutzt, um zu verdeutlichen, was ich meine. Du solltest kapieren, dass es dir nicht zusteht, direkt an den Minister zu schreiben, und dass deine Arbeit am Spencer Gulf beendet ist.

Wie ich deiner Akte entnehme, hat man deine Empfehlungen bezüglich der Verlagerung eines Depots für chemische Stoffe ignoriert. Damit scheinst du kein Problem gehabt zu haben. In dem von dir und Chamberlain verfassten Gutachten kamt ihr zu dem Ergebnis, dass die Wahrscheinlichkeit eines Chemieunfalls sehr hoch ist und dass ein solcher Unfall, sieben Kilometer vom Stadtzentrum entfernt, für einen großen Teil des Stadtgebietes eine toxische Bedrohung darstellt. Laut deines Gutachtens wurden Styrol, Propylen, Oxid, Acrylnitrid und … Acrylsäuresalz in der Einrichtung gelagert. Was sind das für Stoffe?«

»Sie werden zur Farbherstellung benötigt.«

»Tatsächlich? Nun, gut. Man hat deine Einwände übergangen, und du hast wenig dagegen unternommen … Nur ein paar Telefonate und ein denkbar kurzes Memo an … Oh, an mich … und trotzdem wendest du dich jetzt direkt an den Minister, nur weil man dein Gutachten zum Spencer Gulf nicht berücksichtigt. Ganz ehrlich, Harnovey, davon will niemand mehr etwas hören. Hast du mich verstanden?«

Ich erwiderte, dass es viele Verständnisebenen gebe. Ich verließ sein Büro und schrieb einen dritten Brief an den Minister. Nach zwei weiteren Wochen ohne Antwort verlor ich die Geduld und schickte Kopien meines Gutachtens und der Briefe anonym an die Presse.

Laut Hobbes zeichnen sich gute Taten dadurch aus, dass sie den Frieden fördern, während böse Taten für weiteren Unfrieden sorgen. Im Grunde war Hobbes ein Vertreter des ethischen Egoismus, und ich war wie Bentham und Mill ein Utilitarier. Die Kacheln lösten sich weiter, langsam, aber sicher; da half es auch nichts, mit an Sicherheit grenzender Wahrscheinlichkeit zu wissen, worin die Ursache bestand. Angesichts der Tatsache, dass die Wände rings um uns zerbröckelten und nur die unwürdigsten Lebensformen gediehen, hatte Tanya recht, wenn sie darauf hinwies, dass wir mehr als das unternehmen mussten, um die drohende Sintflut abzuwenden.

Das Scheitern kündigt sich selten an. Es schleicht sich heimlich, still und leise in unser Leben, als wollte es sagen: »Nein, bleib ruhig sitzen. Mach einfach weiter. Ich kann warten.« Doch es kann ebenso wenig warten wie eine abgefeuerte Kugel. Das Scheitern ist ungeduldig.

Bald nachdem ich mich anonym an die Presse gewandt hatte, wurden wir alle durch computergenerierte Schreiben, die allerdings mit individueller Anrede aufwarteten, über eine Umstrukturierung der Behörde in Kenntnis gesetzt. Mein Posten sollte vollständig wegstrukturiert werden. Mein Name wurde zwar nicht genannt, doch einem Diagramm war zu entnehmen, dass es nach der Umstrukturierung weniger Chemieingenieure geben würde, als derzeit beschäftigt waren. Ich suchte Gerard auf, um eine Bestätigung dessen zu bekommen, was auf der Hand lag.

»Wer wird entlassen?«

»Der Entscheidungsprozess ist noch nicht abgeschlossen«, sagte er und tippte mit dem Brieföffner auf seine Handfläche.

»Wer wird entlassen?«, wiederholte ich.

»Höchstwahrscheinlich du.«

»Warum sagst du das?«

»Ich habe da so ein Gefühl.«

Nachdem ich einen Härtefallantrag eingereicht hatte, forderte man mich auf, mit dem Managementberater der Abteilung zu sprechen.

»Man will sich über deine Zukunft im öffentlichen Dienst klar werden«, erklärte er.

»Ich bin ein qualifizierter und erfahrener Chemieingenieur, Gerard. Will man sich darüber klar werden, in welchem Bereich des öffentlichen Dienstes ich tätig sein kann, oder darüber, ob ich *überhaupt* im öffentlichen Dienst tätig sein soll?«

»Ja.«

Siebenundzwanzig

Der Gewöhnlichkeitsindex war lotrecht in tiefste Tiefen gestürzt und hatte sich in den Boden gebohrt. Ich ging vom Bahnhof nach Hause, und als ich unser Tor erreichte, neben dem unser halb totes Auto stand, das einer längst ausgestorben geglaubten Fauna und Flora eine Heimstatt bot, sah ich, dass die Schlafzimmervorhänge zu waren. Waren sie schon oder immer noch zu? Ich wusste es so genau, wie ich wusste, was Gerard zwischen den Zeilen hatte sagen wollen. Tanya hatte sich nicht damit begnügt, den Nullpunkt zu erreichen, sondern war über die Sedimente des Paläozoikums hinaus bis hinab zu den ihr unbekannten archaischen Gesteinen gestürzt. Dies war nicht der passende Zeitpunkt, um über das Auf und Ab meiner Karriere zu diskutieren.

Abby war bei ihrer Oma. Ich ging ins dämmrige Schlafzimmer und stellte meine Aktentasche vor das Fußende des Bettes. Falls Tanya wach war, schämte sie sich zu sehr, um etwas zu sagen.

»Ich bin es«, sagte ich leise. »Ich bin es, meine Liebste.«

Ich bückte mich, um sie zu küssen, und meinte zu riechen, dass sie nicht geduscht hatte. Diese Verweigerung war sowohl eine Folge als auch ein wichtiges Merkmal ihres Zustands. Ich zog die Schuhe aus und legte mich neben sie. Sie kehrte mir den Rücken zu. Ich rieb ihn und flüsterte: »Du musst nichts sagen.«

Sie war zugedeckt, und ich lag angezogen auf dem Bett und rieb weiter ihren Rücken, um sie zu wärmen. Die auf meiner Seite stehende Digitaluhr hatte uns nichts zu sagen, sondern erledigte still ihren Job, und genau das würde sie weiter tun, bis die neuen Eigentümer der frisch privatisierten Stadtwerke entschieden, dass wir es nicht wert waren, mit Strom versorgt zu werden. Sie hatte Tanya jede Minute angezeigt, die der Tag zu bieten hatte, aber keine davon schien die richtige zum Aufstehen gewesen zu sein. Diese Uhr, die uns inzwischen bestens kannte, konnte nichts anderes tun, als jede Minute sechzig Sekunden lang anzuzeigen und dann zur nächsten fortzuschreiten. Sie tat dies mit einer effizienten Neutralität, die bei genauerem Nachdenken ein Bruch dessen war, was Verpackung und Werbung im Laden versprochen hatten – nämlich gute Zeiten anzuzeigen.

Gewisse Gedanken konnten im Halbdunkel, das inzwischen die Regel war, nicht gedeihen, Gedanken, die zum Wachsen Sonne brauchen. Nur die Sonne konnte in Tanya Gedanken zum Knospen bringen, die irgendwann einmal durch einen Scherz, ein Musikstück, einen Film, durch ihre Tochter und vielleicht, wenn auch vor langer Zeit, durch mich gepflanzt worden waren. Selbst in diesem Moment mochte ich die Hoffnung nicht aufgeben, obwohl sie langsam zu schwinden begann. Ich strich mit der Handkante über ihr Gesicht. Es war nass. Sie weinte, weil sie durch mich mit der Außenwelt konfrontiert wurde, sie wurde durch die Schwere jener quälenden Gedanken gedemütigt, die laut Wordsworth oft zu tief für Tränen waren.

»Keine Angst, mein Schatz«, flüsterte ich. »Ich hole dich hier raus.«

Manchmal verspricht man das Blaue vom Himmel.

Ich hatte geglaubt, nicht nur zu wissen, dass sie depressiv war, sondern auch, warum sie depressiv war. Ihr Zustand war mir nicht fremd. Ich konnte mich in sie hineinversetzen. Doch in Wahrheit hatte ich immer nur kurze Zwischenstopps auf dem Flughafen von Tanyas seelischer Befindlichkeit eingelegt, während sie sich tief in seinem weitläufigen Inneren verbarg.

»Warum hast du mich nicht angerufen?«

»Das Telefon steht dort drüben«, sagte sie leise und zeigte über ihre Schulter auf meine Seite des Bettes. Ich hielt sie samt Oberbett im Arm und horchte auf ihren keuchenden Atem. Wir lagen so lange da, bis nicht einmal mehr die Uhr Gleichgültigkeit vortäuschen konnte. Ich hatte die Augen geschlossen, als sie leise und stockend zu reden begann.

»Wenn ich lange genug im Bett liege, nimmt es irgendwann meinen Körpergeruch an … Aber nur seine salzigen Anteile. Es fühlt sich auch so an, als würde auch die Luft ringsumher salzig riechen, und nach einer Weile weiß ich nicht mehr, ob Bettzeug und Luft nach mir riechen oder umgekehrt. Ich hätte nie gedacht, dass man so etwas wahrnehmen kann, aber das Salz eines Menschen kann man riechen. Es ist ein starker Geruch, stark und benebelnd.«

Sie schwieg eine Weile.

»Ich dachte, dass du als Chemieingenieur vielleicht weißt, wie man es ausfiltern, in Flaschen abfüllen und Autos und andere Maschinen damit betreiben könnte. Hast du eine Idee? Wir könnten es verkaufen. Mein Salzgeruch wäre dann nützlich für andere Menschen. Vielleicht ist er kostbar. Heute im Bett habe ich etwas herausgefunden.«

»Was hast du herausgefunden?«

»Dass ich nicht einmal mein eigenes Salz wert bin.« Sie drückte sich tiefer in das Kissen.

»Ahnst du eigentlich, wie sehr ich dich liebe, Tanya? Vielleicht weißt du das gar nicht.«

»Doch. Ich glaube, schon … Aber darum geht es nicht. Es ist nicht deine Schuld, aber … du begreifst nicht. Ich glaube, du wirst es nie begreifen.«

»Ja, vielleicht werde ich es nie ganz begreifen, aber du kannst mir dabei helfen. Ich verspreche dir, dass ich nie den Versuch aufgeben werde, dich zu verstehen.«

»Gut«, seufzte sie, »ich probiere es … Obwohl ich gerade *mitten darin* stecke, kommt es mir vor, als müsste ich in meiner Erinnerung danach suchen. Klingt das verrückt? Ich versuche mich um deinetwillen daran zu erinnern … wie es im Augenblick in mir aussieht.

Ich ertrage es nicht. Ich ertrage die Person nicht, zu der ich geworden bin. Ich bin erschöpft, weil ich mich selbst verabscheue, wirklich. Es wird so bitterkalt, innen wie außen. Es ist … als hätte ich einen Kern aus Eis, der bei jeder Bewegung in meinem Inneren klappert. Ich kann ihn spüren. Er schmilzt nicht, er verschwindet nie. Alles ist farblos, alles ist grau und geschmacklos und fade. Ich weiß, dass es dieses Mal mit dem Job begonnen hat, genauer gesagt damit, dass ich ihn verliere, weil mein Vertrag nicht verlängert wird. Aber es ist viel mehr als das, mehr als meine Dissertation oder meine Karriere. Das waren nur die Auslöser. Ich komme mir vor wie eine Idiotin, eine Hochstaplerin. Gut möglich, dass die Ursachen bis zum Tod meines Vaters zurückreichen, aber ich glaube nicht, dass das noch eine Bedeutung hat. Damit will ich sagen, dass die Ursachen keine Bedeutung mehr haben. Tatsache ist – dass es ist, wie es ist.«

Sie kauerte sich unter dem Oberbett zusammen.

»Es lässt sich weder durch Lesen noch durch Fernsehen verdrängen. Es verschwindet auch dann nicht, wenn ich es schaffe, mich anzuziehen oder Frühstück zu machen. Da kommt so vieles zusammen – ich habe Angst, bin aufgewühlt, benebelt, kann mich auf nichts konzentrieren, selbst wenn ich nachts zuvor gut geschlafen habe. Wenn ich nachts zuvor nicht geschlafen habe, würde ich am liebsten den ganzen Tag schlafen, als könnte mich das erlösen, als würde alles wieder gut werden, wenn ich nur genug Schlaf bekomme. Aber es geht um viel mehr als nur Schlaf.

Dann werfe ich mir vor, nur die Decke und nicht auch die Wände anschauen zu können. Ich hasse mich, weil ich nicht aufstehen und duschen kann, ganz zu schweigen davon, mir einen neuen Job zu suchen. Durch meine Arbeit an der Dissertation weiß ich besser als jeder andere, dass es keine richtigen Vollzeitjobs mehr gibt. Alles verkrampft sich und implodiert. Ich weiß, wie dringend wir das Geld brauchen, aber das macht es noch schlimmer. Ich kann nicht wieder irgendwelche beschissenen Jobs annehmen, und selbst *die* sind kaum zu finden. Ich habe sie immer für unter meiner Würde erachtet, aber ich schaffe es ja nicht einmal aus dem Schlafzimmer. Wem will ich etwas vormachen? Ich bewundere dich so sehr, weil du zur Arbeit gehen und der Welt ins Gesicht sehen kannst. Und ich höre, wie Abby ihr Liedchen singt …«

»Welches Lied?«

»Das aus dem Fernsehen. ›I feel like chicken tonight.‹ Immer, wenn ich sie gehört habe, bin ich zu ihr gelaufen, um sie in die Arme zu nehmen und mich für die Freude zu bedanken, die sie mir mit jedem Lied schenkt. Aber das kann ich nicht mehr. Ich höre sie noch, aber … das Lied dringt in mein Bewusstsein ein, meine innere Anspannung wächst, und am Ende singe ich unablässig und fast zwanghaft meine eigene Version – ›I feel like nothing tonight.‹ …

Das muss schrecklich für dich sein, ich weiß. Ich bin so stolz auf dich, auf deine Art, darauf, wie sehr du uns liebst und den Laden am Laufen hältst.«

»Ich habe immer gedacht, dass *du* diejenige bist, die den Laden am Laufen hält …«, unterbrach ich sie.

»Nein, das bist du. Du warst es immer schon. Ich merke, dass ich dir nicht mehr gerecht werde – und auch dafür verabscheue ich mich, denn ich liebe dich so sehr. Daran hat sich nichts geändert. Aber manchmal kann ich einfach gar nichts tun, Eddie. Ich kann nichts geben, ich habe keine Hoffnung mehr und nichts macht mir Freude. Ich weiß, dass die meisten Leute auf der Welt viel schlimmer dran sind als ich, aber das nützt mir auch nichts. Ich ertrage es nicht, wenn das Telefon klingelt. Ich ertrage es nicht, mit meiner Mutter oder jemand anderem zu reden, weil ich dann so tun muss, als wäre ich … ein *Teil* der Welt. Als ich aufgehört habe zu arbeiten, dachte ich: ›Na, schön, das war es, ich spiele nicht mehr mit. Ich bin draußen. Du bist jetzt auf dich allein gestellt, Welt.‹ Ich dachte, es wäre eine Erleichterung, die Fassade nicht mehr aufrechterhalten, mich nicht mehr verstellen zu müssen. Doch in Wahrheit fühle ich mich so unerträglich … allein.«

Ich wartete darauf, dass sie fortfuhr.

»Ich habe das Gefühl, als hätte ich den Menschen verloren, der ich einmal war, und könnte ihn nie wiederfinden. Nichts macht mich glücklich, zufrieden oder weckt meine Neugier. Alles ist egal. Ich kann mich auf nichts mehr freuen, nicht einmal mehr auf die Dinge, die ich immer geliebt habe: Mahler, Thaisuppe mit Koriander oder ein Eis mit Schokoglasur. Ich kann mich nicht einmal darauf freuen, mal wieder einen Samstagabend mit dir im Astor zu verbringen und *Früchte des Zorns* oder *Ist das Leben nicht schön?* anzuschauen. Und auch die Kurzgeschichten von Lorrie Moore, die Stücke von Arthur Miller, *The Singing Detective* oder Art Blakeys ›Moanin'‹ reizen mich nicht mehr.«

Sie versuchte, sich zu erinnern.

»Die Songs von Elvis Costello und Ella Fitzgerald, die kindlichen Gemälde von Paul Klee, ein ausgiebiges, heißes Bad, Sex mit dir im frisch bezogenen Bett, Harry Nilsson, der ›Without You‹ singt, Everything But the Girl, bevor sie mit dem Drumcomputer angefangen haben, mit Abby die Tiger im Zoo anschauen, Atticus, Jem und Scout, Macedon im Herbst, Abby egal wann und wo … und alles mit dir zu teilen, sonntagmorgens die Zeitung mit dir zu lesen und dich dabei zu beobachten, dich im Arm zu haben – nichts freut mich mehr, und ich verabscheue mich dafür, Eddie. Ich habe dir all das erzählt, damit du verstehst, warum ich so bin – warum nichts mich mehr berührt. Ich fühle mich so allein. Ich hatte so viele Pläne, Eddie. Aber jetzt geht es schon über meine Kraft, mich im Bett umzudrehen. Ich will einfach nur schlafen und … Es tut mir wahnsinnig leid, dass ich so drauf bin.«

Sie hatte nur noch die Kraft, sich selbst zu verabscheuen. Ich streichelte weiter ihren zugedeckten Rücken. Ich wusste, dass sie vor allem wieder in die Welt integriert werden musste. Ob ich das allein schaffen konnte, wusste ich nicht. Da hatte ich meine Zweifel. Und es waren nicht die einzigen. Alle zwei Wochen buchte die Bank eine Tilgungsrate von unserem gemeinsamen Konto ab. Wenn ein einziges Mal kein Geld oder zu wenig Geld auf dem Konto war, konnte die Bank dies juristisch als Vertragsbruch werten und hatte damit das Recht, unser Haus zu verkaufen.

Nachdem ich die ersten Gerüchte über die Umstrukturierung gehört und auch während ich versucht hatte, mit dem Minister Kontakt aufzunehmen, hatte ich mich egal wo ich war, zu Hause, im Zug oder im Supermarkt, gefragt, ob die Bank tatsächlich zur Tat schreiten würde, sobald wir mit einer Rate in Verzug waren. Würde man unser Haus verkaufen, weil unser Konto ein einziges Mal nicht gedeckt war? Schließlich hatten wir in den letzten zehn Jahren immer brav gezahlt.

Aber es war möglich. Das Kleingedruckte, das kaum jemand las, geschweige denn verstand, gab der Bank das Recht dazu. Irgendjemand steht morgens auf und beschließt, dass dein Haus verkauft werden soll. Man bezahlt diesen Jemand für solche Entscheidungen. Er tilgt seine eigene Hypothek mit dem Gewinn aus vielen solcher Entscheidungen. Wenn nichts mehr auf dem Konto war, lag das daran, dass Tanya und ich arbeitslos waren. Wie viele Raten würden wir auslassen müssen? Wie viele ausgelassene Raten wären uns erlaubt? Ich erinnerte mich an die Zwangsversteigerung des Hauses meines Onkels und die Folgen für ihn und Peggy.

Ich konnte Tanya erst dann mit ganzer Kraft helfen, wenn ich beruflich wieder Boden unter den Füßen hatte, welchen auch immer. Ich musste zunächst sicherstellen, dass wir unser Haus behalten konnten. Aber auch danach würde ich Urlaub nehmen müssen, um ihr helfen zu können. Vielleicht hatte sie professionelle Hilfe nötig. Aber würde sie das wollen? Ich hatte Angst, ihr dies vorzuschlagen, denn sie misstraute der Psychologie. Es war nicht das Misstrauen der Ungebildeten, sondern entsprang dem Wissen darum, dass die Psychologie noch in den Kinderschuhen steckte, dass es keine genau definierten und wirksamen Therapien gab und letzten Endes alles vom *Verständnis* der Psychiater oder Psychologen abhing. Und die meisten von ihnen hielt sie für – wie hatte sie es formuliert? – zu dumm und oberflächlich, für nicht weise genug und selbst viel zu problembeladen, als dass sie ihr würden helfen können. Außerdem befürchtete sie, in den Augen der Welt für immer als geistig Kranke stigmatisiert zu sein, wenn sie einen Therapeuten aufsuchte, oder neben dem Riesenpanda am Rand des Supermarktparkplatzes zu enden, als jemand, dem man auf die Schulter klopfte und ein paar Münzen gab.

Andererseits konnte sie das Problem nicht ganz vor anderen verbergen, obwohl sie sich dies genauso sehr wünschte wie die Heilung. Wir kamen nicht umhin, ihrer Mutter davon zu erzählen, denn solange ich noch arbeitete, musste sich jemand vor und nach der Schule um Abby kümmern. Tanyas Mutter kannte dieses latente Problem ihrer Tochter, und solange es latent war, konnte sie es verdrängen. Aber was wäre, wenn sie ihre Tochter während eines depressiven Schubs erlebte? Würde sie uns dann noch helfen können oder die Sache für Tanya nur schlimmer machen? Doch ich hatte keine Wahl. Ich brauchte ihre Hilfe. Irgendjemand musste mir helfen. Ob ich meine Mutter bitten konnte?

Ich hatte bisher weder ihren Brief beantwortet noch wie üblich nach dem Wetter gefragt. Also setzte ich mich hin und schrieb einen nichtssagenden Brief, in dem ich unsere Lebenskrisen mit keinem Wort erwähnte, mich unverbindlich nach meinem Vater erkundigte und erzählte, dass ich gerade versuchte, eine längere Auszeit zu nehmen. Ich steckte zwei Buntstiftzeichnungen aus Abbys Elvis-Phase mit in den Umschlag.

Achtundzwanzig

Vor meinem Termin beim Managementberater der Abteilung ging ich mit Brief und Zeichnungen zum Postamt in der Nähe meines Büros. Durch die Bilder wäre das Porto teurer als normal.

Ich hatte in diesem Postamt oft während meiner Arbeitszeiten Pakete und Päckchen an meine Eltern abgeschickt, aber man hatte mich dort länger nicht mehr gesehen, und den Angestellten schien mein Erscheinen peinlich zu sein. Sie wirkten älter und dicker. Einige waren gestorben. Erst hatten ihre Haare dran glauben müssen, dann ihre Jobs, dann ihre lebenswichtigen Organe. Doch ob tot oder nicht: Solange sie noch in Lohn und Brot waren, würden sie auf keinen Fall ein Päckchen annehmen. Jeder von ihnen moderte von neun bis siebzehn Uhr still und leise vor sich hin, bis die Kunden schließlich nicht mehr fragten, ob es ihnen gut ging oder ob man ihnen irgendwie helfen konnte. Wir warteten geduldig. Wir warteten auch dann noch, als uns das Warten peinlich wurde. Man würde kein einziges Paket annehmen, meines nicht und auch nicht die Standardwaffe aus dem Arsenal der Sanierer, das Frührentenpaket mit der steuerfreien, auf der Zahl der Arbeitsjahre basierenden Abfindung.

Man nimmt die Zahl der Leute, die man in der Schlange vor sich hat, im umgekehrt proportionalen Verhältnis zu der

Zahl der Leute wahr, die hinter einem stehen. Wenn man das Schlusslicht einer sechsköpfigen Warteschlange bildet, würde man am liebsten wieder gehen. Doch wenn sechs Leute vor und sechs Leute *hinter* einem stehen, bleibt man, denn wenn man gehen würde, hätte man das Gefühl, eine wertvolle, wenn auch rätselhafte Ressource zu vergeuden.

Ich kam also leicht verspätet zum Termin. Erstens wollte ich den Brief unbedingt abschicken, und zweitens konnte ich unmöglich mit zwei großen Buntstiftporträts von Elvis dort erscheinen. Ich hätte natürlich aus der Warteschlange ausscheren, Abbys Bilder in den Papierkorb werfen, den Brief in einen kleineren Umschlag tun und als Standardbrief abschicken können. Aber das ging nicht, denn ich hatte vor Augen, wie Abby die Bilder im Kindergarten oder zu Hause am Küchentisch gemalt hatte. Darum blieb ich und dachte: »Wie lange mag das wohl noch dauern?« Aus diesem Grund erschien ich leicht verspätet beim Managementberater der Behörde.

Das Büro hatte offenbar einen eigenen Gärtner, oder zumindest hätte es einen gebrauchen können, denn es wimmelte von Pflanzen. Sie säumten die Wände und standen zwischen den flauschig weichen, zum Versinken einladenden Polstermöbeln. Der Raum wirkte wie ein manikürter Dschungel. Ich entschuldigte mich für meine Verspätung, und der Mann reagierte freundlich. So habe er sich, sagte er, noch einmal mit meiner Akte vertraut machen können. Das hatte er zwar sowieso schon getan, aber durch meine Verspätung hatte er die Vertrautheit noch weiter vertieft. Er hielt die Akte in beiden Händen. Sie war dick und grau, trug die Aufschrift *Edward Harnovey – Behörde für Planung und Umwelt* und hatte einen Barcode und zwei Klebestreifen, einer rosa, einer gelb. Ich schien ein gelb-rosa Fall zu sein.

Er wirkte jünger als ich, konnte aber auch in meinem Alter sein. Auf jeden Fall gehörte er zu den Glückspilzen, die Darlehen zu günstigen Konditionen bekamen, Darlehen, die dem Unterbewusstsein jeden Monat süße Nichtigkeiten zuflüsterten. Der Anstrich haftete zweifellos gehorsam auf seinen Wänden. Seine Badezimmerkacheln drohten nie mit Aufstand. Sein Auto fuhr. Zuerst war es von Europa nach Melbourne gefahren, und dann schnurrte es ohne zu murren aus dem Parkhaus in den Basalttiefen der LaTrobe Street bis zum sanierten Reihenhaus in South Yarra. Unterwegs stieg seine Frau bei Sotheby's ein, gestresst von einem Tag, an dem sie ihre Kinder versteigert hatte, und mit einem Heißhunger auf das späte Abendessen.

»Darf ich Sie Edward nennen, Mr Harnovey?«

»Aber gern, Giles.«

»Warum wollten Sie mich sprechen, Edward?«

»Ich wollte Sie nicht sprechen, Giles. Man hat mich genötigt, Sie aufzusuchen.«

»Haben Sie eine *Vermutung*, warum?«

»Nun, ja – ich sitze hier, weil mein Arbeitsplatz im Rahmen von Umstrukturierungsmaßnahmen entfallen soll und weil man mir überdeutlich zu verstehen gegeben hat, dass meine Chance, im öffentlichen Dienst zu bleiben, noch kleiner wäre, als sie sowieso schon ist, wenn ich Sie nicht aufsuche.«

»Sie sind … Chemieingenieur.«

»Ja, das ist mir bekannt.«

»Im Büro in Melbourne arbeiten noch drei weitere Chemieingenieure, richtig?«

»Ja, genau. Drei.«

»Drei … So so.« Er notierte sich die Zahl.

»Bei meiner Einstellung waren es fünfmal so viele.«

»Wie lange ist das her? Zwölf oder dreizehn Jahre?«

»In etwa, ja.«

»Fassen wir zusammen, was wir bisher haben, Edward. Einige Chemieingenieure der Behörde werden nach der Umstrukturierung bleiben, einige nicht.«

»Die *meisten* nicht, Giles.«

»Und Sie gehören zu jenen, die nicht bleiben, Edward.«

Er blätterte meine Akte so rasant durch, dass er unmöglich irgendeine Information aufnehmen konnte.

»Fallen Ihnen irgendwelche Gründe dafür ein, warum Sie nicht zu jenen gehören, die bleiben?«

»Meine Chance, nicht dazuzugehören, lag bei fünfundsiebzig Prozent.«

»Haben Sie eine Ahnung, welche Erwägungen hinsichtlich Ihrer Person dazu geführt haben, dass man Sie nicht weiterbeschäftigen will?«

»Nein, aber vielleicht haben Sie ja eine.«

»Warum sagen Sie das?«

»Weil Sie meine Akte nicht aus der Hand legen.«

»Glauben Sie, dass Ihre Akte etwas enthält, das gegen Sie spricht, Edward?«

»Schwer zu sagen, Giles.«

Er betrachtete eine Weile ernst seine Hand. »Wenn ich Ihnen helfen soll, müssen Sie noch einmal zu mir kommen. Ich würde gern ein paar Tests machen.«

»Tests? Was für Tests?«

»Nun, ich will das Kind nicht mit dem Bad ausschütten.«

»Anzeichen für *irgendein* Kindheitstrauma gibt es ganz sicher.«

»Was werde ich denn Ihrer Meinung nach in Ihrer Akte finden?«, fragte er mit lehrbuchartiger Ernsthaftigkeit.

Die Welt war in die Fänge sich selbst parodierender Marionetten geraten, die den verblüfften Zuhörern vom

Gipfel des Berges ihrer eigenen Banalität Weisheiten à la Dale Carnegie verkündeten. Eingedenk alter Zeiten atmete ich einmal tief aus.

»Lieber Giles, aus Achtung vor der langen und ruhmreichen Ahnenreihe von Managementberatern, der Sie entstammen, bitte ich Sie, endlich zur Sache zu kommen. Gibt es Jobs für jemanden mit meiner Berufserfahrung oder nicht?«

»Warum sagen Sie das?«

»Was denn?«

»Warum sprechen Sie von Managementberatern?«

»Ich wollte an Ihren beruflichen Stolz appellieren. Das habe ich jedenfalls versucht.«

»Ich bin kein Managementberater, Edward.«

»Wie meinen Sie das?«

»Ich bin Psychologe.« Er lachte leise über meinen Irrtum. Mein Kopf sank unwillkürlich auf meine zitternde Hand.

»Psychologe?«

»Ja. Überrascht Sie das? Vielleicht können Sie sich jetzt etwas entspannen und ein paar Fragen beantworten.« Er lächelte wieder sein Lehrbuchlächeln, ein Lächeln aus den Lehrbüchern der Achtzigerjahre.

»Man hat mich reingelegt. Ist das wirklich nötig hier?«

»Das müssen Sie selbst wissen. Ich frage Sie noch einmal: Was steht Ihrer Meinung nach in Ihrer Akte?«

»Ein Psychologe?«

»Ganz recht.«

»Man hat mir nicht gesagt, dass ich einen Termin bei einem Psychologen habe.«

»Verheimlichen Ihre Vorgesetzten Ihnen oft etwas, Edward?«

»Keine Ahnung. Sie sind sehr geschickt darin.«

»Stört es Sie, dass ich Psychologe bin?«

»Man hat gesagt, Sie seien ein Managementberater, der für die Behörde arbeitet, mehr nicht.«

»Hat man Ihnen das wirklich gesagt, oder haben Sie das nur so verstanden?«

»Das meinen Sie jetzt nicht ernst, oder?«

»Glauben Sie, dass Sie Probleme haben, Edward?«

»Nein. Das weiß ich. Ich habe Frau und Kind zu versorgen und bin arbeitslos. Oder etwa nicht? Bin ich arbeitslos, Giles?«

»Haben Sie Angst vor Ihren Problemen?«

»Natürlich. Ich habe Angst, mein Haus zu verlieren. Ich habe Angst vor der Arbeitslosigkeit. Aber deshalb bin ich weder krank noch gestört. Ich fühle mich nur so, wie sich gesunde Menschen in ungesunden Zeiten fühlen.«

»Tragen Ihrer Meinung nach andere Leute die Schuld an Ihren Problemen, Eddie?«

»Was soll das denn jetzt heißen?«

»Was steht wohl in Ihrer Akte?«

»Keine Ahnung. Ich habe nie hineingeschaut.«

»Dann stellen Sie Vermutungen an.«

»Damit will ich gar nicht erst anfangen.«

»Möchten Sie, dass ich Ihnen auf die Sprünge helfe?«

»Oh, ja, bitte, Giles. Warum habe ich plötzlich das Gefühl, dass Sie Dr. Spivey heißen und dass ich R. P. McMurphy bin?«

»Die Akte enthält genaue Informationen über Ihre bisherige Arbeit, Ihre Dienstreisen und so fort. Sie besagt auch, dass Sie nicht ganz einfach gewesen sind.«

»Nicht ganz einfach?«

»Ja. Sie haben Widerwillen und sogar Feindseligkeit gegen Veränderungen gezeigt. Sie sind nicht teamfähig. Sie haben sich geweigert, bei der Erstellung eines Mission Statements mitzuwirken. Und so weiter.«

»Ist das Ihr Ernst?«

»Außerdem heißt es, dass Sie Anweisungen nur mangelhaft befolgt, vertrauliche Informationen an die Medien weitergegeben und einen Interessenkonflikt verschwiegen haben.«

»Welchen Interessenkonflikt?«

»Sie haben lange an einem Gutachten über den Spencer Gulf gearbeitet, richtig?«

»Ja. Und?«

»Sie haben uns weder vor Beginn Ihrer Arbeit noch zu einem anderen Zeitpunkt darüber informiert, dass Sie auf dieselbe Grundschule wie Claremonts Tochter gegangen sind. Sie haben sogar gemeinsam mit ihr studiert, heißt es hier.«

»Studiert? Wohl kaum. Und welche Rolle spielt das?«

»Sie haben mit einem Mitglied der Familie Claremont Sozialkontakte unterhalten und sind vermutlich in den Genuss preissensibler Informationen gekommen. Deshalb war die Behörde der Ansicht, dass es Ihre Pflicht gewesen wäre, die Beziehung offenzulegen.«

»Es gibt keine Beziehung. Das ist ja verrückt. Wir waren Kinder. Das ist ewig her. In der Behörde gibt es jemanden, der erst kürzlich eine ganz andere Art von Kontakt mit der Familie Claremont gehabt hat.«

»Außerdem steht zu befürchten, dass die Objektivität Ihres Gutachtens durch Ihre Verbindung zur Familie Claremont beeinträchtigt wurde, was nach Ansicht der Behörde ein weiterer Grund dafür ist, dass Sie Ihre Beziehung zu dieser Familie hätten offenlegen müssen.«

»Zunächst einmal wurde mein Gutachten übergangen.«

»Nach allem, was ich weiß, wurde es wegen Befangenheit zurückgestellt.«

»Außerdem drängt mein Gutachten darauf, die Pläne für den Spencer Gulf streng zu kontrollieren. Wie soll man das als Befangenheit *zugunsten* von Claremont interpretieren?«

»Die Behörde ist der Ansicht, dass Sie das Leck waren, durch das die Medien Wind von der Sache bekommen haben. Sobald das Gutachten an die Öffentlichkeit gelangt, fällt der öffentlich notierte Aktienkurs, und Claremonts Privatfirma erwirbt die im öffentlichen Besitz befindlichen Aktien der Firma für billiges Geld.«

»Was soll diese Unterstellung? Ist das wirklich passiert? Hat Claremonts Privatfirma die im öffentlichen Besitz befindlichen Aktien tatsächlich für billiges Geld erworben?«

»Das ist der Behörde nicht bekannt. Tatsache ist aber, dass Ihr Versäumnis und Ihr späteres Verhalten so etwas möglich gemacht haben. Die Behörde nimmt zur Kenntnis, dass Sie mit einer rätselhaften Hartnäckigkeit auf der Umsetzung Ihrer Empfehlungen beharren.«

»Sie sind ja alle verrückt, vollkommen verrückt.«

»Sind alle verrückt, Edward?«

»Gut möglich, Giles. Verrückt, bösartig oder beides.«

»Bösartig?«

»Das ist nicht auszuschließen.«

»Nun, es wird Sie sicher freuen, dass die Behörde diese Angelegenheit nicht weiterverfolgen will.«

»Nicht weiterverfolgen?«

»Ja. Sie drängt nicht auf interne Disziplinarmaßnahmen.«

»Wenn man mich nicht weiterbeschäftigt, geht das sowieso nicht. Um mich bestrafen zu können, müsste man mir weiter mein Gehalt zahlen.«

»Und man verzichtet auch auf eine Anklage.«

»Anklage? Warum?«

»Nun, falls Sie tatsächlich preisrelevante Informationen an die Medien haben durchsickern lassen, hätten Sie in mehr als einer Hinsicht gegen das Körperschaftsrecht verstoßen. Das wäre strafrechtlich relevant. Sie hätten außerdem gegen den Public Sector Management Act verstoßen, da Sie als Experte Ihrer von der offiziellen Regierungspolitik abweichenden Meinung hinsichtlich einer Angelegenheit von öffentlicher Bedeutung Ausdruck verliehen haben. Grob gesagt. Ich kann Ihnen die Gesetzeslage nicht aus dem Stegreif erläutern. Ich bin kein Jurist, sondern Psychologe. Allerdings gehört es zu meiner Aufgabe, einen Bericht über Sie zu verfassen, den ich sowohl Ihrer Behörde als auch der für Personalfragen und Wirtschaftsbeziehungen vorlegen muss.«

»Klingt nach viel Arbeit. Brauchen Sie Hilfe? Bekomme ich einen Durchschlag?«

»Ja, ich bin gesetzlich verpflichtet, Ihnen auf Anforderung einen Durchschlag zukommen zu lassen.«

»Dann betrachten Sie dies als Anforderung, Giles.«

»Schön. Aber ich möchte Sie bitten, einigen psychologischen Tests zuzustimmen.«

»Nein.«

»Sie möchten das lieber nicht, Edward?«

»Oh, nein, das möchte ich ganz sicher nicht, Giles, denn zu welchem Ergebnis Sie auch gelangen – ich muss diesen Hexenkessel der Verschwörungstheorien und des Wahnsinns sowieso verlassen. Eines Tages werde ich Ihnen irgendwo über den Weg laufen. Vielleicht wird das erst in vielen Jahren sein, nachdem sich die Welt oft genug gedreht hat, um ihre Macken, ihren sklavischen Gehorsam gegenüber der Pseudowissenschaft, dem Psychojargon des Managements, dem ökonomischen Irrsinn und der Anbetung der Effizienz, die sich als wichtige Queste des

Westens nach Wohlstand und individueller Freiheit tarnt, überwunden zu haben. Vielleicht wird es in einer Schlange im Supermarkt sein oder in einem Kinofoyer oder vor einer Suppenküche. Gut möglich, dass Sie in Begleitung Ihrer Frau oder Ihrer erwachsenen Kinder sind. Wenn ich Ihnen begegne, werde ich mich nach Kräften bemühen, nicht auf Sie, Ihre Frau und Ihre Kinder zuzugehen und Sie vor Ihrer Familie daran zu erinnern, was die Psychologen während der Besatzungszeit verbrochen haben.«

Ich musste nicht lange auf meinen Durchschlag warten. Der Mann hatte offenbar mit seinem Bericht begonnen, bevor ich das Gebäude verlassen hatte. Es war seltsam, einen Brief zu öffnen, auf dem mein Name fehlerfrei geschrieben war, und ein Kärtchen mit der Aufschrift »Mit besten Wünschen« als Beigabe zu einem amtlichen Dokument zu finden, das dem Totenschein, den ich nie sehen würde, mit Sicherheit am nächsten kam.

Er schloss seinen Bericht mit den Worten: *Mr Harnovey zeigt keine psychotischen Symptome, leidet aber an einer zwanghaften, paranoiden Störung. Man muss überdies damit rechnen, dass er in der Behörde immer wieder unzureichend begründete Beschwerdeverfahren einleitet. Wer ihn einstellt, muss sehr nachsichtig sein.*

Wie Gerard mir unter vier Augen bestätigt hatte, sollte ein Viertel der Chemieingenieure weiterbeschäftigt werden, doch ich gehörte nicht dazu. Offiziell hatte ich noch nichts gehört. Ich wusste nicht, wer noch entlassen werden sollte. Entweder warteten die Leute zu Hause auf die schriftliche Kündigung, oder sie arbeiteten weiter und hielten sich bedeckt. Ich klammerte mich an vage Hoffnungen. Vielleicht – und das glaubte ich manchmal wirklich – würde man mich aus Zufall oder Versehen oder irrtümlich weiterbeschäftigen, wenn ich mich so gut wie unsichtbar machte, wenn man mich morgens nicht kommen sah und nicht merkte, wenn ich mittags essen ging oder nach Feierabend den Zug nahm. Vielleicht entließ man nur die ersten fünfundsiebzig Prozent, die man zu Gesicht bekam.

Ich schlich in mein Büro, hatte aber nichts zu tun. Ich überlegte, das Licht auszulassen, aber dann fiel mir ein, dass dies einem Eintretenden nur schwer zu erklären war. Also saß ich bei Licht, aber mit geschlossener Tür da und versuchte, meinen Schreibtisch unordentlich aussehen zu lassen. Ich breitete alte Aktennotizen so darauf aus, dass es nach fleißigem Chaos aussah, jener Art Chaos, das belohnt wurde. Doch mir war schon unterdessen klar, dass diese Strategie unsinnig war. Es war nicht einmal eine Strategie. Es war Wahnsinn.

Ich erwog, meine Eltern anzurufen, wusste aber nicht, wie lange ich sie täuschen konnte. Meine Mutter hatte einen siebten Sinn für so etwas. Sie hätte sich nur mit der Wahrheit begnügt, und auf die Schnelle wäre mir bestimmt keine neue Ausrede eingefallen. Ich griff zwar mehrmals nach dem Telefon, legte den Hörer aber gleich wieder weg. Ich hatte nichts zu tun. Ich hätte gern mit meinen Eltern gesprochen. Ich starrte den Kalender auf dem Tisch an, einen entfernten Verwandten des Radioweckers in unserem Schlafzimmer. Wie mochte es meinem Vater gehen?

Schließlich überwand ich mich. Doch als ich die Vorwahl eintippen wollte, wurde ich zum Glück für meine Eltern gestört. Gerard öffnete die Tür und kam ein paar Schritte ins Zimmer. Hinter ihm verharrten zwei Männer in Anzügen auf der Schwelle. Er klang untypisch freundlich, ja fast herzlich, was vermutlich daran lag, dass er mich nicht mehr zappeln lassen konnte. Trotzdem war es seltsam, dass er zu mir kam, anstatt mich in sein Büro zu befehlen, dass er in Begleitung zweier Männer erschien, die ich noch nie gesehen hatte, und dass er in einem Ton mit mir sprach, den er wahrscheinlich in Gegenwart Amandas benutzt hatte.

»Harnovey, alter Junge, komm schon. Du weißt, was Sache ist.«

»Nun, ich bin nicht wirklich … Ich habe noch keine offizielle …«

»Ich habe es dir doch persönlich mitgeteilt.«

»Ja, aber ich habe erwartet …«

»Ist schon in der Post.«

»Oh, ich … Ich habe Ansprüche, richtig?«

»Nach dem Kündigungsschutzgesetz, meinst du?«

»Wie bitte?«

»Eine Abfindung.«

»Ja, ganz recht. Ich habe doch wohl Anspruch auf eine Abfindung, zumal ich …«

»Steht alles im Schreiben. Es müsste …« Er sah auf seine Uhr. »Müsste heute in deinem Fach sein. Aber wenn ich mich recht erinnere, ist fast alles gebunden, was dir zusteht.«

»Gebunden?«

»In der Altersvorsorge.«

»Und was ist mit dem Rest?«

»Nach dem Abzug der Auslagen dürfte nicht mehr viel davon übrig sein.«

»Welche Auslagen?«

»Nun, am Spencer Gulf hast du dein Spesenkonto regelmäßig überzogen – Flüge, Hotels und so weiter. Angesichts deiner vielen Reisen stehst du bei der Abteilung sicher tief in der Kreide. Die genaue Summe kenne ich nicht. Wir werden intern klären, wie viel dir unter dem Strich noch zusteht. Das wird eine Weile dauern. Wir informieren dich dann über die Ergebnisse.«

»Ich fasse es nicht«, entfuhr es mir sotto voce.

»Schau, Harnovey«, sagte er fast mitfühlend, »die eine Tür schließt sich … Du kennst die Redewendung. Man weiß nie, was hinter der nächsten Tür wartet. Lass uns einen sauberen Schnitt machen. Sei ein braver Junge.«

»Wie? Jetzt gleich?«

»Ich denke, schon. Ist besser so. Brauchst du Kisten? Wir können dir Kisten besorgen, sogar in unterschiedlichen Größen, wenn du willst.«

Natürlich gab es nicht nur in diesem Jahrhundert, sondern auch in vergangenen Epochen, die schlechter dokumentiert sind, an die man sich aber oft wehmütig erinnert (die Rechte an den weniger lange zurückliegenden hat Merchant Ivory erworben), immer wieder Phasen, in denen Oberflächlichkeit und moralische Leere eines Nachts in der Finsternis der Unvernunft miteinander ausgingen, Wange an Wange tanzten und bald darauf dumme und groteske Bälger zeugten, die die Anliegen ehrlicher Leute (zumindest die Anliegen all jener, die es ihnen nicht gleichtun wollten) durch ihre Immunität gegen Selbstzweifel aus den Schlagzeilen verdrängten. Sie drängten sie immer weiter in den Hintergrund, verbannten sie bis hinter den Wetterbericht, trieben ihre sadistischen Spielchen mit ihnen, packten am Ende etwas Totes mit ihnen ein und warfen sie dann weg. Gerard war offenbar der Meinung, dass ich nicht mehr zum Spielen taugte. Doch so leicht würde ich mich nicht hinter den Wetterbericht zurückdrängen lassen.

Neunundzwanzig

Der Winter, immer so großzügig mit der ihm zugemessenen Zeit, hatte früh begonnen. Ich stand mit vielen unterschiedlich großen Kisten, die das Substrat meiner Karriere enthielten, in der William Street vor der Flagstaff Station. Der Wind wirbelte lose Blätter aus den Kisten. Ein paar fing ich ein, die anderen ließ ich wegfliegen. Ich wartete nicht auf einen Zug, sondern auf eine Idee. Wie sollte ich die Kisten nach Hause schaffen? Wie sollte ich diesen frühen Feierabend erklären? Was sollte ich tun, damit ich ab jetzt nicht jeden Tag so früh zu Hause war? Konnte Tanya noch trauriger werden? Woher sollte ich das Geld für die nächste Tilgungsrate nehmen? Wie hatte es der junge Orson Welles geschafft, die Produktion von *Citizen Kane* zu finanzieren? Hatte er vorausgesetzt, dass wir wussten, was »Rosebud« bedeutete? Oder war ihm das egal, solange wir nur darüber redeten? Und wer hatte sich einen Gott ausgedacht, dessen Gleichgültigkeit grenzenlos war und dessen Übellaunigkeit so viel Leid zur Folge hatte? Ich hätte in einer Million Jahren niemandem das angetan, was dieser Gott täglich so vielen Menschen antat.

Der U-Bahnhof wimmelte von Menschen. Wie viel Lebenszeit hatte ich hier verbracht? Es waren Tage, doch sie kamen mir vor wie Jahre.

Was sollte ich an *diesem* Tag tun und was an den folgenden? Ich saß vor dem Bahnhof auf meinen Kisten, doch ich weinte nicht. Ich erregte kaum Aufmerksamkeit. In den Flagstaff Gardens auf der anderen Seite der LaTrobe Street schliefen Männer *in* Kisten, auf jeden Fall während der wärmeren Monate. Im Winter zogen sie in das Obdachlosenasyl der Heilsarmee, das sich fünfhundert Meter weiter in der Wills Street befand, dicht beim Zollamt.

Ich wurde von den Passanten ignoriert, und das gab mir die Illusion von Freiheit. Doch wie frei war ich wirklich? Die Zukunft lag im Dunklen, und mir kam der Gedanke, dass alles, was ich gewesen war oder tun würde, durch frühere, unkontrollierbare Ereignisse vorherbestimmt worden war. Alles war längst passiert. Eine Frau mit langen, glatten, dunklen Haaren, so alt wie ich, vielleicht auch etwas jünger, ging mit einem braunen Hund Gassi. Doch er führte sie an der Leine und nicht umgekehrt. Sie hatte roten Lippenstift aufgelegt, trug eine schwarze Jeans und einen lila Pullover mit dazu passendem Schal. Sie schlenderte in der William Street auf dem Weg zu den Gardens an mir vorbei. Alle anderen Leute waren für die Arbeit angezogen. Als ich zusah, wie sie hinten in der LaTrobe Street verschwand, hatte ich das Gefühl, doch noch weinen zu müssen.

Eine Windböe fegte die ersten Tränen von meinem Gesicht. Ich war nicht einmal so frei zu weinen. Wer war je so frei zu weinen? Immer waren Leute in der Nähe. Sie übersahen den Mann, der mit seiner in Kisten verpackten Karriere auf seinem Kreuzweg innehielt, doch dem Genuss des Anblicks eines von winterlichem Unglück gebeutelten, *weinenden* Mannes würden sie nicht widerstehen können. Aber auch sie hatten nicht die Freiheit, sich diesen Anblick einzuprägen und danach an ihrem

Arbeitsplatz zu weinen, weil sie ganz sicher von ihren Kollegen beobachtet worden wären. Wer zuletzt weint, hat gewonnen. Das weiß jeder. Kinder wissen es genau. Erwachsene ahnen es nur noch. Also ist niemand frei zu weinen. Niemand außer Tanya.

Draußen vor dem Bahnhof kam mir der Gedanke, dass niemand wirklich frei war. Nicht nur, was das Weinen betraf, sondern grundsätzlich. Wie können wir frei sein, etwas zu tun oder zu lassen, wenn bestimmte Ereignisse und Situationen alles Nachfolgende festlegen oder verursachen? Wie frei können wir sein, wenn unser Verhalten nicht nur durch unsere genetische Struktur bestimmt wird, sondern auch durch die Art unserer Geburt oder die Art der Liebe, der Aufmerksamkeit und des materiellen Wohlstands während unserer Kindheit, ja sogar durch unseren Blutzuckerspiegel oder die Reaktion auf das Klima unserer Heimat?

Wir wären selbst dann nicht frei, wenn wir die Folgen aller Faktoren berechnen und Vorhersagen über unser Verhalten treffen könnten. Denn ohne Kontrolle über jene Variablen, die zukünftige Ereignisse bestimmen, wären wir trotz Vorhersagen nicht in der Lage, Einfluss auf diese Ereignisse zu nehmen.

Ich sah zu, wie noch mehr Papiere aus den Kisten flatterten.

Natürlich können wir unser Verhalten in gewisser Weise als frei betrachten, obwohl es kausal vorherbestimmt ist, ja im Grunde nur, *weil* es vorherbestimmt ist. Wir können unser Tun für selbstbestimmt halten, wenn es *unserem* Willen oder *unserer* Entscheidung entspringt. Unser Handeln kann als frei gelten, wenn es trotz aller äußeren Faktoren unseren *eigenen* Wünschen entspricht. Wenn ich auf dem Wahlzettel mein Kreuz mache, bin ich frei, vorausgesetzt, ich mache dieses Kreuz aus freien Stücken.

Aber was ist mit dem Willen? Ist er wirklich frei, wenn man davon ausgeht, dass auch er kausal vorherbestimmt ist? Doch vielleicht tut das gar nichts zur Sache.

Warum also darüber reden? Warum über den freien Willen nachdenken? Nun, durch diese Überlegungen konnte ich die Frage verdrängen, wie ich meine Familie retten sollte. Und sie heiterten mich auf. Wenn sowohl Kant als auch ich über dieses Problem nachdachten, war ich vielleicht doch mehr als die Summe meiner Kisten. Außerdem hatte sich Kant nie draußen vor der Flagstaff Station Gedanken darüber gemacht. Hätte er das getan, dann hätte er wohl begriffen, dass sowohl er als auch ich unfrei und ohnmächtig waren, was diese Kisten betraf. Vor allem ich. Neoklassische Ökonomen haben fast alle Menschen von dem Axiom überzeugt, dass eine freie Wahl besser sei als eine Garantie für all jene Dinge, die man zum Überleben braucht. Andererseits hat von Hayek dabei nie an den Kauf eines Mantels für ein kleines Mädchen oder an die Abzahlung eines Darlehens gedacht.

Ich hatte Probleme, aber das Problem des freien Willens gehörte nicht dazu. Genau darum war es ja so reizvoll für mich, darüber nachzudenken.

Der Himmel bewölkte sich. Meiner Ansicht nach konnte das Konzept des freien Willens nur einen ethischen oder moralischen Nutzen haben. Der freie Wille, unter dem wir in Wahrheit Handlungsfreiheit verstehen, ist ein Konstrukt, das uns bei der Entscheidung hilft, ob eine bestimmte Tat ethisch bewertet werden muss. Eine solche Bewertung hat meiner Meinung nach den Zweck, die Menschen in psychologischer Hinsicht so zu konditionieren, dass ihr Handeln ethischen Leitlinien entspricht. Wenn ihr Handeln nicht ihrem eigenen Willen oder Entschluss entsprang, also unfrei war, wäre das Postulat des freien Willens unwichtig für das Handeln einer Person, und eine ethische Bewertung erübrigte sich. Diese war nur notwendig, wenn man freiwillig handelte. Solange man das Gefühl hatte, in seinen Handlungsmöglichkeiten durch nichts und niemanden eingeschränkt zu sein, war es egal, dass unzählige frühere und gegenwärtige Ereignisse die Entscheidung festlegten, die man am Ende traf. Denn zu diesen Ereignissen gehörten ja auch vergangene ethische Urteile und solche, die man in Zukunft treffen würde. Wenn man den freien Willen so verstand, konnte man das Verhalten von Menschen moralisch bewerten. Wenn nicht, wäre jeder amoralisch.

Ich fragte mich, wie Kant und Hume oder andere über dieses Problem hatten nachdenken können, ohne einen U-Bahnhof im Rücken zu haben.

Der Hund führte die Frau mit lila Pullover und Schal auf dem Rückweg von den Gardens wieder an mir und meinen Kisten vorbei, doch ich war immer noch nicht weitergekommen. Ich hatte bestenfalls das Problem des freien Willens gelöst, aber was hatte ich schon davon? Ich beobachtete die Frau und den Hund. Ich kannte sie oder hätte sie gern kennengelernt. Ich hätte mich gefreut, wenn sie mich angesprochen hätte. Ich hätte gern den Hund gestreichelt. Ich lächelte den beiden zu, als sie vorbeigingen, doch sie bemerkten es nicht.

Hunde konnten auch nicht frei handeln. Sie tranken aus einer Pfütze. Warum? Weil sie ein trockenes Maul hatten. Warum hatten sie ein trockenes Maul? Weil sie gerannt waren. Und warum waren sie gerannt? Weil irgendwelche chemischen Prozesse in ihrem Gehirn Freude ausgelöst hatten. Wie kam es zu diesen chemischen Prozessen? Ich wusste es nicht. Ob sie bei Tanya jemals wieder in Gang kommen würden? Ich kannte mich mit so etwas nicht aus, aber es war gut möglich, dass es wenigstens theoretische Antworten auf diese Fragen gab.

Die Frau mit dem langen, schwarzen Haar hatte angehalten, weil ihr Hund angehalten hatte. Eines bestimmte das andere. Der Hund blieb stehen, weil er durstig war. Als ich ihm beim Trinken zusah, verstand ich, warum. Aber wieso drehte er sich danach zu mir um, wenn weder plötzlich ein lautes Geräusch ertönt noch eine Katze aufgetaucht oder Premium-Hackfleisch angeliefert worden war? Warum starrte mich dieser mitten auf der William Street stehende braune Hund mit dem weißen Fleck auf dem Kopf plötzlich an?

Ich brauchte die Aufmerksamkeit. Ich brauchte noch viel mehr davon. Während mir der Selbstzweifel, dieses schreckliche Krebsgeschwür der Seele, etwas über die Straßenbahnen und den Verkehr ins Ohr flüsterte, hoffte ich auf Hilfe, hoffte ich auf eine Antwort. Ich sah mich um. Alle hatten ein Ziel, sie strebten irgendwohin, sie strebten nirgendwohin. Die einzige relativ reglose Person war ein einbeiniger Mann, der an einer Säule des Bahnhofs lehnte und Zeitschriften verkaufte. Doch selbst er schüttelte alle paar Sekunden unfreiwillig den Kopf. Die Münzen blieben vor ihm liegen, aber die Zeitschriften blieben nicht beim Thema. *Ich bin übergewichtig,* gestand Elle Macpherson, und den Launen des Windes folgend, tat der Redaktionsastrologe kund: *Vertrauen Sie den Sternen.* Wenn die Schuld wirklich nicht bei den Sternen, sondern bei mir lag, würde ich tatsächlich wieder ganz am Anfang stehen und hätte, wenn ich richtig rechnete, noch zehn Tage bis zur Fälligkeit der nächsten Tilgungsrate.

Ich ließ meine Karriere unbewacht zurück und fuhr mit dem Aufzug in das erste Untergeschoss des Bahnhofs. Dort gab es drei Telefonzellen. Zwei waren laut eines Schildes defekt, aber eine davon hatte noch die Gelben Seiten. Als ich unter Arbeitsvermittlung nachschlug, stellte ich fest, dass sich die Agentur mit dem größten Eintrag in der Nähe dieses U-Bahnhofs in der William Street befand. Ich vereinbarte einen Termin für den nächsten Vormittag, und nachdem ich aufgelegt hatte, fragte ich mich, ob ich nicht vielleicht doch in der besten aller Welten lebte. Andererseits musste es einen zutiefst pessimistisch stimmen, wenn dem wirklich so war.

Dreißig

Drei Mal lief ich voll beladen zwischen unserem Haus und dem nächsten Bahnhof hin und her. Ich hatte die Kisten in drei Haufen aufgeteilt und alle, die ich nicht tragen konnte, beim Bahnhofsvorsteher zurückgelassen. Als ich zum dritten Mal vor unserem Haus stand, verließ ich mich darauf, dass sich Tanya immer noch im Schneckenhaus ihrer Depression verkrochen hatte, und trug die Kisten ins Arbeitszimmer, das nun ein Schrein unseres jeweiligen beruflichen Scheiterns war. Hier war mein Gutachten tot geboren worden, hier lagen Tanyas Befreiungstiger von Tamil Eelam sauber gestapelt da und warteten unter der Staubschicht auf ihre Befreiung.

Nachdem ich alles erledigt hatte, ging ich zu ihr.

»Bist du das, Eddie?«

»Ja, meine Liebste, ich fürchte, ich bin es. Ich hätte dir gern etwas mehr mitgebracht.«

Ich setzte mich aufs Bett. Sie wandte mir den Rücken zu. Im Zimmer war es dunkel. Die Vorhänge waren zu. Ich kannte das Ritual.

»Ich habe geglaubt, dich zu hören.«

»Mich zu hören?«

»Die Geräusche, die du machst, wenn du nach Hause kommst. Aber du warst es nicht, und ich bin eingedämmert oder war jedenfalls nahe dran. Etwas später habe ich noch einmal gemeint, dich zu hören, aber du warst es wieder nicht. Da war niemand. Und dann habe ich nachgedacht – ich habe versucht, mir vorzustellen, wie es wäre, wenn du nicht mehr heimkommst. Ich meine – was geht dir auf dem Heimweg durch den Kopf? Was denkst du auf dem Weg zur Flagstaff Station? Nach dem zweiten falschen Alarm wusste ich nicht mehr, was dich überhaupt noch nach Hause zieht. Ich war mir sicher, dass du früher oder später nicht mehr heimkehren würdest.«

»Mein Zuhause ist dort, wo du bist. Wo wir beide sind. Der Ort ist unwichtig, findest du nicht auch?«

»Nur heute nicht.«

»Wie meinst du das?«

»Es wäre schlimm gewesen, wenn du ausgerechnet heute nicht mehr nach Hause gekommen wärst.«

»Ich komme immer nach Hause, Tanya. Vielleicht werde ich das Haus bald nie mehr verlassen.«

»Denn ich habe einen Beschluss gefasst.«

»Welchen?«

»Mich zusammenzureißen … Eddie.« Sie begann wieder zu weinen.

»Schon gut. Wir … bald geht es dir besser. Erzähl mir, was los war.«

»Es hat mit Kate angefangen.«

»Kate?«

»Sie kam heute Nachmittag nach der Schule vorbei und war sehr aufgewühlt. Sie hat in den letzten Tagen mehrmals angerufen und immer wieder auf den Anrufbeantworter gesprochen. Aber ich konnte mich nicht zu einem Rückruf aufraffen. Also ist sie kurzerhand gekommen. Sie hatte Angst, dass Abby etwas Furchtbares passiert sein könnte, nachdem wir neulich im Krankenhaus waren, oder dass sie mir irgendetwas angetan hatte, sodass ich nicht mehr mit ihr reden wollte. Sie ist wirklich eine gute Freundin.«

»Ja. Ja, das ist sie«, erwiderte ich etwas lahm.

»Sie ist wieder bei Paul. Ich glaube, sie will ein Kind.«

»Das wird alle Probleme lösen.«

»Ja, vielleicht. Wer weiß?«

Ich war froh, dass Tanya endlich wieder von jemand anderem redete. Doch sie sprach noch sehr leise, und ihre Depression war in keine sehr tiefe Selbsterkenntnis gemündet. Sie hatte nur die zur Verachtung führende Vertrautheit umgangen und war direkt zur Verachtung gelangt. Sie hatte sie entdeckt, wie andere Leute Gott entdeckten. Da sie sich immer schon selbst verachtet hatte, musste ihr der voll entwickelte Selbsthass wie eine Erleuchtung vorkommen. Ich sah erst auf meine Hände, dann auf meine Schuhe.

»Sie will schon seit Langem Kinder. Schon seit vor der Trennung von Paul. Er wollte keine oder noch keine, jedenfalls nicht damals. Glaubt sie wirklich, dass jetzt alles anders ist? Man kann doch von niemandem Kinder erpressen, verdammt.«

»Du klingst sauer. Bist du sauer auf sie, Eddie?«

»Nein, natürlich nicht. Warum sollte ich sauer auf sie sein?«

»Gut, vielleicht nicht sauer, aber eifersüchtig.«

Nachdem ich meine Karriere quer durch die Stadt geschleppt hatte, waren meine Brustmuskeln nicht mehr die frischesten. »Eifersüchtig? Worauf denn?«

Sie ließ sich Zeit mit der Antwort, zu viel Zeit für meinen Geschmack.

»Darauf… dass es ihnen gut geht.«

»Das ist Unsinn, Tanya! Es geht Leuten nicht einfach wieder *gut*. Um das hinzubekommen, müsste man ohne jeden Makel geboren werden, aber das Glück hat niemand.«

»Was ist denn los mit dir, Eddie?«, fragte sie mitfühlend.

»Mit mir? Gar nichts. Aber glaub ja nicht, dass es ihnen gut geht. Das ist wie bei diesen kitschigen Hochzeiten – alle bilden sich ein, dass die Heirat von Tarzan und Jane eine super Idee wäre, weil irgendjemand die eine Hälfte seines Hauses dem Catering-Service und die andere Hälfte der Floristin überlassen hat. Niemand hat den Mut zu sagen: ›Ihr macht beide einen großen Fehler.‹«

»Was redest du da, Eddie? Kate versucht es noch einmal. Darin sollten wir sie bestärken, auch wenn du meinst, dass … es sinnlos ist. Meinst du wirklich, dass der Versuch sinnlos ist?«

»Welcher Versuch?«

»Ob es … vielleicht doch noch funktioniert.«

Ich sah wieder auf die Uhr. Im Zimmer war es dunkel. Tanya hatte mir immer noch den Rücken zugedreht. Da war nur die Uhr, die mit neutralen Leuchtziffern penibel genau die Zeit maß und jede Einmischung verweigerte.

»Wir reden doch nicht etwa … über das, worüber wir gerade reden, oder?«, fragte ich.

Ein Wort kann sowohl eine kognitive als auch eine emotive Bedeutung für uns haben. Vielleicht war es deshalb so witzig, als Groucho Marx behauptete, dass alle Wörter, die mit ›K‹ anfangen, gut für einen Lacher seien. Das klappe immer, sagte er, und bat uns, an das Beispiel »Zicke« zu denken. Darüber musste ich nicht nur jedes Mal lachen, nein, ich fragte mich auch, warum ich immer darüber lachte.

»Eddie? Was denkst du gerade, Eddie? Sag etwas.« Sie drehte sich zu mir um. Ihr Atem roch nach Pfefferminz.

»I feel like chicken tonight.«

»Hör zu, Eddie: Heute ist etwas geschehen.«

»Ja, ich weiß.«

»Ich habe beschlossen, dass ich versuchen werde…«

»Das hast du schon gesagt.«

»Im Ernst. Nachdem Kate gegangen war. Wir haben uns lange unterhalten.«

»Quatsch. Es handelt sich um eine Frau, die glaubt, sie könne sich retten, indem sie ein neues Leben in die Welt setzt und ihm ihr eigenes Leben aufbürdet.«

»Ich habe den Arm ausgestreckt… Ich habe quer über das Bett gegriffen… nach dem Telefon, Eddie.«

»Aha.«

»Ich habe es genommen… und die Nummer gewählt, die sie mir gegeben hatte.«

»Wen hast du angerufen?«

»Eine Ärztin. Eine Psychiaterin. Kate hat sie mir empfohlen. Als sie gegangen ist, hat sie gesagt, ich solle anrufen, und sie werde in zehn Minuten wiederkommen.«

»Und? Hast du mit der Ärztin gesprochen?«

»Nein, mit ihrer Sprechstundenhilfe. Angeblich ist erst im November ein Termin frei.«

»Im November? Und was hast du erwidert?«

»Ich habe gesagt, sie müssten mich irgendwie unterbringen. Sie hat nach dem Grund gefragt. Ich konnte nicht richtig sprechen, und ich wurde… so wie ich jetzt bin, und… ich habe geweint…«

»Wie jetzt?«

»Ja… Sie wollte wissen, warum, und ich sagte, ich sei vermutlich… depressiv.«

Ich drückte sie fest an mich, damit sie meine Augen nicht im Schein der Leuchtziffern sehen konnte. Wir schwiegen eine Weile und ließen die Uhr in Ruhe arbeiten.

Irgendwann erkennt man im Dunkeln fremde Gestalten. Sie sind so kurzlebig, dass man sie mit nichts in Verbindung bringen kann, das man vom Tag her kennt. Es ist sinnlos, sich über sie zu ärgern, ihnen eine Bedeutung beizumessen oder sie als Omen zukünftiger Ereignisse zu deuten. Nachts, wenn die Unfähigkeit zur Herstellung von Zusammenhängen ausnahmsweise keine Schande ist, können diese Gestalten durch Geräusche verstärkt, ja sogar lebendig werden. Im Dunkeln fehlt einem das Gefühl für Verhältnismäßigkeiten. Tanya schlief, denn sie hatte Medikamente genommen, und ich versuchte, die dicht an mir vorbeigeisternden Gestalten zu ignorieren. Sie waren schon am frühen Abend den Rissen im Deckenanstrich entschlüpft und hatten sich in etwas verwandelt, das nur jeder für sich allein deuten konnte. Das Dröhnen der Hubschrauber war näher denn je. Wie im Falle von Wasser und Oberflächenspannung war es einerseits ein Bestandteil der Gestalten und andererseits nicht.

Tanya war es zwar immer schwerer gefallen, den Tag in aufrechter Haltung zu begrüßen, aber sie hatte kein Problem mit dem Aufwachen. Wir waren immer im Wechsel wach, ohne dies miteinander abgesprochen zu haben. Mir fiel es schwer, einzuschlafen und aufzuwachen. Tanya fiel es schwer, durchzuschlafen, und morgens kam sie nicht aus dem Bett. Wir plagten uns jede Nacht abwechselnd mit irgendetwas herum. Während sie schlief und ich von dem mechanischen Dröhnen himmlischer Kaulquappen gequält wurde, holte ich meinen Anzug, meinen einzigen Anzug, aus dem Schrank im Schlafzimmer und versteckte ihn in einem anderen Raum. Wenn Tanya mich morgens im Anzug gesehen hätte, wäre sie misstrauisch geworden, und die Uhr hätte mir auf jeden Fall zwei Minuten Zeit zum Lügen gegeben. So lange hätte ich nicht durchgehalten.

Warum war mein einziger Anzug blau? Bei Grün wusste man nie, ob man darin gut aussah oder blass und krank wirkte. Mit Braun verhielt es sich ähnlich, nur war die Wahrscheinlichkeit, dass man blass und krank darin aussah, wesentlich höher. Grau war feierlich, begräbnisartig oder einschüchternd. Also blieb nur Blau. Mein Vater hatte einen blauen Anzug.

Morgens im Zug schienen alle für ein Bewerbungsgespräch angezogen zu sein. Man musste beeindrucken und jemanden spielen, der man nicht war, und alles nur wegen der Hoffnung auf vage Sicherheiten. Wegen dieser Hoffnung, die nur selten offen ausgesprochen wurde, trugen ältere Frauen und ihre Töchter auch im Winter Röcke. Von Teenagermädchen, die es durch strenge Diäten aus chronisch unterfinanzierten Schulen in Hochglanzmagazine geschafft hatten, wussten sie, wie es ging, nie mehr die Regel zu haben.

Die Frauen kannten zwei Arten von Männern: jene, die sie suchten, und jene, von denen sie verlassen worden waren. In diesem Zug waren beide Arten vertreten. Die Männer, die sich getrennt hatten, erkannte man sofort. Sie hatten sich getrennt, weil sie ihre Frau, die viele Überstunden machte, um *ihren* Job nicht zu verlieren, nach vielen angsterfüllten, unsicheren Arbeitstagen nicht zu Hause vorgefunden hatten. Wenn die Frau dann endlich kam, erinnerten nur noch ihre Kleider an das Teenagermädchen, das sie einst gewesen war, und die Männer, deren Väter nicht einmal ein Fertiggericht hatten auftauen müssen, weil ihnen die Mütter jede Hausarbeit abgenommen hatten, sehnten sich mehr denn je danach, mit einem der Mädchen aus den Zeitschriften durchzubrennen. Diese Männer wählten vor und nach der Trennung Parteien, die sich für die traditionellen Werte der Familie einsetzten.

Sie fühlten sich von allen unverstanden und fanden nichts dabei, im Zug über die Schulter eines Mitreisenden hinweg einem mageren Teenager-Mädchen in sehr knappem Kleid hinterherzustarren und anzüglich zu grinsen. Ihre Exfrauen hatten sich früher ja auch so angezogen.

Es war kalt. Die Männer trugen einen Mantel. Ich nicht. In der Nacht, als ich Tanyas Schlaf ausgenutzt hatte, um meinen Anzug aus dem Schrank zu holen, hatte ich ihn vergessen. Und als er mir morgens einfiel, weil ich vor Kälte zitterte, wäre es zu riskant gewesen, ihn heimlich aus dem Schlafzimmer zu holen, weil Tanya mich vielleicht gesehen hätte. Deshalb stand ich ohne Mantel im Zug. Männer mit Mantel lasen in der Zeitung Schlagzeilen wie *Jobverluste nach Verkauf von Telsta, Gieriger Chef keilt aus*, und Frauen in kurzen Röcken blätterten in Zeitschriften, die alle die gleiche Werbung für ein Haarpflegemittel auf der Rückseite hatten: *Ihr Haar ist so individuell wie Sie selbst.* Niemand sprach.

Dieser Schnellzug fuhr über Richmond und den City-Loop zur Stadtmitte. Ich war früh dran. Ich wollte früh dran sein. Das war gut so. Früh war gut. Jeder im Zug war zu früh für meinen Termin dran. Unser Haar war so individuell wie wir selbst. Doch wir bestanden zu achtundneunzig Prozent aus Wasser. Oder war das der Salat? Achtundneunzig Prozent unserer Gene waren mit denen der Affen identisch, oder galt das nur für unsere Mitmenschen? Oder für die Affen *und* unsere Mitmenschen? Unser Gehirn unterschied sich eindeutig von dem der Affen, denn es hatte zehn Milliarden Nervenzellen. Sogar meines. Menschen mit zehn Milliarden Nervenzellen pro Gehirn besaßen und führten Banken oder arbeiteten dort als Angestellte. Ich versuchte, Trost in diesem Gedanken zu finden. Als der Zug in den Tunnel fuhr, hatte ich trotzdem das Gefühl, weder den

Männern im Mantel noch den Frauen mit Rock und Nylons, sondern vor allem dem Salat zu ähneln.

Ich traf sehr früh in der Flagstaff Station ein. Der Zug war pünktlich. Alle anderen rannten zum Fahrstuhl, als hätte der Zug Verspätung gehabt und als wäre das eine Katastrophe. Warum nahmen sie keinen früheren Zug? Hatten sie sich am Vorabend dafür entschieden, ein bisschen länger zu schlafen, obwohl sie genau wussten, wie es war, wenn sie ihren Körper zur William Street wuchten mussten? Oder kalkulierten sie ihre Befürchtungen nicht mit ein, sondern folgten täglich dem gleichen Trott wie die lahmen Ratten, die den verzweifelten Pawlow schließlich veranlasst hatten, seine Experimente mit Hunden fortzusetzen?

Ich schlenderte zur William Street, und dort dämmerte mir, dass der Mensch der Evolution genauso unterworfen war wie die Ratten und Mikroben, die Viren und der Schleim hinter den Badezimmerkacheln. Doch selbst in der vielen Zeit, die mir bis zu meinem Termin noch blieb, würde ich mich nicht weiterentwickeln. Ich war ein Flaneur im blauen Anzug, der sich mit der evolutionären Entwicklungsstufe abfinden musste, auf der er stand.

Zwischen Bahnhof und Metropolitan Hotel entdeckte ich einen Coffeeshop, den ich mehr als zehn Jahre lang nicht bemerkt hatte. Man kannte inzwischen gut fünfzig Neurotransmitter, doch in meinem Gehirn traten sie beim Anblick des Shops erst jetzt in Aktion. Nicht dass ich eine Wahl gehabt hätte. Der Duft frischen Kaffees kann einen Salat mit Anzug und ohne Mantel im Winter so verzaubern, dass der freie Wille wie ein Witz wirkt. Der Kaffee tröstete mich schon auf der Straße so sehr, dass ich ihm nicht widerstehen konnte. Zum Glück hatte ich Zeit. Komm herein, setz dich, genieß mein Röstaroma. Wärm dich, iss einen Happen. Willkommen in dieser wohlriechenden Wohltätigkeitseinrichtung. Ich stand in der Schuld des Himmels.

Neben der Kasse lagen alte Zeitschriften und noch ältere Lokalzeitungen, die niemanden zum Diebstahl verleitet hatten. Nachdem ich mir einen Kaffee bestellt hatte, nahm ich eine der Zeitungen. *Einheimische laut Polizei unschuldig.* Die Übeltäter waren andere. Neben dem Artikel hatte man das Foto einer alten Frau abgedruckt. Ich nahm an, dass sie das Opfer der Tat war, die die Einheimischen nicht begangen hatten, doch als der Kaffee seine Wirkung zu entfalten begann, stellte ich fest, dass man ihr einen kurzen Artikel gewidmet hatte. Welcher Schicksalsschlag hatte diese Frau auf die erste Seite dieses Blattes befördert? Sie zitterte in Schwarz und Weiß in meiner Hand.

Sie hatte gelebt und gelebt und gelebt. *Elizabeth May Amery, hunderteins, war sich ihr ganzes Leben lang treu und bereut nichts, außer den Verlust ihrer Würde. Fortsetzung auf Seite zwei.* Diese Seite würde ich nicht aufschlagen. Saß irgendjemand an der Gold Coast in einem Coffeeshop und las eine Lokalzeitung mit dem Foto meines verstörten Vaters auf der ersten Seite? *Aufrechter Rentner steigt aus. Fortsetzung auf Seite zwei.*

Unser Leben ist so kurz, dass wir es nur selten auf die erste Seite schaffen. Wäre Elizabeth May Amery schon vor langer Zeit gestorben, dann hätte sie es höchstens auf die Seite mit den Todesanzeigen geschafft, und selbst das wäre ihr nur mithilfe eines geneigten Vermittlers gelungen. Doch sie lebte weiter, bis auf Seite eins ein paar Zeilen für sie frei waren. Wahrscheinlich hätte sie dies gern viel früher geschafft, irgendwann während des letzten halben Jahrhunderts, in dem Lottozahlen und Suchanzeigen für Katzen wichtiger gewesen zu sein schienen als ihre Bedürfnisse.

Aber war es das wert, Elizabeth? Sie war sich hunderteins Jahre treu geblieben und bereute nichts außer den Verlust ihrer Würde. Gab es einen schwereren Verlust, Elizabeth? Vielleicht hätte sich die Fortsetzung auf Seite zwei gelohnt, aber der Kaffeedampf raubte mir die Klarsicht, die ich inzwischen sowieso nicht mehr für selbstverständlich hielt. Während der Dampf meinen Blick trübte und meine Gedanken um den Verlust von Elizabeths Würde kreisten, stellte ich mir vor, wie mein lieber Vater in Rente ging, schrumpfte, zuckte und nichts mehr auf der Liste dessen abhaken konnte, was er im Leben noch hatte tun wollen. Er konnte nur noch einsam überlegen, was er mit dieser jetzt unnützen Liste anfangen sollte.

Ob es ihn ärgerte, dass ihm die Tage entglitten, die er nach Überzeugung der restlichen Welt angesammelt hatte? Ich hoffte inständig, dass ich für ihn nicht das Maß dieser Tage war, denn zum jetzigen Zeitpunkt hätte ich mich am liebsten mit Körper und Geist in dieser dampfenden Styroportasse aufgelöst. Wann hatte ich ihn das letzte Mal umarmt? Sobald ich unser Dach über dem Kopf gesichert hatte, würde ich die Beziehung zu meinem Vater wieder vertiefen. Der Dampf gab mir das Gefühl, ihn spüren zu können. Was war es wohl, das mich an meinen in Queensland lebenden Vater erinnerte, als ich mich in der William Street über einen Kaffee beugte, den ich noch bezahlen musste? Ich hielt den Kopf gesenkt und spürte mein eigenes Gesicht.

Ich hätte vielleicht für immer so dagesessen, doch ein Stuhl, auf den sich eine ältere Dame setzte, nutzte die Gelegenheit, um sein Versprechen dauerhafter Haltbarkeit zu brechen. Er fiel auf die eine Seite, die Frau auf die andere. Sie lag einen Moment lang erschrocken und breitbeinig da und fragte sich vermutlich, ob sie noch lebte oder auf dem

Linoleumboden eines Coffeeshops, der seine besten Tage im Gegensatz zu ihr noch vor sich hatte, gestorben war. Sie starrte den Stuhl an, als müsste er sich erklären oder gar entschuldigen. Sie wusste noch, was sich gehörte.

»Alles in Ordnung?«, fragte ich sie. Sie sah zu mir auf und drückte ihre krummen Beine zusammen, eines mit Verband, das andere dünn wie eine Spargelstange.

»Alles in Ordnung?«, fragte ich noch einmal und bückte mich, um ihr aufzuhelfen.

»Ich glaube, schon. Ich bin … mir nicht ganz sicher.«

»Setzen Sie sich. Das war ein böser Sturz.«

»Ja.«

»Möchten Sie einen Kaffee?«

»Wie bitte?«

»Möchten Sie etwas zu trinken?«

»Danke – eine Tasse Tee, bitte«, antwortete sie, immer noch benommen.

»Sie sollten etwas essen. Vielleicht etwas Süßes. Was meinen Sie? Möchten Sie einen Blaubeer-Muffin zum Tee?«

»Ich habe einen Termin.«

»Ist er weit von hier?«

»Nein, aber …«

»Wann müssen Sie dort sein?«

»Um Viertel vor elf.«

»Oh, dann haben Sie auf jeden Fall Zeit für einen Muffin. Darf ich Ihnen einen Muffin holen?«

»Das wäre nett, vielen Dank. Um ehrlich zu sein, brauche ich dringend ein Aspirin. Sie haben nicht zufällig Aspirin dabei?«

»Ich schaue mal.«

Ich bestellte Tee und Muffin, doch es gab kein Aspirin mehr. Die nächste Drogerie war in der Lonsdale Street, einen Block weiter zwischen Queen Street und Elizabeth

Street. Es war kalt, und ich rannte. Ich weiß nicht genau, warum ich rannte. Vielleicht, weil die alte Frau einen Termin hatte, vielleicht auch, weil ich so lange nicht mehr gerannt war und mir beweisen wollte, dass ich es noch konnte. Ich lief unbeholfen. Obwohl der Berufsverkehr abgeflaut war, wimmelte es von Menschen, und ich war der einzige mit einer Mission – ich musste Aspirin besorgen. Die Straße war regennass, und alle anderen Leute gingen langsam. Ich klappte den Sakkokragen hoch und rannte.

Beim Verlassen des Coffeeshops hatte es genieselt, doch nachdem ich das Aspirin bezahlt hatte, regnete es stärker. Büro- und Ladenangestellte flohen vor der Nässe, und in der Lonsdale Street duckten sich die Bauarbeiter in Nischen, die ich noch nie bemerkt hatte. Immerhin langweilte sie der Regen nicht. Sie rissen die Mauern der Regierungsbüros ungerührt ein und hämmerten an den Kanten des Peter MacCallum Cancer Institute herum. Sie zündeten sich eine Zigarette an und sahen zu, wie ich an ihnen vorbei durch den Regen zu laufen versuchte. Keiner fragte sich, warum ich mich nicht auch unterstellte, aber sie mussten sich ja auch weder etwas beweisen noch Aspirin holen.

Meine ungeschützt dem Wetter ausgesetzten Augen fingen an zu tränen. Was würde sie erwarten, wenn ich ab jetzt nur noch nach vorn schaute? Mein Blick würde sich trüben, und das hinter mir Liegende wäre klarer als das, was vor mir lag. Meine Haut würde dünner werden, und meine restlichen Muskeln würden erschlaffen. Ich würde gebückt gehen. All das war vorherbestimmt. Meine Rückenwirbel würden sich abnutzen, und ich würde etwas schrumpfen. Meine Lungen würden weniger Luft fassen, und mein Blut wäre nicht mehr so sauerstoffreich. Meine Prostata würde sich vergrößern, und ich hätte meinen Harndrang nicht mehr im Griff. Meine Hoden würden absacken, weil die Haut erschlaffte. Ich würde etwas schrumpfen.

Regen und Hügel verlangsamten mein Tempo, doch ich blieb nicht stehen. Ich rannte. Die Bauarbeiter, die sich inzwischen untergestellt hatten, standen da wie eine Ehrengarde und beobachteten mich erstaunt. Sie sahen, wie ich ausrutschte und nur vor einem Sturz bewahrt wurde, weil sich meine Jacke in einem Stück Draht verfing. Dieser Draht bewahrte mich auch davor, an irgendetwas anderes als den Riss zu denken.

Ich hatte gehört, wie der Stoff gerissen war, und konnte auf dem Rückweg zum Coffeeshop an nichts anderes denken. War der Riss lang? War das Innenfutter beschädigt? Konnte man ihn sehen? Natürlich. Alle Welt konnte und *würde* ihn sehen, doch ich mochte ihn nicht anschauen. Ich schaute ihn auch dann nicht an, als ich endlich im Eingang des Coffeeshops stand. Aber ich hatte das Geräusch des reißenden Stoffs ebenso deutlich gehört wie das der zerspringenden Kachel, die sich an diesem Morgen in der Dusche gelöst hatte.

Geräusche wie diese synkopieren den Soundtrack unseres Lebens, einen Soundtrack, den wir unbewusst mit auf die Welt bringen. Anfangs sind diese Geräusche angenehm, manchmal sogar schön. Man summt sie vor sich hin. Sie sind nicht nur ein Weckruf, sondern auch eine innere Melodie, eine Geräuschkulisse, die verhindert, dass man irgendwann nichts mehr hört. Sie erklingt selbst dann, wenn man allein ist, und auch, wenn man nach dem Aufwachen nicht begreift, dass man nicht mehr schläft.

Nachdem einen diese Melodie, die man nur selbst hören kann, über ein Jahrzehnt begleitet hat, wird sie langweilig. Sie nervt. Man würde alles tun, um sie loszuwerden, aber sie klebt an uns wie ein Pyjama an einem Kranken. Man scheint nichts dagegen tun zu können. Doch als älterer Teenager oder junger Erwachsener lernt man, sie aufzupeppen. Während der Kindheit folgt sie einem gemäßigt schnellen Viervierteltakt, der durch den steten Bass der Geburtstage oder das Ende der jährlichen Abschlussprüfungen gegliedert wird, aber später ändert man den Takt, weil man nicht vom Irrsinn des Orchestergrabens angesteckt werden möchte. Man improvisiert seinen Weg durch Sportvereine und frühe Romanzen, Alkoholexzesse und Führerscheinprüfungen, indem man die vertrauten Akkorde und die schlichte Melodie da und dort durch neue Töne bereichert. Diese kleinen Veränderungen halten das Interesse wach.

Doch irgendwann nützt auch das nichts mehr. Die Melodie dümpelt dahin. Die Entscheidungen, die man getroffen hat, oder die, denen man ausgewichen ist, wecken den Wunsch, ja das *Bedürfnis* nach mehr. Doch man hat nur eine Melodie, eine, die nie vergeht, eine, die man hasst. Man kommt erst mit dreißig mehr oder weniger von selbst auf die Idee, Scat zu singen. *Bibbidi-bi-bi-bi … du-aah …* Die Melodie ist alt und lahm, man schließt die Augen und bewegt den Kopf wie einen Scheibenwischer hin und her. Mit Ende dreißig ist man einer der besten Scat-Sänger. Man hat eine weitere Version seines Lebensthemas, und man singt sie spontan. Die übliche Phrasierung und den gewohnten Rhythmus stellt man dabei auf den Kopf. Doch man hat nichts unter Kontrolle. Die Gewissheiten weichen Beliebigkeiten. Man hat geglaubt, einen richtig guten Rhythmus zu haben, aber in Wahrheit hat man gar nichts. Die Melodie ist laut, nebulös, bedeutungslos. Sie ist auch *dort draußen*. Man will zurückblicken, hört aber nur *Bibbidi-bi-bi-bi … du-aah …* Man würde sich gern auf den Akzenten ausruhen und über die nächsten Sechzehntel nachdenken, aber es ist zu spät. Denn der Soundtrack des Lebens ist plötzlich unberechenbar, und obwohl man nicht mehr viel herumkommt, hat nichts mehr einen Sinn, denn allem fehlt der Swing.

Die ältere Frau saß noch am gleichen Platz, und sie war immer noch benommen. Sie hatte ihren Tee ausgetrunken und den Muffin halb aufgegessen.

»Bitte«, sagte ich keuchend und reichte ihr das Aspirin.

»Vielen Dank«, sagte sie, ohne wahrzunehmen, dass ich klitschnass und ausgepumpt war.

Als der Mann, bei dem ich zuvor bestellt hatte, das Aspirin sah, brachte er der Frau ein Glas Wasser.

»Vielen Dank«, sagte sie zu uns beiden. »Sie arbeiten nicht hier, oder?«

»Nein.« Ich lächelte. Das wäre eine Idee. »Nehmen Sie das Aspirin lieber gleich. Sonst kommen Sie zu spät zu Ihrem Termin.«

»Ich wusste nicht, dass Sie hier nicht arbeiten. Tut mir leid, dass ich Ihnen so viel Mühe bereitet habe.«

»Das war keine Mühe«, log ich. Sie schluckte zwei Aspirin, stand auf und hielt sich an der Stuhllehne fest, weil sie noch etwas wackelig auf den Beinen war.

»Ich gebe Ihnen erst Geld für das Aspirin, und dann bezahle ich Tee und Muffin.« Sie griff nach ihrer Handtasche aus Krokodillederimitat, und ich sah zu, wie ihre altersfleckigen Hände mit der Schnalle hantierten, bevor sie in das Dunkel all dessen tauchten, was sie immer bei sich führen zu müssen glaubte.

»Nein, das ist nicht nötig. Lassen Sie das. Ich habe Tee und Muffin schon bezahlt, und das Aspirin … war nicht teuer … wirklich …« Ich wehrte ihre Handtasche ab, aus der jetzt ihr Geld auftauchte, Geld, das aufgrund eines Justizirrtums lange eingesperrt gewesen und von der Haft geschwächt war, Geld, das dringend rehabilitiert werden musste.

»Bitte nehmen Sie es. Ich muss los. Bitte nehmen Sie es. Sie waren sehr freundlich zu mir.«

Sie warf einen Blick auf die Uhr unterhalb ihrer fleckigen, linken Hand und erschrak. Sie ging zwei Schritte zur Tür, machte aber plötzlich kehrt und kam zurück.

»Warum haben Sie das getan?«

»Wie bitte?«

»Warum waren Sie mir behilflich?«

Eine gute Frage. Ich kam mir dumm vor. Mein Verhalten war im Grunde lächerlich gewesen. Die Bauarbeiter hatten das gewusst. Ich war ratlos, aber da ich ahnte, dass sie meinen Erklärungsversuch unbedingt hören wollte, selbst wenn sie dadurch ihren Termin verpasste, öffnete ich den Mund wie ein Goldfisch, erfüllt von einer Scham, wie ich sie zuletzt als Schulbube gekannt hatte.

»Mein Vater ist krank.«

Ich wusste nicht, wo oder bei wem sie einen Termin hatte, hoffte aber, dass sie rechtzeitig da wäre, um den guten Rat, die Behandlung oder die Neuigkeit zu bekommen, die sie auf keinen Fall verpassen durfte. Nach ihrem Eintreffen würde man ihr wohl einen Stuhl anbieten. Hoffentlich war es nur ein harmloser Zahnarzttermin, bei dem sich herausstellte, dass keine Behandlung erforderlich war und all die glänzenden, sterilisierten Instrumente auf das Loch im Backenzahn eines ängstlichen Kindes warten konnten.

Einunddreißig

Der Betreiber des Coffeeshops, der von seinem Standpunkt hinter dem Tresen aus alles beobachtet hatte, fühlte sich genötigt, mich anzusprechen, als ich gehen wollte. Er trug einen weißen Zahnarztkittel, und während ich gehorsam dastand, untersuchte er nachdenklich den Riss in meiner Jacke.

»Hm. Gut möglich, dass sie etwas tun können.«

»Wer?«

»In der Nähe gibt es einen Laden. Kennen Sie den AMP-Tower an der Ecke Bourke und William?«

»Das ist das BHP-Haus.«

»Nein, die waren gegenüber, sind aber in die Außenbezirke gezogen. Ist schon Jahre her. Waren Sie länger nicht mehr hier in der Stadt?«

»In die Außenbezirke?«

»Wie dem auch sei – im AMP-Tower gibt es einen Schneider. Er hat sich aufs Reparieren spezialisiert. Vielleicht kann man Ihnen dort helfen.«

»Danke. Soll ich sagen, dass Sie mich geschickt haben?«

»Nein, die kennen mich nicht.«

Ich fand den Schneider tatsächlich in den Höhlen der Arkade. Der Tresen war leer, doch oben beugten sich drei blutjunge Vietnamesinnen über ihre Nähmaschinen. Um sie auf mich aufmerksam zu machen, räusperte ich mich, wie es Figuren in Zeichentrickfilmen taten, doch die Mädchen waren nicht mit Zeichentrickfilmen sozialisiert worden. Ich drückte auf eine kleine, auf dem Tresen stehende Klingel, aber sie bemerkten mich trotzdem nicht. Schließlich kam eine füllige Frau mittleren Alters aus dem Hinterzimmer. Ich hatte sie offenbar gestört, denn sie wirkte verärgert. Ich zog die Jacke aus, die ich selbst noch nicht in Augenschein genommen hatte, und nachdem sie einen Blick darauf geworfen hatte, sagte sie, sie müsse sie genauer anschauen, was wohl hieß, dass sie sie mit nach hinten nehmen wollte.

Sie ließ mich allein, und ich betrachtete die drei Mädchen und die Stoffballen. Die Mädchen nähten weiter, ohne mich anzusehen. Sie tauschten nicht einmal Blicke untereinander. Die Radionachrichten gingen gerade zu Ende. In Moskau hatte man einen Mann zu vier Jahren Haft verurteilt, weil er seinen Hund jedem Passanten auf den Hals gehetzt hatte, der ihm keine fünfzehntausend Rubel hatte geben wollen, was, wie der Nachrichtensprecher sagte, drei Dollar entsprach.

Als die füllige Frau zurückkehrte, wirkte sie immer noch verärgert. Ihre Miene deutete auf chronisches Sodbrennen hin.

»Wir könnten Ihnen helfen«, stieß sie in bedrohlichem Ton hervor.

»Können Sie die Jacke flicken?«

»Ja, natürlich. Fragt sich nur, *wie*.«

»Aber das tun Sie hier doch – genau das ist Ihr Job, oder?«

»Es gibt drei Möglichkeiten.«

»Das ist ja fantastisch! Ich wäre froh, wenn ich in letzter Zeit *eine* gehabt hätte.«

Sie fuhr fort, als wären es die letzten Worte, die sie je sprechen würde. »Es gibt drei Möglichkeiten: Stopfen, Flicken oder Weben.«

»Was ist der Unterschied?«

»Es handelt sich um drei unterschiedliche Methoden, die zum gleichen Ziel führen – den Riss in dieser Jacke zu reparieren, die betrüblicherweise kaputt ist.«

»Ja, das ist wirklich betrüblich«, sagte ich, allerdings eher zu mir selbst.

»Wenn der Riss nicht repariert wird, haben Sie keine Jacke, und ohne Jacke haben Sie keinen Anzug.«

»Stopfen, Flicken und ...«

»Weben. Wie gesagt: drei unterschiedliche Methoden, die zum gleichen Ziel führen.«

Mir kam der Gedanke, dass ihr Arbeitstag normalerweise nicht so bedeutungsschwanger war. Sie machte ihre Sache nicht sehr gut.

»Das gleiche Ziel, aber unterschiedliche Preise«, sagte ich.

»Ganz recht. Der Preis ist für uns beide unterschiedlich hoch«, versicherte sie mir.

»Müssen Sie auch dafür bezahlen?«

»Die Arbeiten sind unterschiedlich aufwendig«, fauchte sie.

»Weben ... das ist sicher besonders mühsam, wie?«

»Ja, es kostet viel Mühe, erzielt aber das beste Ergebnis«, sagte sie mürrisch.

»Und wie viel würde mich diese Mühe kosten?«

»Das Weben kostet einhundertfünfzig Dollar.«

»Einhundertfünfzig?«

»Das ist viel günstiger als ein neuer Anzug, vor allem einer in dieser Qualität.« Sie konnte ihre Bewunderung für meinen Anzug kaum verhehlen.

»Lassen Sie mich kurz überlegen, ob ich diese Situation voll und ganz verstehe.«

Sie schwieg. Da irgendwo zwischen ihrem Hals und ihrer Taille eine Sauerstoffblase festsaß, wollte sie das prekäre Gleichgewicht der Gase in ihrem Körper nicht stören.

»Es gibt drei Möglichkeiten, Stopfen, Flicken oder Weben. Meine Jacke wäre auf jeden Fall wieder heil. Beim Weben würden einhundertfünfzig Dollar den Besitzer wechseln. Stopfen und Flicken wären günstiger. Ist das so weit richtig?«

»Um ganz offen zu sein, Sir …«

»Oh, bitte *seien* Sie offen.«

»Um ganz offen zu sein, wäre alles außer Weben die Sache nicht wert.«

»Für wen von uns beiden wäre sie es nicht wert?«

»Für uns beide nicht.«

»Aber es *gibt* drei Möglichkeiten. Sie haben von drei Möglichkeiten gesprochen.«

»Ja – theoretisch gesehen.«

»Aha. *Theoretisch* gesehen gibt es drei Möglichkeiten. Haben sie je *Der Proceß* von Franz Kafka gelesen?«

»Ich habe keine Zeit zum Lesen. Sie sehen doch, dass ich hier ein Geschäft führen muss«, erwiderte sie ungeduldig.

»Natürlich, aber in *Der Proceß* gibt es eine Szene, in der der Gerichtsmaler, ein Mann, der sein Geld damit verdient, Richter zu porträtieren, den Angeklagten über jene drei Möglichkeiten in Kenntnis setzt, auf die sein Prozess enden könnte. Da sind die wirkliche Freisprechung, die scheinbare Freisprechung und die Verschleppung. Kafka schrieb dies im ersten Viertel des zwanzigsten Jahrhunderts, und doch … Verstehen Sie, was ich meine?«

»Nun, *Sie* scheinen mir hier eine Verschleppungstaktik zu verfolgen. Entweder wir weben«, sagte sie und hob die

Jacke geringschätzig hoch, »oder Ihr ganzer Anzug wäre … keine drei Dollar mehr wert.«

»Sie raten mir also nachdrücklich von Stopfen und Flicken ab?«

»Das tue ich unbedingt – aber es liegt natürlich ganz bei Ihnen.«

Nachdem ich unsere Verbindlichkeiten durchgerechnet und erwogen hatte, mir Beispiele für alle drei Methoden zeigen zu lassen, hörte ich mich sagen: »Also Weben. Hundertfünfzig Dollar. Wann ist die Jacke fertig?«

»Donnerstag in zwei Wochen«, antwortete sie wie aus der Pistole geschossen.

Als ich im Hemd vor die Tür trat, begrüßte mich ein beißend kalter Wind, und ich schlang die Arme um den Oberkörper. Was hatte ich gerade getan? Vielleicht wäre mir in Zukunft nie mehr so warm wie noch vor ein paar Minuten. Ich hatte mein letztes Kleingeld für den Blaubeer-Muffin, das Aspirin und das ausgegeben, was meine Mutter eine Erfrischung oder ein *tröstendes Tässchen* genannt hätte. Ich musste einen Geldautomaten in der Nähe der Arbeitsvermittlung finden, um das Büro nicht als Penner zu betreten. Als ich in einem Anfall varietéhafter Panik meine Rippen betastete, fiel mir auf, dass meine Brieftasche noch in der kaputten Jacke steckte.

Das war gut. Denn so musste ich in die Schneiderei zurückkehren, um meine Brieftasche zu holen. Dort war es warm. Ich konnte das Weben mit dem Hinweis auf das Wetter hinauszögern und vielleicht sogar Tanya vom Laden aus anrufen. Vielleicht gelang es ihr ja, sich zum zweiten Mal innerhalb von zwei Tagen im Bett umzudrehen und mich bei der Arbeit anzurufen. Es wäre nicht gelogen, wenn ich sagte, dass ich mich nach ihrem Befinden erkundigen wollte, aber nicht lange sprechen konnte, weil ich in eine Sitzung musste. Wenn die vietnamesischen Mädchen weiter still waren, wäre alles in Butter.

Die Frau mit dem chronischen Sodbrennen war nicht erfreut, mich wiederzusehen. Als ich ihr gestand, meine Brieftasche in der Jacke vergessen zu haben, sah sie erst zur Decke und dann zu Boden, ohne dabei den Kopf zu bewegen. Ihr Blick schien zu besagen, dass ich zu blöd zum Atmen war. Aber so blöd war ich nun auch wieder nicht. Denn einen Kunden, der es eilig hatte, würde sie eher telefonieren lassen als einen Zauderer im halben Anzug. Wenn ich die Nase nicht so voll davon gehabt hätte, ich selbst zu sein, wäre ich vielleicht sogar stolz auf meinen pragmatischen Schachzug gewesen.

Als sie mir meine ausgefranste Brieftasche reichte, die von den unerwünschten und nie benutzen Visitenkarten anderer Leute überquoll, fragte ich wie nebenbei: »Dürfte ich kurz Ihr Telefon benutzen? Ich habe einen Termin und bin etwas spät dran.«

»Ortsgespräch?« Sie beäugte mich misstrauisch. Offenbar war es schon vorgekommen, dass ein Kunde das Stopfen, Flicken und Weben – theoretisch gesehen die einzigen drei Möglichkeiten – mit ihr besprochen hatte, dann gegangen und kurz darauf zurückgekehrt war, um in Madagaskar anzurufen. Vielleicht wurde sie doch nicht nur von schnödem Geiz angetrieben, den sie samt dem chronischen Sodbrennen von ihren Vorfahren geerbt hatte, sondern hatte aus Erfahrung gelernt.

Zu Hause war besetzt. Wenn Tanya telefonierte, ging es ihr besser. Dies war wirklich die denkbar beste aller Welten. Ich schaute auf meine Uhr, denn ich spielte ja die Rolle eines Mannes, der dringend telefonieren musste. Die laut tickende Uhr unterstützte meine Scharade besser, als es die stumme Anzeige des Radioweckers im Schlafzimmer je gekonnt hätte, ja sie spielte hervorragend mit, aber irgendwann dämmerte mir, dass ich sofort handeln musste, um im wahren Leben nicht zu spät kommen. Am Ende konnte ich mich doch nicht dazu durchringen, die Frau um meine Jacke zu bitten. Das Büro der Arbeitsvermittlung war ganz in der Nähe, und außerdem hätte es keinen guten Eindruck gemacht, wenn ich in kaputten Kleidern erschienen wäre.

Als ich meine PIN in das Bewusstsein des Geldautomaten hämmerte, begann der Wind wieder aufzufrischen, und ich fragte mich, ob ich die richtige Entscheidung getroffen hatte. Wie sah ich besser aus? Ohne Jacke oder mit zerfetzter Jacke? Vielleicht wäre der Riss gar nicht aufgefallen. Und wenn ihn jemand bemerkt hätte, wäre das auch kein Drama gewesen, denn es war ja kein Vorstellungsgespräch. Diese Leute waren keine möglichen Arbeitgeber. Ich musste sie nicht beeindrucken. Oder doch? Ihr Job bestand darin, meine Arbeitskraft zu vermitteln. Sie hatten die Aufgabe, Menschen zu verkaufen. Darum ging ich hin, und sie würden sich mehr Mühe geben, wenn ich einen guten Eindruck auf sie machte. Ohne Jacke würde ich keinen guten Eindruck machen. Lief die Sache so? War es ihr Job, mich zu *verkaufen?* Ich war ja kein Produkt. Doch, ich war ein Produkt. Ich war das Produkt vieler Faktoren. Ich war ein Salat von Mann mit Krawatte und Hemd, den der Wind vor sich hertrieb.

Der Geldautomat piepte dreimal. Ich sah auf das Display. Über den Worten *Auszahlung nicht möglich. Bitte versuchen Sie es später wieder* erschien das betrübte Gesicht einer Uhr. Wieso nicht möglich? Was sollte das heißen? Der Automat surrte auf eine Art, die wunderbar zur postindustriellen Epilepsie passte, und spuckte einen Kontoauszug aus. Da stand es lila auf weiß. Ich hatte noch drei Dollar.

Wann wurde bestimmten Kindern klar, dass sie später als Innenarchitekt Karriere machen würden? Warum reichte es nicht, wenn sie zuerst entdeckten, dass Dreck Schlamm und dieser Ton war, und danach mit Fingerfarben malten? Gut möglich, dass elterliche Ermutigung die geheime Zutat war, die Kinder in Innenarchitekten verwandelte, aber wie wusste man, was genau man ermutigen musste? Wenn diese Eltern wussten, dass man mit Innenarchitektur zu Wohlstand kam, warum konnte ich Abby dann nur den guten Rat geben, die Punt Road zu meiden, außer sie wollte, dass die Scheiben ihres Autos an einer gefährlichen Kreuzung von Gestalten geputzt wurden, die ebenso verzweifelt waren, wie ihr Vater es während ihrer Kindheit gewesen war? Warum gab es kaum Eltern dieser Art?

In Europa gingen zwischen 1980 und der Mitte der Neunzigerjahre zehn Millionen Arbeitsplätze in der herstellenden Industrie verloren. Wieso hatte das weder größere soziale Unruhen noch Blutvergießen auf den Straßen zur Folge? Die Leute hatten offenbar Jobs in den von den neoklassischen Ökonomen prophezeiten neuen Industriezweigen gefunden. Und wenn ihnen eine Karriere in Desktop-Publishing oder Marketing verwehrt blieb, wurden sie von der Welt der Innenarchitektur mit neutralen Farbtönen und lässig drapierten Armen willkommen geheißen. Sie wurden alle Innenarchitekten. Wenn sie richtig gut waren, wurden sie natürlich Managementberater.

Ich betrat den Warteraum vor der Rezeption in der zwölften Etage. Der Teppich brauchte dringend eine Rasur. Die Sessel waren mausgrau, weich und auf stille Art einladend. Wenn man darin versank, vergaß man, sich Sorgen um einen neuen Job zu machen. Man konnte das Rückgrat gleich an der Tür abgeben, denn die Sessel verlangten keines. Die hellgelben Wände waren entweder mit den

Tupfbildern auf Baumrinde geschmückt, die die Aborigines nach vierzigtausend Jahren endlich an Beratungsfirmen hatten verkaufen können, oder mit großen Fotografien karger Landschaften. Sie waren mir vertraut. Es waren die Bereiche zwischen Weideland und Wüste, wie ich sie vom Spencer Gulf kannte.

Ich wartete eine Weile und stand dann auf, um mir die Beine zu vertreten. Weil es keine Zeitschriften gab, ging ich zur Rezeption. Dort lagen die Broschüren und Visitenkarten der Jobvermittlung sauber gestapelt auf dem Granittresen, der die Privatsphäre der Rezeptionistin vom zottigen Teppich des Bereichs trennte, in dem ängstliche, schwitzende, arbeitslose Menschen herumliefen, die sich neu erfinden lassen wollten. Ich blätterte in einer Broschüre und steckte eine Visitenkarte geistesabwesend in die Brusttasche meines Hemds. Dort hatte sie es warm. Mein Körper erinnerte sich an den wunderbaren Schlaf der letzten achtunddreißig Jahre, sozusagen eine unfreiwillige Chronik des Unterbewussten. Ich stand vor der stillen, emsigen Rezeptionistin, reckte mich wie Christus am Kreuze und erhaschte dabei zum ersten Mal einen Blick in die Büros. Und in diesem Moment sah ich Amanda.

Zweiunddreißig

Als ich Amanda zum vierten Mal begegnete, saß sie an einem großen Schreibtisch mit einer Platte aus italienischem Granit. Hinter ihr erstreckte sich eine Fensterflucht mit Blick auf die William Street. Auf der einen Seite des Tisches stand eine Kaffeemaschine, auch italienisch, auf der anderen standen Computer und Drucker, Sprechanlage, Telefon und Faxgerät. Ich konnte sie nicht ganz sehen, weil sie saß, aber sie trug eine weiße Bluse zum dunklen Nadelstreifenanzug. Jedenfalls hatte ihre Jacke Nadelstreifen. Ihr Haar war nur noch schulterlang, und da sie es hinter die Ohren gestrichen hatte, sah ich zwei kleine, goldglänzende Ohrringe mit je einem Stein, den ich aus dieser Entfernung nicht genau erkennen konnte.

In den Städten dieser Welt gab es zahllose Jobvermittlungen, aber ich musste ausgerechnet bei Amanda landen. War mir etwas entgangen? Hatte ich während meiner achtunddreißig Lebensjahre bestimmte Informationen oder Fakten verpasst, die mir verraten hätten, dass sie hier arbeitete? Wenn ich nicht aufpasste, würde ich gleich untätig vor ihr sitzen, und das auch noch in meinem schäbigen Aufzug. Doch ich hatte aufgepasst. Ich hatte noch nie so genau aufgepasst wie jetzt. Sie würde gleich sehen, was aus mir geworden war. Damals, vor drei Vierteln meines Lebens, hatte ich im Schrank meiner Eltern unschuldig ihr

Bein gestreift und den Duft ihrer Haare gerochen, ohne dass sich etwas von ihr auf mich übertragen hätte. Ja, die Unschuld war der springende Punkt. Hätte ich sie überwunden, nicht nur bei Amanda, sondern oft und bei jedem, dann wäre ich jetzt vielleicht nicht dieses träge, zu mehr als achtundneunzig Prozent aus Wasser bestehende Gemüse im zerknitterten Hemd, das demnächst bei ihr vorstellig werden würde.

Während ich neben der Rezeptionistin stand, einer jungen, hübschen, in Kaschmir gehüllten Frau, die wortlos Anrufe entgegennahm und wahrscheinlich sowohl durch ihren Job als auch durch ihr Privatleben an verzweifelte Männer gewöhnt war, kam mir der Raum unglaublich heiß vor. Ich dachte an Abbitte oder an eine Abkehr von allem weltlichen Tun, ja, ich hätte alles getan, um Amanda nicht unter diesen kläglichen Umständen wiedersehen zu müssen. Irgendwann während der letzten Stunde, zwischen dem Aspirin und dem Vortrag über die eindeutige Überlegenheit des Webens, hatte ich mich unbewusst an den Gedanken gewöhnt, ein Nichts zu sein und ein Nichts zu bleiben. Doch eines winterlichen Morgens zu der Erkenntnis zu erwachen, dass man ein Nichts war, war etwas anderes, als einer erfreuten Amanda Claremont auf einem Silbertablett serviert zu werden – als ein Salatblatt ohne Dressing, das mir wie aus dem Gesicht geschnitten war.

Ich war bereit, das Haus zu verlieren, das ganze Haus samt Tanyas Anteil, um dies zu vermeiden. Sie brauchte sowieso nur das Bett. In meiner Panik senkte ich meine schweißnasse Stirn vor dem Granitaltar der jungen, in Kaschmir gehüllten Rezeptionistin, die schweigend jeden mit jedem verband, um sie anzuflehen, alles zu tun, was erforderlich war, um mich aus dieser Lage zu erlösen. Dann ertönte Amandas Stimme klar und deutlich in dem kleinen Lautsprecher, der zwischen mir und der Rezeptionistin stand. Sie war bereit für den nächsten Termin. Die Zeit hatte die Nase voll von mir. Damals, als ich mit Amanda im Garten Eden der Unschuld gespielt hatte, war ich zu jung gewesen, um für den sozialen Misserfolg meiner Familie mitverantwortlich zu sein, aber nun war der Teppich plötzlich von Unkraut überwuchert und beherbergte zahllose Schlangen. Ich musste hier weg.

Ich rannte an der Rezeptionistin vorbei durch die Glastür und dann die Feuertreppe hinab, ein achtunddreißigjähriger Chemieingenieur, Ehemann und Vater einer Tochter, ein früherer Gastdozent mit Spezialgebiet Joy Division, ein Sohn, Bruder und steuerzahlender Staatsbürger. Der Asphalt in der William Street begann zu trocknen, aber der Himmel bewölkte sich schon wieder. Warum und wohin ich verschwunden war, ging Amanda nichts an. Ich hatte ihr Büro verlassen, und wenn sie nicht selbst im Terminkalender nachschaute oder wo auch immer mein Name eingetragen war, würde sie nie erfahren, dass ich es gewesen war, der ihr ermöglicht hatte, jemanden überraschend anzurufen und zu sagen: »Hallo, mein Elf-Uhr-vierzig-Termin hat mich gerade versetzt.«

Als ich durch die winterliche Demokratie der William Street zur LaTrobe Street ging, hätte ich am liebsten darum gebetet, der verschwundene, namenlose Elf-Uhr-vierzig-Termin für sie zu bleiben, dem offenbar eingefallen war, dass er doch noch einen Job hatte. Ich kauerte mich vor der grauen Mauer der Flagstaff Station zusammen. Außer dem einbeinigen Zeitschriftenverkäufer und den freiwillig ins Exil gegangenen Büroangestellten, deren Nikotinsucht stärker war als ihr Bedürfnis nach Wärme, standen einige seltsame Typen mit Tweedhose und karierter Jacke, kariertem Hemd und gestreifter Krawatte neben Plakaten, die

die Nutzer des Bahnhofs aufforderten, häufiger an Jesus und seinen Vater zu denken. Ich hätte Gott zwar am liebsten angefleht, dafür zu sorgen, dass meine Identität vor Amanda verborgen blieb, doch ich fand keinen Trost in der Aufforderung zu dieser ontologischen Hingabe. Ich fror, und ich war verzweifelt, ich war weder bereit, in den Fahrstuhl zu steigen, noch imstande, mich zu den vertrauten U-Bahnsteigen zu begeben, doch ich ahnte, dass mich säkularer Humanismus, Liberalismus und soziale Gerechtigkeit nicht im Stich gelassen hatten. Obwohl ich das Tal des City-Loop viel zu früh durchwanderte und noch längst nicht nach Hause konnte, hatten sie mich nicht im Stich gelassen. Stattdessen waren sie von *allen anderen* im Stich gelassen worden.

In den Flagstaff Gardens merkte ich, dass der Wind seinen Vorteil noch entschlossener auszunutzen gedachte. Er blies unbarmherzig von der Port Phillip Bay, und ich schien das erste Hindernis zu sein, auf das er stieß. Außerdem war ich der einzige Mensch in den Gardens. Die armen, obdachlosen Parasiten des Wohlfahrtsstaats, deren gerissene Gier die Güte diverser Regierungen auf eine harte Probe gestellt hatte, waren ebenso wenig in Sicht wie die einst dementen, nun aber wiederhergestellten Bürger, deren Eingliederung in die Innenstadt das einzige soziale Vorhaben gewesen war, das die Regierungen mit Gusto in Angriff genommen hatten. Die Bäume erschauderten. Der Boden unter meinen Füßen erbebte in regelmäßigen Abständen. Die Züge fuhren pünktlich. Dies war während des zwanzigsten Jahrhunderts rätselhafterweise mehrmals gelungen. Ich stand zitternd am Rand des Geschäftsviertels der größten Kleinstadt dieser Welt. Es wirkte wie der Ort für ein Dorf.

Irgendwann fand ich es unerträglich, wie sich die kahlen Äste als Protest gegen ihre Einsamkeit im Wind schüttelten. Also überquerte ich die William Street und lief auf der Suche nach Leben ziellos durch die LaTrobe Street. Zum Glück hatte ich dort den Wind im Rücken. Ich musste an Pneumonie denken. Als Kind war ich einmal beim Buchstabierwettbewerb unserer Klasse nur Zweiter geworden, weil ich beim Buchstabieren dieses Wortes versagt hatte. Amanda hatte gewonnen. Ob sie das Wort immer noch buchstabieren konnte? Es kam aus dem Griechischen und hieß, dass man ganz und gar und bis in die Lungen krank war.

Neben der Postfiliale, die ich seit dem Umzug meiner Eltern in den Norden stets unterstützt hatte, befand sich das Zollamt. Wenn es gerade nichts zu verzollen gab, versammelten sich die nikotinsüchtigen Beamten vor dem Gebäude. Durch die Fenster konnte man im Vorbeigehen Schmuggelware bestaunen. Im Laufe der Jahre hatte man dort Gemmen, alte Münzen, schimmernde Musketen, ausgestopfte Schlangen und sogar einen Leoparden gekonnt in unterschiedlich großen Vitrinen ausgestellt. Ich hatte Abby dorthin mitgenommen, um ihr den Leoparden zu zeigen. Sie konnte ihn vom Fenster aus nicht gut erkennen, weil er zu weit hinten stand, und als ich sie hochhob, meinte sie nur, ein echter Leopard sei viel größer, doch sie lobte den glänzenden Fußboden.

Die Zollbeamten trugen Uniformen, und wir stellten uns vor, dass sie nach ihrer Zigarette wieder an die Arbeit gingen, sich in Flughäfen versteckten und auf hoher See wilde Verfolgungsjagden mit Leopardenschmugglern lieferten. Als ich vorbeikam, traten sie ihre Zigaretten auf dem Bürgersteig aus. Ich sah sie an, doch sie wichen meinem Blick aus, als könnte er sie verletzen, als würde etwas darin liegen, das sogar aus zwanzig Schritten Entfernung gefährlicher war als jedes Raubtier. Ein Mann, der an einem solchen Tag ohne Jacke herumlief, befand sich in extremis, in einem Zustand tiefster Armut, tiefsten Elends oder tiefster Verzweiflung, vielleicht auch alles zugleich, und hätten sie meinen Blick erwidert, dann hätten sie nicht gleichgültiger tun können. Zwei kleine Teiche in einem Gesicht, starr wie Eis, aber diese Teiche bargen einen ganzen Ozean der Verzweiflung, und die Beamten wandten sich zu Recht ab.

Ich ging am Zollamt vorbei und warf einen Blick auf die alte Königliche Münze in der William Street. Früher hatte man dort Geld geprägt und aufbewahrt. Später beherbergte das Gebäude die historische Gesellschaft der Stadt und das Standesamt. Tanya und ich hatten dort geheiratet. Am Tag meiner Hochzeit hatte ich nicht über die Straße geschaut und mein Spiegelbild im Fenster des Zollhauses erblickt. Hätte ich es getan, so hätte ich das Spiegelbild eines ganz anderen Menschen gesehen. Ich kam zur Wills Street, einer schmalen Sackgasse, berühmt für die vielen heruntergekommenen, mit Wellblech verrammelten Häuser. Dort wärmten sich mehrere Männer an einem kleinen Feuer. So vieles ist brennbar. Andere Männer spielten Fußball, und ein paar schlurften einsam hin und her und brabbelten vor sich hin, manche wütend, manche verzweifelt. Am Straßenrand buhlte ein kleiner, weißer Hund um Aufmerksamkeit.

Ich hätte in der LaTrobe Street bleiben können, ahnte aber, dass ich noch lange suchen musste, bis ich Menschen fand, die so schamlos untätig waren wie diese hier. Obwohl sie dreckige Lumpen trugen, die ihnen oft nicht passten, fühlte ich mich zu ihnen hingezogen, denn sie hatten offenbar Zeit für alles, nur nicht für Leute, die so taten, als wären sie nicht verzweifelt. Ich bog zögernd in die Sackgasse ein. Diese Leute hatten im Gegensatz zu den Zollbeamten keine Angst, mir in die Augen zu schauen. Ich ließ meinen Blick über die am Feuer stehenden Männer gleiten und fragte mich, wie sie es schafften, zu überleben. Dann sah ich einige Häuser weiter das Obdachlosenheim der Heilsarmee. Ich ging mit gesenktem Kopf an einigen Gruppen von abgerissenen Männern vorbei, und als ich einen Blick in das Heim warf, begriff ich, worin das wahre Wachstum dieses Landes bestand. Riesige Heizapparate, eine ganze Stadt von Plastikstühlen und hoch oben in einer Ecke ein Fernseher, in dem eine Frau mit einem Mixer Kuchenteig zubereitete; manche Männer waren dabei eingeschlafen, andere spielten Karten, wieder andere kramten in alten Tragetaschen nach den letzten paar Habseligkeiten, die sie aus den Trümmern ihres Lebens gerettet hatten. Der glänzende Linoleumfußboden roch stark nach Desinfektionsmittel.

Um nicht für einen Gaffer gehalten zu werden, ging ich rasch wieder hinaus und nahm die Hakenkreuze nicht weiter zur Kenntnis, die vor dem Eingang auf die Wand gemalt worden waren. Die Männer standen weiter in Gruppen zusammen, unterschiedlich große und unterschiedlich alte Männer, die sich der Straße in unterschiedlichen Winkeln zuwandten. Warum kamen sie mir bekannt vor? Sie wichen den Scherben auf dem Boden nicht aus. Manche brüllten ihren eigenen Schatten an. Ich kannte sie, obwohl ich vor Kurzem noch in Mittelschichtverhältnissen gelebt hatte. Einige rauchten. Einige kauten Kaugummi. Eine Gruppe spielte Two-up. Ich hatte nie Two-up gespielt, und ich hatte auch nie jemandem dabei zugesehen, doch ich kannte diese Leute oder musste sie kennenlernen.

Auf dem Rückweg kam ich mir vor wie ein Betrüger. Wenn mich jemand ansprach, würden meine Stimme und mein Akzent verraten, dass meine Eltern alles darangesetzt hatten, dass ich nicht wie diese Männer in der Gosse endete. Ich gehörte nicht zu ihnen, obwohl ich sie zu kennen glaubte. Auf der Straße fror ich so sehr, dass ich erwog, wieder ins Heim zu gehen und die Fortschritte des Kuchenbackens zu verfolgen. Meine Krawatte flatterte im Wind wie das Überbleibsel einer früheren Inkarnation.

Ich war froh, dass mein Vater mich jetzt nicht sah, denn ich bot keinen schönen Anblick. Andererseits sah mich sowieso niemand. In dieser Hinsicht war meine Frau dem Rest der Welt eine Nasenlänge voraus. Sie hatte mir schon vor Tagen den Rücken zugekehrt. Sie hatte immer den richtigen Riecher gehabt. Ein kleiner Hund tauchte aus dem Nichts auf und beschnüffelte meine Schuhe. Ich kannte diesen Hund von irgendwoher.

»Eddie? Hey … Eddie!«

Ich hörte, wie jemand meinen Namen rief, und obwohl ich wusste, dass ich nicht gemeint sein konnte, lag ein gewisser Trost darin. Sie gehörten nicht in meine Welt, diese Fußballer, diese leise redenden Leute, die am Feuer standen oder im Heim saßen und ihr Schamgefühl in einer anderen Welt zurückgelassen hatten. Sie hatten es in meiner Welt zurückgelassen. Jedenfalls in meiner früheren Welt. Denn inzwischen befand ich mich zwischen den Welten. Trotzdem kannte hier jemand meinen Namen.

»Eddie? Ach, du liebe Güte! Sieh dich nur an! Ich *dachte,* du wärst es. Bist du es wirklich?«

»Wenn ich das wüsste«, erwiderte ich, ohne zu wissen, ob ich die Person war, die er in mir zu erkennen meinte.

»Ja, du bist es. Gesichter vergesse ich nicht so rasch. Du erinnerst dich nicht an mich, was?«

»Tja, ich …«

»Isst du immer noch Curry?«, fragte er lachend. »Na, lass gut sein. Vergiss mich. Aber ich wäre beleidigt, wenn du meinen Hund vergessen hättest.« Er lachte wieder, nahm den Hund in die Arme und drückte ihn an sich. Er war

Nick. Seinen alten Hund hätte ich immer und überall wiedererkannt.

»Ich habe ihn noch«, sagte er lächelnd. Dann schwieg er eine Weile, um über die nächste Frage nachzudenken. Am Ende gab er es auf und fragte ernsthaft und mit echtem Mitgefühl: »Was um Himmels willen ist mit dir passiert, Eddie?«

Er führte mich ins Heim zu einem der Heizapparate. Seinen Hund verbarg er unter dem Arm. Nachdem ich mich gesetzt hatte, holte er uns einen Tee, ließ sich neben mir nieder und lutschte an einem Zuckerwürfel, während ich etwas erzählte, das, wie mir dämmerte, im Grunde die Geschichte eines postindustriellen Niedergangs war, die Geschichte der letzten Zuckungen der Mittelschicht am Ende des zweiten Jahrtausends. Ich begann ganz am Anfang, den dampfenden Tee in der Hand, erst zögernd, als wäre ich mir über den Verlauf der Geschichte selbst nicht im Klaren, und er saß da und lauschte geduldig jedem Wort. *Ich begegne … Amanda … alle neuneinhalb Jahre.*

Dreiunddreißig

Ich erzählte Nick von Amanda und den vier Begegnungen mit ihr, von Tanya, die sozusagen die Wiege meiner Zivilisation gewesen war und sich nun im Bett verkroch, von Gerard, von Kate und Paul und der Freude an Abby, von der Behörde für Planung und Umwelt, vom Spencer Gulf, von Epilepsie, meinem Vater, Blaubeer-Muffins und dem Primat des Webens. Ich erzählte ihm von Jobvermittlerinnen, die sich als Sandkastenfreundinnen entpuppten, und von dem weithin unbekannten Refugium der Feuertreppen, wo man der Welt besser entfliehen konnte als an jedem Urlaubsort. Nick stand schweigend auf, sah nach, ob ich ausgetrunken hatte, und ging dann zur Spüle, wo er beide Tassen wusch und abtrocknete. Ich hatte geglaubt, er wäre gealtert, aber ich hatte ihn nie bei Tag gesehen.

»Was wirst du tun?«, fragte er, als er zu mir zurückgekehrt war.

»Keine Ahnung. Entweder ich finde innerhalb der nächsten zehn Tage einen neuen Job, oder wir verlieren unser Haus.«

»Nein. Ich meine, was du jetzt tun willst.«

»Das weiß ich auch nicht. Meine Frau liegt zu Hause im Bett, und der Kühlschrank ist leer.«

»Kannst du nichts zu essen kaufen?«

»Ich habe noch drei Dollar.«

Er ließ seinen Blick nachdenklich in die Ferne schweifen und streichelte schweigend seinen Hund, der neben ihm auf dem Stuhl saß.

»Magst du Knoblauchbrot?«, fragte er unvermittelt und mit breitem Lächeln.

»Ich habe noch drei Dollar. Ich sollte wohl besser kein Knoblauchbrot kaufen, Nick.«

»Ich besorge dir Knoblauchbrot.«

»Nein, wirklich, Nick. Ich kann nicht …«

»Halt dich einfach eine Weile an mich. Aber du musst tun, was ich dir sage. Wir gehen zu Tiny. Er leiht dir einen Mantel, und danach suchen wir Helen.«

»Wer ist Helen? Wer ist Tiny?«

»Helen ist mein Hund.«

Tiny war ein großer Kerl, dunkel, betrunken und traurig. Er war entweder ein australischer Ureinwohner oder stammte von den pazifischen Inseln. Ich konnte sein Gesicht nicht genau sehen, obwohl wir dicht vor ihm standen. Er saß im mit Hakenkreuzen beschmierten, verrammelten Eingang eines verwahrlosten Hauses und wiegte sich hin und her. Er war in eine alte Decke gehüllt, und neben ihm standen vier Plastiktüten, alle mit alten Kleidern, Kopfkissen und anderen Dingen gefüllt, die er für nötig erachtete.

»Das hier ist mein Kumpel Eddie«, erklärte Nick.

Ich hob eine Hand, und Tiny nickte.

»Wir verschwinden kurz, sind aber bald wieder da. Hast du vielleicht einen Mantel für Eddie? Irgendetwas, damit er sich nicht die Eier abfriert? Wie du siehst«, fuhr Nick fort, der die Hände in den Hosentaschen hatte und mit dem Kopf auf mich zeigte, »ist er nur im Hemd.«

Tiny sprach weder ein Wort, noch stand er auf. Er wiegte sich weiter, und wir warteten. Sein Schweigen schien Nick nicht zu beunruhigen. Er stand da, als würde er darauf warten, dass ein Fax durchratterte, während sich der in die Decke gehüllte Tiny weiter hin und her wiegte.

»Geht es ihm gut?«, flüsterte ich Nick von hinten zu. Er schloss die Augen und nickte langsam, um meine Zweifel zu zerstreuen. Dann griff Tiny, der nicht aufhörte, sich zu wiegen, in eine der Tüten und holte etwas hervor, das wie ein aufgerollter, ausgemusterter Armeemantel aussah. Er hielt ihn hoch, und nun war ich es, der reglos blieb.

»Nimm ihn«, flüsterte Nick.

»Brauchen Sie ihn wirklich nicht?«, fragte ich, doch Tiny wiegte sich schweigend weiter.

»Wir bringen ihn gegen Abend zurück«, versicherte Nick und reichte ihm Helen. Tiny nahm den Hund und verstaute ihn im Innersten Heiligtum seiner Decke.

Wir gingen in die LaTrobe Street und folgten der William Street nach Süden, vorbei an Bahnhof, Metropolitan Hotel und den Gerichtsgebäuden. Wir bewegten uns in Richtung Bourke Street. Tinys Mantel umwallte meinen Körper, der Himmel wurde zusehends dunkler, und unser Ziel war mir egal. Nick erzählte unterwegs von Tiny.

»Er hat nie viel geredet. Ist nicht sehr gesprächig, unser Tiny.«

»Also *kann* er reden.«

»Tja, er konnte es, aber … in letzter Zeit, genauer gesagt seit sechs Tagen, ist er stumm wie ein Fisch. Vor sechs Tagen wurde er von ein paar NA-Skins zusammengeschlagen.«

»Was sind NA-Skins?«

»Skinheads von der National Action. Sie kommen immer spätabends zum Obdachlosenheim. Manchmal spendieren sie uns etwas zu trinken, und manchmal bringen sie ihre Flaschen mit. Sie sind auf Action aus.«

»Action?«

»Kundgebungen, Mitgliederwerbung … Die Teilnahme an Kundgebungen oder Sitzungen und so weiter. Manchmal wollen sie sich auch einfach nur schlagen. Diese Ärsche haben auch mich verprügelt. Weißt du noch?«

»Nein, ich fürchte, nicht. Bitte entschuldige.«

»Junge, Junge, du erinnerst dich an gar nichts, Eddie, wie? Dabei bin ich doch der elende Alki. Du bist ein … was bist du noch gleich?«

»Chemieingenieur.«

»Genau. Ein oder zwei Monate vor unserer ersten Begegnung bei dem Curryladen bin ich doch auf dem Weg zu einem Treffen der Anonymen Alkoholiker von drei NA-Skins angegriffen worden. Sie haben mich als Ausländer beschimpft und mir mit einem Messer ein Hakenkreuz auf die Brust geritzt. Die Narben habe ich immer noch. Ich habe sie dir damals gezeigt. Als mich ein paar Typen im Heim unter der Dusche gesehen haben, haben sie mich bezichtigt, zu diesen Ärschen zu gehören.«

»Zu welchen Ärschen?«

»Zu diesen Nazis … oder Neonazis. Ich habe den Mistkerlen gesagt: ›Ich bestimmt nicht – keine Sorge.‹ Ich bin Grieche, aber ein paar Kerle im Heim bezeichnen mich immer noch als Nazi, und das bleibt haften. Doch die Typen, die dich mit diesem Scheiß volllabern, sind am schlimmsten.«

»Andere Leute aus dem Heim?«

»Richtig. Ein paar der jüngeren Typen. Sind nicht viele, aber hin und wieder wollen sie meine Brust sehen und darüber reden, wie man Schlitzaugen, Juden und Nigger loswerden kann. Und natürlich Aborigines, Schwule und Kommunisten … Eigentlich jeden, Eddie. Diese Psychos wollen alle abservieren, und sie glauben, ich würde zu ihnen gehören. Wenn man sie ernst nehmen würde, wäre bald niemand mehr übrig.«

»Meinst du, dass sie das wirklich wollen?«

»Keine Ahnung, was sie wollen. Sie faseln von der Judenregierung, die uns unser eigenes Land und unsere Häuser geraubt habe. Ein paar behaupten, die Queen würde da mitmischen … bei irgendeiner Weltverschwörung. Himmel, weder Juden noch die Queen haben eine einstweilige Verfügung gegen mich erwirkt. Das war meine Frau. Unfassbar, wie? Ich darf meine eigenen Kinder nicht sehen. Was soll ich da anderes tun, als zu saufen? Sag mir das. Ich habe nur noch Helen. Meine Frau ist keine Jüdin, und dass sie nicht die Queen ist, ist so sicher wie das Amen in der Kirche. Aber eines sage ich dir, Eddie – eine Menge Leute hören auf das, was diese Skins von der NA labern, und nicht alle sind Skinheads. Ein paar tragen einen Anzug und das ganze Brimborium. Man muss sie ernst nehmen. Sie sehen aus wie Geschäftsmänner … jedenfalls manche. Sie werden nicht ernst genommen. Aber ich nehme sie ernst. Todsicher. Und Tiny auch. Er spricht nicht mehr.«

Ich fragte mich, ob Tiny diesen Mantel getragen hatte, als er überfallen worden war. Welche chemischen Prozesse waren im Gehirn seiner Peiniger abgelaufen zwischen dem ersten Blick, den sie auf ihn geworfen hatten, und dem letzten Schlag? Ich war hungrig und müde. Nicks Worte jagten mir Angst ein. Ich war arbeitslos, verzweifelt und konnte nicht für meine Familie sorgen, fand es aber trotzdem unvorstellbar, Spaß daran zu haben, andere zusammenzuschlagen. Weder an der Tat selbst noch an ihren Folgen. Vielleicht würden Leute wie ich nicht überleben. Wir waren eine junge, immer noch in der Entwicklung begriffene Spezies. Würden all jene, die kein bisschen Spaß daran hatten, andere leiden zu lassen, am Ende aussterben? Was Tiny wohl zu dem Thema zu sagen hatte?

Nick führte uns zur Bourke Street, der wir nach Osten zur Mall folgten. Der dunkle Himmel, Hunger, Erschöpfung und Verwirrung, dazu Nick und die Geschichte von Tiny – all das verlieh diesem Tag eine unwirkliche, verworrene, nächtliche Atmosphäre. Beim Gehen suchte ich Tinys Mantel nach Blutspuren ab, und da ich nicht auf den Weg achtete, stieß ich mit Leuten zusammen, die aus der Mall kamen. Nur wenige Blocks hinter mir war eine junge Vietnamesin in mühsamer Handarbeit damit beschäftigt, den Riss in meiner Anzugjacke zu weben. Einen weiteren Block entfernt trank Amanda in der zwölften Etage Kaffee, sah auf die William Street und wich geschickt dem Blick ihres nächsten Kunden aus.

Nick und ich waren unterwegs, um Knoblauchbrot zu kaufen. Er schien einen Plan zu haben, und wie er mir versicherte, hatte sein Plan Hand und Fuß. Unser Ziel war die Lebensmittelabteilung eines der größeren Kaufhäuser in der Bourke Street Mall. Doch er klang, als würde sein Plan über den Kauf von Knoblauchbrot hinausgehen. Das wollte er mir klarmachen, doch ich begriff nicht. Zuerst, sagte er, bräuchten wir eine leere Tüte des Kaufhauses, und zu diesem Zweck müssten wir die Gegend um die Mall absuchen.

»Das geht schneller, wenn wir uns aufteilen. Wir werden sicher bald eine finden. Die Leute nehmen immer mehr Tüten als nötig, und hier wird man leicht fündig. Aber du musst auf die Straßenbahnen achten.«

»Moment mal, Nick. Warum brauchen wir eine Tüte, bevor wir das Knoblauchbrot kaufen?«

»Du fragst zu viel. Würde alles viel schneller gehen, wenn du nicht so viel fragen würdest.«

»Brauchen wir eine Tüte von Myer oder eine von David Jones?«

»Egal. Die haben beide Knoblauchbrot. Halt einfach die Augen offen. Fang mit den Mülleimern an. Vielleicht findest du sofort eine gute Tüte. Heb die Hand, wenn du eine entdeckt hast.«

Er sah meinem Gesicht an, dass mich die Aussicht anwiderte, in Mülleimern zu wühlen.

»Was ist denn?«

»Der Gedanke, Mülleimer zu durchwühlen, gefällt mir nicht.«

»Ist nicht verboten.«

»Nein. Aber schmutzig.«

»Ach, komm schon! Meist sind es Zeitungen, Plastiktüten, Obstschalen und alte Sandwichs. Was ist schon dabei?«

»Und Spucke?«

»Wer spuckt schon in Mülleimer? Kannst du mir eine Person nennen, die das tut?«

Ich schüttelte den Kopf.

»Ich auch nicht. Man spuckt auf den Boden.«

»Aber das ist dreckig, Nick. Ich tue das nicht. Das kann ich nicht.«

»Du wirst staunen, was du alles kannst. Du hast doch Hunger, oder nicht?«

»Hält sich in Grenzen.«

»Ich habe ja auch nie behauptet, dass du grenzenlos viel zu essen bekommst. Aber du musst ein bisschen was im Magen haben, und sei es wegen deiner Familie. Sie baut auf dich. Außerdem braucht man keine Angst vor dem Inhalt von Mülleimern zu haben. Den echten Dreck nehmen die Leute mit nach Hause.«

Zwischen den Straßenmusikern, den Jongleuren, den orientierungslosen Kindern und noch orientierungsloseren

Müttern, den angeödeten Skateboardern, niedergeschmettert von der Erkenntnis, dass ihr Leben im Fernsehen kein Thema war, weder in der Werbung für Twisties noch in einer Generation-X-Schnulze mit Winona Ryder, ja nicht einmal in einem der sentimentalen Disney-Filme über ausgebüchste Teenager, die zur besten Familiensendezeit um halb acht Uhr liefen, zwischen den japanischen Touristen, den schwänzenden Schülern und schwänzenden Büroangestellten, den Tarotkartenlesern, den angeblichen Zigeunergeigern, den angeblich südamerikanischen Gitarristen, die auf Nylonsaiten spielten, den Feuerspuckern und den evangelikalen Kritikern des Familiengerichts – zwischen all diesen Leuten hielt ich widerwillig Ausschau nach einer Tüte von einer der beiden größten Kaufhausketten Australiens. Ich war nicht bei der Sache. Und zwar nicht nur, weil ich gern den Grund für diese Suche gekannt hätte. Nein, es hätte mir schon gereicht, den Grund für *irgendetwas* zu kennen.

Ich versuchte, mir vorzustellen, nach Hause zu kommen. Ich würde Tanya alles erklären. Die Gesetzesregelungen, die ich empfohlen hatte, die Umstrukturierung unserer Behörde, die Jobvermittlung, vielleicht sogar die Sache mit Amanda. Dann würde ich meine Schuhe ausziehen und mich neben sie ins Bett legen, und dort würden wir bleiben, bis die Bank das Haus verkauft hatte. Abby müsste die Schule verlassen und arbeiten gehen. Ich hatte Nick zwischen den Straßenbahnen aus den Augen verloren, und ich fand, dass Sammeln und Jagen keineswegs so edle Tätigkeiten waren, wie Anthropologen behaupteten, die es nie selbst probiert hatten.

Nick hatte recht. Er fand im Handumdrehen die richtige Plastiktüte. Mich zu finden war schwieriger. Nachdem er auch dies geschafft hatte, führte er mich nicht zu dem

Supermarkt, aus dem die Tüte stammte, sondern zu einer kleinen Pizzeria in einer Nebenstraße der Bourke Street. Ich verstand die Welt nicht mehr.

»Gibt es hier gutes Knoblauchbrot?«, fragte ich mit kindlicher Neugier.

»Hier gibt es das übelste Knoblauchbrot überhaupt. Meist ist es schimmelig«, sagte er und ging hinein, um eines zu kaufen. Sobald er wieder draußen war, packte er das Brot aus und untersuchte es gründlich. Es war tatsächlich angeschimmelt.

»Hervorragend!«, sagte er, packte es wieder ein und tat es in die Tüte, die er gefunden hatte.

In der Lebensmittelabteilung des Kaufhauses hielt ich mich im Hintergrund und sah zu, wie er auf einen jungen Mann zusteuerte, der hinter der Brottheke stand.

»Entschuldigen Sie bitte«, sagte Nick ausgesprochen höflich.

»Ja, Sir?«

»Ich habe hier kürzlich dieses Brot gekauft. Ich weiß zwar nicht mehr genau, ob Sie mich damals bedient haben, aber das Brot ist offenbar nicht mehr gut.«

»Nicht mehr gut?«

»Ja. Angeschimmelt«, sagte er und reichte das Knoblauchbrot dem jungen Angestellten.

»Tatsächlich. Es ist angeschimmelt. Das tut mir wirklich sehr leid. Haben Sie den Bon?«

»Den Bon?«, fragte Nick mit Unschuldsmiene.

»Die Quittung.«

»Quittungen von Kleinigkeiten hebe ich nicht auf. Aber Sie sehen ja selbst … Das Brot ist noch warm, es steckt in einer Ihrer Tüten, und es ist sehr, sehr schimmelig.«

Der Angestellte betrachtete das ausgepackte Knoblauchbrot mit ernster Miene, und nachdem er genug Zeit gehabt hatte, um sich seine unmittelbare Zukunft auszumalen, beschloss er, den Kunden zufriedenzustellen.

»Tut mir aufrichtig leid, Sir. Möchten Sie ein anderes Brot, oder wollen Sie Ihr Geld zurück?«

»Tja, um ehrlich zu sein, ist mein Appetit auf Knoblauchbrot nicht mehr sehr groß«, fuhr Nick höflich fort.

»Verständlich. Möchten Sie etwas anderes, Sir?«

»Zwei Grillhähnchen wären mir recht.«

»Zwei Grillhähnchen?«, fragte der Angestellte überrascht.

»Ja, das wäre sehr freundlich.«

Der junge Mann schien zu schwanken, doch er verließ die Brottheke und kehrte bald darauf mit zwei Grillhähnchen zurück. Zu diesem Zeitpunkt hatte sich bereits eine kurze Schlange vor der Brottheke gebildet.

»Vielen Dank, Sir. Abzüglich des Knoblauchbrots macht das dreizehn Dollar fünfzig. Vielen Dank.«

»Oh, nein, ich bin nicht bereit, mehr zu bezahlen. Das Brot war schimmelig.«

Das Wort »schimmelig« sorgte für Gemurmel in der kleinen Schar potenzieller Brotkäufer. Der junge Mann, der offenbar bereute, je das Licht dieser Welt erblickt zu haben, räusperte sich und erklärte dann, dass er zu einem solchen Tausch nicht befugt sei. Nick bestand mit der milden Hartnäckigkeit der oberen Mittelschicht auf seinem Wunsch, und nachdem ihm der Angestellte heiser erklärt hatte, dass Knoblauchbrot und Grillhähnchen in keinem Verhältnis zueinander stünden, schlug Nick vor, den Manager hinzuzuziehen.

»Den Manager, Sir?«

»Ja. Ich denke, das wäre das Beste.« Dann drehte er sich um und sagte, an die Kunden gewandt: »Schimmel. Man rechnet nicht mit Schimmel, nicht in warmem Brot und schon gar nicht hier.« Die Leute standen für Backwaren an, und nun wurde ihnen eine Vorstellung geboten.

Der Manager war noch kleiner als Nick, eine Tatsache, die durch sein fortgeschrittenes Alter und seine mäßigen Erfolge im Verkaufsgeschäft noch weiter betont wurde. Nick ließ sich beim ersten Anblick weder durch die kantigen Konturen noch durch den augenwimperndünnen Schnauzer des Mannes einschüchtern, und noch bevor dieser seinen Goldfischmund auftat, war klar, dass er bei einer Auseinandersetzung ganz bestimmt den Kürzeren ziehen würde. Er sah aus, als würde seine Karriere schon lange stagnieren, als hätte er jede Menge Memos zur Kenntnis nehmen müssen, ohne je selbst eines zu verfassen. Er wirkte ausgelaugt. Seine Krawatte war müde, und seine braune Strickjacke hatte klein beigegeben. Nichts an ihm deutete darauf hin, dass man ihn in letzter Zeit für eine Beförderung in Betracht gezogen hatte. Nein, es sah im Gegenteil so aus, als wäre der Rausch seines Aufstiegs in der Firmenhierarchie schon ähnlich lange her wie die Zeit, als er die Herausforderungen von frischem Gemüse, Mehrkornbrot, französischem Feingebäck und importierten Delikatessen mit unaussprechlichen Namen noch für das Höchste überhaupt gehalten hatte. Die Laufkundschaft vom Wochenende lachte ihn aus. Und als er Nick beiseitenahm, versuchte ich, meine Sichtweise auf ihn zu wahren.

»Ich habe es eben erst erfahren«, sagte er mit ernster Stimme.

»Die Sache mit dem Knoblauchbrot?«

»Ja.«

»Es war ganz verschimmelt«, sagte Nick erbost.

»Ja. Ich versichere Ihnen, Sir, dass wir uns die Sache genau anschauen werden«, versprach der Manager im Flüsterton.

»Ich *habe* mir das Brot angeschaut. Es war verschimmelt.«

»Zusätzlich zu unserer Entschuldigung bieten wir Ihnen entweder ein frisches Knoblauchbrot oder die Erstattung des Kaufpreises. Es liegt ganz bei Ihnen.«

»Danke. Ich hätte gern zwei Grillhähnchen.«

»Bitte um Nachsicht, Sir, aber das geht nicht.«

»Doch, das geht.«

»Nein, tut mir leid, das geht nicht.«

»Warum nicht?«

»Weil der Wert zweier Grillhähnchen den Wert eines Knoblauchbrots weit übersteigt.«

»Sie meinen den Preis?«

»Richtig.«

Nick nickte verständnisvoll. »Ich begreife ja durchaus, was Sie meinen …«

Der Manager wirkte endlich erleichterter.

»… aber hier geht es um das Prinzip. Man kommt zu Ihnen, um Knoblauchbrot zu kaufen …«

»Das sehe ich ein, Sir«, unterbrach ihn der Manager.

»Ich hätte lieber zwei Grillhähnchen.«

»Tut mir sehr leid, Sir«, sagte der Manager verzweifelt, »aber der Wert …«

»Sie meinen den Preis. Der Wert hängt davon ab, wer gerade spricht.«

»Der Preis zweier Grillhähnchen …«

»Sie können diesen Preis nicht an alltäglichen Maßstäben messen. Das wäre falsch. Wo bleibt die Kulanz? Ich bin ein Kunde, und …«

»Wir schätzen Ihre Treue als Kunde und danken Ihnen, dass Sie uns informiert haben.«

»Warum?«

»Wie meinen?«

»Warum bedanken Sie sich dafür, dass ich Sie informiert habe?«

»Nun – weil es ab jetzt nicht wieder vorkommen wird.«

»Doch, es wird wieder vorkommen.«

»Oh, ich versichere Ihnen, Sir …«

»Wenn ich nun das Gesundheitsamt anrufen würde …«

»Nun, dazu besteht wohl keine Notwendigkeit, denn …«

»Und diesen Mike Sowieso aus dem Fernsehen.«

»Aber Sir, bedenken Sie …«

»Was sind schon zwei Grillhähnchen? Das wäre doch das kleinere Übel für Sie, meinen Sie nicht auch?«

Die in Folie verpackten Hähnchen waren schwer, und sie dampften in der Tüte, als wir durch das Menschengewimmel in der Bourke Street Mall zurückgingen. Nick steckte beide Hühnchen in eine Tüte und warf die andere weg. »Warum eine Tüte vergeuden?«, sagte er, als er sie in einen Mülleimer tat. »Vielleicht braucht sie noch jemand.«

Ich fragte Nick, was wir getan hätten, wenn das Knoblauchbrot aus der Pizzeria nicht schimmelig gewesen wäre.

»Auf den Laden ist Verlass.«

»Sind dort wirklich alle Brote schimmelig?«

»Nein, das nicht.«

»Und wenn wir ein gutes erwischt hätten?«

»Dann hätten wir es gegessen. Du jedenfalls. Ich verabscheue Knoblauchbrot. Das ist natürlich Spekulation, aber so läuft es heutzutage. Vielleicht sind die Hühnchen noch warm, wenn du zu Hause bist. Oder deine Familie isst sie kalt. Sie halten sich ein paar Tage im Kühlschrank. Wir können sie auch in der Bushaltestelle gegenüber vom Zollamt essen. Dort müssen wir sie nicht mit anderen teilen. Nicht um diese Zeit. Liegt ganz an dir, Eddie. Sie gehören dir.«

Ich suchte unbewusst nach einer Ausrede, um nicht nach Hause zu müssen. Tanya, der schon jetzt alles egal war, wäre sicher nicht daran interessiert, wie mein Tag gewesen war. Tja, wie war mein Tag gewesen, Schatz? Das Weben war eine Kunstform. Ich konnte nicht einmal das Haus verlassen, um eine Jobvermittlung aufzusuchen, ohne mich noch weiter zu verschulden. Und es gab eine weitere Kunstform, die Kunst der Autobiografie des erbärmlichen Mannes: Man steigt von den Partys, die man als Kind feiert, zu den Partys ab, die man als Heranwachsender feiert, und aus diesen steigen wiederum nur die Glückspilze ab. Die Mehrzahl von uns versucht, die Wände zu stützen und sich einzureden, dass alles gut sei, dass trotz unseres unübersehbaren Mangels an Finesse, unserer tiefen Einsamkeit und unserer Unvereinbarkeit mit dem bisherigen Leben am Ende alles gut werden wird. Dass zwischen dem nächsten Krieg und der nächsten Depression doch noch alles irgendeinen Sinn ergibt. Aber warum lässt man sich, wenn man sowieso schon depressiv ist, nicht von Anfang an dazu herab, den Partylöwen zu spielen? Wenn man das Feuer wittert, muss man die Geigen auspacken.

Und was soll man tun, wenn man auf eine Person gebaut hat, deren Leid man nicht versteht? Zu guter Letzt ist man der einsamste Mensch in der ganzen Stadt. Tanya würde erst verstehen, wie sehr ich uns enttäuscht hatte, wenn es ihr noch schlechter ging. Man hätte uns die Heirat verbieten müssen. Da ich nicht mehr lenken konnte, blieb mir nichts anderes übrig, als den Rückwärtsgang einzulegen. Aber war meine Liebe für meine Frau mehr als das feudale Recht, mich in ihre Traurigkeit einzumischen? War meine Liebe veraltet, hatte sie ihr Haltbarkeitsdatum überschritten? War meine Liebe, abzüglich allen Betrugs, nicht noch weniger wert als zwei Grillhähnchen?

Vierunddreißig

Im Obdachlosenheim versuchte ein Mann vergeblich, eine versperrte Tür zum Schlafsaal zu öffnen. Andere Männer gingen an ihm vorbei.

»Ich habe meine Medikamente da drin vergessen«, sagte er, doch niemand nahm Notiz von ihm. Schließlich riet ihm Nick, er solle warten, bis das Büro wieder besetzt sei. Dann würde man ihn hineinlassen. Der Schlafsaal war seit acht Uhr früh zu, und die Medikamente waren ganz sicher noch da.

»Aber vorn im Büro ist niemand.«

»Bald kommt jemand«, versprach ihm Nick. »Dauert nicht mehr lange. Warum ziehst du nicht die schweren Treter aus und setzt dich kurz vor die Glotze?«

Der Mann wankte zu den Plastikstühlen, die vor dem Fernsehapparat standen, und suchte sich den aus, aus dessen Sitz am wenigsten Schaumstoff quoll. Kurz darauf stand er schon wieder vor der versperrten Tür.

»Ich habe meine Medikamente da drin vergessen«, erklärte er noch einmal.

Ich trug immer noch Tinys Mantel und hielt die Tüte mit den Grillhähnchen. Als ich Nick betrachtete, wurde mir bewusst, dass ich keine Ahnung hatte, was ihm zwischen dem Abend, als wir beide, nur durch zwei Hunde und ein Curry getrennt, geweint hatten, und dem Tag passiert war, als mich Amanda zur Bourke Street Mall geschickt hatte, um eine Plastiktüte zu suchen. Schlief er in den Kleidern, die er trug, wenn er sich Grillhähnchen ergaunerte? Wann war das zu einer Normalität für ihn geworden? Wie lange dauerte es, bis man so weit war? Er hatte seine Kinder nicht erwähnt. Wie lange dauerte es, bis man *so* weit war?

»Willst du noch ein bisschen bleiben?«, fragte er, während wir einem Mann zusahen, der fachmännisch aus dem Heim auf die Straße spuckte. »Du könntest wenigstens bis zum Abendessen bleiben. Wie wäre das, Eddie?«

Er ging zum Schwarzen Brett, das an der gegenüberliegenden Wand hing, und rief: »Heute gibt es Rindfleischeintopf. Und … Cremetorte.«

Ich stand auf und ging zu ihm, denn ich hatte keine Lust, quer durch den Raum zu verneinen, geschweige denn zu bejahen. Am Schwarzen Brett hing die Hausordnung. *Das Heim schließt um 20:00, am Wochenende um 21:00. Frühstück 8:30. Jeden Donnerstag Bowling, Unkostenbeitrag 1 Dollar. Nicht vergessen: In Melbourne ist es ein Vergehen, auf der Straße zu schlafen.* Wer war es noch gleich, der von der majestätischen Gleichheit des Gesetzes gesprochen hat, das es sowohl den Reichen als auch den Armen verbot, unter Brücken zu schlafen? Voltaire oder Anatole France?

Der Rest des Schwarzen Bretts war von gefalteten Zetteln bedeckt, auf denen die Namen von Männern standen. Die Leute schlenderten mit den Händen in den Hosentaschen zum Brett, nahmen es in Augenschein und gingen dann wieder, den Blick zu Boden gesenkt. Nick nahm sich mehr Zeit als die meisten anderen. Schließlich drehte er sich zu mir um, als wäre nichts geschehen oder als wäre es zumindest schon sehr lange her.

»Was hast du jetzt vor, Eddie?«

»Ich sollte wohl besser gehen, Nick.«

Zum ersten Mal an diesem Tag wirkte er betrübt, und ich erinnerte mich daran, wie er an dem Abend unserer ersten Begegnung dreingeschaut hatte. Seine Augen flehten mich an zu bleiben.

»Ich habe Frau und Kind«, sagte ich.

»Ich auch«, erwiderte er leise.

»Wo ist Tiny? Ich muss ihm den Mantel zurückgeben.«

»Er ist bestimmt irgendwo in der Nähe und versteckt Helen. Er passt gut auf sie auf.«

»Warum hast du deinen Hund Helen genannt?«

»So heißt meine Frau. Ich begleite dich zum Bahnhof. Du kannst den Mantel anbehalten, bis wir dort sind. Ich sorge dafür, dass Tiny ihn wiederbekommt.«

Wir gingen an den Männern vorbei, die sich um ihre Feuer scharten, und an den einsamen Gestalten, die das Feuer noch nicht entdeckt oder für erkaltet gehalten hatten, und kehrten zur Ecke Wills und LaTrobe Street zurück. Dort drehte ich mich aus irgendeinem Grund nach dem stillen Treiben des Ortes um, an dem ein Dorf hätte stehen können.

»Ist das eine Sackgasse?«

»Die Wills Street?«

»Ja.«

»Nein. Sie ist gegen Ende ziemlich schmal, aber man kommt durch.«

»Wohin führt sie?«

»In die Richtung bin ich noch nie gegangen. Lustig, wie? Ich glaube, sie führt zum Vic Market. Irgendwann muss ich es mal ausprobieren. Vielleicht morgen.«

Kurz vor der Wills und der LaTrobe Street sah ich wieder die Frau mit dem Hund.

»Ah, Helens Freundin«, sagte Nick lächelnd.

»Eine Bekannte deiner Frau?«

»Nein, meines Hundes.«

»Dein Hund kennt diese Frau?«

»Nein, mein Hund kennt ihren Hund. Ich kenne die Frau. Jedenfalls flüchtig. Ich habe ihr Helens Freund verkauft. Sie wohnt in der Nähe. Helen und dieser Hund sind immer noch unzertrennlich«, sagte er.

Die Frau lächelte Nick höflich zu, wurde im Vorbeigehen aber behindert, weil Helens Freund anhalten wollte.

»Wie heißt deine Frau?«, fragte Nick.

»Tanya.«

»Tanya«, wiederholte er.

»Tanya.«

»Hübscher Name.«

»Oh, ja.« Ich versuchte, sie mir so vorzustellen, wie sie in glücklicheren Zeiten ausgesehen hatte.

»Wirst du ihr erzählen, was passiert ist?«

»Das muss ich wohl.«

»Ja, du solltest es wenigstens probieren«, sagte er und fügte dann hinzu, als versuchte er, sie sich vorzustellen: »*Tanya*. Sehr hübscher Name. Vielleicht können Helen und ich euch eines Tages besuchen? Ich bringe Grillhähnchen mit.«

»Das würde mich freuen.«

Wir folgten weiter der William Street, ich in Tinys Rüstung und Nick in einem schäbigen, rot-schwarz karierten Hemd und einer Jeansjacke mit hochgestelltem Kragen. Dieses Hemd musste er irgendwann zum ersten Mal angezogen haben. Hatte er damals geahnt, was auf ihn zukam? Ein Mann, der ein Hemd kauft, glaubt doch nicht im Traum, dass er es einmal tragen wird, wenn er eines Tages eine Straße nach Plastiktüten abgrast. Er wird nicht einmal im Traum darauf kommen, dass er es auch nachts im Bett tragen und trotzdem in einem Raum frieren wird, in dem zahllose andere Männer während der trüben Stunden, die eigentlich zum Träumen da sind, husten und keuchen. Während er sich zusammenrollt, die Augen zukneift und sich eine Faust in den Mund presst, um das Winseln des Kindes in sich zu unterdrücken, kann er immer noch nicht glauben, dass dies die Wirklichkeit ist. Ihm fehlen die Worte für all das Leid, den Hunger und die Sättigungsbeilage der Schande, die Isolation, die kleinen und großen Wunden und all die Demütigungen, die weder für Industriekapitäne noch für jene Bootsmänner vorstellbar sind, die über so gut wie nichts befehlen. Ob er wach liegt und sich fragt, ob es je einen Dichter mit der Gabe geben wird, die Mächte, die die Welt regieren, zu Veränderungen zu bewegen, die ihn wieder mit seinen Träumen vereinen und ein einziges Mal von seinem Schmerz erlösen? Oder schläft er schon so lange in diesem Saal, dass er es vermisst, wenn sich der Mensch, der er einst war, auf Zehenspitzen aus dem Staub macht? Vermisst er es, mit jeder Faser seines Flanellhemds zu spüren, dass er nichts anderes verdient hat?

»Fragst du dich je, ob …« Ich versuchte, ihn durch meinen Blick zum Stehenbleiben zu veranlassen. »Ob die Schuld in uns selbst oder in den Sternen liegt, Nick?«

»Welche Schuld? Wie meinst du das?«

Da sprang Helen kurzbeinig von der überdachten Plaza des AGC-Gebäudes auf uns zu. Nachdem ihre Pfoten ein letztes Mal den Boden berührt hatten, landete sie in Nicks Armen wie ein Basketball, der wie von selbst an seine Brust hüpfte. Sie leckte sein Gesicht mit ihrer kleinen, rosa Zunge, und er verlieh seinen Gefühlen für sie mit einem sanften, zärtlichen Streicheln Ausdruck. Ich wandte mich ab, weil mir die Szene peinlich war, und wartete darauf, dass sich die beiden wieder beruhigten. Die Passanten nahmen sie nicht wahr.

»Tiny ist offenbar um die Ecke«, sagte Nick schließlich. »Er kommt oft hierher.«

Ich hatte keine Ahnung, was er mit *hierher* meinte. Diese Straße sah aus wie jede andere. Wir bogen um die Ecke, hinter der Helen beim Klang von Nicks Stimme erschienen war. Tiny hockte vor dem Geldautomaten, eine Decke über den Knien und eine andere über Kopf und Nacken.

»Da ist es geschützt, und diese Automaten spenden ziemlich viel Wärme«, erklärte Nick sachlich, als wir zu Tiny gingen. Wenn man genau hinsah, konnte man erkennen, wie groß er war, aber weil er in einem Winkel von fast neunzig Grad zur Welt dasaß, fiel vor allem auf, dass er sehr dunkelhäutig war und sich bedecken musste. Die Leute sahen ihn sowieso nur flüchtig an.

»Gut für die Nieren, was, Tiny?«, fragte Nick, worauf Tiny unmerklich nickte. »Danke, dass du auf sie aufgepasst hast. Eddie braucht deinen Mantel jetzt nicht mehr.«

»Ja, vielen Dank«, sagte ich, legte die Tüte mit den Grillhähnchen ab, zog den Mantel aus und rollte ihn so auf, wie ich ihn bekommen hatte.

Können wir ahnen, dass wir irgendwann einen Geldautomaten aufsuchen werden, um unsere Nieren zu wärmen? Müssen wir das schon ahnen, wenn wir mit nur drei Dollar in der Tasche davorstehen? Als ich die Tüte wieder in die Hand nahm, dämmerte mir, dass in der Vergangenheit irgendetwas darauf hingedeutet haben musste. Ob dies schon bei der Geburt der Fall gewesen war, wusste ich nicht. Gut möglich, dass man eines Tages das »Drei-Dollar-Gen« isolierte. Aber vielleicht waren die Hinweise auch so für einen ganz normalen Menschen mit einer ganz normalen Begabung für Beobachtung und Analyse zu erkennen.

Wenn die täglichen Mahlzeiten plötzlich keine Form der Unterhaltung mehr waren, konnte es sein, dass man Geldautomaten bald nur noch wegen der Wärme aufsuchte. Solange man das Essen als eine Form der Unterhaltung ansah, war man noch nicht ganz am Ende. An dem Abend, als ich Nick zum ersten Mal begegnet war, war ich noch nicht ganz am Ende gewesen.

Tanya und ich standen Kate bei, und das Curry diente der Unterhaltung. Jemandem beizustehen ist auch eine Form der Unterhaltung. Würde Tanya mich unterhaltsam finden, wenn ich wieder nach Hause kam?

Nick begleitete mich zum Bahnhof. Es war die abendliche Rushhour. Nur die Prediger und Straßenmusiker eilten nirgendwohin. Während Büroangestellte, Versicherungsagenten, Systemanalytiker, Buchhalter, Anwälte, Ladengehilfen, Rezeptionistinnen, Praktikanten, Table-Dancer, Fast-Food-Köche, Bauarbeiter, Putzfrauen, Cafeteria-Damen, Dentalhygienikerinnen und Auszubildende aus der Buchhaltung auf dem Heimweg an uns vorbeiströmten, streckte Nick mir die Hand hin, die er nicht brauchte, um Helen zu halten.

»Viel Glück, Eddie. Hat mich sehr gefreut. Sag deiner Frau die Wahrheit. Du weißt, wo du mich im Notfall finden kannst. Aber du wirst es schon schaffen.«

Mit diesen Worten machte er auf der Ferse kehrt und ging mit der Entschlossenheit einer Person davon, die sich ein Pflaster abziehen wollte. Ich stand da, über mir der unnatürlich dunkle Himmel, der jeden Moment zu bersten schien, in der Hand eine Tüte mit zwei Grillhähnchen, und sah ihm nach, als er auf die LaTrobe Street zustrebte. Als mich ein blinder Geiger anrempelte, verlor ich ihn im Menschengewimmel aus den Augen. Ein paar Leute blieben vor mir stehen (danke für die Groupies, lieber Gott!), doch sie warteten weder auf den Abspann, noch sahen sie

Nick nach, sondern schauten zum Himmel auf und zur dunkelsten Wolke, die sie je gesehen hatten.

Bald war ich von Leuten umringt, die sie betrachteten, diese Wolke, die so viel dunkler war als der sowieso schon viel zu dunkle Himmel. Innerhalb weniger Minuten hatten alle Leute ringsumher ihre Schritte verlangsamt, um sie zu betrachten, selbst auf die Gefahr hin, den Zug zu verpassen. Die Autos kamen mit quietschenden Bremsen vor der roten Ampel zu stehen, weil mindestens die Hälfte der Fahrer zu der Wolke aufsah. War es je zuvor passiert, dass eine Wolke die Leute nach Feierabend auf dem Heimweg aufgehalten und, wenn auch nur kurz, zu gemeinsamen Mutmaßungen veranlasst hatte? Niemand hatte so etwas je gesehen. Niemand außer mir.

Ich wusste Bescheid. Oder besser: Ich hatte es vorausgeahnt. Insofern war ich gegenüber den Passanten, Autofahrern, Fahrgästen und Besitzern von Wochenkarten und Zwei-Zonen-Tickets im Vorteil, die in den Zug stiegen, der mit Halt an jeder Station über den City-Loop nach Pakenham, Dandenong, Frankston und Glen Waverly fuhr. Mein Fachwissen, das der Grund dafür war, dass ich jetzt mit drei Dollar in der Tasche dastand, verriet mir, worum es sich handelte. Die anderen, die mehr als drei Dollar in der Tasche hatten, wussten nicht, dass es Rauch war, der aus der Bucht in die Stadt trieb. In der dortigen Chemielagerstätte war ein Feuer ausgebrochen. Dies war der Rauch. Ich hatte in einem anderen Gutachten, das man erst angefordert und dann ignoriert hatte, davor gewarnt.

Die meisten Leute ahnten bald, dass es keine normale Wolke war, nicht jene Art, die als »gut für die Landwirtschaft« galt, doch sie konnten sich ihre Schwärze und ihr plötzliches Auftauchen nicht erklären. So gut wie niemand wusste, dass sich ganz in der Nähe, auf einer Insel in der Bucht, eine Chemielagerstätte befand, die an jedem ihrer Arbeitstage nur darauf gewartet hatte, in Flammen aufzugehen. Diejenigen, die eigentlich hätten wissen müssen, was das Beste für sie war, hatten es versäumt, sie darüber in Kenntnis zu setzen. Irgendjemand, der sie zu dieser Stunde nicht mehr erreichen konnte, hatte vergessen, sie nach ihren Einwänden zu fragen. Dieser Unglücksfall wäre bald in den Fernsehnachrichten: *Unser Bhopal, mehr in Kürze*. Der Minister würde nicht für eine Stellungnahme zur Verfügung stehen, und die Journalisten würden jemanden suchen, auf den die Beschreibung meines früheren Jobs passte, doch ich wäre genauso wenig erreichbar wie der Minister. Man hatte mich zuletzt im Hemd und mit zwei Grillhähnchen in der Hand in der William Street vor der Flagstaff Station gesehen, wo ich meine Mitbürger betrachtet hatte, die furchtsam zum Himmel aufblickten.

Die Ankunft von Sendewagen würde bald dafür sorgen, dass das Ausmaß dieser vom Wind geschürten Chemiekatastrophe nicht nur den Einheimischen, sondern auch den guten Leuten auf dem grasigen Hügel oder in einem Zentrallager für Bücher in Texas, auf dem Platz des Himmlischen Friedens, im World Trade Centre oder in Srebrenica bewusst werden würde. Die Schönheit des globalen Dorfes bestand darin, dass es mir, falls meine Frau es bis zum Fernseher schaffte, zwölf weitere Stunden bescheren würde, in denen ich ihr nichts von meinem Teil des Tages erzählen musste, dem Teil, der mir ganz allein gehörte und noch nicht an einen Sender verkauft worden war.

Ich hätte der Rotte von Skinheads, die aus dem Bahnhof auftauchte, vermutlich mehr Aufmerksamkeit geschenkt, wenn ich nicht gerade an meinen Vater gedacht und mir gewünscht hätte, dass er jetzt bei mir wäre. Ich hätte ihm gern den Rauch des Brandes in der Chemielagerstätte gezeigt, vor dem ich in meinem Gutachten gewarnt hatte. Ich hatte meine Hausaufgaben gründlich und richtig gemacht. Er sollte sehen, dass ich recht gehabt hatte, und mir dann erklären, warum man mich trotzdem nicht in die nächste Klasse versetzt hatte.

Ein Nieselregen setzte ein. Und in diesem Moment bemerkte ich, dass dicht hinter mir in der William Street, kurz vor der Little Lonsdale Street, irgendein Tumult im Gange war. Ich wandte mich um und sah, wie sich die Skinheads, die eben aus dem Bahnhof gekommen waren, am Geldautomaten vor dem AGC-Gebäude zusammenrotteten, brüllten und auf etwas einschlugen. Wollten sie den Geldautomaten zertrümmern? Nein, sie verprügelten jemanden.

Als mir dies klar wurde, ging ich nachschauen. Der Regen wurde stärker, das Gebrüll lauter. Ich hoffte, dass ich mich irrte. Denn was konnte ich, wenn ich recht hatte, mit den zwei Grillhähnchen in der Hand schon tun?

Sie waren zu fünft. Zwei hatten Baseballschläger, mit denen sie auf eine in einen Mantel gehüllte Gestalt eindroschen, die ihren Kopf mit den Armen schützte. Die anderen drei traten nach dem Mann, der sich hin und her warf, um den Schlägen zu entgehen, aber von seinem Mantel behindert wurde, der sich im Wind wie ein Fallschirm blähte. Es war Tiny, der sich mit den Händen über dem Kopf zwischen den Skinheads herumwälzte.

Ich rief ihnen zu, sie sollten aufhören. Meine Stimme klang so hoch und weich wie die eines Kindes. Es war, als hätte ich überhaupt nichts gerufen.

»Scheißnigger«, schrie einer, und ein anderer sprang Tiny an und schlug ihn zu Boden. Tiny versuchte, sich klein zu machen.

»Hilfe! Diese Kerle verprügeln ihn!«, brachte ich schließlich hervor. »Er wird zusammengeschlagen. Sie bringen ihn um!«

Ein paar Leute drehten sich nach mir um, doch niemand blieb stehen. Sie waren alle auf dem Heimweg und wollten nichts davon wissen.

»Hey, aufhören«, rief ich, und während der paar Sekunden, die einer der Skinheads brauchte, um sich verblüfft nach der Person umzudrehen, die so sinnlos an ihn appellierte, kam Tiny auf die Beine, entriss dem Mann den Baseballschläger und begann, wild um sich zu schlagen. Tinys Gesicht war von unter den Augen an abwärts mit Blut beschmiert, das vor seinem Mund schäumte und Blasen warf. Seine Lippen waren aufgeplatzt und geschwollen. Er knirschte mit den Zähnen, und während er den Schläger schwang, riss er die Augen weiter auf, als ich es bei einem Menschen je gesehen hatte. Der entwaffnete Schläger ging zu Boden.

Tiny schlug weiter um sich, doch sie waren zu fünft. Ich rannte auf den Skinhead zu, der den zweiten Baseballschläger schwang, war aber nicht schnell genug. Ich spürte einen Hieb an der Seite. In meinen Knochen taten sich Lücken auf. Ich schnappte nach Luft, brachte aber kein Wort mehr hervor. Ich hätte nie geglaubt, dass etwas so wehtun konnte. Ich umschlang meine Rippen, dann gaben meine Beine unter mir nach, und ich sank zu Boden. Ich spürte, wie die feuchte Luft eine Stelle meiner Augen berührte, die bis dahin immer geschützt gewesen war. Noch ein Schlag, diesmal gegen meinen Kopf, und ich verlor das Bewusstsein.

Der Regen ließ nach. Mein Gesicht lag auf dem nassen Bürgersteig. Mein Kopf pochte heftig, und wenn ich atmete, spürte ich einen stechenden Schmerz in der Brust. Der Überfall schien vorbei zu sein. Ich konnte Beine sehen, die davonliefen, und Beine, die auf mich zuliefen. Im Verkehrslärm hörte ich die verzweifelte Stimme eines Mannes. Mehr und mehr Menschen eilten herbei.

»Lassen Sie ihn, Herr Polizist! Er wollte nur helfen. Er wollte dem anderen Mann helfen.«

Dies war das zweite Mal, dass ich Nick weinen sah.

»Wo ist Tiny?«, hauchte ich, doch niemand hörte mich. Reglos auf dem Boden liegend, blickte ich durch die Lücken in dem Wald aus Beinen. Ganz in meiner Nähe ragten zwei Beine waagerecht aus einem alten Armeemantel.

Ich spürte Nicks Atem an meinem Ohr.

»Nicht bewegen, Eddie. Bleib einfach liegen«, flüsterte er mir im Lärm zu. Er hob meine Schultern an und schob mir etwas Weiches und Warmes unter den Kopf.

»Ich bin ein Freund. Immer mit der Ruhe«, rief er jemandem zu, der hinter mir stand. »Ich bin mit ihm befreundet.«

Irgendetwas Warmes und Feuchtes leckte mein Ohr und lenkte mich für einen winzigen Moment von meinen Rippen ab. Es regnete leicht. Ich erinnerte mich daran, dass ich als Kind insgeheim um Regen gebeten hatte, wenn wir uns wieder auf dem Schulhof versammeln mussten. Ich verlor auf der William Street das Bewusstsein, neben mir zwei Grillhähnchen in einer Plastiktüte.

Wenn man das Bewusstsein verliert, wird das eigene Leben zu einer miserabel gemachten Retrospektive aus sinnlosen und willkürlichen Szenen von je zehn Sekunden Länge, in denen man nur eine Nebenrolle spielt, und das auch noch schlecht. Man kennt nicht einmal das Drehbuch.

Es ist ein Film mit vielen Darstellern, den man mehrmals schneidet. Ab und zu liegt man in fötaler Haltung im Regen mitten auf einer schmierigen Straße und umklammert seine Rippen, während der Blick abwechselnd verschwimmt und wieder scharf wird.

Fünfunddreißig

»Schon gut, Constable, ich kenne ihn – er ist ein Klient … und ein Freund, ein alter Freund.«

Ich öffnete langsam die Augen und blickte in der Hoffnung zu ihr auf, dass sie mich nicht sah. Mein Kopf lag auf ihrem Schoß. Damals, als wir Kinder gewesen waren, hatte ich nur ihr Knie berührt. Sie schien sich kein bisschen verändert zu haben. Sie beugte sich über mich, elegant wie immer. Es war ihr immer noch egal, dass sie sich dreckig machte, und sie duftete immer noch nach reifen Erdbeeren.

»Hallo, Eddie«, flüsterte sie, »verlier ja nicht wieder das Bewusstsein. Langsam atmen. So ist es gut. Gleich kommt ein Rettungswagen. Wir bringen dich ins Krankenhaus. Dein Freund versucht, deine Frau anzurufen. Seit wann bist du verheiratet, alter Fuchs? Du hast mir nie davon erzählt. Hast wohl geglaubt, du könntest mich an der Nase herumführen. *Du* warst mein Termin um elf Uhr vierzig, stimmt's, mein Hübscher? Aber so einfach kommst du mir nicht davon. So einfach … Was ist denn los? … ›Be elusive, but don't walk far.‹ Weißt du noch? Eddie? Eddie. Weißt du noch, Eddie?«

Im selben Krankenhaus, in dem ich mit Abby gewesen war, wurde ich untersucht und geröntgt und bekam Schmerzmittel, und ein paar Stunden später fuhr mich Tanya im

Auto ihrer Mutter nach Hause. Ich sollte erst später erfahren, dass sie Amanda begegnet war. Ich hatte alles verschlafen. Vielleicht war sogar Nick da gewesen. Er hatte meinen Nachnamen nicht gekannt, und da er mich nicht hatte umdrehen wollen, um an meine Brieftasche zu kommen, hatte er nur die Visitenkarte in der Brusttasche meines Hemds gefunden, die ich an der Rezeption von Amandas Büro eingesteckt hatte. Dort hatte er sich erkundigt. An dem Abend, als wir uns zum ersten Mal begegnet waren, an dem Abend der zwei Hunde, hatte er mir versprochen, mich nie zu vergessen.

Tanya setzte mich aufs Sofa und bezog das Bett neu. Danach legte ich mich hin. Ich dämmerte immer wieder weg, doch wenn ich die Augen aufschlug, saß Tanya im Stuhl aus dem Arbeitszimmer neben mir und betrachtete mich. Sie hatte mir so lange gefehlt. Gegen neun Uhr abends fütterte sie mich mit der Hafersuppe ihrer Mutter. Abby sah vom Fußende des Bettes zu, stumm wie ein Fisch. Auf Tanyas Bitte küsste sie mich schließlich auf die Stirn und ging zu Bett. Tanya brachte die Suppenschale in die Küche und ging danach zu Abby, um ihr einen Gutenachtkuss zu geben. Ich konnte sie hören. Dann kam sie zurück.

»Wie geht es dir?«, flüsterte sie. Die Leute sprachen jetzt im Flüsterton mit mir. Nun war sie damit an der Reihe.

»Schwer zu sagen.«

»Ich habe dich heute angerufen.«

»Aha.«

»Bei der Arbeit.«

»Warum?«, fragte ich leise.

»Ich habe die vielen Kisten gesehen, Eddie. Ich habe immer wieder angerufen, und als du nicht abgenommen hast, habe ich es bei der Telefonzentrale versucht. Sie haben mir gesagt, du würdest dort nicht mehr arbeiten.

Also habe ich bei Kate angerufen. Ich hatte Angst … und fühlte mich schuldig … so unglaublich schuldig. Warum hast du mir nichts erzählt, mein Schatz?«

»Ich wollte es dir sagen.« Meine Stimme versagte immer wieder. Manche Wörter gingen verloren.

»Wann?«

»Weiß nicht.«

»Ach … mein armer Eddie.«

»Ja.«

Sie hielt meine Hand, und trotz der Schmerzmittel konnte ich den beruhigenden Duft der Feuchtigkeitscreme von Lancôme riechen, die Kate zurückgelassen hatte.

»Ich wollte es dir erzählen … wirklich … aber ich wollte erst einen neuen Job finden.«

»Alles wird gut, das weißt du doch«, sagte sie.

»Ja. Wird alles gut?«

»Mach dir keine Sorgen. Paul hat gesagt …«

»Hast du mit ihm gesprochen?«

»Er hat sich bei mir gemeldet. Kate hatte ihn bei der Arbeit angerufen.«

»Weiß er denn … alles?«

»Ja. Aber sei beruhigt. Er will versuchen, dir einen Job bei der Bank zu besorgen. Er sagt, das sei das Mindeste, was er tun könne, nachdem wir uns um Kate gekümmert haben.«

»Ich kenne mich nicht mit Banken aus.«

»Ich habe ihm gesagt, dass du das einwenden würdest. Er hat gemeint, du könntest in der Personalabteilung arbeiten. Er hat es ›Human Resources‹ genannt.«

»Ich bin Chemieingenieur. Ich habe keine Ahnung von Personal.«

»Ja, diesen Einwand habe ich ihm auch vorhergesagt. Paul hat gemeint, er wolle die Leute dazu bringen, dich in einer möglichst hohen Position anfangen zu lassen. Dann ist es nicht schlimm, wenn du nicht genau Bescheid weißt.«

»Dazu ist es zu spät. Denn ich weiß schon Bescheid.«

Sie zog sich so leise wie möglich aus, kam ins Bett und nahm mich sanft in die Arme, wobei sie versuchte, meine bandagierten Rippen nicht zu berühren. Nach einer Weile war ich fast eingeschlafen. Dann begann sie wieder zu flüstern.

»Eddie?«

»Hm?«, antwortete ich schläfrig und mit geschlossenen Augen.

»Diese Frau … war sehr hilfsbereit.«

»Hm-hm.«

»Sie hat gesagt, sie sei mit dir befreundet … Eddie?«

»Hm-hm.«

»Bist du mit ihr befreundet? … Eddie?«

»Ja?«

»Bist du mit ihr befreundet?«

»Hm-hm.«

»Hast du sie bei der Arbeit kennengelernt?«

»Nein.«

»Wirklich nicht?«

»Hm-hm.«

»Du hast sie nicht bei der Arbeit kennengelernt?«

»Nein.«

»Eddie?«

»Hm-hm.«

»Wie oft triffst du dich mit ihr?«

»Mit Amanda?«

»Ja, Eddie.«

»Ich begegne Amanda … alle … neuneinhalb Jahre.«

»Weißt du, wer ihr Vater ist? … Eddie? … Hast du gehört, was ich gefragt habe?«

»Hm-hm.«

»Also: Wer ist ihr Vater?«

»Er ist … um genau zu sein, ist er … eine Mischung von Fred MacMurray in *Frau ohne Gewissen* und Fred MacMurray in *Meine drei Söhne.*«

Tanya knipste das Licht aus, und wir schliefen beide ein. Ich träumte, dass ich bei Old Man Williamson in den Schallplatten kramen würde. Jedes Albumcover zeigte ein Standfoto aus meinem Leben, und mein ganzes Leben war unter ›T‹ einsortiert, ›T‹ wie Tragikomödie. Doch gegen fünf Uhr früh ließ die Wirkung des Schmerzmittels nach, und ich stand auf, zog Tess' Bademantel an und sah im Wohnzimmer leise fern. Die Krankenhausserie war durch *Heartbreak High* abgelöst worden. Der Fortschritt kam als Wiederholung.

Nach wenigen Minuten stand Abby neben mir, im Bademantel und in Hausschuhen.

»Hallo, Dad«, sagte sie. Sie setzte sich leise und nahm meine Hand. Dann kam Tanya ebenso leise herein. Wir saßen zu dritt im Dunkeln vor dem Fernseher und schwiegen. Weder Tanya noch ich forderten Abby auf, zu Bett zu gehen, und wir fragten auch nicht, warum sie wach war. Als schon die Zeichentrickfilme liefen, bemerkte ich, dass sich das Morgengrauen durch einen Spalt zwischen den Vorhängen tastete. Vielleicht würde ich später noch ein wenig schlafen. Draußen bellte ein Hund.

Nachweis

der im Roman zitierten Texte:

Arthur Miller, Tod eines Handlungsreisenden. Übers. v. Volker Schlöndorff mit Florian Hopf. Frankfurt a. M. 2005, S. 67.

Gerard Manley Hopkins, Sonnets. Übertragungen v. Wolfgang Kaussen. Frankfurt a. M. 1993.

Sophokles, Die Tragödien. Hrsg. und übers. v. Heinrich Weinstock. Stuttgart 1953.

William Wordsworth, »Inscriptions supposed to be found in and near a hermit's cell«. Übers. v. Marie Gothein. In: dies., William Wordsworth: Sein Leben, seine Werke, seine Zeitgenossen. Halle a. S. 1893.